中国现代文艺学大家文库

中国诗学的春天
——李衍柱文艺学文选

李衍柱 著

山东文艺出版社

图书在版编目（CIP）数据

中国诗学的春天：李衍柱文艺学文选 / 李衍柱著．—济南：
山东文艺出版社，2021.4
ISBN 978 - 7 - 5329 - 6038 - 5

Ⅰ.①中… Ⅱ.①李… Ⅲ.①文艺学—文集 Ⅳ.①I0 - 53

中国版本图书馆 CIP 数据核字（2020）第 001004 号

责任编辑：董国艳　田雪莹
装帧设计：刘小军

中国诗学的春天
——李衍柱文艺学文选

李衍柱　著

主管单位	山东出版传媒股份有限公司
出版发行	山东文艺出版社
社　　址	山东省济南市英雄山路 189 号
邮　　编	250002
网　　址	www.sdwypress.com

读者服务	0531 - 82098776（总编室）
	0531 - 82098775（市场营销部）
电子邮箱	sdwy@ sdpress.com.cn

印　　刷	山东新华印务有限公司
开　　本	890 毫米 ×1240 毫米　1/32
印　　张	12
字　　数	289 千
版　　次	2021 年 4 月第 1 版
印　　次	2021 年 4 月第 1 次印刷
书　　号	ISBN 978 - 7 - 5329 - 6038 - 5
定　　价	95.00 元

版权专有，侵权必究。如有图书质量问题,请与出版社联系调换。

出版说明

"中国现代文艺学大家文库"精选徐中玉、钱谷融、王元化、钱中文、李衍柱、王元骧、陈伯海、陆贵山、孙绍振、童庆炳等十位著名文艺理论家的代表性著作,涵盖现代文论、古代文论、西方文论等多个领域,以期对近百年来中国文艺学的创造性成果进行总结,全面立体地展示中国现代文艺学研究的理论建树,为专业的文艺学研究者提供经典、权威的文艺学资料,从而推动新时代文艺学研究向纵深发展。

我们在编选过程中,除根据作者或授权编选者的意见对个别选文稍作修正外,尽量保持文章初次发表时的原貌。这是一套学术著作,我们本着严谨认真的态度进行编校,但难免会有疏漏,尚祈读者指正。

山东文艺出版社
2020 年 12 月

总序

中国文艺学发展百年回眸

为了总结文艺学诞生、发展的历史经验,推进当代具有中国特色的文艺学的建设,山东文艺出版社拟出版一套"中国现代文艺学大家文库",选择近百年来在不同历史时期涌现出的文艺理论家的代表性成果集结的"自选集"或由学子、亲人协助选编的"文艺学文集",公开出版发行,与国内外读者见面。这一设想是有创新性的,也是具有学术价值和现实意义的。

第一批被选入的学者有十位,最年长的是2019年6月25日去世、享年105岁的徐中玉先生。徐先生1915年2月15日出生于江苏江阴。这一年恰是陈独秀创办的《青年杂志》(1916年改为《新青年》)问世。在五四精神的熏陶和培育下,在新文化运动的洪流中,徐先生刻苦学习、吸纳进步思想,在极端困难的环境中,积极为深爱的祖国贡献一份力量。在《忧患深深八十年——我与中国二十世纪》一文中,徐先生说:"我们这一代人的发奋图强,誓雪国耻,要求进步,坚主改革,不论在什么环境、困难下总仍抱着忧患意识与对国家民族负有自己责任的态度,是同我们从小就受到的这种国耻教育极有关系的。'天下兴亡,匹夫有责',这不是说个人有了不起的力量,而是说每个人于国、族兴亡,都要负起自己应该并可能承当的责任。"作为一位文艺理论家,徐中玉先生继承和弘扬了中国知识分子所具有的"先天下之忧而忧,后天下之乐而乐"和"独立之人格,自由之思想"的优良传统,由于敢于直言,敢于讲真话,坚持正义,主持公平,徐先生多次被诬陷、遭攻击,被打成"右派",但他始终默默地搜集文献资料,思考和研究文艺理论问题。他认为:"具有忧患意识,有使命感和历史责任则是每一个爱国者应有、能有的。"徐先生在受迫害的艰难岁月里,"利用一切可以利用的时间,埋头积累专业研究资料。二十年间孤立监改扫地除草之余,新读七百多种书,积下数万张卡片,约计手写近一千万字。甘于寂寞,自求心安。只有自己觉得这种积累有用,即使这些卡片将始终只能塞在我的抽屉里,也有意义。也许这只是为了求得自己心理上的平衡,但到底并没有把这二十年光阴完全白过。"① 徐先生在逆境中所显示出的这种坚韧不拔、甘于寂寞、潜心研究的治学精神,堪称为学界的楷模。

对于近百年文艺理论的发展,徐中玉先生为《中国近代文学大系·第1集·第1卷·文学理论集1》作的导言中认为,"近代文学理论在新旧交替、救亡图强的大变革世运中"②

---

① 徐中玉:《忧患深深八十年——我与中国二十世纪》//《徐中玉文存》,上海人民出版社,2019年版,第6页。
② 徐中玉主编:《中国近代文学大系·第1集·第1卷·文学理论集1·导言》,上海书店,1994年版。

得到长足的发展,在这方面王国维和鲁迅作出了突出贡献。

今天我们所说的文艺理论或文艺学①,它的古老的名字称为"诗学"。最早提出"诗学"概念并把它作为独立学科进行研究的是古希腊"最伟大的思想家"亚里士多德(公元前384—前322年)。在古希腊,诗是一个广义的概念,包括抒情诗、叙事诗、悲喜剧、史诗、音乐、舞蹈等。亚里士多德的《诗学》就是古希腊这些艺术种类实践经验的总结。因此,亚里士多德的《诗学》,就其研究的对象和论述的内容来讲,可谓是世界文论史上出现的第一部文艺理论或文艺学专著。

中国古代虽无"诗学""文艺学"的概念,但对诗乐理论的研究却源远流长、新见迭出,产生过多部影响深远的理论专著。从荀子的《乐论》到后来出现的《乐记》,从《文心雕龙》《诗品》《闲情偶寄》到《人间词话》,等等。三千多年前,在《尚书·虞书·舜典》中提出"诗言志"这一中国诗论"开山的纲领"以来,不断有新的理论观点问世,诸如:缘情说、形神说、风骨说、神韵说、意象说、性格说、境界说、意境说等,并对创作实践产生程度不同的影响。诗论在中国古代,除《文心雕龙》《诗品》等专著中有所论述外,主要是以乐论、诗话、词话、曲话、批注、笔记等文体存在于历史典籍之中。

文学理论或文艺学作为一门独立的人文学科在中国出

---

① 据日本当代文艺理论家浜田正秀研究,文艺学(Literaturwissenschaft 或 science of literature)这一词据说最先是在19世纪40年代初的黑格尔学派里使用,初见于1843年麦登(Mundt, 1808—1861)的《现代文学史》一书的绪论中。见[日]滨田正秀著,陈秋峰、杨国华译:《文艺学概论》,中国戏剧出版社,1987年版,第3页。

现，则是20世纪的事情。1902年，文学理论先是以"文学研究法"的名义跨入了"中国文学门"，正式被列入《钦定大学章程》。1912年，在北大馆藏的《民国元年学科设置及课程安排》中，首次将"文学概论"列为人文学科开设的课程。1916年蔡元培任北大校长，聘任陈独秀为文科学长。1917年在北京大学重新修订的《文科大学现行科目修正案》中，进而明确将"文学概论"定为必修课。由此开始，一百多年来"文学概论"一直是全国各大学中文专业开设的必修课。① 上世纪开始的一二十年，多是借用国外学者撰写的关于文学艺术理论的著作为教材。上世纪50年代，中国各高校文科，普遍用的是苏联的文艺学教材。改革开放新时期，中国恢复学位制度后，文艺学正式作为一个独立学科在全国各高校与科研单位设立博士点、硕士点，并开始招收培养专门从事文艺学教学与研究的人才。文艺学在国家教育体制上被确立，同时也被学界接受认同。

回顾文艺学在中国发展的历史，20世纪初，在中国古代诗学理论向中国现代诗学理论的转换过程中，王国维（1877—1927）作出了重大贡献。生活、学习和成长在中西文化交流和碰撞时代大潮中的王国维，在"文学理论"概念的出现和"文学概论"成为中国大学人文学科的必修课的同时，1904年发表《〈红楼梦〉评论》；1904—1906年开始撰写《人间词话》甲稿、乙稿，并于1908年分三期连载于《国粹学报》；1909年，写出《唐宋大曲考》《戏曲考

---

① 参见程正民、程凯主编：《中国现代文学理论知识体系的建构——文学理论教材与教学的历史沿革》，北京大学出版社，2005年版。

源》,刊于《国粹学报》;1912年,《宋元戏曲考》成书。王国维运用康德、叔本华的美学观,结合中国文学和文论的实际,具体分析和评论了《红楼梦》、宋元戏曲和古代诗词,以境界为核心范畴,构建起一个具有中国民族特色的文学艺术理论新体系。王国维创建的文论新体系,在总结中国文艺创作实践的基础上,创造性地继承、创新性地发展了中国古代诗论的优秀传统,汲取融合了西方诗学中的合理成分。其研究和论述的方面,涵盖和扩大了亚里士多德《诗学》的内容,更加符合中国文艺的实际。他写的《〈红楼梦〉评论》,为中国现代文艺理论批评开了先河,投下了第一块基石。文中振聋发聩地提出:"《红楼梦》者,可谓悲剧中之悲剧也。"[①] 这一理论观点,显然比胡适提出的"自传说"和蔡元培的《〈石头记〉索引》,有更高的审美价值。叶嘉莹说:"此文在中国文学批评的历史中,实在可以说是一部开山创始之作。"[②] 这一评价,是公正而又符合实际的。王国维的《宋元戏曲考》或《宋元戏曲史》,是中国第一部戏曲史。王国维的《人间词话》,以中国古代诗话、词话的形式,表达出现代美学和文艺理论的丰富内容。王国维以境界范畴作为他的现代诗学体系的逻辑起点,系统总结了中国古代诗话、词话所蕴含的诗学理论,结合优秀古典诗词的分析,对文艺的本体论、创作论、构成论、鉴赏论、作家论提出了

---

① 王国维:《〈红楼梦〉评论》//《中国近代文论选》下,人民文学出版社,1962年版,第754—755页。

② 叶嘉莹:《王国维及其文学批评》,广东人民出版社,1982年版,第176页。

自己的见解,并且原创地论说了优美、壮美、古雅、情与景、写实与理想、隔与不隔、有我之境与无我之境等属于他自己独有的新的诗学范畴。他吸取了19世纪以来西方兴起的"写实派"与"理想派",即现实主义与浪漫主义理论观点,认为在艺术意境的创构过程中,现实和理想相互渗透,融为一体,二者颇难区别。"写实家亦理想家","理想家亦写实家"。

对于王国维在中国学术史上的贡献,陈寅恪指出:

> 自昔大师巨子,其关系于民族盛衰学术兴废者,不仅在能承续先哲将坠之业,为其托命之人,而尤在能开拓学术之区宇,补前修所未逮。故其著作可以转移一时之风气,而示来者以轨则也。先生之学博矣,精矣,几若无涯岸之可望,辙迹之可寻。然详绎遗书,其学术内容及治学方法,殆可举三目以概括之者。一曰取地下之实物与纸上之遗文互相释证。凡属于考古学及上古史之作,如《殷卜辞中所见先公先王考》及《鬼方昆夷玁狁考》等是也。二曰取异族之故书与吾国之旧籍互相补正。凡属于辽金元史事及边疆地理之作,如《萌古考》及《元朝秘史之主因亦儿坚考》等是也。三曰取外来之观念,与固有之材料互相参证。凡属于文艺批评及小说戏曲之作,如《红楼梦评论》及《宋元戏曲考》《唐宋大曲考》等是也。①

---

① 陈寅恪:《王静安先生遗书序》//《陈寅恪史学论文选集》,上海古籍出版社,1992年版,第501页。

陈寅恪先生总结出的王国维学术研究的三条基本经验和方法影响深远，对中国现代美学、诗学、史学的研究与发展，具有重大的学术价值和现实意义。在中国文学艺术领域，王国维既是中国古代诗话、词话的最后一位诗论家，同时又是中国现代诗学在新世纪伊始出现的最初的一位文艺理论家。中国古代诗话、词话的终结和中国现代诗学理论的开端，是以王国维创建的中国现代诗学理论（即文艺理论）为标志的。

王国维对中国现代诗学理论虽然作出了重大贡献，但也有明显的局限和缺失。徐中玉先生明确指出：王国维的理论虽有"精微处、透辟处，也有自相矛盾、未能自圆其说处，违反历史事实、时代要求、大众愿望处。国家民族仍在贫弱交困、急待救亡疗治的时刻，他这些理论大体只可供思考，起到免于走向极端功利而尽失文学特性的作用……王氏精微有余，正视现实生活不足，理想成分多"。徐先生认为，"王国维说：'主观之诗人不必多阅世，阅世愈浅，则性情愈真，李后主是也'，都不切合事实。李后主身受亡国之辱，阅世还浅？他的最好词作，难道不是这种阅历促成的？阅世深了，一定会使性情失真？如果真只是'赤子'，大眼界、深意境能从哪里来？说李后主'俨有释伽、基督担荷人类罪恶之意'，简直把一己之所爱，拔高到天上去了。王氏有很高的艺术鉴赏力，也有把自己的学术见解大胆提出来的理论勇气。但他的不少著名观点至少仍是大可商榷的。"徐先生对王国维的批评是十分中肯的。

在徐先生看来，对于建设中国现代文艺学（或文艺理论）的贡献，与王国维相比，鲁迅的贡献更大、更具有现代性。徐放战争的胜利，逐步在全国范围内得到了普及，成为指导中国革命文艺运动的理论武器。在30年代末到40年代初的思想解放运动中，在哲学上、军事上、政治思想上，清算"左"倾机会主义路线比较彻底，在文艺领域虽然确立了马克思主义的路线，但从理论上则误认为"苏联模式"的文学理论就是马克思主义的文学理论。如对于"拉普"派的理论基础，对于文艺的阶级斗争工具论和政治从属论，对于独尊"社会主义现实主义"的僵化模式，对于苏共惯用的行政方式管理文艺等等，都尚缺乏深入的研究和清醒的自觉的认识。在40年代初期"黎明前的黑暗"的政治形势下，这些方面的消极作用还不可能充分显露出来，但在新中国成立后，学习、照搬"苏联模式"的弊端则日益凸显，走向极端。

1976年粉碎了祸国殃民的"四人帮"，结束了"十年动乱"的"文化大革命"，这时中国人民又面临着一个"中国向何处去"的问题，首先就是如何打破林彪、"四人帮"制造的现代个人迷信的精神枷锁。1978年5月11日，在邓小平等老一辈无产阶级革命家的领导和支持下，《光明日报》发表了经胡耀邦审定的特约评论员文章《实践是检验真理的唯一标准》，由此引发了一场在全国范围内的关于真理标准问题的大讨论。以这场大讨论为开端，迅速发展成为20世纪第三次声势浩大、波澜壮阔的思想解放运动。在中国共产党十一届三中全会上，邓小平发表的《解放思想，实事求是，团结一致向前看》的讲话中指出："目前进行的关于实践是检验真理的唯一标准问题的讨论，实际上也是要不要解放思想的争论。大家认为进行这个争论很有必要，意义很大。从争论的情况来看，越看越重要。一个党，一个国家，一个民族，如果一切从本本出发，思想僵化，迷信盛行，那它就不能前进，它的生机就停止了，就要亡党亡国。……只有解放思想，坚持实事求是，一切从实际出发，理论联系实际，鲁迅（1881—1936）是一位伟大的文学家、思想家、革命家。他不仅是中国现代文学的奠基人，为中国20世纪文学竖起了第一座巍峨的文学高峰，而且是建设具有中国民族特色的文艺理论或文艺学的披荆斩棘的勇敢开拓者。鲁迅积极投入和倡导白话文运动，1918年5月发表的《狂人日记》是中国文学史上出现的第一篇白话文小说。在中国文艺理论史上，鲁迅又是第一个将西方现实主义理论的核心范畴——"典型""典型人物"引入中国文坛的。他在1921年4月5日写的《译了〈工人绥惠略夫〉之后》一文中，称阿尔志跋绥夫在1905年之前，"已经写出了一个以性欲为第一义的典型人物来。"① 在《阿Q正传》的论争中，典型逐渐成了批评家批评作品成败得失的重要审美尺度。鲁迅系统全面地研究了中国小说，撰写的《中国小说史略》《中国小说的历史的变迁》，开创性地为中国文学史研究打下了一个坚实的基础，并为中国文艺学的理论研究提供了丰厚的历史文献资源。鲁迅亲自将普列汉诺夫运用唯物史观写出的《没有地址的信》，翻译给中国读者。他对文学发生学的研究，既批判地吸取和借鉴了"游戏说""巫术说""劳动说"中的有价值成分，又紧密结合中国文艺发生的实际，提出了富有中国特色的文艺活动发生论的新观点。他的理论主张可概括为："劳动—巫术—休闲"说。② 徐中玉先生在《中国近代文艺理论的发展》中提出的中国文论史上长期争论不休的一个关

---

① 《鲁迅全集》第10卷，人民文学出版社，1981年版，第167页。
② 李衍柱：《文学理想与文学活动》，人民出版社，2013年版，第302—308页。

于文艺与政治的关系问题,鲁迅总结中国文学史的经验,生动而又辩证地作出回答。他在《文艺与政治的歧途》《魏晋风骨及文章与药及酒之关系》等论文中指出:世界上没有超政治、超时代的文学,鼓吹所谓文学超政治、超时代,实质是为了逃避现实,然而这又是不可能的,"这是和说自己用手提着耳朵,就可以离开地球者一样地欺人"①。

人的意识的觉醒与人的价值和尊严的被肯定,人的主体性的确立和人的独立思考能力的恢复和增强,这是一百多年来在中国学术界、思想界、文学艺术界发生的一个重大变化。如同陈伯海先生所说:"现代意义上的'人'的自觉和'文'的自觉,构成'五四'文学革命对20世纪中国文学发展的主要贡献。"② 人学与文艺学同属人文科学。而人学又是文艺学的重要理论基础。人学既是打开文学殿堂大门的钥匙,也是打开中国古代文论、书论、画论、乐论宝库的金钥匙。文学是"人学"的理论主张,不仅对于我们研究中国古代文论传统、开展中西文论比较,有指导意义,而且对研究中国现代文艺理论,总结五四以来文学艺术领域的经验教训和存在的问题,都有现实的意义。从1918年12月15日刊行的《新青年》第5卷第6号上发表周作人的《人的文学》到1957年第5期《文艺月报》发表钱谷融的《论"文学是人学"》,再到1980年第3期《文艺研究》发表钱谷融的《〈论"文学是人学"〉一文的自我批判提纲》(即《我

---

① 《鲁迅全集》第7卷,人民文学出版社,1981年版,第113—114页。
② 陈伯海主编:《近四百年中国文学思潮史》,东方出版中心,1997年版,第22页。

怎样写〈论"文学是人学"〉》),时间经过了六十余年,围绕着文学与人的问题,人性、国民性与阶级性问题,人道主义与人文精神问题,展开了多次的论争,尽管一些作家、理论家因此而落难,受到批判或斗争,但是真理是批不倒、骂不掉、打不死的,相反它会在反复敲打中闪烁出它的灿烂的光辉。① 选入"中国现代文艺学大家文库"的学者,几乎每一位都在自己所选论文中从不同视角论说到"人"的自觉与"文"的自觉问题。徐中玉在《忧患深深八十年——我与中国二十世纪》一文中说:"文学既是人学,更是人心民心之学。"钱中文先生指出:"'文学是人学'是针对教条主义把人当作描写的工具而说的,文学应该描写活生生的人,张扬了文学的人道主义,这一很有针对性的观点,开了解放文学思想风气之先,扩大了人们对文学的认识,使文学与真实的人结合起来,有力地批判了高大全、假大空这类虚假的文学主张,功莫大焉。"② 钱先生还专门撰写了《论人性共同形态描写及其评价问题》,结合中外的理论研究与创作实际进行了评说。在新世纪伊始,钱先生提出和倡导的"新理性精神",进一步拓展和丰富了文学人学论的内涵。王元骧先生在论说马克思对德国古典美学的继承与革新的同时,撰写出《审美自由与人的解放》。陆贵山在重读经典文本的基础上,深入研究"马克思主义的人论与文学"课题,并出版了专著。

---

① 李衍柱:《时代变革与范式转换》,人民出版社,2013年版,第201—203页。

② 钱中文:《三十年间》//《理论的时空》,复旦大学出版社,2016年版,第144页。

"主体性文学论是人性、人道主义讨论的必然继续与具体表述,与'文学是人学'也是相互呼应的。文学主体论认为过去主体在反映论中完全是消极被动因素,所以那是客体文学,是没有主体的文学,现在要重建具有首创精神的创作主体,建立新的主体文学。纠正过去创作中创作主体的缺失,强调创作主体的创造地位与巨大功能,这是文学理论的一大进步。有的作家有感于此,后来阅读了阐释文学主体论的文章,真有一种解放之感;同时这一观念对于促进文学理论框架的反思,影响很大,这都是应该肯定的。"①

"时运交移,质文代变,古今情理。"② 中国文艺学的发展变化与时代的变革相向而行。革命是推动历史前进的火车头,解放思想则是激励亿万人民从事社会变革的不竭动力。一百多年来,中国社会发生了三次伟大的革命,经历了三次伟大的思想解放运动。历史的巨变,催生和推进了中国现代文艺学的发展。

20世纪出现的第一次大革命是以孙中山领导的辛亥革命为标志。在这次大革命孕育爆发的过程中,中国社会急剧地由一个封建专制社会逐渐沦为一个半殖民地半封建社会。十月社会主义革命,给中国送来了马克思列宁主义。孙中山播下的民主革命种子,催生和发展成了新民主主义革命,爆发了五四新文化运动,出现了第一次思想大解放运动。中西文

---

① 钱中文:《三十年间》//《理论的时空》,复旦大学出版社,2016年版,第144—145页。
② 刘勰著,范文澜注:《文心雕龙注》下,人民文学出版社,1961年版,第671页。

化的大碰撞、大交流、大融合，在中国文学艺术领域则呈现出可喜的百花齐放、学派林立、百家争鸣的繁荣局面。

第二次大革命和社会转型是以中华人民共和国建立和社会主义制度基本确立为标志，以打破苏联的教条主义为中心的延安整风，开启了第二次思想解放运动。从时间上说，可以从1927年井冈山建立第一块革命根据地算起，一直到1956年我国社会主义改造基本完成。这次大革命，使中国人民真正站起来了，获得了新民主主义革命的胜利，并且开始走上了社会主义的道路，取得了社会主义建设的伟大胜利。在这个将近三十年的过程中，中国社会形态发生了根本性的变化，由一个半殖民地半封建的社会转变成为一个新民主主义国家，然后又逐步确立了社会主义制度。在哲学社会科学领域，最大的成果，就是确立了马克思列宁主义普遍真理与中国革命实际相结合的毛泽东思想。在中国文艺学发展的历程中，则形成了马克思主义文艺理论与中国文艺实际相结合的毛泽东文艺思想，在革命与战争年代竖立起了一座马克思主义文艺理论中国化时代化大众化的里程碑。

第三次社会大革命和思想解放运动是以党的十一届三中全会为标志。以社会主义现代化建设为中心的改革开放，是中国大地上持续发展的又一次更为深刻和广泛的革命。四十多年的改革开放，中国人民已由站起来走向富起来，由富起来走向强起来。四十多年的伟大实践，我们已经成功地走出了一条中国特色社会主义道路。

从上世纪70年代末期开始的这次思想解放运动，使古老的中华大地重新焕发了青春，注入了无限的生机与活力。这次伟大的思想解放运动，使中国社会的各个领域，都发生了根本性的变化，文化、科学、艺术，迎来了自己发展的春天。中国现代文艺学同其他社会科学一样，挣脱了种种精神枷锁，走出了误区，打破了禁阈，回到了自己的家园。作家、艺术家、文艺理论家重新焕发出自己的艺术青春、学术青春。

今年正值五四运动发生一百年、中华人民共和国成立七十年和改革开放刚过去四十年，本文库第一批入选的学者中徐中玉先生是全程经历和参与的元老，其余诸位都是出生于上个世纪30—40年代。这些学者亲历和见证建国七十年中国社会发生的巨变，沐浴着改革开放的春风，全身心地投入到自己关注的文艺研究之中。他们的研究论著，从不同的侧面和层面，推进了现代中国文艺学的建设，为社会主义文艺事业的发展和繁荣作出了应有的贡献。从其所选文集的内容看，主要的标志性的理论贡献有以下几点：

第一，文学观念的更新和突破。十年动乱期间的闭关锁国，使中国文艺理论界中断了与世界的交流与对话。解放思想，改革开放，有力地推动了文学观念的更新和突破。改革开放四十多年，欧美和俄罗斯近代以来出现的各种哲学、美学、文学理论的代表性著作和文艺作品，相继被翻译、介绍到我国。《柏拉图全集》《亚里士多德全集》等西方古代、近代、现代的许多大家的全集相继被翻译到中国。世界各国不同的文学理论派别的倡导者的哲学观、历史观、价值观、美学观、文学观是大相径庭的。但他们的文学理论主张能够在不同民族国家出现，自有其实践的依据和现实存在的学理性。他们以不同的视角和方法，从不同的层面和方面，对文学艺术的审美特征和艺术规律的探索,他们的发现,他们的见解,甚至他们的"片面的深刻"或"深刻的片面",都可作为中国文艺学研究的借鉴和参照系。中国学者在思考、探索如何继承古代文论、借鉴外国文论,在马克思主义世界观和方法论指导下,建设有中国特色的文艺学的历史过程中,先后出现了认识论文学观,以蔡仪主编的《文学概论》和以群主编的《文学基本原理》为代表;主体论文学观,以刘再复的《论文学的主体性》为代表;象征性文学观,以林兴宅的《文艺象征论》为代表;生产论文学观,以何国瑞的《艺术生产原理》为代表;审美意识形态文学观,以钱中文、童庆炳、王元骧为代表。1982年,钱中文先生最早提出这一理论观点;1987年,钱先生又补充说:"文学作为审美的意识形态,以感情为中心,但它是感情和思想认识的结合;它是一种虚构,但又具有特殊形态的真实性;它是有目的,但又具有不以实利为目的的无目的性;它具有阶级性,但又是一种具有广泛的社会性以及全人类性的审美意识的形态。"① 比较集中体现审美意识形态文学观的则是童庆炳主编的《文学理论教程》和他的学术专著《文学活动的美学阐释》,王元骧的《审美反映与艺术创造》《文学原理》。文学艺术是一种审美意识形态,当下已逐渐为中国文艺理论界所接受,并成为我国文学理论教材建设的一个最基本的出发点。这一观点超越和突破了苏联文艺学教科书和我国文艺理论家蔡仪、叶以群主编的全国通用教材中所坚持的

---

① 钱中文:《论文学观念的系统性特征》,《文艺研究》1987年第6期。

认识论文学观。

第二，研究方法的变革。"工欲善其事，必先利其器。"观念的更新与方法的变革相伴而行。20世纪50年代以来，系统论、控制论、信息论的提出和电子计算机的发明与应用，使自然科学有了重大的突破和发展，人们对宇宙的认识也有了新的进展。在社会科学方面，20世纪以来世界各国出现了各种各样的思潮和学派，他们从不同视角和层面，提出了新的方法论问题。马克思指出："历史本身是自然史的即自然界成为人这一过程的一个现实部分。自然科学往后将包括关于人的科学，正像关于人的科学包括自然科学一样，这将是一门科学。"① 文艺学研究与自然科学结合，融合自然科学的方法和手段，这是文艺学在未来发展中的一个重要趋势。1985年，中国学界出现了"方法论"热。大家普遍注意研究如何将系统论等自然科学研究方法与传统的社会科学研究方法结合起来，如何在马克思主义世界观和方法论指导下，综合各种古今中外行之有效的研究方法，推进文艺学研究的创新。

面对着以研究浩若烟海的中外文学艺术为主要对象的文艺学，应当采取什么方法，古今中外文艺理论家作过种种探索和尝试，出现过社会历史的方法，哲学美学的方法，心理学、现象学、符号学、结构主义的方法，人类文化学的方法等。从表现形态上讲，有宏观与微观，纵向与横向，归纳综合与分析演绎，个案研究与整体把握等。选入本文库的学者

---

① 《马克思恩格斯全集》第42卷，人民出版社，1979年版，第128页。

中，陆贵山先生就主张"走向宏观的文艺学"。他说观察文艺世界需要两面镜子：显微镜和望远镜。既要提倡微观研究，也要提倡宏观研究。像绘画一样，一幅画既需要有宏伟的构图，也需要有精美的细部。只有宏伟的构图没有精美的细部可能造成空泛，只有精美的细部没有宏观的构图会痴迷于一点。建国七十年来，文学理论获得了前所未有的思想活力和学术发展的空间，运用不同的方法，以不同视角，从不同侧面、不同层次、不同方面研究文学艺术，百虑一致，殊途同归，建设有中国特色的文学理论，已成为我国文学理论界的共识。"有中国特色的当代文学理论新形态，是一种以马克思主义为指导，以现代性的追求为动力，在全球化的语境中充分立足于本土，在现代文论传统的基础上，不断地自我反思与批判，广采博取中外古今思想资料中的有用成分，鉴别创新，形成了一种具有科学的和人文精神的、开放的、动态的、形式复合多样的形态。"①

在上个世纪60年代王元化先生就开始酝酿和关注文艺学研究的方法论问题，先后撰写了《论诠释》《综合研究法》《由抽象上升到具体》《知性分析方法》等论文。对于王元化先生在古代文论研究方法上的贡献，牟世金先生在《"龙学"七十年概观》中说：王元化先生的《文心雕龙创作论》，"创造了一整套行之有效的综合研究法：第一是宏观研究和微观研究相结合，第二是文史哲研究相结合，第三

---

① 钱中文：《文学理论30年：成就、格局与问题》，《华中师范大学学报》2007年第5期。

是古今中外的比较、联系相结合。"① 这种"综合研究法",是将"古与今和中与外结合起来,进行比较对照,分辨同异,以便找寻出在文学发展上带有规律性的东西"②。它的特征是古今结合、中外结合、文史哲结合。

在改革开放新时期,文艺学研究特别是马克思文学理论的中国化,取得了重大的成绩,七卷本"20世纪马克思主义文艺理论国别研究"丛书的出版就是实绩之一。而文学基础理论也得到了前所未有的发展。就学科性的著作而言,在文学文体学、文学叙事学、文学语言学、文学修辞学、文学符号学、文学心理学、文学社会学方面,出现了许多很有分量的专著,研讨问题的范围有所拓宽。2000年到2002年间出版的钱中文、童庆炳主编的"新时期文艺学建设丛书",收录的36位学者的论著,就是一些带有标志性的成果。2016年由复旦大学出版社推出的由朱立元、曾繁仁主编的"当代中国文艺学研究文库",已出版的第一批12位学者的论著,进一步显示出当代文艺学研究在千禧之年到来之际出现的新的特点和趋向。

第三,面向实践,在创作与批评互动中推进文学理论的创新。

创作与批评是驱使文学发展的不可或缺的两个轮子。世界文学史的实践表明,凡是文学艺术在大发展的历史时期,

---

① 王元化:《文心雕龙讲疏》,广西师范大学出版社,2004年版,第381页。
② 王元化:《文心雕龙讲疏》,广西师范大学出版社,2004年版,第352页。

几乎都是创作与批评两个轮子同步飞转,文学巨匠与批评大师都同时留下了他们的足迹。文学理论只有同文学创作实践与文学鉴赏批评实践紧密相连,同步互动,才能不断找到自己的新的生长点。孙绍振先生在撰写《文学创作论》和创立文学解读学过程中深有体会地说:"文学理论的生命来自创作和阅读实践,文学理论谱系不过是把这种运动升华为理性话语的阶梯,此阶梯永无终点。脱离了创作和阅读实践,文学理论谱系必定是残缺和封闭的。问题的关键在于,文学理论对事实(实践过程)的普遍概括,其内涵不能穷尽实践的全部属性。与实践过程相比,文学理论是贫乏、不完全的,因而理论并不能自我证明,实践才是检验真理的准则。"孙绍振在对《红楼梦》和鲁迅小说的文本解读中,具体分析的《红楼梦》的八个美女之死和鲁迅所写的八种死亡,使人耳目一新,给予读者以美的享受。徐中玉先生于1946年写的《批评的伦理》中说:"20世纪是一个批评的时代。所谓'批评的',它的真实解释就是改造的——或者索性就说革命的。因为一切的改造或革命都要从批评开始,而真正的批评也不能不以改造或革命作为它的目标和结局。"① 在20世纪40年代,徐先生对巴金创作的《家》《春》《秋》的解读和评论,充分肯定巴金的"激流三部曲"的审美价值和社会历史意义。童庆炳先生作为诺贝尔文学奖得主莫言的指导教师,联系莫言的生活道路和小说创作实践,写出的《作家的童年经验及其对创作的影响》《莫言的硕士论文与

---

① 徐中玉:《批评的伦理》//《徐中玉文存》,上海人民出版社,2019年版,第277页。

高密东北乡文学王国》),从批评与创作实践紧密结合上,丰富和拓展了当代文艺学的内容。本人撰写的《第十个文艺女神的再生——关于文学批评的主体性思考》与《〈大秦帝国〉论稿——走向新世纪文艺复兴的绿色信号》,在阐明文学批评主体性的同时,显示出批评实践与创作实践、批评家与作家互动的必要性和可操作性。

第四,继承与创新,弘扬中华优秀诗学传统。

建设当代中国的文艺学,它的根,它的母体,它的基因,是中华优秀诗学传统。对于文艺学的建设与发展来说,传统和继承是它的出发点,而更新、创造则是它的目标和主导。文艺学的发展就是由多个创新的环节构成的;文艺学发展的历史,实际上就是继承传统又不断突破传统、不断创新的历史。没有突破与创新,文学也就失去了生命。"传统是一个动态的、开放的、不断发展的系统。它在时空的四维向度上不断地延伸、转化和发展。它作为社会心理、思维方式、价值观念、幻想、风俗、习惯、不同的人生观和世界观,对社会的发展产生巨大的推动作用。它肇始于过去,积淀于现在,影响着未来。一定的文化传统一旦形成,就具有相对的稳定性和惰性。优秀的文化传统,是一个民族的宝贵的精神财富,它具有强大的凝聚力、亲和力与融化力。"① 改革开放以来,中国古代文论和中华诗学传统的研究取得了空前的进展,先后出版的论著有:王运熙、顾易生编的 7 卷 8 册《中国文学批评通史》,罗宗强的多卷本《文学思想史》,黄保真、成复

---

① 参见李衍柱:《时代变革与范式转换》,人民出版社,2013 年版,第 122—123 页。

旺与蔡钟翔等人的《中国文学理论史》，袁行霈的《中国诗学通论》，陈良运的《中国诗学批评史》，张少康的《中国文学理论批评发展史》和入选本文库的学者徐中玉的《古代文艺创作论集》，童庆炳的《文心雕龙》研究，陈伯海主编的《近四百年中国文学思潮史》等。这些论著，采用不同的视角和方法，在吸收已有研究成果的基础上，以通史或断代史的方式，又以专题研究或个案研究为切入点，比较系统深入地探讨了中国古代文艺理论和中国古代诗学的创作与批评的历史发展的特点、规律、范畴，弘扬了中华诗学的优良传统，将中国现代诗学研究推进到一个崭新阶段，并为中国当代文艺学研究提供了丰厚的中国古代诗学资源和坚实的发展基础。

第五，网络思维、网络文学与信息时代文艺学建设。

思维方式的变化和网络文学艺术的兴起，是信息时代中国文学艺术领域变化最大、发展最快的一道风景线。改革开放四十多年，文学观念的更新与研究方法的变革，都与在人的头脑中发生的革命，即与人的思维方式的革命紧密相连。而人的思维方式的变化又与科学技术的革命息息相关。人类历史告诉我们，科学的重大发现和进步，总是直接影响着人的思维精神和思维方式的变化。

网络思维不仅突破了线性的思维方式，超越了一维、二维、三维的视野，它以爱因斯坦的"四维空间"理论，全方位地、立体地、动态地去研究文学活动的特点和规律；同时，又以对话思维超越了"二元对立"和"零和博弈"的思维方式。对话是两个以上主体之间进行平等自由的语言交际。它是沟通与联结我与你、学派与学派、民族与民族、国家与国家之间的桥梁。这是一座来自远古、立足现代、通往未来而又联结东西、今古,贯穿于过去、现在和未来语境中的桥梁。"对话思维不同于'是—是''否—否'二元对立的思维方式。对话的过程是一个异中求同、同中求异的双向运动过程。"①"'对话'是'把灵魂向对方敞开,使之在裸露之下加以凝视'的行为。"② 对话应当是真诚的、坦率的、自由的。对话的双方各自具有独立性,有自己的个性、尊严和价值。在中国现代美学和现代诗学研究过程中,钱中文先生积极倡导对话思维并亲自主持翻译了《巴赫金全集》在中国的出版,得到中国思想界、学术界、文艺界的赞誉,有力地推动了中外文化交流和中国当代文艺学的建设。

网络文学艺术是网络思维孕育出的奇葩。它的诞生标志着文学艺术真正迎来了一个前所未有的大普及、大发展的春天。据《文艺报》统计:截至2017年底,国内45家重点文学网站的原创作品总量高达1646.7万种,其中签约作品达132.7万种,年新增原创作品233.6万种,年新增签约作品22万种。出版纸质图书6942部,改编电影1195部,改编电视剧1232部,改编游戏605部,改编动漫712部。网络文学对外翻译影响日渐扩大,足迹已遍布亚洲主要国家以及英、美、法、俄等20多个国家和地区,成为中国文学"走出去"新的增长点。③ 理论来自实践。对网络思维与网络文

---

① 李衍柱:《巴赫金对话理论的现代意义》,《文史哲》2001年第2期。
② [日]池田大作著,铭九、潘金生、庞春兰译:《我的人学》,北京大学出版社,1992年版,第155页。
③ 参见李晓晨:《进一步激发新文学群体创作活力》,《文艺报》2018年9月17日。

学的研究，已引起文艺理论界的关注和研究。欧阳友权的专著《网络文学论纲》和由他主编的《网络文学新视野丛书》的出版问世，就是很好的佐证。

随着时代的推移和文学所使用的工具与手段的变换，文学的物化载体和传播媒体的变换，自然要引起文学自身的变异和发展。一些文学类型消亡了，一些文学类型出现了，批判继承，推陈出新，这是中外文学发展的一条重要规律。与文学的变化、发展相适应，文学理论研究也应以新的观念和方法向深广度发展。面对信息时代的到来，网络媒介的迅猛发展，电信技术王国的出现，解构主义大师雅克·德里达惊呼："整个的所谓文学的时代（即使不是全部）将不复存在。"必然导致文学的"终结"。作为德里达的信奉者、美国文艺理论家J.希利斯·米勒直言不讳地宣称他是赞成德里达的"文学终结论"的。并且进一步发挥了德里达的思想，说："那么，文学研究又会怎样呢？它还会继续存在吗？文学研究的时代已经过去了。再也不会出现这样一个时代——为了文学自身的目的，撇开理论的或者政治方面的思考而单纯去研究文学。那样做不合时宜。"① 对于德里达、米勒公开宣扬的"文学终结论""文学研究过时论"，中国文艺理论界对此大不以为然，公开发文从理论上予以批评。本人与钱中文、童庆炳先生都先后发文联系中外文艺发展的实际，批评这种广为流行的"文学终结论""文学研究过时论"出现的必然性及其悲观论的实质。文学艺术作为人类诗

---

① J.希利斯·米勒：《全球化时代文学研究还会继续存在吗?》，《文学评论》2001年第1期。

意的存在的载体,永远是时代的花朵,它总会不断地给人以美的享受。

建设中国特色的文艺学是一个需要一代又一代的学者不懈地进行研究的系统工程。伴随着中华民族伟大复兴,中国和世界文艺实践的丰富和发展,在未来的岁月,文艺学研究也必然会不断提出一些新的问题,出现一些新的形态和新的特点,并在不同的领域和方面,有所突破,有所创新。钱中文、童庆炳二位先生,在《新时期文艺建设丛书·总序》中说:一个理论创新的新世纪已经来临。不过任何一种新型的理论形态的建立与发展,都要以前人提供的"思想资料"为基础的。新时期的文论,作为一个良好的开端,它们无疑可以成为有中国特色的文学理论的前期成果;而作为丰富的思想资料,它们无疑将汇入新世纪的新的理论创造之中。山东文艺出版社推出的"中国现代文艺学大家文库"中的第一批学者的自选集,无疑是这些学者在建设中国特色文艺学的大道上留下的足迹;这些学者研究的成果,也必然会在今后的文艺创作实践和鉴赏批评实践中受到检验或弃取;他们提出的问题和对未来的期待,深信后继者在中华民族伟大复兴的历史征程中,一定会继续深入系统全方位地研究下去,并在实践中不断推进文艺理论的创新,进而融入新世纪世界文艺学研究的洪流,努力攀登学术的高峰。

李衍柱
2019 年 8 月 12 日于山东师范大学寓所

目 录

自 序 / 001

第一辑 改革开放篇 / 001

思想解放与文艺学建设 / 002

主导多元 综合创新
　　——当代中国文艺学发展的基本态势 / 033

多元共生 和而不同
　　——新世纪文学理论的走向 / 047

范式革命与文艺学转型 / 063

文学理论：面对信息时代的幽灵
　　——兼与 J. 希利斯·米勒商榷 / 073

数与美绘制的时代镜像 / 100

第二辑　重读经典篇 / 109

马克思主义文艺理论的元典
　　——重读马克思《政治经济学批判》"序言"和"导言" / 110
试谈黑格尔所说的"这一个"
　　——学习马克思恩格斯论文学典型问题札记 / 136
"思孟学派"与中国美学 / 155
世界轴心时代的诗学双峰
　　——与亚里士多德的《诗学》并峙的荀子《乐论》 / 209

第三辑　批评鉴赏篇 / 231

第十个文艺女神的再生
　　——关于文艺批评的主体性的思考 / 232
路与灯
　　——论宗白华先生对中国现代美学、文艺学、艺术学建设的贡献 / 248
传统与现代转换的三条不同路径 / 280
中华民族新世纪文艺复兴的绿色信号
　　——孙皓晖《大秦帝国》启示录 / 293

生命的文学与文学的生命
　　——读莫言《蛙》感言 / 300
　　［附］莫言给李衍柱的信 / 319

附录　李衍柱学术年谱 / 321

自序

1960年7月我大学毕业,被分配到山东师范学院中文系文艺理论教研室工作。从此,正式迈进了文艺学的大门,开始了我艰难曲折的探索与登攀的学术人生。

1961年7月又经过推荐考试,我被正式录取为中国人民大学语言文学系文艺理论研究生班(简称"人大文研班")的研究生,在蔡仪先生指导下完成研究生论文《学习马克思恩格斯论文学中的典型问题》,1964年7月毕业。这三年研究生的学习生活,是我永生难忘的一段美好时光。亲耳听到宗白华、蔡仪、缪朗山、何其芳、游国恩、冯至、吴组缃、李泽厚、叶秀山等二十几位全国一流专家教授和丁玲、赵树理等著名作家的讲课,是我人生最大的幸福。正是他们,把我引进了知识的海洋,走到了学术的前沿,进入了中国文艺学、美学研究的学术殿堂,使我逐渐领悟应当学习什么,怎样学习,应当走一条什么样的学术道路。

从 1960 年 7 月—2020 年 7 月，我踏入文艺学、美学的门槛，从事教学与研究，已整整六十年矣。如何准确地认识和评价自己所从事的研究和走过来的道路，是一个颇费脑筋的问题。"认识你自己"，这是古希腊德尔菲神庙上铭刻的一句箴言。这句箴言是生存在地球家园中每一个人都不能回避的一个根本问题，也是每一个人必须不断回答的问题。康德在《纯粹理性批判》和给友人的书信中，反复说明自己从事学术研究应思考和回答的有四个问题：一是我能够知道什么；二是我应当做什么；三是我可以希望什么；四是人是什么。"认识你自己"，要回答的就是"人是什么"的问题。这既是一个人类学的核心问题，也是一切人文科学的基本理论问题。马克思说过，"理论只要彻底，就能说服人。所谓彻底，就是抓住事物的根本。但是，人的根本就是人本身"。① 从方法论来讲，抓住了"人是什么"问题的研究，就是抓住了打开文学和美学殿堂的大门、探寻美的王国的一把"总钥匙"。"人是什么？"对我们每一个人来说，它要回答的则是"你是谁""你从哪里来又要向哪里去"的问题。要在实践中真正地发现自己、认识自我，用自己的眼睛看世界，用自己的头脑独立地去思考和回答人生与社会的种种问题，进而实事求是地为自己定位，确立自己应走的道路。在这个过程中，不断地解放思想、冲断种种精神的枷锁，是自己的学术研究能否发出一点真正属于自己的声音的不竭的动力和源泉。在我的学术生涯中，心中发生的最大的革命是解

---

① 《马克思恩格斯选集》第 1 卷，人民出版社，1995 年版，第 9 页。

放思想、破除迷信的问题。

站在世界思想史、文明史的高度,我们不仅对马克思、恩格斯、列宁、毛泽东等马克思主义经典作家,而且对中外历史上出现的任何一个大思想家、科学家、哲学家、美学家等,都应历史地、实事求是地给予审视和评价。不管是哪一位历史巨人,一旦进入我们的学术视野,他们的生平著述和思想学说,就成了我们审视和研究的对象,而不是我们崇拜的偶像和固定不变而又必须遵守的教义。我们崇拜的是真理,不崇拜任何偶像。我们不是跪在历史巨人的面前求生存,也不是躺在他们留下来的经典文本上面讨生活,而是与他们平等地进行对话,全方位地加以审视和研究。我们应该继承和弘扬的是他们的理论、学说中那些被人类社会实践和艺术实践已经证明了的具有真理性的内容。只有在这个基础上,我们才有可能在新的实践中,推进理论的创新①。

《圣经·创世纪》中说造物主在创造天地时,要做的第一件事就是要使茫茫宇宙有光。光是生命的象征,是生命的动力和源泉。理想、信念、希望,就是一个人心中的光。我把文学理想看作是希望之光、智慧之光和艺术之光。我认为:一个没有理想的民族是没有希望的民族;一个没有理想的艺术家是一个只能爬行的永远也不能攀登上艺术高峰的艺术家。20世纪50年代在美学大讨论中,典型问题是一个热点问题,有人称它是文学研究中的一个"金苹果"。它与文学理想是一对孪生姊妹。自己当时曾以一个"初生之犊不怕

---

① 参见李衍柱:《总序:学术人生自述》//《林涛海韵丛话》第1卷,人民出版社,2013年版,第1—15页。

虎"的劲头，决心去摸一摸这个"金苹果"。谁知这一摸就是四十多年，其结果就是现在摆在大家面前的《文学典型论》《文学理想与文学活动》（人民出版社，2013）等。它究竟有何学术价值，有何得失和不足，只能让同行学者和广大读者去评说。

　　回归经典文本，踏着巨人的肩膀前行，是我学习研究所遵循的一条基本原则。经典文本是人类智慧的结晶，标志着不同时代学术发展的最高水平。我们要读的书很多，最重要的则是选择有关本专业的经典文本。要细读，精读，反复读，真正领会其精神实质。在自己的人生旅途和学术生涯中，面对波澜壮阔的社会生活海洋和浩瀚无垠的书的海洋，我想知道的东西很多很多；我能够知道但因种种原因而又不知道也不能知道的东西同样也是很多很多；我实际知道的仅是在有限的时间内自己努力学习的一点东西。自己能够知道和已经知道的东西，是我从事学术研究的基础。在《西方美学经典文本导读》（北京大学出版社，2006）中，我依据早已出版的维科的《新科学》、狄德罗的《美学论文选》、莱辛的《拉奥孔》、黑格尔的《美学》和新出版的《柏拉图全集》《亚里士多德全集》、康德的三大批判及有关的新的研究成果，通过重读、细读，读出了点新意，突破了美学界、文艺理论界一些传统的偏见和误读，做出了自己的新的阐释。为了筹备和参加"儒家思孟学派国际学术研讨会"，我曾花了较长时间集中研究并撰写了《"思孟学派"与中国美学》。为了研究这个问题，我专门去哈佛大学燕京图书馆查阅了有关原始文献资料，访问了时任燕京学社社长、当代新儒学代表人物杜维明先生，采用王国维所倡导的"二重证据法"，将地上流传下来的《论语》《中庸》《孟子》《荀子》《史记》等经典文本与地下新发现的《郭店楚墓竹简》等最新的考古文献结合起来，对照比较、辨析研究，原创性地提出和论证了"思孟学派"关于美学研究对象、审美形态和它在美学史上的地位影响等问题，发出了属于中国学者自己的声音。该文发表在袁行霈先生主编的《国学研究》第21卷，获得国内外学者的好评。被选入哈佛大学燕京学社、山东师范大学齐鲁文化研究中心编选的《儒家思孟学派论集》（齐鲁书社，2008）。

研究文艺学、美学，仅仅去重读、细读中外文艺理论史、美学史、哲学史上的经典文本是不够的，还必须面向现实，面向社会实践和文学艺术创作实践，去研究和回答当代实践中提出的新问题。世界文明史上出现的第一部文艺学专著是亚里士多德的《诗学》。亚里士多德的诗学理论，就是古希腊的悲剧、喜剧、史诗、音乐等艺术实践经验的总结和概括。诗学或文艺学不是在"象牙之塔"中主观建构出来的僵死教条，而是对中外文艺实践经验的科学总结。它本身又是在实践中运用并在实践中得到检验、丰富和发展的。鉴赏批评是诗学、美学建设的重要方式和途径。没有鉴赏批评，就难以分析美、发现美。中外文学批评史上的成功经验，一再告诫我们，只有切实地从鉴赏批评入手，才有可能在实践中推进理论的创新与发展。读者从选入本书的《第十个文艺女神的再生——关于文艺批评的主体性的思考》一文中，基本上可以看到笔者对文艺鉴赏批评的对象、性质、任务和它在文艺活动系统中所处的中介地位与批评家的修养等问题的认识和主张。19世纪法国批评家爱米尔·蒙泰居（1825—1895）提出的"批评是第十个文艺女神"的著名观点，我是完全赞同的。文艺批评不是附庸，不是专为某些有意包装自己的作家、艺术家擦皮鞋、吹喇叭的婢女和仆从，也不能把它看作是扼杀文艺生机的工具和武器。它有自己的独立品格，有自己的主体性。如同著名的芬兰文学史家勃兰兑斯（1842—1927）所说："批评是人类心灵路程上的指路牌。批评沿路种植了树篱，点燃了火把。批评披荆斩棘，开辟新路。因为，正是批评撼动了山岳——撼动了信仰权威的山岳，偏见的山岳，毫无思想的权力的山岳，死气沉沉的传统的山岳。"① 2009年，我有机会阅读了孙皓晖撰写的约有五百万字的长篇历史小说《大秦帝国》，并结合阅读了袁行霈先生主编的《中华文明史》，美籍华人黄仁宇的《中国大历史》《万历十五年》，法兰西学院院士勒内·格罗塞的《伟大的历史——5000年中央帝国的兴盛》与司马迁的《史记》等历史文献。陆续写了《华夏文明原生态的生动再现——论大秦帝国》《审美视野的〈大秦帝国〉》《偶然中的必然：〈大秦帝国〉的悲剧品格》等系列鉴赏批评论文（见《〈大秦帝国〉论稿——走向新世纪文艺复兴的绿色信号》，河南文艺出版社，2011）。在这一年多的鉴赏和批评实践中，我深深体会到作家、批评家，要真正冲破传统的偏见，撼动信仰权威的山岳，没有一点决心和勇气是不可能的。也正是

---

① ［丹麦］勃兰兑斯著，李宗杰译：《十九世纪文学主流》第5分册，人民文学出版社，1988年版，第383页。

在这次鉴赏批评的实践中我开始触摸到了文学批评界的神经，发现了当代中国文学发展中提出的新的美学、文艺学问题，并且在思想上形成了一个基本看法：《大秦帝国》的出现，是中国文学艺术走向大发展、大繁荣的可喜征兆，是中华民族走向新世纪文艺复兴之路的绿色信号。① 本书还选了我对当时刚出版的莫言的长篇小说《蛙》的评论：《生命的文学与文学的生命——读莫言〈蛙〉感言》，此文是2011年9月参加莫言家乡高密举办的关于《蛙》的学术研讨会的发言稿，发表在《时代文学》2012年5月上半月，文中认为莫言的这部作品的问世，标志着中国文学在攀登世界文学巅峰的征程中跨上了一个新的里程碑。

我庆幸自己生活在一个急剧变革的伟大时代。1949年10月1日，中华人民共和国诞生。毛泽东庄严地宣告："从这时起，近代世界历史上那种看不起中国人，看不起中国文化的时代应当完结了。伟大的胜利的中国人民解放战争和人民大革命，已经复兴了并正在复兴着伟大的中国人民的文化。这种中国人民的文化，就其精神方面来说，已经超过了整个资本主义的世界。"② 新中国的诞生揭开了中国哲学社会科学发展的新的一页，迎来了中国文学艺术和中国诗学大发展的新纪元。

继1949年10月1日之后，1978年12月18—22日，这又是一个中国人民永远值得纪念的日子。中国共产党召开的

---

① 参见李衍柱：《总序：学术人生自述》//《林涛海韵丛话》第1卷，人民出版社，2013年版，第15—16页。
② 《毛泽东选集》第4卷，人民出版社，1991年版，第1516页。

第十一届三中全会,正式揭开了中国改革开放新时代的序幕,迎来了教育的春天、科学的春天、学术的春天、文艺的春天和中国现代诗学的春天。在改革开放的春天里,中国的文学艺术永远结束了"十年动乱"期间出现的那种万马齐喑、百花凋零的局面,迎来了文学艺术井喷式的发展和繁荣,构筑起一个枝叶繁茂、层林尽染的文学高地,并奋勇向世界文学高峰攀登。从1981—2019年,有四十八部长篇小说获"茅盾文学奖";2012年,莫言以他的小说创作成就获世界文学最高奖——诺贝尔文学奖;2015年,刘慈欣以他的《三体》等获世界科幻小说的最高奖——雨果奖;2016年,曹文轩以《草房子》《青铜葵花》等作品获世界儿童文学最高奖——国际安徒生奖。在改革开放的春天里,创作与批评并肩前行,相互促进,中国诗学冲破了神学、政治学和苏联"马克思主义文艺学"的禁锢,回归到自己的家园,迎来了自己的春天,走上了建设有中国特色的中国现代诗学的道路。

在新中国诞生的隆隆礼炮声中,我迈入自己人生的"黄金期"。我聆听着时代的脉搏,伴随着祖国艰苦卓绝、曲折前行的雄健脚步,将自己的青春年华融入建设祖国的伟大行列。令我骄傲和自豪的是:我既是伟大祖国由站起来到富起来、由富起来到强起来这一宏伟壮丽的历史过程的参与者,又是这一饱含着智慧和创造,欢乐、心酸和血泪,前赴后继,勇于攀登的史诗般的伟大历程的见证人。改革开放唤醒了我的学术生命,使我恢复了学术的青春。沐浴着改革开放的春风,我挣脱了现代迷信的精神枷锁,全身心地投入中国诗学美学的拨乱反正、锄草浇花、培育新人、推进理论创新的时代中。选入本书的内容，就是来自改革开放新时期在中国诗学的春天里自己独立撰写和完成的论著之中。时间最早的一篇是《试谈黑格尔所说的"这一个"——学习马克思恩格斯论文学典型问题札记》，发表在1978年出版的《外国文学研究》创刊号；最晚的一篇是发表在2012年5月出版的《时代文学》上半月的《生命的文学与文学的生命——读莫言〈蛙〉感言》。全书分改革开放篇、重读经典篇、批评鉴赏篇三辑，包括十五篇论文，从不同的侧面，显示出个人在中国诗学的春天里发出的清音和心声，折射出时代精神的回响。在《文学理论：面对信息时代的幽灵》《数与美绘制的时代镜像》等论文中，回答了J.希利斯·米勒等西方学者鼓吹的"文学终结论""历史终结论"，论说了网络艺术的兴起及其审美特征；在《主导多元　综合创新》《多元共生　和而不同》《范式革命与文艺学转型》等论文中，提出了当代中国文艺学的基本走向和发展态势问题；书中具体总结了五四以来的历史经验，在传统与现代转换、建设中国诗学过程中已形成的三条相互联系而又各具特色的不同路径：朱光潜的"移花接木"论，宗白华的"东西古今""融会贯通"论，钱锺书的"打通论"和"阐释之循环"。这些论文中提出的问题和阐发的观点，已引起不少学人的共鸣，同时也衷心欢迎广大读者批评。

本书所选的内容，时间跨度近四十年。写于20世纪70—90年代的论文和专著，基本没有电子版。这样在整理时，不仅在内容上有不少地方需要增删补充，而且在引文注释上也需要按照学术规范认真加以补充、校对和校正。我所在的省级文艺学重点学科在校的硕士研究生田甜、孙娟娟,帮助对入选的没有电子版的论文进行打字、校正和对其他论文的引文注释加以补充、校正、统一格式。已毕业的研究生、北京市社会科学院文学研究所研究员李建盛对书稿所选内容提出了一些很好的建议。没有学科老师和在读的与已毕业的硕士、博士们的帮助,我自己是很难在短时间内完成书稿的编选、校对和校正任务的。

在我半个世纪的学术生涯中,不管在何种艰险困苦的情况下,我的学术研究活动始终离不开夫人林春英相助的身影。"文化大革命"中,当我被以"莫须有"的罪名批判审查时,与我相濡以沫的夫人坚信我的清白,从不同方面鼎力相助,给予我继续前行的信心和勇气。她以自我牺牲、任劳任怨、艰苦奋斗的精神,承担起对孩子抚养教育的任务,支持我的学习和研究,从而使我毫无后顾之忧,可以集中全部精力搞我的学问。

本书今天能够同广大读者见面,这与山东文艺社的关照和支持分不开。在此,一并表示真挚的谢意!

李衍柱

2020 年 7 月 12 日写于山东师范大学寓所

第一辑

改革开放篇

思想解放与文艺学建设①

> 打破精神枷锁,使我们的思想来个大解放。
>
> ——邓小平

文艺学在中国的产生和发展,是与20世纪在中国出现的三次思想解放运动联系在一起。我们可以毫不夸大地说,没有人们的思想大解放,没有中西文化的大交流、大碰撞,没有马克思主义普遍真理与中国实际相结合,中国文艺学的建设一切都无从谈起。

一、思想解放:推动文艺学发展的强大动力

如果说革命是推动历史前进的火车头,那么人的思想的大解放就是驱使火车开动的发动机。人类社会的进步,是一个人类不断地

---

① 本文选自《时代的回声——走向新世纪的中国文艺学》是教育部批准立项的"文艺学大视野"丛书之一(批准号为99JD750,11—44001),2000年4月由花城出版社正式出版。2003年获第三届中国高等学校人文社会科学研究成果三等奖。选入本书时,个别章节内容有所调整、修订。

从愚昧走向光明的思想解放过程。试想：如果没有文艺复兴时期的伟大思想解放运动，怎么会出现莎士比亚、塞万提斯、达·芬奇等等的群星灿烂的历史巨人？没有启蒙运动，怎么会产生法国资产阶级大革命？如果没有中国春秋战国时期的思想大解放，怎么会出现诸子百家争鸣、学术繁荣的局面？

思想解放与破除迷信是分不开的。人类历史上出现的每一次思想解放运动，首先，就要打破种种精神枷锁，冲出思想的牢笼。康德在《实用人类学》中说：

> 人心中最大的革命在于："从人自己所造成的受监护状态中走出来。"在这个时候，他才脱离了至今为止还由别人代他思考、而他只是模仿或让人在前搀扶的状态，而敢于用自己的双脚在经验的地面上向前迈步，即使还不太稳。①

康德在《回答一个问题：什么是启蒙？》一文中，进一步阐明了他在《实用人类学》中提出的上述思想。他说："启蒙就是人从他自己造成的未成年状态中走出。未成年状态就是没有他人的指导就不能使用自己的知性。倘若未成年状态的原因不在于缺乏知性，而在于缺乏无须他人指导就使用自己知性的决心和勇气，那么，这种状态就是自己造成的。Sapere aude!（要敢于认识！）要有勇气使用自己的知性！这就是启蒙的格言。"② 康德提倡的启蒙，就是要人们以最大的决心和勇气，去破除中世纪以来长期禁锢人们头脑的宗教蒙

---

① ［德］康德著，邓晓芒译：《实用人类学》，重庆出版社，1987年版，第124页。
② ［德］康德著，李秋零编译：《康德书信百封》，上海人民出版社，1992年版，第271页。

昧主义和封建专制主义，用自己的头脑去独立思考，用自己的脚去走路。康德的这一启蒙主义思想，鼓舞和影响了一代又一代的西方哲人。

思想的大解放，对于一个被封建主义统治了两千多年的民族来说，尤有重大意义。思想解放是推动社会变革的强大动力。"思想的闪电一旦真正射入这块没有触动过的人民园地"①，中国这个东方的"睡狮"就会变成穿山越谷、腾云驾雾的"雄狮"和"巨龙"。

20世纪，中国人民在走向独立、民主、自由、文明、富强的道路上，经历了历史性的巨大变化。驱使中国社会发生历史巨变的动力，则是先后出现的三次伟大的思想解放运动。

第一次思想解放运动，发生在19世纪末到20世纪20年代初。这是一次从封建主义到改良主义，从改良主义到民主主义，从旧民主主义到新民主主义的伟大思想启蒙运动。19世纪末到20世纪初，上个世纪之交，正是中国社会由两千多年的封建形态向近代社会转型的时期。面对晚清政府的腐朽和世界列强瓜分中国的民族危机，中国一代的先进分子，怀着"国家兴亡，匹夫有责"的强烈的忧患意识和历史使命感，积极向西方资产阶级那里寻找救亡图存的真理，西方重要的哲学、政治学、社会学、伦理学、美学等等学说和主义，相继被介绍到中国，给日益僵化的中国思想界注入了新的生机与活力。它的积极成果，是出现了20世纪第一次中西文化的交流、碰撞和融合，打破了封建地主阶级的文化专制主义，竖起了先是改良主义、后是民主主义的旗帜。十月社会主义革命胜利以后，又进而找到了马克思列宁主义。正是在第一次思想解放运动中，中国文艺学开始打破了传统的中国古典模式，在近代世界美学、文艺学发展的

---

① 《马克思恩格斯选集》第1卷，人民出版社，1972年版，第15页。

历史坐标上逐渐找到了自己的位置，向着民族的、科学的、大众的方向迈出了可喜的第一步。其中贡献最大的首推王国维。是否可以这样说：王国维既是中国古典诗学的最后一人，又是中国现代诗学（中国20世纪文艺学）的第一人。他的《〈红楼梦〉评论》（1904年）、《人间词话》（1908年）、《宋元戏曲考》（1912），为中国现代文艺批评、诗学和文学史研究开了先河。鲁迅在五四前发表的《摩罗诗力说》（1907年）和《儗播布美术意见书》（1913年），则为中国比较文学和文艺美学的建立铺下了第一块基石。胡适发表的《文学改良刍议》（1917年）、陈独秀发表的《文学革命论》（1917年）、周作人发表的《人的文学》（1918年）和李大钊发表的《什么是新文学》（1919年）等论文，对于解放思想、建立中国现代文艺学作出了重大的贡献。五四前后，从文艺思想上讲，可以说世界上各种文艺思潮、主义都在中国的舞台上亮过相，出现了前所未有的"百家争鸣"的局面。

马克思指出："理论在一个国家的实现程度，决定了理论满足这个国家的需要的程度。"① 由于中国人民解放事业的需要，中国的先进分子从无数血的教训中，找到了马克思主义，以此作为自己救亡图存、翻身解放的精神武器。马克思主义文艺理论是随着马克思主义在中国的传播而被介绍到中国来的。开始它是从日本学者的著作转译介绍过来的，后来又是从俄国间接介绍过来的。30年代初期，瞿秋白所译的马克思、恩格斯的文艺论著都是以俄文译本为蓝本并以俄国学者的阐释为主要依据而翻译介绍到中国的。马克思主义文艺理论作为马克思列宁主义的一个组成部分，它之所以能在20到30年代在中国得到广泛传播并为中国理论工作者和文艺工作者所接受，

---

① 《马克思恩格斯选集》第1卷，人民出版社，1972年版，第10页。

这是因为它适应了中国新民主主义革命的需要，适应了中国现代文艺学建设的需要。在马克思主义文艺理论在中国的传播过程中，瞿秋白、鲁迅、郭沫若、冯雪峰、周扬都作出了自己的贡献。瞿秋白写的《鲁迅杂感选集·序》（1933年）是中国第一篇马克思主义文艺批评的历史文献。马克思主义和马克思主义文艺理论在中国的传播从一开始就与革命实践紧密联系在一起，随之而来的也就显示出对马克思主义基础理论研究不够的缺陷。这致使苏联20年代发展起来的"拉普"派的文艺观和文艺的庸俗社会学影响未能得到及时清除。关于这一点刘少奇于1941年7月13日《答宋亮同志》信中做了深刻的分析。他说，中国党有一极大的弱点，这个弱点，就是党在思想上的准备、理论上的修养是不够的，是比较幼稚的。"马克思主义传入中国时，又由于中国当时是客观革命形势很成熟的国家，要求中国革命者立即从事、而且是以全部力量去从事实际的革命活动，无暇来长期从事理论研究与斗争经验的总结。"① 正是这个原因，"使当时的新文化运动及从事文化运动的干部，都包含着很多弱点，没有使当时的新文化运动及其干部与全党的全部实践密切联系起来；因此，就使当时的作品十分杂乱，不深刻与不实际"②。1928年发生的革命文艺论争和20世纪30年代的左翼文艺运动，在译介和传播马克思主义文艺理论方面，虽然取得很大成就，但不可否认还程度不同地存在着教条主义和庸俗社会学观点。甚至像瞿秋白这样的马克思主义者，在创作问题上，也受到"拉普"派提出的"辩证唯物论的创作方法"观点的影响。在20年代到30年代，中国高等学校文科讲坛上，已开始将文艺学或文学概论作为正式课程向学生讲授，

---

① 《刘少奇选集》上卷，人民出版社，1981年版，第221页。
② 《刘少奇选集》上卷，人民出版社，1981年版，第221页。

但主要是将西方的文学理论"拿来",或改头换面编写成教材使用。如鲁迅1924年就曾以厨川白村的《苦闷的象征》在北大讲过课。另外,像叔本华的《文学的艺术》、温彻斯特的《文学评论之原理》、本间久雄的《文学概论》,在中国都产生过影响。真正吸取西方文学原理而对中国文艺学建设作出重大贡献的,在20年代末到30年代初这一期间,则是朱光潜先生。虽然在他的《文艺心理学》和《诗论》中的世界观和方法论原则并非是马克思主义的,但是其在中国现代文艺学建设上的历史功绩是任何人也抹杀不了的。他的《文艺心理学》是中国现代文艺学的重要分支,文艺心理学的开山之作。

随着中国革命的深入和抗日战争的爆发,中华民族又一次面临着生死存亡的关头。全民族的觉醒和抗争,逐渐于30年代末到40年代初,出现了20世纪中国的第二次思想解放运动。这次思想解放与五四时期的不同点,主要是清算"左"倾机会主义路线的影响,打破教条主义的、僵化的"马克思主义"的束缚,树立起马克思主义普遍真理与中国实际相结合的正确原则。就当时涉及的范围讲,主要是广大敌后根据地和进步的知识界。这次思想解放运动的另一重要特点是它的自觉性。以毛泽东为代表的中国共产党人,审时度势,根据革命的需要和人民的要求,积极发动和领导了这次思想解放运动。具有中国特色的马克思主义文艺学,在这次思想解放运动中,奠定了坚实的理论基础,并对其未来发展指明了方向和途径。1937年毛泽东发表的《实践论》《矛盾论》,为中国化的马克思主义文艺学提供了科学的世界观和方法观;1940年发表的《新民主主义论》,系统地阐明了中国马克思主义者的文化观,是建立民族的、科学的、大众的新民主主义文化的纲领性文献;1942年发表的《在延安文艺座谈会上的讲话》,系统地阐发了毛泽东文艺思想体系的重要内容。此后毛泽东文艺思想在中国抗日根据地完全居于指导地位,随着解放战争的胜利，逐步在全国范围内得到了普及，成为指导中国革命文艺运动的理论武器。在30年代末到40年代初的思想解放运动中，在哲学上、军事上、政治思想上，清算"左"倾机会主义路线比较彻底，在文艺领域虽然确立了马克思主义的路线，但从理论上则误认为"苏联模式"的文学理论就是马克思主义的文学理论。如对于"拉普"派的理论基础，对于文艺的阶级斗争工具论和政治从属论，对于独尊"社会主义现实主义"的僵化模式，对于苏共惯用的行政方式管理文艺等等，都尚缺乏深入的研究和清醒的自觉的认识。在40年代初期"黎明前的黑暗"的政治形势下，这些方面的消极作用还不可能充分显露出来，但在新中国成立后，学习、照搬"苏联模式"的弊端则日益凸显，走向极端。

1976年粉碎了祸国殃民的"四人帮"，结束了"十年动乱"的"文化大革命"，这时中国人民又面临着一个"中国向何处去"的问题，首先就是如何打破林彪、"四人帮"制造的现代个人迷信的精神枷锁。1978年5月11日，在邓小平等老一辈无产阶级革命家的领导和支持下，《光明日报》发表了经胡耀邦审定的特约评论员文章《实践是检验真理的唯一标准》，由此引发了一场在全国范围内的关于真理标准问题的大讨论。以这场大讨论为开端，迅速发展成为20世纪第三次声势浩大、波澜壮阔的思想解放运动。在中国共产党十一届三中全会上，邓小平发表的《解放思想，实事求是，团结一致向前看》的讲话中指出："目前进行的关于实践是检验真理的唯一标准问题的讨论，实际上也是要不要解放思想的争论。大家认为进行这个争论很有必要，意义很大。从争论的情况来看，越看越重要。一个党，一个国家，一个民族，如果一切从本本出发，思想僵化，迷信盛行，那它就不能前进，它的生机就停止了，就要亡党亡国。……只有解放思想，坚持实事求是，一切从实际出发，理论联系实际，我们的社会主义现代化建设才能顺利进行，我们党的马列主义、毛泽东思想的理论也才能顺利发展。"邓小平以理论家的勇气和胆略，审时度势，因势利导，向全国人民发出了"打破精神枷锁，使我们的思想来个大解放"的伟大号召。邓小平还反复地指出，解放思想是指在马克思主义指导下打破习惯势力和主观偏见的束缚，研究新情况，解决新问题。"解放思想，就是使思想和实际相符合，使主观和客观相符合，就是实事求是。今后，在一切工作中要真正坚持实事求是，就必须继续解放思想。认为解放思想已经到头了，甚至过头了，显然是不对的。"从70年代末期开始的中国第三次思想解放运动，使我们成功地走上了一条建设有中国特色的社会主义的新道路，使马克思主义普遍真理与中国实际和当今时代特点相结合出现了新飞跃，形成了当代的马克思主义。邓小平理论，使古老的中华大地重新焕发了青春，注入了生机与活力。这次伟大的思想解放运动，使中国社会的各个领域，都发生了根本性的变化，文化、科学、艺术，迎来了自己发展的春天。在这次前所未有的思想解放的洪流中，文艺学同其他社会科学一样，挣脱了种种精神枷锁，走出了误区，打破了禁阈，回到了自己的家园，面对时代的挑战和千年难逢的机遇，大踏步地迈向新的世纪。

二、走出三个误区，回归自己的家园

在20世纪文艺学发展的历程中，虽然几经曲折，但第三次思想解放运动，终于使广大理论工作者和文艺工作者，从惨痛的历史教训中，艰难地走出了文艺学发展的三个误区。

(一) 神学的误区

世界上本来没有神,神"只不过是对象化了的人的本质"。"神学的秘密就是人学,神圣实体的秘密就是人的本质。……除了人的本质以外,人不能把任何别的东西当作绝对的、神圣的实体来思维、拟想、想象、感觉、信仰、期望、爱慕和崇拜。"马克思主义者是坚信辩证唯物主义和历史唯物主义的宇宙观、世界观的,从来不相信有什么"救世主"。在中国"文化大革命"期间,林彪、江青一伙出于其阴谋篡党夺权的政治需要,肆意制造"个人迷信",在全国上下发动了一场声势浩大、前所未有的新的"造神"运动,宣扬什么毛泽东的著作和言论"句句是真理""一句顶一万句"。在机关、学校、城市、村镇,天天搞什么"早请示、晚汇报,"跳"忠"字舞,唱"忠"字歌,开会必喊"万岁!万岁!万万岁!"任何人,不管是谁只要他对毛泽东或毛泽东的著作言论有一点不恭,轻则批判斗争,重则落个被迫害致死。这种"史无前例"的"造神"运动,扼杀了学术研究的生机,杜绝了一切通向真理的道路,从根本上违背了马克思主义,在一片"红海洋"中,潜藏和掩盖着人间最卑鄙的勾当。正如一位诗人所写:

> 卑鄙是卑鄙者的通行证,
> 高尚是高尚者的墓志铭。
> 看吧,在那镀金的天空中,
> 飘满了死者弯曲的倒影。①

---

① 阎月居、高岩等编选:《朦胧诗选》,春风文艺出版社,1985年版,第1页。

新的"造神"运动,并未铸造起人民群众的新的信仰,相反使人民对"四人帮"宣扬的一切都产生了怀疑,一切的一切都不相信是真的。

> 告诉你吧,世界,
> 我——不——相——信!
> 纵使你脚下有一千名挑战者,
> 那就把我算做第一千零一名。
>
> 我不相信天是蓝的;
> 我不相信雷的回声;
> 我不相信梦是假的;
> 我不相信死无报应。
>
> 如果海洋注定要决堤,
> 让所有的苦水注入我心中;
> 如果陆地注定要上升,
> 就让人类重新选择生存的峰顶。①

新的"造神"运动,实际成了一场毁灭文化、摧残文艺的反文化的浩劫,使文艺变成了十足的新的"神学"的婢女。但是有着五千年优秀传统文化的中国,从来不屈服于任何黑暗势力的压迫,坚信严冬即将过去,春天即将到来:

---

① 阎月君、高岩等编选:《朦胧诗选》,春风文艺出版社,1985年版,第1—2页。

> 新的转机和闪闪的星斗,
> 正在缀满没有遮拦的天空,
> 那是五千年的象形文字
> 那是未来人的凝视的眼睛。①

粉碎"四人帮",特别是经过党的十一届三中全会后,人民的思想大解放,民族的精神大振奋,神州大地出现了一派勃勃生机。这时,也只有这时,文学艺术才迎来了"百花齐放"的春天,文艺学的建设才打破了僵化的"注经"模式,走出了神学的误区。文艺学作为一门独立的社会科学,它研究的是文学活动的特点和规律,追求的是真理,而不是引导人们去崇拜任何偶像。毛泽东是一个伟大的马克思主义者,是伟大的无产阶级革命家、战略家和理论家;毛泽东又是中国20世纪出现的一位卓越的诗人和书法家。但是,毛泽东也是人,是一个同样有七情六欲的普通人,他不是神,也不会是神,因此必然有他的局限和不足。破除迷信与解放思想是相辅相成的。只有破除迷信,解放思想,恢复"实践是检验真理的唯一标准",我们才能真正实事求是地研究毛泽东、认识毛泽东,才能科学地分析和评价毛泽东关于文学艺术的理论与实践。我们只有走出神学的误区,对过去被视为神圣的理论,才能给予历史客观的评价,建设有中国特色的马克思主义文艺学、美学,才有可能成为现实。

---

① 阎月君、高岩等编选:《朦胧诗选》,春风文艺出版社,1985年版,第2页。

(二) 政治学的误区

文艺学、政治学都是人文社会科学,作为一门独立的学科各自都有自己的研究对象和研究任务。文艺在阶级社会中不能脱离政治,但文艺并不等于政治。文艺与政治的关系是马克思主义文艺学的一个带有根本性的问题。早在 1905 年列宁在《党的组织和党的出版物》一文中,明确提出了"党的文学原则",认为"写作事业应当成为无产阶级总的事业的一部分,成为全体工人阶级的整个觉悟的先锋队所开动的一部巨大的社会民主主义机器的'齿轮和螺丝钉'"[①]。同时列宁又庄严地声明:"我把写作比作螺丝钉,把生气勃勃的运动比作机器也是有缺陷的。……无可争论,写作事业最不能机械划一,强求一律,少数服从多数。无可争论,在这个事业中,绝对必须保证有个人创造性和个人爱好的广阔天地,有思想和幻想、形式和内容的广阔天地。"[②] 后来苏联"无产阶级文化"派、"拉普"派片面地理解列宁的观点,突出地强调了"文学是阶级斗争强有力的工具",把文学同政治等同起来。1918 年 9 月 20 日,在无产阶级文化教育组织第一次全体会议上,根据波格丹诺夫的建议所做的关于无产阶级与艺术的决议中,就明确规定:艺术乃是阶级社会中组织集体力量、阶级力量的最强有力的工具。1923 年 5 月 25 日全体无产阶级文化协会在《关于纲领问题》的决议中又宣布:"科学社会主义否认阶级社会中科学的超阶级性,一般的科学如此,个别的科学门类也是如此。"[③] 1925 年在第一次全苏无产阶级作家会议决议中,

---

① 《列宁全集》第 12 卷,人民出版社,1987 年版,第 39 页。
② 《列宁全集》第 12 卷,人民出版社,1987 年版,第 39 页。
③ 白嗣宏编选:《无产阶级文化派资料选编》,中国社会科学出版社,1983 年版,第 2 页。

进一步强调:"文学是阶级斗争的强大武器。……如果无产阶级在自己专政时期,不能逐渐占领意识形态的全部阵地,它就将不再是统治阶级。阶级社会中的文艺不仅不可能是中立的,而且是积极地为一定阶级服务的。……有关什么在文学领域内不同的文学思想流派可以和平合作与和平竞争的谈论是反动的空想。布尔什维主义一贯地与这种空想进行斗争。"① 美国学者赫尔曼·叶什尔莫拉耶夫在《"拉普"——从兴起到解散》一文中,明确指出:"'拉普'理论的最大的缺点之一是为了政治而舍弃艺术。"② "拉普"在组织上虽然于1932年被解散,但他们在理论上、思想上的影响,我们决不能低估。在中国左翼文艺运动中,就留有不少"拉普"的痕迹。

关于文艺与政治的关系问题,一直是中国文艺理论界关注的重点问题之一。在中国古代文论中,从孔子(公元前551—公元前479年)开始就提出"诵《诗》三百,授之以政"(《论语·子路》)的命题,认为诗不仅可以兴、观、群、怨,而且还应"迩之事父,远之事君"(《论语·阳货》)。以后历代文人,时有论述。20世纪在中国文论史上,首倡文艺为政治服务的是梁启超。1902年梁启超发表《论小说与群治之关系》,该文可以看作是戊戌变法领袖的文艺纲领。文章开宗明义就讲:

> 欲新一国之民,不可不先新一国之小说。故欲新道德,必新小说;欲新宗教,必新小说;欲新政治,必新小说;欲新风俗,必新小说;欲新学艺,必新小说;乃至欲新人心,欲新人

---

① 张秋华、彭克巽等编选:《"拉普"资料汇编》上,中国社会科学出版社,1981年版,第170页。
② 张秋华、彭克巽等编选:《"拉普"资料汇编》上,中国社会科学出版社,1981年版,第380页。

格，必新小说。何以故？小说有不可思议之力支配人道故。①

他又说：

> 故今日欲改良群治，必自小说界革命始；欲新民，必自新小说始。②

五四运动中，陈独秀高举"文学革命"的大旗，提出了文学革命的三大主义，其中心问题仍是强调以新的文学来为革新政治服务。他说：

> 今欲革新政治，势不得不革新盘踞于运用此政治者精神界之文学，使吾人不张目以观世界社会文学之趋势及时代精神，日夜埋头故纸堆中，所目注心营者，不越帝王权贵、鬼怪神仙与夫个人之穷通利达，以求革新文学、革新政治，是缚手足而敌孟贲也。③

陈独秀并以中国启蒙主义者的勇气和决心，表示自己将同文学革命的先驱者一起，"不顾迂儒之毁誉，明目张胆以与十八妖魔宣战"，他并且愿拖"四十二生之大炮，为之前驱"。

---

① 郭绍虞主编：《中国历代文论选》第 4 册，上海古籍出版社，1980 年版，第 204 页。
② 郭绍虞主编：《中国历代文论选》第 4 册，上海古籍出版社，1980 年版，第 211 页。
③ 陈独秀：《文学革命论》//王永生主编《中国现代文论选》第 3 册，贵州人民出版社，1984 年版，第 398 页。

从20年代至30年代，对于文艺与革命、文艺与政治的关系问题，文艺界、理论界一直在争论着。鲁迅、郭沫若、蒋光慈、冯乃超与梁实秋等"新月"派人物，针锋相对地展开了论战。梁实秋认为：文学并不表现什么时代精神，"在文学上讲'革命的文学'这个名词根本就不能成立。在文学上，只有'革命时期中的文学'，并无所谓'革命的文学'。站在实际革命者的立场上来观察，由功利的方面着眼，我们可以说这是'革命的文学'，那是'不革命的文学'，再根据共产党的理论，还可以引申地说'不革命的文学'就是'反革命的文学'。但是就文学论，我们划分文学的种类派别是根据于最根本的性质与倾向，外在的事实如革命运动、复辟运动都不能借用做量衡文学的标准。并且伟大的文学乃是基于固定的普遍的人性，从人心深处流出来的情思才是好的文学，文学难得的是忠实——忠于人性；至于与当时的时代潮流发生怎样的关系，是受时代的影响，还是影响到时代，是与革命理论相合，还是为传统思想所拘束，满不相干，对于文学的价值不发生关系。因为人性是测量文学的唯一标准。"[①] 梁实秋反对"革命文学"提倡者主张的文学功能论、"工具论"，并非完全错误，但他认为文学与革命"不相干"，"文学并不谈论什么时代精神"，显然是错误的。郭沫若在当时则强调，"文学是永远革命的，真正的文学是只有革命文学的一种。所以真正的文学永远是革命的前驱，而革命时期中总会有一个文学的黄金时代出现"[②]。他认为每个时代都有每个时代的精神，时代精神一变，革命文学的内容便随之而变。他由此得出一个数学的方式：

---

① 梁实秋：《文学与革命》//王永生主编《中国现代文论选》第3册，贵州人民出版社，1984年版，第436—437页。
② 郭沫若：《革命与文学》//王永生主编《中国现代文论选》第3册，贵州人民出版社，1984年版，第230页。

革命文学 = F（时代精神）

更简单地表示的时候，便是：

文学 = F（革命）

这用语言来表现时，就是文学是革命的函数。①

郭沫若的这些观点表现得是革命，但其片面的形而上学性质也是很明显的。

1940年毛泽东发表了著名的《新民主主义论》，毛泽东以能动的革命的反映论的观点，辩证地回答了文化和政治、经济的关系，他说：

> 一定的文化（当作观念形态的文化）是一定社会的政治和经济的反映，又给予伟大影响和作用于一定社会的政治和经济；而经济是基础，政治则是经济的集中表现。这是我们对于文化和政治、经济的关系以及政治和经济的关系的基本观点。②

毛泽东还明确地指出，文化革命是在观念形态上反映政治革命和经济革命，并为它们服务的。"革命文化，对于人民大众，是革命的有力武器。革命文化，在革命前，是革命的思想准备；在革命中，是革命总战线中的一条必要和重要的战线。"③ 1942年，在《在延安文艺座谈会上的讲话》中，毛泽东指出：

> 在现在世界上，一切文化或文学艺术都是属于一定的阶级，

---

① 郭沫若：《革命与文学》//王永生主编《中国现代文论选》第3册，贵州人民出版社，1984年版，第325—326页。
② 《毛泽东选集》第2卷，人民出版社，1991年版，第663—664页。
③ 《毛泽东选集》第2卷，人民出版社，1991年版，第708页。

属于一定的政治路线的。为艺术的艺术,超阶级的艺术,和政治并行或互相独立的艺术,实际上是不存在的。无产阶级的文学艺术是无产阶级整个革命事业的一部分,如同列宁所说,是整个革命机器中的"齿轮和螺丝钉"。……文艺是从属于政治的,但又反转来给予伟大的影响于政治。革命文艺是整个革命事业的一部分,是齿轮和螺丝钉,和别的更重要的部分比较起来,自然有轻重缓急第一第二之分,但它是对于整个机器不可缺少的齿轮和螺丝钉,对于整个革命事业不可缺少的一部分。①

对于文艺的功能,在那个"黎明前的黑暗",中华民族处于抗日战争的关键时刻,毛泽东特别突出地强调文艺应成为"团结人民、教育人民、打击敌人、消灭敌人的有力的武器,帮助人民同心同德地和敌人作斗争"②。在文艺批评上,毛泽东则提出了两个标准,一个是政治的标准,一个是艺术的标准,在二者的关系上,则是政治标准第一,艺术标准第二。

在中国,从20世纪20年代到70年代末,文艺从属和服务于政治,是阶级斗争的工具和武器,一直居于中国现代文论的主导地位,是革命文艺工作者遵循的总口号。这个口号在武装的革命反对武装的反革命的年代,在阶级斗争激烈进行的年代,确曾起了积极的作用,并且产生了不少优秀的文学艺术作品,如《白毛女》《王贵与李香香》《小二黑结婚》《李有才板话》《黄河大合唱》《暴风骤雨》《太阳照在桑乾河上》《红日》《红旗谱》《青春之歌》等。但我们又不能不看到这个口号曾经被不适当地被夸大和绝对化,给文艺发展

---

① 《毛泽东选集》第3卷,人民出版社,1991年版,第865—866页。
② 《毛泽东选集》第3卷,人民出版社,1991年版,第848页。

带来极为不利的影响。一些人以此为理论依据,用强迫命令和横加干涉的行政方式要求文艺从属并服务于临时的、具体的、直接的政治任务。把文艺学同样从属于政治学,从理论上强化了庸俗社会学和机械唯物论的文艺观点。这种"从属论""工具论",很容易被假马克思主义的政治骗子所利用。林彪、"四人帮"不就是就以此为口实,强调文艺必须从他们的反革命的政治路线出发,为其篡党夺权服务吗?历史的教训是沉痛的。从理论上正确地解决文艺与政治的关系问题,使文艺学走出政治学的误区,邓小平作出了重大的贡献。他以理论家的勇气,坚决地摈弃了"以阶级斗争为纲"和"无产阶级专政下继续革命的理论",将我们国家工作重点转移到经济建设这个中心上来,实现了20世纪中国革命的一次伟大战略转移。在文艺理论上,邓小平明确纠正了"从属论"的提法。在中国文学艺术工作者第四次代表大会上的祝词中,他明确指出:"党对文艺工作的领导,不是发号施令,不是要求文学艺术从属于临时的、具体的、直接的政治任务,而是根据文学艺术的特征和发展规律,帮助文艺工作者获得条件来不断繁荣文学艺术事业,提高文学艺术水平,创作出无愧于我们伟大人民、伟大时代的优秀的文学艺术作品和表演艺术成果。"[①] 他代表党中央宣布:衙门作风必须抛弃。在文艺创作、文艺批评领域的行政命令必须废止。要坚持辩证唯物主义思想路线,从三十年来文艺发展的历史中,分析正反两方面的经验,摆脱各种条条框框的束缚。1980年,邓小平进一步指出:"不继续提文艺从属于政治这样的口号,因为这个口号容易成为对文艺横加干涉的理论依据,长期的实践证明它对文艺的发展利少害多。"[②] 邓小平的这些

[①] 《邓小平论文学艺术》,作家出版社,1998年版,第177—178页。
[②] 《邓小平论文学艺术》,作家出版社,1998年版,第37页。

论述,是对世界社会主义文艺运动的历史的经验教训和中国五四以来革命文艺运动的经验教训的高度概括和科学总结,它对文艺学走出误区,解除广大文艺工作者的精神枷锁,有重大的理论价值和深远的现实意义。

(三) 哲学的误区

文艺学离不开哲学,任何时代的文艺学,在世界观和方法论原则上,都自觉、不自觉地接受一定哲学的指导。文艺哲学是文艺学这门独立学科的一个分支而不是它的全部。黑格尔曾把他的巨著"美的艺术哲学"称为美学,并未直接称之为哲学。文艺学与哲学有联系也有区别。我们固然要研究二者的联系,但重点则是要研究文艺学自身的特殊的规定性。毛泽东指出:

> 对于物质的每一种运动形式,必须注意它和其他各种运动形式的共同点。但是,尤其重要的,成为我们认识事物的基础的东西,则是必须注意它的特殊点,就是说,注意它和其他运动形式的质的区别。只有注意了这一点,才有可能区别事物。任何运动形式,其内部都包含着本身特殊的矛盾。这种特殊的矛盾,就构成了一事物区别于他事物的特殊的本质。……科学研究的区分,就是根据科学对象所具有的特殊的矛盾性。①

毛泽东的这段论述,对于科学研究有重大的方法论意义。文艺学与哲学同属历史科学,都是人类社会的精神现象学的组成部分。在东西方的思想史中,也确有一段时期两门学科是混合在一起的。

---

① 《毛泽东选集》第 1 卷,人民出版社,1991 年版,第 308—309 页。

文艺学从哲学中分离出来，而成为一门独立学科，从学术史上讲，这是一种进步和发展。哲学与文艺学作为各自独立的学科，都自有其研究对象、研究任务，这自然也影响到研究方式与方法的不同。但是长期以来，人们往往是把文艺学与哲学研究的对象混为一谈，认为文艺与科学所反映的是同一对象和内容，它们的区别仅仅是反映的方式不同罢了。这一观点可以追溯到俄罗斯批评家别林斯基。他就认为艺术与科学的差别根本不在内容，而在处理一定内容时所用的方法。他说：

> 人们看到，艺术和科学不是同一件东西，却不知道，它们之间的差别根本不在内容，而在处理特定内容时所用的方法。哲学家用三段论法，诗人则用形象和图画说话，然而他们说的都是同一件事。政治经济学家被统计材料武装着，诉诸读者或听众底理智，证明社会中某一阶级底状况，由于某一种原因，业已大为改善，或大为恶化。诗人被生动而鲜明的现实描绘武装着，诉诸读者底想象，在真实的图画里面显示社会某一阶级的状况，由于某一种原因，业已大为改善，或大为恶化。一个是证明，另一个是显示，可是他们都是说服，所不同的只是一个用逻辑结论，另一个用图画而已。……在这儿，艺术和科学是同样不可缺的，科学不能代替艺术，艺术也不能代替科学。①

别林斯基认为艺术与科学的差别不在内容，仅仅是由于处理同一内容时所用的方法不同而已。实际上，任何一门称为独立学科的科学，都有自己不同于其他学科研究的内容与对象。如哲学研究的

---

① 《别林斯基选集》第 2 卷，时代出版社，1953 年版，第 428—429 页。

是自然、社会和思维的普遍性的规律，文艺学研究的则是文学艺术活动的特点和规律。即使同是研究人的学问，生理学研究的是人的生理结构、功能、系统；心理学研究的是人的心理活动的特点、规律；医学是研究人的病理的特点、规律和对象；文学则是以人的整体生活（包括社会生活、家庭生活的各个方面、各个层面）、人的活动、心理、情感、思想以及人与自然、人与人之间错综复杂的关系等等为对象的。研究对象和内容的不同，才出现研究方法的差别。别林斯基只看到文学艺术与科学研究方式、表现方式的不同，而否认其研究和表现的对象的不同，显然是偏颇的。他的这一观点在苏联文艺学、美学研究中一直作为正确的内容接受下来，并且影响到中国的文艺学研究。他的这种看法直到80年代初期中国出版的高等学校文学理论教科书中还留有痕迹。在文学的本体研究和文艺学范畴的研究中，作为惯例就是用哲学的范畴概念去套文艺学的内容。哲学上讲唯物、唯心，讲认识论、反映论，文艺学也大讲唯物、唯心，把文艺仅仅看作是一种认识，把文艺与现实生活的关系也仅仅看作是一种反映与被反映的关系；历史唯物主义原理中讲经济基础与上层建筑，文艺学中也以很大篇幅去讲文艺与经济基础和上层建筑的关系；辩证法中讲任何事物都是一般和个别、共性和个性的统一，文艺学中则以一般和个别、共性和个性的统一的原则去给艺术典型、艺术风格下定义；内容与形式、现象和本质、偶然和必然是哲学上的重要范畴，推而广之自然它们也是文艺学的重要范畴。这样以哲学的模式去套文艺学范畴的丰富内容，就必然导致文艺学研究中出现公式化、概念化、僵化的倾向。文艺学一旦脱离了自己的对象，失去了自己的特殊性，自然也就失去了这门学科的独立性和生命力。80年代思想解放的重要成果之一，就是文艺理论工作者已经从实践中逐渐认识到走出哲学误区的必要性和迫切性，并在文学本体、作品构成、理论范畴等方面,进行了一些卓有成效的探索和研究。当然,这种新的探索和研究仅仅是开始,还必须继续深入下去。

三、突破四个禁阈,探讨艺术规律

思想的大解放,必然要打开思想的闸门,冲决精神的网罗,突破种种传统的禁阈。20世纪80年代思想解放的积极成果,在文艺学领域过去视为"禁区"的敏感问题,已经程度不同地被突破。这主要表现在以下四个方面的问题:

(一) 关于人性、人情和人道主义问题

新中国成立后在文艺理论领域,对人性、人情和人道主义问题,存在着片面性、简单化和庸俗化倾向。1957年"反右"以后,人性、人情和人道主义不仅成了文艺创作的禁区,而且也成了文艺研究、文艺批评的禁区。1957年钱谷融先生写了一篇《论"文学是人学"》,文中明确指出"文学是人学",这句话的含义是极其深广的。钱先生在文中系统地论述了"文学是人学"这一重大命题,认为文学所注意、关心、描写、表现的中心对象是人,即使写的是动物,是自然界,也必定是人化了的动物,人化了的自然界。"文学既以人为对象,既以影响人、教育人为目的,就应该发扬人性、提高人性,就应该以合于人道主义的精神为原则。"[①] 钱先生就因发表了这样一篇有很高学术价值的论文而连续多年遭到批判。巴人,原名王任叔

---

① 钱谷融:《我怎样写〈论"文学是人学"〉》//《文学的魅力》,山东文艺出版社,1986年版,第119页。

(1901—1972),1957年写了一篇不到三千字的《论人情》,批评当时发表的作品,"只有教条,没有人情味"。他说:"人情是人和人之间共同相通的东西。饮食男女,这是人所共同要求的。花香、鸟语,这是人所共同喜爱的。一要生存,二要温饱,三要发展,这是普通人的共同的希望。"① 他认为一些作品之所以缺乏"人情味",是因为它没有表现出人人所能共同感应的东西,即缺乏出于人类本性的人道主义。巴人的这些本来是正确的观点,同样遭到了声势浩大的批判。以后,愈演愈烈,发展到"文化大革命"时期,"人性论"、人道主义成了"四人帮"迫害文艺工作者、否定文学遗产的重要理论支柱。在相当长一段时间内,只要谁一提文艺可以写人性、人情、表现人道主义的内容,立即就会被扣上资产阶级、修正主义的帽子。这个"禁区"的设置,使文艺表现的对象、文艺表现的内容和方式以及作家、艺术家对人的价值、人的尊严、人的命运的态度等一系列文艺学的根本问题,无法进行全面深入的探讨和研究。党的十一届三中全会以后,首先在一系列全国性的文艺理论学术讨论会上(如1980年在天津召开的研讨会等)这个禁区被打破了,进而在文艺创作和批评各个领域也在更大的深、广度上被突破。

人性、人情、人道主义问题为什么长期被打入"禁区"?从理论上看这与长期流行的"阶级斗争工具论"有关,与"以阶级斗争为纲"的指导思想有关;从历史上看,这也与苏联的"无产阶级文化派"、"拉普"派和庸俗社会学的影响有关。早在20世纪20年代,波格丹诺夫在鼓吹"无产阶级文化"派观点时就公开宣称:过去的文化不过是奴隶主阶级、地主阶级和资产阶级的社会经验组织。两千多年前的维纳斯也不过是"在奴隶制土地上生长出来的美丽的花

---

① 巴人:《论人情》,《新港》1957年第1期。

朵"。因此无产阶级不能继承过去的文学艺术，只能创造自己的纯而又纯的无产阶级文化。庸俗社会学的代表人物弗里契同样认为，过去的文学都是"别的阶级的东西"，是服务于压迫者的。过去的美术家也大多是"剥削阶级的奴仆，他们是为赞美人民的压迫者而写作的"。例如"莎士比亚的全剧作都充满君主精神和思想——即君主创造了英国的伟大"①。因此，在他看来，文学理论家、批评家和文学史家的任务就在于揭示隐藏在作品后面的统治者的私利。苏联"拉普"派和庸俗社会学的这些极端错误的观点，20世纪30年代就曾传入我国。但是一直没有从理论上得到彻底清算，"文化大革命"期间则被"四人帮"发展到登峰造极的进步。20世纪80年代我们虽然在理论上进行了拨乱反正、正本清源的工作，在人性、人情、人道主义问题的研究上大大深入一步，但并不等于这个问题已经全部解决。真正从理论上、思想上分清理论是非，科学地解决这个问题，仍是今后文艺学研究的一个重要课题。

（二）关于西方现代主义的问题

长期以来，在社会主义国家内，现代主义问题被视为禁区。现代主义文艺尽管包括五花八门的文艺派别，却是20世纪西方出现的一股主要文艺思潮，其中也确实产生了许多著名作家、艺术家。那么为什么社会主义国家要把它列为禁区呢？这有其深刻的历史根源，直接与执政党推行的"左"的文艺政策有密切关系。

20世纪初，当现代主义刚刚出现的时候，普列汉诺夫在1912年写的《艺术与社会生活》中就正式使用了"现代主义"的术语，但他

---

① 参见刘宁、程正民：《俄苏文学批评史》，北京师范大学出版社，1992年版，第395页。

并未对其进行全面的研究和分析。他认为，西方现代的艺术"革新者"，完全看不见社会生活中所发生的一切，并使艺术家无谓地纠缠于毫无内容的个人体验和荒诞到病态地步的臆造。现代派艺术，不但与任何美没有任何的关系，而且是一种显然荒谬的东西，只有借助于唯心主义认识论的诡辩的歪曲才能为之辩解。十月社会主义革命以后，列宁在日理万机的情况下，自然对文学艺术无暇进行认真的研究，他虽不欣赏现代派艺术，却持慎重态度。他在同蔡特金谈话中，就说过"我不能把表现派、未来派、立体派和其他各派的作品，当作艺术天才的最高表现。我不懂它们。它们不能使我感到丝毫愉快"①。接着列宁又向蔡特金声明："我们不再懂得新的艺术了，我们只是一瘸一拐地跟在它的后面。"② 斯大林时期，独尊现实主义和社会主义现实主义，对现代主义持完全否定态度。卢卡契和布莱希特还就现实主义和表现主义（现代主义的一个流派）展开过一次大的论战。布莱希特尖锐地批评卢卡契迷信 19 世纪现实主义，错在无视现代主义的优秀艺术。到 20 世纪 40 年代，以日丹诺夫为代表的苏共领导，对现代主义大加批判。1946 年，日丹诺夫在《关于〈星〉和〈列宁格勒〉两杂志》的报告中，认为 20 世纪上半期社会上出现的象征派、意象派、颓废派等现代艺术，都是反动的文学思潮之产物，"他们离弃了人民，宣布'为艺术而艺术'的提纲，鼓吹文学的无思想性，以追求没有内容的美丽形式来掩盖自己思想和道德的腐朽。一种对行将到来的无产阶级革命的野兽式的恐怖，把他们大家联合起来了"③。苏联长期对现实主义独尊、对现代主义批判的态度，

---

① 《列宁论文学与艺术》，人民文学出版社，1983 年版，第 434 页。
② 《列宁论文学与艺术》，人民文学出版社，1983 年版，第 435 页。
③ [苏联] 日丹诺夫：《论文学与艺术》，人民文学出版社，1959 年版，第 19 页。

直接影响了中国理论界和文艺界。加上清朝一段时间内实行闭关锁国政策,因此西方现代主义也就无人问津了。20世纪80年代改革开放,解放思想,使国人正视世界文学艺术在20世纪发展的实际,逐渐对西方现代主义有了比较实事求是的认识。西方现代主义各种哲学、美学、文艺学的代表著作和作品,大量地译介到我国,进而使中国读者看到了现代主义的理论和实践的状况。大家清楚地看出:现代主义的文艺创作和文艺理论,的确不同程度地存在着主观唯心主义、神秘主义、反理性主义和颓废、悲观的思想情绪,但不可否认现代主义艺术的卓越代表,对艺术规律的探索和实践,同样作出了不可磨灭的贡献,其中不乏值得我们借鉴的营养成分。当然,我们对现代主义译介和研究还很不够,如何正确地评价和借鉴,还需在今后的文学批评和文学创作的实践中求得解决。

(三)关于文艺创作过程中的无意识、潜意识和不自觉因素问题

文艺创作过程中是否存在着无意识、潜意识和不自觉因素的问题,在"左"的文艺思潮泛滥时期,一直被视为禁区。从20世纪四五十年代开始,在苏联和中国的文艺学教科书中,"艺术是对生活的认识",几乎成为一个不可动摇的结论,因而更多地强调世界观对作家创作的指导作用。而对创作中的无意识、潜意识、非理性、不自觉因素,不仅不去研究,反而一概视为唯心主义观点而加以否定。一段时期内,甚至连"灵感"二字都不敢问津。这个"禁区"在20世纪80年代思想解放的大潮中,自然被突破了。弗洛伊德、荣格的著作和传记被大量翻译过来。20世纪西方著名作家如詹姆斯、普鲁斯特、沃尔夫等的"意识流"、精神分析的作品,也陆续被介绍到中国。在文学艺术领域,不少作家开始重视如何在艺术实践中去表现人的无意识、潜意识因素,并且创作出了一些令人注目的探索性作品。在理论界也展开了关于创

作过程中的理性与非理性、意识与无意识、潜意识,自觉与不自觉等问题的研究和争论。与此相关的另一重要现象则由朱光潜先生开创的文艺心理学研究在中断了半个世纪之后,又重新活跃起来,并且相继问世了一系列卓有建树的力作。如金开诚的《文艺心理学论稿》、鲁枢元的《文艺心理阐释》、童庆炳的《艺术创作与审美心理》、吕俊华的《艺术创作与变态心理》、刘烜的《文艺创造心理学》和百花文艺出版社策划的"心理美学丛书"等著作相继出版。从研究文学客体转向研究文学主体、研究审美主体的心理过程、特点和规律,这是20世纪80年代中国文艺学研究出现的一个重要趋向。目前这个趋向正在向纵深发展,预计还会有新的突破。

(四) 关于艺术形式和形式主义的问题

重视艺术形式的研究是西方20世纪文艺学发展的一个重要转向。佛克马、易布思在他们合著的《二十世纪文学理论》中,一开头就以两章篇幅分别论述了"俄国形式主义、捷克结构主义和苏联符号学",以及"法国结构主义:批评、叙事学和文本分析"。书中还对诠释学、接受美学和符号学做了较为详细的论述。作者从文艺学研究的科学化的视角,全方位地审视20世纪的文学理论,给予文学研究中的形式主义、结构主义和符号学以一定的地位,充分肯定它们的理论价值,这是很有见地的,是尊重历史、尊重事实的科学态度。然而,在苏联、中国等社会主义国家的文艺学研究中,恰恰忽视或反对研究这方面的问题。

对艺术形式的重视,开始于20世纪初兴起的俄国形式主义。这个后来在欧美产生重大影响的文学理论批评流派,主要是由两个组织构成:一个是1915年成立的莫斯科语言学小组,代表人物是罗曼·雅柯布逊;一个是成立于1916年的彼得堡诗歌语言理论研究会，代表人物是什克洛夫斯基。他们受瑞士语言学家索绪尔的《普通语言学教程》的观点影响很大，认为文学研究的对象不是笼统的文学，而是"文学性"，也就是使一部作品成其为文学作品的东西。在他们看来，"文学性"就是文学的形式，第一是语言，它是任何一部作品的基础；第二是作品的手法，或者构造原则。他们割裂文学和生活的关系、内容和形式的关系，这是形而上学的，但他们对文学艺术的特殊性和规律性的重视和探讨，对诗歌语言的研究和对艺术形式的分析，确有独到深刻之处，值得我们借鉴和吸取。20世纪20年代，在苏联理论界和文艺界，曾经展开了一场关于文学形式和形式主义的论争。托洛茨基在《文学与革命》一书中，他一方面认为"在苏维埃俄罗斯中反对马克思主义的唯一学说，是形式派的艺术学说"；[1] 同时他又指出"艺术能够而且必须从其在形式中的收获底观点去加以判断，因为没有形式不能有艺术"，[2] 肯定俄国形式主义者的理论中仍存在着有价值的成分。"形式派看为诗底要质或诗学的这种分析，无疑是必须的而且有用处。[3]"托洛茨基这一比较全面的观点，在斯大林时期并没有被接受，俄国形式主义完全作为一个反马克思主义的文学批评理论派别而被彻底地予以否定。此后的几十年，形式主义的批评理论在苏联则销声匿迹了。苏联居于统治地位的这种批判和否定俄国形式主义文学理论的态度，直接影响到中国。在"左"的文艺思潮逐渐滋长、泛滥的情况下，我们忽视文艺形式和对西方各种形式主义、结构主义、符号学等等批评理论的研究，也就成了自然的事情。20世纪80年代随着思想解放的深入发

---

[1] ［苏联］托洛茨基：《文学与革命》，北京未名社，1928年版，第214页。
[2] ［苏联］托洛茨基：《文学与革命》，北京未名社，1928年版，第238页。
[3] ［苏联］托洛茨基：《文学与革命》，北京未名社，1928年版，第216页。

展,我国理论界和文艺界,突破了"形式主义"禁区,俄国形式主义、法国结构主义、英美新批评、接受美学、阐释学、现象学、语义学、符号学、叙事学等等学派的代表性著作相继翻译、介绍到我国。在理论上和创作实践上,也开始出现了探索性的论著和作品。这一切,对于建设有中国特色的马克思主义文艺学都是必要的。但是我们这方面的工作还仅仅是开始,而且不同观点的争论还不时地出现。要取得更大的成绩,还需理论界、文学界作出更大的努力。

从20世纪初到党的十一届三中全会,我们灾难深重的祖国,一直处于动荡的革命变化时期。中国现代文艺学从产生到发展走着一条曲折前进的道路。尽管世界上各种文艺学说也相继传入我国,但主潮流向的轨迹,则是马克思主义文艺学的产生、发展和演变。党的十一届三中全会,使我们国家实现了具有重大历史意义的战略转移,从"以阶级斗争为纲"转到以经济建设为中心的方面来。一切着眼着于现代化建设,实行一个中心两个基本点的基本路线,这就为中国文艺学的建设开辟了无限广阔的前景。20世纪80年代思想解放的大潮,为文艺学进入90年代,迎接新世纪的到来,创造了前所未有的有利条件:

1. 我国人民和理论工作者,经过大的动荡、大的忧患和大的反思,已有丰富的感受、体验和教训。狄德罗在谈到文学发展的社会条件时曾说:

> 什么时代产生诗人?那是在经历了大灾难和大忧患以后,当困乏的人民开始喘息的时候。那时想象力被惊心动魄的景象所激动,就会描绘出那些未曾亲身经历的人所不了解的事物。①

---

① [法]狄德罗:《狄德罗美学论文选》,人民文学出版社,1984年版,第207页。

经过"十年动乱"而又进入改革开放新时期的中国作家、艺术家,应当说已经获得了文艺创作最好的时代氛围和文化氛围。思想的解放,文学艺术的发展的春天的到来,为文学批评的开展、文艺理论的研究,创造了前所未有的有利条件。正确地总结"文化大革命"的惨痛教训,总结新中国成立后十七年的文艺实践的经验教训和五四以来的文学实践的经验教训,并给予理论的说明,已经提到新时期的理论工作者的面前。

2. 20世纪80年代出现了中国历史上最大规模的中西文化(包括哲学、美学、文艺学和艺术文学作品等)的大交流、大碰撞、大交融。对世界不同流派的美学、文艺著作和作品的广泛译介和研究,在短短的十多年时间,几乎大部分被翻译到中国。20世纪80年代出现的中西文化交流的情况,在广度与深度上,都超过了五四时期。再加上中国政府对中国古籍整理的重视,我国学术界、出版界对中国古代美学、诗论、画论、乐论、书论等的系统整理、研究和出版,这就为美学、文艺学的建设,提供了中与外、古与今的多方面的参照系,我们可以综合地系统地借鉴和继承其中一切有益的成分。

3. 初步形成了一支老、中、青结合的美学、文艺学队伍,特别是20世纪80年代我们国家自己培养的博士生、硕士生和大学生。他们经过一定实践的锻炼,朝气蓬勃地从不同角度和层面上,对中外文学进行广泛的研究和探索,并且有的已经拿出了令人瞩目的成果。这股新生力量,代表着中国美学、文艺学发展的未来。老、中年理论工作者要善于发现青年学者的长处和不足,及时地引导他们更加茁壮的成长。

4. 全国上下形成的改革、开放、搞活的时代潮流,对"百花齐放、百家争鸣"的真正贯彻,已经并将进一步为文学艺术的发展和学术的进步，创造更为有利的社会氛围和环境。

恩格斯在一个半世纪前说过："历史从看不见的一点徐徐开始自己的行程，缓慢盘旋移动；但是，它的圈子越转越大，飞行越来越迅速、越来越灵活，最后，简直像耀眼的彗星一样，从一个星球飞向另一个星球，不时擦过它的旧路程，又不时穿过旧路程。而且，每转一圈就更加接近于无限。"① 我们正处于新的历史转折点上。在20世纪经过艰苦卓绝的斗争而站起来的中国人民，必将以自己的切身体验和反复比较，在伟大的社会实践中，将历史的巨舰驶向未来的世纪。伴随着中国社会走向现代化的历史进程，我国的文学艺术和文艺科学，也必将结出更为灿烂的丰硕的果实。

---

① 《马克思恩格斯全集》第41卷，人民出版社，1982年版，第32页。

主导多元　综合创新
——当代中国文艺学发展的基本态势①

20世纪的中国，处于一个社会转型的大变革时代。这种时代的特点，表现在思想理论和文艺舞台上，则是各种社会思潮与文艺思潮此起彼伏、争相纷呈，进步与反动，激进与保守，社会主义与无政府主义，马克思主义与机会主义，现实主义、浪漫主义与现代主义、后现代主义，等等，各种不同性质、色调的理论、学说、主张，都顽强地争夺自己的阵地，扩大自己的影响。在这当中，直接影响中国文艺学建设的主要有六种基本范式：

一是"中体西用"范式。清末"洋务派"主要代表人物张之洞（1837—1909），于1898年发表的《劝学篇》中的"外篇·设学第三"最早提倡"中学为体，西学为用"（原话为："旧学为本，新学为用"）的理论范式。这里所说的"体"是指原理原则，"用"则是指原理原则的应用。"中体西用"范式的实质是以封建主义的思想体

---

① 本文是笔者2004年8月在上海国际会议中心参加首届"世界中国学论坛"国际学术研讨会提交的论文，并在会上宣读。论文以《主导多元　综合创新——中国文化发展的基本态势》为题，发表在《广西师范大学学报》2005年第4期和《淮北煤炭师范学院学报》2005年第5期。

系为"体"、为"本",以"西学"为"用"、为"末",其目的在于维持封建君主专制制度及其以"三纲"为核心的封建主义意识形态。这种理论范式在历史上曾经产生过不可忽视的影响和作用。张之洞提出中国文化的"体"与"用"这对范畴在当时还是有一定价值的,问题是如何理解和阐释。

二是"全盘西化论"范式。系统提出这种主张的是陈序经(1903—1967)。他认为"中国文化根本上既不若西洋文化之优美,而又不合于现代的环境与趋势,故不得不彻底与全盘西化"①。而创造新文化的唯一出路,则是"全盘西化"。如果不"全盘西化",则必然被西洋文化所压迫,其结果则是"国家灭亡","连了种族也许灭亡"。②"全盘西化"论不时在我国以不同形态浮现出来,在一些提倡、鼓吹者看来,中国的一切不如人,甚至连中国的月亮都没有西方的圆。在文艺理论上则是不加分析和消化,照抄、照搬西方的理论、学说,成为十足的洋人的"传声筒"。

三是"西体中用"范式。提出这一范式的是著名美学家李泽厚先生。他认为,使用"西体中用"的前提是"中体西用""全盘西化"两说法的存在。离开了这两种说法,"西体中用"说也就失去了对象。人们常说的"马克思主义中国化""中国式的现代化道路""社会主义中国模式"等等,也都可以在基本上表达"西体中用"这个意思。"体"是指人类社会存在的本体。"西体","实质就是现代化"。马克思主义也是"西体"的一部分,它是从西方那种社会存在中产生的本体意识和科学理论,即"学"或"西学"。但"西学"

---

① 杨深编:《走出东方——陈序经文化论著辑要》,中国广播电视出版社,1995年版,第258页。

② 杨深编:《走出东方——陈序经文化论著辑要》,中国广播电视出版社,1995年版,第197页。

不只是马克思主义,还有好些别的思想、理论、学说、学派。"中用"必须考虑到中国的国情和传统。正是在这种形式的改变、转换和内容的选择、取舍和运用的关系中,包含着复杂的"体""用"问题。李泽厚提出的"西体中用"范式,具有重要的学术价值和现实意义。它对我们观察、研究五四以来中国出现的多种文学理论教材提供了一个崭新的视角。①

四是苏联的"马克思主义文艺学"范式。中国人接受马克思主义的一个重要特点是它的间接性。"以俄为师""走俄国人的路",在一段时间内成了权威的思维模式。苏式的"马克思主义美学""文学原理""文艺学引论"成了高等学府必修的教科书。但是无可否认,苏联的马克思主义美学、文艺学,具有明显的封闭性和教条主义倾向,并留有庸俗社会学的痕迹。这种思维模式自然要突出意识形态性。因此,文艺的党性、阶级性、人民性、思想性,在整个思想体系中占有很大的比重。相反对文艺本身的特点规律的研究和论述就显得相对薄弱。独尊"社会主义现实主义"结果,必然要排斥世界各民族在文艺领域中出现的新理论流派。斯大林时代主管意识形态的日丹诺夫,对西方现代主义一概斥为反动颓废的文艺思潮就是重要佐证。苏联文艺学的这种"马克思主义"范式对中国的影响,我们决不能低估。

五是中国"文化大革命"中出现的"全面专政论"范式。这种范式的代表作是林彪委托江青炮制出的"部队文艺座谈会纪要"。这个"纪要"以毛泽东晚年提出的"无产阶级专政下继续革命"理论为指导,大批"人性论""真实论""现实主义深化论""中间人物

---

① 参见李泽厚:《走我自己的路》,三联书店,1986年版,第227—231页,第220—221页。

论"，鼓吹"根本任务论"。它披着"马克思主义""社会主义"的外衣，掩盖着"四人帮"阴谋篡党夺权的实质。因此"纪要"所代表的是一条形"左"实"右"的极"左"文艺路线，它所产生的严重后果，直接成为毁灭文化的那场"大革命"的前奏曲。

六是"综合创新"范式。在中国较早倡导"综合创新论"的是张岱年、王元化先生。在20世纪的30年代中期，张岱年先生就主张哲学发展的一个新路，"当是将唯物、理想、解析综合于一"；新中国成立后他又明确提出"文化的综合创新"论。他说："我反对'中体西用论'、国粹主义，更反对'全盘西化论'，提出'文化综合创新论'。社会主义文化必然是一个新的创造，同时又是多项有价值的文化成果的新的综合。"① "综合创新论"要求正确认识中国传统文化与西方的古代文化以及近代文化，正确认识人类文化的全部成就，同时更要发挥创造性的思维，进一步探索自然界与人类生活的奥秘，有所发现，有所发明，建立新的文化体系。② 在20世纪80年代初期，王元化先生呼吁理论界应重视综合研究法，认为综合研究是科研工作的必然趋势，并提出了社会科学与自然科学的交叉。③ 蒋孔阳先生在《美学新论》中，进一步强调在美学、文艺学研究中应走综合创新之路，他认为不仅在观点上应综合创新，而且在研究方法也应综合创新。这是因为"我们正处在一个古今巨变、中外汇合的时代，各种思想和潮流纷至沓来，我们面临多种的机遇和选择。这就决定了我们不能故步自封，我们要把古今中外的成就，尽可能地综合起来，加以比较，各取所长，相互补充，以为我所用。学者

---

① 《张岱年全集》第8卷，河北人民出版社，1996年版，第624页。
② 《张岱年全集》第7卷，河北人民出版社，1996年版，第14—15页。
③ 参见王元化：《思辨随笔》，上海文艺出版社，1994年版，第105页。

有界别，真理没有界别，大师海涵，不应偏听，而应兼收。综合比较百家之长，乃能自出新意，自创新派。"①

历史是最好的镜子。经过一个多世纪的曲折、反复的发展过程，我们需要对文学理论出现的不同范式重新进行认识和反思，但我们应把它放在当时的时代环境中，坚持实践是检验真理的唯一标准，历史地实事求是加以分析和研究，进而才有可能给予较为公正的、科学的评价。

我们的时代是一个走向综合的时代。伊·普里戈金和伊·斯唐热合著的《从混沌到有序》中写道："我们相信，我们正朝着一种新的综合前进，朝着一种新的自然主义前进。也许我们最终能够把西方的传统（带着它对实验和定量表述的强调）与中国的传统（带着它那自发的、自组织的世界观）结合起来。"② 对于来自不同文化、不同理论学派的思想体系，要具体分析，区别对待，尽可能地加以综合。在综合中分析，在分析中综合，只有在综合比较分析的基础上，结合时代的特点和中国的国情，在实践中不断地进行探索和创新，才有可能推进中国新文化的建设，迎接新世纪中华文明的伟大复兴。

20世纪中国文艺学发展的趋向，总的来说是在救亡与启蒙、革命与建设相互转换的历史大潮中曲折地向前发展的，逐步从革命的文艺学走上文艺学自身建设发展的道路。从1898年康有为、梁启超发动戊戌变法开始，到1978年中国共产党的十一届三中全会的召开，我们灾难深重的祖国，一直处于动荡变化之中，社会形态也在

---

① 蒋孔阳：《美学新论》，人民文学出版社，1993年版，第47页。
② ［比］伊·普里戈金、［法］伊·斯唐热著，曾庆宏、沈小峰译：《从混沌到有序——人与自然的新对话》，上海译文出版社，1987年版，第57页。

不断变更和转换。文艺学在八十年间，总的发展格局是服从和服务于破坏一个旧世界的总任务。它的理论基础开始是进化论，以后则是马克思主义阶级斗争学说和社会革命论。从梁启超1902年11月在《新小说》第一号发表《论小说与群治之关系》开始，到1905年列宁发表《党的组织与党的出版物》，1942年毛泽东发表《在延安文艺座谈会上的讲话》。其中影响最大、并且长期居于主导地位，作为革命文艺运动的理论纲领的，则是列宁、毛泽东的这两篇著名论文。

五四以后，尽管世界上各种美学、文艺学理论相继传入我国，但主潮则是马克思主义美学、文艺学的产生、发展和演变。从1928年革命文学论争到1978年，这半个世纪的时间，文艺学发展的主要特点有以下五点：

1. 破字当头，大批判开路。在破与立的关系问题上，毛泽东的名言是："破字当头，立在其中。"从左翼十年到"文化大革命"十年，文艺批判斗争一个接一个，一浪高一浪，最后发展到否定中外一切文化的登峰造极的地步。

2. 对政治的依附性。提倡"工具论""武器论"，强调文艺服从和服务于党在一定时期的政治路线。毛泽东说："在现在世界上，一切文化或文学艺术都是属于一定的阶级，属于一定的政治路线的。"[1]在文学批评上，则从政治标准第一，发展到政治标准唯一。只强调作品的政治性、思想性、党性、阶级性，而忽视作品的艺术性和感染性。

3. 重客观、重再现，忽视文学的主体性的研究，在创作和批评上，则独尊现实主义和社会主义现实主义，排斥和否定其他艺术流派和方法。甚至像茅盾这样的大作家，在《夜读偶记》中，也把文

---

[1] 《毛泽东选集》第3卷，人民出版社，1991年版，第865页。

学史概括为现实主义与反现实主义的斗争史。

4. 强调文学是一种认识，重视其自觉性，忽视文艺创作中的情感和不自觉、非理性的侧面。因此，对作家来讲，则强调世界观在创作中的决定作用，忽视或轻视艺术技巧和文学语言的掌握。

5. 在文艺的价值功能上，强调其教育作用，认识作用，相对忽视其审美价值和娱乐、消遣功能。

中国共产党的十一届三中全会以后这二十年，是20世纪中国文艺学发展最好的、也是成就最大的时期。文艺学从长期依附于政治学、社会学、哲学的传统中走上了自身的建设，从革命的文艺学走向了建设的文艺学。其主要特点是：

1. 从禁锢走向自由，从封闭走向开放。由于文艺长期从属于政治，因此，在文艺政策上限制太多，行政命令式的干预太多，对文艺学本身的一些重大理论问题，往往采取"因人废言"或"因言废人"的办法，设置种种禁区。对内大抓阶级斗争，实行无产阶级在文化领域对资产阶级的"全面专政"；对外则夜郎自大，实行闭关锁国政策。粉碎"四人帮"以后，特别是十一届三中全会以后，从法律上和政策上，打破了种种禁锢和禁区，对外则实行开放政策，短短的十几年间，西方20世纪出现的各种哲学、美学、文艺学理论著作和文艺作品，纷纷介绍到我国，从而大大促进了我国文艺工作者的思想解放。在睁开眼睛看世界的同时，又重视认真反思自己走过来的道路，重新审视中国古代的文化传统和五四以来的革命文化传统。

2. 从一元走向多元。就文艺学本身讲，过去只强调马克思主义文艺观的指导性、唯一性，而对其他学派的文艺观则视为非马克思主义或反马克思主义。改革开放以来，各种美学理论和文艺观点的涌进，海内外的华人学者又以不同的世界观与方法论对文学艺术进行多侧面、多层次、多方面的探讨，这样实际上中国的文艺学就从一元走向了多元，从本质论变成了现象论。对从苏联传播来的马克思主义文艺学的真理性，对毛泽东的文艺观点，人们也开始提出了种种怀疑和诘难，对西方不同的马克思主义美学、文学理论学派的观点，也重新加以思考。文艺现象本身就是一种复杂的、多元而又多样的社会现象。文艺理论本身也难以定于一尊。欧美相继出现的新批评派、结构主义、后结构主义、现象学、阐释学、语义学、符号学、接受美学、文化诗学、生态批评、新历史主义、女权主义文学批评、后殖民主义文学批评等等，既然它们存在着，自然就有存在的理由，即使是具有"片面的深刻"或"深刻的片面"，我们也不应完全拒之门外，不予正视。

3. 由重再现转向重表现。过去我们在理论研究和创作实践中，对创作主体、对人的心灵世界的研究和表现是很薄弱的。新时期以来，文艺界出现"向内转"的现象，理论上也展开了关于主体性问题的讨论，在创作实践中注意揭示人的内心情感、情绪、潜意识、无意识的涌动和表现。但就总的倾向来说，现实主义仍处于主导地位。只是由过去的"独尊"转向了开放和兼容其他重表现的流派。

4. 由理性本位转向情感本位，出现理与情的统一。过去人们往往以文学反映生活的本质或本质方面的"镜子说"为圭臬，突出的是文艺的认识属性，具有明显的理性论倾向。在美学上就是所谓认识论美学。面对文艺审美属性，对其感性、直觉、情感方面相对忽视。20世纪80年代以来，文艺审美论逐渐兴起，文艺心理学、创作心理学的研究，引起不少学人的重视，并出版了一批学术成果，在理论上与实践上逐渐得到了一些共识，承认创作过程本身就是一个自觉与不自觉、明晰与模糊、理性与感性、意识与下意识的统一的问题。

5. 从内容到形式，重视艺术语言和形式的研究，出现了"语言学转向"现象。过去苏联的文艺学教科书中，大讲文艺的思想性、倾向性、阶级性、党性、人民性，强调内容决定论，对艺术形式问题、语言问题，轻则忽视，重则斥之为"形式主义""为艺术而艺术"。经过20世纪80年代中期的"方法年""观念年"，西方形式主义诸流派和西方现代语言学、修辞学理论的大量译介，我国理论界对艺术形式和语言问题的关注和研究，蔚成风气，相继出现了一批研究著作，初步扭转了过去出现的重质轻文、重内容轻形式的倾向。

6. 由雅到俗，雅俗并存，开始重视对大众文化和俗文学的研究。新时期的文学艺术出现了五彩缤纷的景象，一改过去的那种单一的"红海洋"色调，赤、橙、黄、绿、青、蓝、紫，各种色调的作品都呈现在人们的面前。随着社会主义市场经济体制的建立，大众文化和俗文学以强劲的势头向前发展。对大众文化和俗文学的研究，也开始引起重视。网络艺术、行为艺术、影视文学、广告文化、广场文化、社区文化、校园文化等等方面的研究，都在人们关注的视域之内，并且经常有论文发表在报章杂志上。

文艺学将以什么样的态势迈向21世纪？未来学家在作着种种预测，浪漫主义诗人正在构思自己梦幻般的畅想曲，现实主义者则不忘自己是从哪里来的，现在站在哪里，脚步又要迈向何方？站在世纪之交门槛上，面对20世纪文艺学发展的实际，考虑到时代的挑战，社会的转型与发展的机遇，我认为文艺学发展的基本态势可以用八个字来概括：主导多元，综合创新。

冷战时代结束后，世界呈现多极化趋向。就全世界范围来讲，意识形态领域（包括文化艺术领域）出现多元化景观，很难说有哪一种哲学观、价值观、文化观、艺术观能够成为全世界的主导理论。那么，我们是否能据此同意如某些同志所说的中国现在文艺学发展的基本态势是多元化呢？我认为仅仅是说明了部分特征，不能概括中国改革开放以来文艺学发展的总趋向。

主导方面决定着事物的性质和方向。有中国特色的文艺学是一个由不同层次和价值取向的文学理论构成的整体，其中居于主导方面的是有中国特色的马克思主义文学理论。我们所说的主导，主要是指的这一方面的内容。具体来讲又包括两个层次：一是要求我们完整、准确地理解和掌握马克思、恩格斯、列宁、毛泽东和邓小平的文艺理论，并以此指导我国社会主义的文学艺术工作与理论研究；二是要求我们自觉地以马克思主义的立场、观点和方法，去观察世界、观察社会、观察古今中外的一切文学艺术，去从事文艺理论研究、文学史研究和文学批评，总结历史的经验教训，吸取中国古代文论、西方文论中一切有价值的成分，结合当今时代文艺的实践和中国文艺的实际，在坚持的基础上，丰富和发展马克思主义文艺理论。

多元与多样是有区别的，多样是指同一种性质的文艺学中，可以有多种多样不同的表现形态，如马克思主义文艺学中，还有马克思主义文艺社会学，马克思主义文艺心理学，马克思主义文艺批评学，等等。多元是指建立在不同哲学观、历史观、价值观、美学观基础上的不同形态的文艺学。我们看到的有韦勒克、沃伦的《文学理论》，有波斯彼洛夫的《文学原理》，有英伽登的现象学的文学理论，有弗洛伊德、荣格的文学理论，有"新批评"文学理论，有巴赫金的文学理论，有尧斯、伊瑟尔的接受美学理论，有德里达及耶鲁学派的解构主义文学理论，有女权主义文学理论，有"法兰克福学派"及美国的詹姆逊、英国的伊格尔顿的西方马克思主义文学理论，等等。这些不同文学理论派别的倡导者，他们的哲学观、历史观和价值观是大相径庭的。但这些不同国度、不同学派的学者们，追求的学术目的又有其共同性,即在探讨和研究文学艺术活动的特点与规律方面又可以走在一起,取得共识。

在一个多极化世界,某一国家的文化艺术发展中,主导与多元能否统一,多元文化之间能否共存,国内外学者们的认识并不一致。美国哈佛大学塞缪尔·亨廷顿教授在1993年发表在《外交事务》双月刊上的《文明的冲突?》一文中说:"后冷战时期的冲突的主要原因不是经济,也不是意识形态,而是不同的文化。"对此国际上曾引起激烈的争论。按照亨廷顿教授的看法,由不同民族和宗教构成的多元文化国家,必然是一个民族矛盾日益激化的地区。对此,新加坡《联合早报》总编林任君博士以新加坡文化发展的成功典型,有力地反驳了亨廷顿的观点。他说:"新加坡是世界的一个缩影。移民是我们的共同历史,世界各民族与各种文化是我们的共同资产。由于新加坡是个多元的种族社会,又处于不同文化潮流的要冲,我们有幸继承了世界的四大文明——中国文明、马来伊斯兰教文明、印度文明和西方文明。换句话说,'亨廷顿预言会发生冲突的那些文明正在新加坡并存。然而,文明在新加坡小岛范围内的相互影响并没有导致冲突,也没有破坏我们国家的团结,相反地,却产生了美好的成果。'①"耳闻为虚,眼见是实。1997年春本人经过去新加坡实地观察和体验,我深深感受到新加坡腾飞的一个重要原因,就是正确处理和利用了多元文化的资源。新加坡文化发展和繁荣有两个显著的特征。

1. 现代化与传统相结合。新加坡人清醒地懂得,随着电子时代、信息时代的到来,电子计算机的发展,多媒体的广泛应用和交通的

---

① 林任君:《多元文化:新加坡的天然资源》,《联合早报》(新加坡)1997年2月4日。

革命，使整个世界成为一个地球村。一个国家要生存、要发展，就必须向西方学习，借鉴和选择西方文化的优点，学习他们的先进技术、现代化管理制度和经验。他们强调学习西方的现代化，但不是全盘西化，反对盲目接受西方文化。新加坡曾是英国的殖民地，第二次世界大战中又一度沦为日本殖民地。西方文化对他们的影响是很大的。但是他们独立后坚决摈弃了西方文化中的那些平庸的、消极的、对青少年有害的成分，而借鉴和吸取了西方文化中有价值的成分，保持和发扬了民族文化中的特殊和独立性。因此，在新加坡出现了不同民族的文化传统、风俗习惯和现代化的生活方式相融合的现象。竞争的观念、民主、自由的观念与透明的法律、严格的科学管理制度和民族文化传统得到了比较好的结合。

2. 主导与多元的统一。价值观是任何一种文化的核心。在新加坡并存的多元文化中，东方文化中以孔子为代表的儒家的价值观在全社会得到了广泛的共识，起着主导作用。政府力倡以群体利益为重的价值观，批判和抵制西方的那种极端的个人主义的价值观。在新加坡的街道上，地铁中，电视、报纸等媒体上和文学作品中，随时可见儒家的一些著名格言。1997 年春节期间，新加坡与山东省联合举办的"春到河畔迎新年"活动，孔子成了最受尊敬的中心人物。滨河湾广场上在高大的孔子塑像周围，还塑了五个小学生的像，他们分别代表了新加坡存在的五大价值观。这组群雕具有审美的象征意义，它形象地蕴含着新加坡文化的主导多元的基本特征。新加坡这种文化发展的模式，不仅给我们以启迪，而且也为我们观察中国文化和文艺学问题提供了一个参照。

中外文化史表明，在一定时代某个国家存在的多元文化之间的关系往往是不平衡的，由于历史的、社会的、文化传统的原因，不同文化之中，往往一二种因当时社会的进步和人民大众的需要，而成为主要的或主导的文化。其成为主导文化，是历史的必然，不是某些人的主观杜撰。我们说世纪之交中国文化和文艺学发展的基本态势是主导多元，这首先是由我国现阶段的基本国情所决定的。从空间来讲，中国的主体即大陆部分实行社会主义制度，而作为中国一部分的台湾和香港、澳门地区，则实行资本主义制度。港、澳、台文化的多元性和体现不同性质、不同价值观念的文艺理论存在，是一个客观事实。从时间上讲，自20世纪50年代中期开始，中国一直处于并将长期处于社会主义初级阶段。在这个相当长的历史进程中，我国实行的是公有制为主体，多种所有制经济共同发展的经济制度。经济基础决定上层建筑和社会意识形态。以公有制为主体多种所有制并存的经济结构，必然在社会意识形态领域呈现出主导多元的形态。事实也正是这样，改革开放以来，世界各国产生的各种各样的体现不同价值和审美观点的文学理论著作纷纷介绍、翻译到我国。从20世纪80年代到现在二十多年的时间，20世纪西方出现的种种理论学派几乎都在中国文化舞台上亮了相。在解放思想、实事求是的思想路线指导下，马克思主义文艺学也打破了苏联的僵化模式，消除了形"左"实"右"的反马克思主义文艺思想的影响，开始真正走上了建设有中国特色的马克思主义文艺学的轨道。从一元走向多元，呈现主导多元的态势，成了目前世纪之交的中国文艺学发展的基本走向。文艺学中的主导多元与综合创新是相互联系、密不可分的。主导多元的文艺学形态，不是一种并行不悖、相互隔绝的静止形态，而是一种开放的、相互吸收、相互融合、百家争鸣、推陈出新的发展形态。建设有中国特色的民族的科学的大众的社会主义文化的过程，实际上是一个主导多元文化不断综合创新的过程。在文艺学的主导多元与综合创新的过程中，各种不同理论学派之间既有相互学习、相互吸收、取长补短的一面，又有相互矛盾、相互斗争的一面，它们之间是在百家争鸣、优胜劣汰、推陈出新的过程中向前发展的。只有那些适应时代要求和满足人民的审美需要而又被实践证明的合乎真理的理论观点和学说，才能获得进一步发展的生机与活力。那些背离人民的需要、不适应时代要求的学说、观点和成分，自然将逐渐被历史所抛弃。这正如毛泽东所说，"真的、善的、美的东西总是在同假的、恶的、丑的东西相比较而存在，相斗争而发展的。当着某一种错误的东西被人类普遍地抛弃，其一种真理被人类普遍地接受的时候，更加新的真理又在同新的错误意见作斗争。这种斗争永远不会完结。这是真理发展的规律，当然也是马克思主义发展的规律"①。新的世纪含着微笑向我们招手，我们坚信在中华民族走向文化复兴的伟大过程中，文艺学必将出现新的辉煌。

---

① 《毛泽东文集》第 7 卷，人民出版社，1993 年版，第 230 页。

多元共生　和而不同
——新世纪文学理论的走向①

迎接千禧之年的心情刚刚平静下来，文学艺术界和理论界的朋友，突然发现自己乘坐的生命之船驶入了一湍急的旋涡之中。向左不是，向右不是，东西南北不分，上下前后混沌。一时间"历史终结论""艺术终结论""文学终结论""马列过时论"的强劲西风，搞得大家晕头转向。文学艺术向何处去？文学理论向何处去？似乎成了一个难以回答的时代问题。

文学理论将走向何方？怎样认识它，面对它，回答它，这是每个从事文学理论研究的人无法回避的现实问题。

一

要研究文学理论向何处去，首先必须弄清它是从哪里来的，特别是现在它又站哪里。而要认清文学理论现在所处的位置和境况，就应从它所处的时空特点来加以分析。为此，我们需先从分析它所

---

① 本文发表在《文艺争鸣》2006 第 1 期和《东方丛刊》2006 年第 1 期。

处时代特点和它赖以生存的民族国家的实际情况入手。从实际出发，实事求是，是我们研究问题的基本的出发点。

文学理论作为一种意识形态的形式，它的存在与发展，它的命运如何，不是由它本身决定的。唯物史观告诉我们："物质生活的生产方式制约着整个社会生活、政治生活和精神生活的过程。不是人们的意识决定人们的存在，相反，是人们的社会存在决定人们的意识。"①我们远的暂不说，仅从20世纪70年代末开始的新的历史时期算起，到现在也只有四分之一个世纪。在这短短的二十五年中，整个世界发生了巨大的变化，中国则处于这种历史变革的前沿。与文学艺术的发展和文学理论有着密切关系的，我认为有四种"革命"，应引起我们充分的重视。

一是社会革命。关于社会革命的发生，马克思的经典解释是："社会的物质生产力发展到一定阶段，便同它们一直在其中运动的现存生产关系或财产关系（这只是生产关系的法律用语）发生矛盾。于是这些关系便由生产力的发展形式变成生产力的桎梏，那时社会革命的时代就到来了。"②在现代协同学的意义上，"革命是指剧烈地改变社会的宏观状态，即国家形态"。③ 从1978年末，中国共产党的第十一届三中全会开始，我国实行改革开放政策，整个国家由过去较长时期的"以阶级斗争为纲"转向以经济建设为中心的社会主义现代化建设。邓小平说："改革是中国的第二次革命。"④经过四分之一世纪的改革历程，中国社会从经济基础到上层建筑，从人的

---

① 《马克思恩格斯选集》第2卷，人民出版社，1995年版，第32页。
② 《马克思恩格斯选集》第2卷，人民出版社，1995年版，第32—33页。
③ ［德］赫尔曼·哈肯著，凌复华译：《协同学——大自然构成奥秘》，上海译文出版社，2005年版，第137页。
④ 《邓小平文选》第3卷，人民出版社，1993年版，第113页。

思维方式、生存方式到生活方式，无不发生了深刻的变化。我们的文学艺术则生动地留下了这一时代的投影。

二是科学革命。《从混沌到有序》的译者在译后记中指出："19世纪末20世纪初，以物理学革命为先导，爆发了一场震撼世界的科学革命。这场革命使科学从经典科学进入现代科学，促使人们的自然观、科学观和思维方式发生了巨大的变革。现在又值世纪之交，许多科学家正在讨论20世纪末21世纪初是否又会产生一场新的科学革命。"① 比利时著名科学家，诺贝尔奖获得者耗散结构理论的创始人普里戈金和他的学生、哲学博士斯唐热，曾用较长时间对新的科学革命进行了探讨，他们在《从混沌到有序》书中反复强调的不可逆性、多样性、不稳定、不平衡、非线性、暂时性以及通过自组织从混沌到有序的理论，就被著名的未来学家托夫勒誉为"是最近一次科学革命的中心"，"是当今科学历史性转折的一个标志"。② 世界科学史上出现的几次重大转折，是与哥白尼、牛顿、爱因斯坦的名字连在一起的。"其中的每一次革命都迫使科学共同体抛弃一种盛极一时的科学理论，而赞成另一种与之不相容的理论。每一次革命都将产生科学所探讨的问题的转移，……而且每一次革命也改变了科学的思维方式，以至于我们最终将需要做这样的描述，即在其中进行科学研究的世界也发生了转变。"③ 自然科学的革命与哲学等社会科学的革命，总是以不同方式联系在一起的。如牛顿所掀起的

---

① ［比］伊·普里戈金、［法］伊·斯唐热著，曾庆宏、沈小峰译：《从混沌到有序——人与自然的新对话》，上海译文出版社，2005年版，第324页。
② 参见［比］伊·普里戈金、［法］伊·斯唐热著，曾庆宏、沈小峰译：《从混沌到有序——人与自然的新对话》，上海译文出版社，2005年版，第314—317页。
③ ［美］托马斯·库恩著，金吾伦、胡新和译：《科学革命的结构》，北京大学出版社，2003年版，第5—6页。

物理革命,就直接启发了由康德所发起的德国哲学革命和美学革命;爱因斯坦的相对论和量子力学的诞生,为20世纪科技的迅猛发展,提供了坚实的理论基础;系统论、信息论、控制论、耗散结构论的创立,生物基因谱系的发现,不仅对自然科学的发展,而且对人文科学的发展和研究范式的转换,注入了新的活力。科学与艺术、自然科学与人文科学在历史的长河中,逐渐走到一起来了,并且在新的世纪伊始,成为正在出现的"世界图像"的一道黎明的彩虹。马克思说:"历史本身是自然史的一个现实的部分,是自然界生成为人这一过程的一个现实的部分。正象关于人的科学将包括自然科学一样,自然科学往后也将包括关于人的科学:这将是一门科学。"①

三是媒介革命。亚里士多德,曾将不同的媒介作为区别不同艺术和诗歌的重要尺度。自上个世纪中期计算机的发明和广泛应用以来,我们正在经历着一个深刻的媒介革命过程。尼葛洛庞帝(Negroponte)这位美国麻省理工学院媒体实验室创始人说得好,"在今天的孩童眼中,光盘和网络就好像成人眼中的空气一般稀松平常。计算不再只和计算机有关,它还决定了我们的生存。……大众传媒将被重新定义为发送和接收个人化信息和娱乐的系统。学校将会改头换面,变得更像博物馆和游乐场,孩子们在其中集思广益并与世界各地的同龄人相互交流。地球这个数字化的行星在人们的感觉中,会变得仿佛只有针尖般大小"②。在当今的数字化、信息化时代,信息已成为人类共享的资源。比特(bits)作为信息的DNA,正在取代

---

① 马克思著,刘丕坤译:《1844年经济学—哲学手稿》,人民出版社,1979年版,第82页。
② [美]尼古拉·尼葛洛庞帝著,胡泳、范海燕译:《数字化生存》,海南出版社,1996年版,第15页。

原子而成为人类社会的基本要素。它虽然没有颜色、尺寸和质量,但它能以光的速度、海的储量、传播和储存各种信息。"比特会毫不费力地相互混合,可以同时或分别地被重复使用。声音、图像和数据的混合被称作'多媒体'(multimedia)。①"多媒体网络的出现是媒介革命的鲜明的标志。

数字化生存,多媒体网络,把我们带进了一个"图像世界"。在人们面前,不仅有一个现实的世界图像,而且还出现了一个与我们的日常生活相伴的银屏上的虚拟世界图像。数字化生存和多媒体网络的普及,正在改变着人们生活方式,思维方式和艺术掌握世界的方式,并为文学与艺术和各门艺术之间架起了一座互动、融合的桥梁。媒介革命促使人们的观念的更新和研究范式的转换,催生和培育出一些新的文学艺术类型。它使作者与读者之间,不同地域、不同时间、不同民族的作者与读者之间,互为主体、相互对话与交流成为现实的可能。

四是绿色革命。这是由于严重的生态危机直接危害到人类家园的存在而引发出的一种保护人类生存环境的"绿色运动"或称"绿色革命"。西方发达国家从17世纪产业革命以来,已从农业文明走向了工业文明,科技的发展、经济水平的提高,一方面创造了前所未有的物质财富,同时也带来了严重的生态危机和人性的异化,破坏人类生存的家园和影响人自身的健康发展。上个世纪中期以来,西方发达国家的一些有识之士,逐渐认识到生态危机的严重性,自觉地发起和组织全世界性的绿色和平运动,联合国与各国政府也逐渐对生态问题引起重视,并相继于1972年、1992年、2002年在斯德

---

① [美]尼古拉·尼葛洛庞帝著,胡泳、范海燕译:《数字化生存》,海南出版社,1996年版,第29页。

哥尔摩、里约热内卢和约翰内斯堡召开了关于地球生态环境保护的各国首脑会议,并在共同保护人类生存家园与可持续发展等重大问题上取得了共识。随着我国现代化进程的深入发展,生态问题,也引起了党和政府的高度重视。胡锦涛主席明确指出:"如果不能有效保护生态环境,不仅无法实现经济社会可持续发展,人民群众也无法喝上干净的水,呼吸上新鲜的空气,吃上放心的食物,由此必然引发严重的社会问题。要科学认识和正确运用自然规律,学会按照自然规律办事,更加科学地利用自然为人们的生活和社会的发展服务。"① 由于党和国家把加强生态环境建设和治理工作列入构建社会主义和谐社会的重点工程之一,因此在全国上下,人民自觉地兴起了一股强大的绿色革命行动:绿色食品、绿色城市、绿色乡镇、绿色广场、绿色校园等等。以绿色取代黑色、灰色、黄色、白色的思潮席卷中华大地。反映在文学艺术领域,出现"绿色之思",提出"生态美学""生态文艺学"。"文艺生态学""生态批评"等等,也就成了历史发展之必然。

二

社会的剧烈变动和转型,科技革命和媒介革命的深入发展及绿色革命运动的兴起,使我们生存的世界,特别是思想文化领域,呈现出一幅五光十色、绚丽多姿、多元共生、众声喧哗的画面。

中国的改革开放、苏联的解体、东欧的巨变,结束了冷战时代形成的社会主义与资本主义两大阵营的对峙格局,进入了一个以和

---

① 胡锦涛:《在省部级主要领导干部提高构建社会主义和谐社会能力专题研讨班上的讲话》,《光明日报》2005年2月19日。

平与发展为主题的多极化的新的历史时期。在文学理论领域，同其他意识形态形式一样，也出现了多元共生的局面。我们所说的多元是指建立在不同的哲学观、历史观、宗教观、价值观、美学观基础上的不同形态的文学理论。

首先我们看到，由于苏联解体、东欧剧变，以前在社会主义国家中那种独尊社会主义现实主义的情况不见了，那种苏式"马克思主义文艺学"一统天下的局面亦不复存在。代之而起的是一些长期被历史尘封的理论流派，如以什克洛夫斯基和雅柯布逊为代表的俄国形式主义理论；以米哈依尔·巴赫金为代表的哲学人类学和文化诗学；以洛特曼为代表的文艺符号学；以卢卡契为代表的西方马克思主义文学理论和长期被视为修正主义头子的托洛茨基、布哈林的文学观等等，都在俄罗斯文艺界重新浮出水面，并与欧美的各种文学理论流派相汇合，形成一种新的对话、交流、碰撞与融合的发展态势。

其次，我们再看一下中国当代文学理论的发展情况。自上个世纪80年代以来，在解放思想、实事求是的思想路线指引下，我们破除现代迷信，打破了种种禁区，摈弃了"以阶级斗争为纲"和"无产阶级专政下继续革命理论"，重新认识和评价西方文学理论的各种流派，在短短的二十几年中，将欧美和俄罗斯近代以来出现的各种哲学、美学、文学理论的代表性著作和文艺作品，相继翻译、介绍到我国。就文学理论讲，我们看到的有：韦勒克、沃伦的《文学理论》；有波斯彼洛夫的《文学原理》；有英伽登的现象学的文学理论；有艾布拉姆斯的《镜与灯——浪漫主义文论及批评传统》与美籍华人刘若愚的《中国的文学理论》；有弗洛伊德、荣格的精神分析的文学理论；有拉康的无意识话语和诗学结构理论；有瑞恰兹与英美的新批评；有海德格尔、萨特的存在主义文学理论；有姚斯、伊瑟尔的接受美学理论；有巴赫金的对话理论和狂欢化诗学；有赛义德的后殖民理论与《东方学》；有德里达、米勒的解构主义理论；有博德里亚的《消费社会》与文化理论；有法兰克福派和伊格尔顿、詹姆逊的西方马克思主义文学理论；等等。这些不同的文学理论派别的倡导者，他们的哲学观、历史观、价值观、美学观是大相径庭。但他们的文学理论主张，能够在不同民族国家出现，自有其实践的依据和现实存在的学理性。他们以不同的视角和方法，从不同的层面和方面，对文学艺术的特点、规律进行探索，他们的发现、他们的见解，甚至他们的"片面的深刻"或"深刻的片面"，都可作为我们进行文学理论研究的借鉴和参照系。

那么，多元共生中的不同的文学理论之间又是处于一种什么样的关系呢？它们在发展过程中是你吃掉我，我吃掉你的"谁战谁胜"的关系，还是一种双向、多向互动、相互联系、相互依存、相互影响的关系？对此，国内外理论界和学术界的看法并不一致。中国"文化大革命"中，在一种风行的"斗争哲学"指导下，就曾对"人性论""写真实论""暴露黑暗论""现实主义深化论""现实主义广阔道路论""写中间人物论""时代精神汇合论""票房价值论"等八种文学理论实行"全面专政"，并对持这种文学理论观点的人定性为反革命修正主义分子，"打翻在地，使他们永世不得翻身"。这种一家吃掉另一家、吃掉一切反对自己理论观点的学派和个人的现象在世界文艺理论史上是罕见的，在中国却实实在在地出现过。在20世纪90年代初，于1993年，美国哈佛大学一位著名教授亨廷顿（Samuel P. Huntington）在《外交事务》（*Foreign Affairs*）上发表了《文明的冲突？》一文。文中说："我认为新世界的冲突根源，将不再侧重意识形态或经济，而文化将是截然分隔人类和引起冲突的主要根源。……全球政治的主要冲突将发生在不同文化的族群之间。文明的冲突将左右全球政治,文明之间的断层线将成为未来的战斗线。"① 他还断言,这种不同文化构成的异文化间种族冲突将逐步升级,"也可能成为导致世界大战的原因。'西方与非西方'的关系将会是世界政治最重要的轴心。……在可见的将来,冲突的焦点将发生在西方与几个伊斯兰——儒家国家之间"。② 按照亨廷顿的这种逻辑,由于哲学、民族、宗教等不同社会历史原因而形成多元文化(文学艺术与文学理论自然包括在文化之中)只存在着矛盾对立和相互冲突斗争,甚至这种冲突还将成为政治冲突以致爆发世界大战的根源。这种文化冲突论的逻辑,实际是在挑动不同民族间、特别是西方与东方伊斯兰教国家和包括中国在内的儒家国家间的关系,以便为美国推行霸权主义和文化殖民主义,干涉别国内政,发动侵略战争制造理论根据。这种理论的荒谬性、片面性遭到世界各国学者的反对和批判,那是理所当然的。

不同民族文化之间,多元共生的不同形态的文学艺术和文学理论之间如何相处?它的正常存在生态又是怎样的呢?我认为,孔老夫子以东方的智慧提出的"和而不同"这四个字可以反映和概括当今世界不同民族文化共存共荣的基本的特点和规律。在《论语》子路篇13中,孔子说:

> 君子和而不同,小人同而不和。③

---

① 参见[美]亨廷顿:《文明的冲突?》,《二十一世纪》(香港中文大学)1993年10月号,第20—21页。
② 参见[美]亨廷顿:《文明的冲突?》,《二十一世纪》(香港中文大学)1993年10月号,第5页。
③ 杨伯峻:《论语译注》,中华书局,1958年版,第149页。

对于这段话，北京大学著名儒学研究专家杨伯峻先生特意做了比较详细的注释：

> "和"与"同"是春秋时代的两个常用术语，《左传·昭公二十年》所载晏子对齐景公批评梁丘据的话，和《国语·郑语》所载史伯的话都解说得非常详细。"和"如五味的调和，八音的和谐，一定要有水、火、酱、醋各种不同的材料才能调和滋味；一定要有高下、长短、疾徐各种不同的声调才能使乐曲和谐。晏子说："君臣亦然，君所谓可，而有否焉，臣献其否以成其可；君所谓否，而有可焉，臣献其可以去其否"。因此史伯也说："以他平他谓之和"。"同"就不如此，用晏子的话说："君所谓可，据亦曰可；君所谓否，据亦曰否；若以水济水，谁能食之？若琴瑟之专一，谁能听之？'同'之不可也如是。"我又认为这个"和"字与"礼之用和为贵"的"和"有相通之处。①

大约公元前800年左右，郑国的史伯就说，"夫和实生物，同则不继……先王以土与金、木、水、火杂，以成百物。是以和五味以调口，刚四支以卫体，和六律以聪耳……。声一无听，物一无文，味一无果，物一不讲"。② 公元前500年前后，齐国晏婴进一步联系治国兴邦，说明"和"与"同"的差异，认为处理国家大事也应善于听取不同的意见，表达了"相反相成"的哲理。如果强求一律，搞一言堂，排斥不同意见，国家就难以得到安定和发展。对于孔子说的"和而不同"与"同而不和"，李泽厚先生在吸取前人研究成

---

① 杨伯峻：《论语译注》，中华书局，1958年版，第149页。
② 参见《国语·郑语》。

果的基础上，做了独到而深刻的现代阐释。他说："这话今天还很有意思，强求'一致'、'一律'、'一心'，总没有好结果，'多极'、'多元'、'多样化'才能发展。……'和'的前提是承认、赞成、允许彼此有差异、有区别、有分歧，然后使这些差异、区别、分歧调整、配置、处理到某种适当的地位、情况、结构中，于是各得其所，而后整体便有'和'——和谐或发展。中国哲学一直强调'和'，也即是强调'度'，强调'过犹不及'和'中庸'，其道理是一致的，此即所谓'吾道一以贯之'。这就是中国的辩证法（中庸、和、度、过犹不及）。"① 中国著名社会学家费孝通先生，还从人类学的角度，说明"和"的观念是中国社会内部结构各种社会关系的基本出发点。"和而不同"也是"多元一体"的另一种说法。承认不同，但是要和，这是世界文化必走的一条道路。只强调"同"而不能"和"，那只能毁灭。"和而不同"是人类共同生存的基本条件。他老先生的社会理念则是各种不同的文化应"各美其美、美人之美、美美与共、天下大同"。②

"和而不同"与"同而不和"，分别代表了两种不同的世界观和方法论。"和而不同"的"和"是与中国古代美学中所主张的"中和美"的"和"相一致，与古希腊毕达哥拉斯提出的"和谐美"的"和"相一致。这个"和"字，首先承认世界本身是多元的、多样的，它是以承认事物本身的差异性、特殊性、个性为前提的；"同而不和"的"同"，则否认世界的多元性和多样性，这是一种排斥一切差异性、特殊性、个性的"同"。其次，从事物的构成来讲，"和而

---

① 李泽厚：《论语今读》，安徽文艺出版社，1998年版，第319—320页。
② 参见费孝通：《多元一体　和而不同》，《人民日报》（海外版）2000年7月27日。

不同"的"和",是多样性的统一。世界上各种相异的事物,是相互联系、相互影响的,并在相反相成中构成一个和谐的世界。"同而不和"的"同",则恰恰相反,它强调是一种声音,一种色彩,一种味道,在意识形态领域则要求"舆论一律"。对于后者,黑格尔曾特别告诫世人,必须特别注意,"勿把同一认作抽象的同一,认作排斥一切'异'的'同'。这是使得一切坏的哲学有别于那唯一值得称为哲学的哲学之关键"。① 再次,从思维方式和研究方法来讲,"和而不同"是以中国古代的辩证思维方式观察世界、观察事物必然得出的结论。《周易·系辞下传》中说:

> 天下同归而殊途,一致而百虑。天下何思何虑? 日往则月来,月往则日来,日月相推而明生焉。②

《老子》也写道:

> 天下皆知美之为美,斯恶已;皆知善之为善,斯不善矣。有无相生,难易相成,长短相形,高下相盈,音声相和,前后相随,恒也。③

在《老子》第四十章中又写道:

> 反者"道"之动;弱者"道"之用。

---

① [德] 黑格尔著,贺麟译:《小逻辑》,商务印书馆,1960年版,第258页。
② 周振甫:《周易译注》,中华书局,1991年版,第261页。
③ 《老子·二章》//陈鼓应著《老子注译及评介》,中华书局,1984年版,第64页。

天下万物生於"有",有生於"无"。①

　　《周易》和《老子》中阐发的这些殊途同归、一致百虑、道者反之动的辩证思想,充分说明,人们可以采取不同的研究途经和方法,将不同的事物构成一个和谐统一体。美恶相随,有无相生,音声相和,相反相成,和而不同,这是事物存在、发展的基本特点和规律。

　　与"和而不同"相对的是"同而不和"。这是一种以形而上学思维方式和线性的、机械的研究方法观察世界得出的结论。用这种形而上学宇宙观去观察事物,好就是绝对的好,坏就是绝对的坏。他们所说的"同"是刻板化、模式化、单一化的同。在思想文化领域,如果以这样的形而上学的宇宙观和方法论去指导实践活动,那么,他们实行的必然是形形色色的文化专制主义。马克思在《评普鲁士最近的书报检查令》一文中曾经生动形象地揭露了文化专制主义的本质。他说:"每一滴露水在太阳的照耀下都闪耀着无穷无尽的色彩。但是精神的太阳,无论它照耀多少个体,无论它照耀着什么事物,却只准产生一种色彩,就是官方的色彩!精神的最主要的表现形式是欢乐、光明,但你们却要使阴暗成为精神的唯一合法的表现形式;精神只准披着黑色的衣服,可是自然界却没有一枝黑色的花朵。"② 实践证明,凡是坚持"同而不和"、实行文化专制主义的政党或学派,对文化的发展总要起着某种阻挠和扼杀其生机的作用。实际上在中外文学理论发展史上并不乏这类实例。比如,苏联在20

---

　　① 《老子·四十章》//陈鼓应著《老子注译及评介》,中华书局,1984年版,第223页。
　　② 马克思、恩格斯著,陆梅林辑注:《马克思、恩格斯论文学与艺术》(一),人民文学出版社,1982年版,第196页。

世纪二三十年代出现的"拉普"派和后来斯大林、日丹诺夫等人,以行政命令的方式,独尊社会主义现实主义、排斥一切现代主义流派的做法,显然不利于文学艺术的繁荣和文学理论的发展。20世纪60年代中期,中国出现的那个经毛泽东三次审阅定稿的《部队文艺座谈会纪要》,就是在文学艺术和文学理论领域搞"同而不和"的典型实例,其结果世人皆知,它杜绝了文学艺术和文学理论发展的一切道路。这些曾经付出过重大代价的历史教训,我们需要铭记。

通过以上分析,在以和平与发展为主题的新的世纪,文学理论在当代的现实存在,总体的格局可用八个字来概括,这就是:多元共生,和而不同。但我们又应看到,在不同的民族、国家中,的确还存有不同的表现形态。

三

"和而不同"的多元的、不同形态的文学理论之间是否永远处于一种共存共荣的平衡状态呢?不是的。从哲学上讲,平衡状态是暂时的、相对的;多元的、不同形态的文学理论之间的关系,它的基本形态则是不平衡的。在一定时代某个民族、某个国家存在的多元的、不同形态的文学理论之间的关系,由于历史、社会、民族、宗教和文艺传统等原因,往往某种文学理论因适应于当时社会的需要,而会成为一种主要的或主导的文学理论形态。这种情况,在中外文论史上都曾存在过。张岱年先生指出:

> 每一时代,应有一个主导思想,在社会生活及学术研究中起主导作用,同时又容许不同的学术观点存在。有同有异,求同存异。《周易·系辞》说:"天下同归而殊途,一致而百虑。"

又《睽卦·象传》云:"君子以同而异。"同而且异,这是学术发展的规律。①

进入 21 世纪的文学理论呈现出的总体格局是多元共生,和而不同;而中国文学理论发展的基本态势和走向则是主导多元,综合创新。关于主导多元、综合创新的问题,笔者已有专文论述②,在此不重复。

多元共生、和而不同,与主导多元、综合创新是相互联系的,又是双向互动的。多元共生、和而不同,是主导多元、综合创新的基础和前提。这就是说,我国当代文学理论的建设,是以马克思主义世界观和方法论为指导,面向世界,面向未来,面向现代化,承认多元共生的、不同形态的文学理论的存在,并不排斥各个国家进入我国的多元的、不同形态的文学理论。相反,我们还应认真研究、学习各种不同形态的文学理论,扬弃其中的错误的成分,吸取其中的精华。我们创建的有中国特色的文学理论,也不是只此一家,别无分店。我们只希望它能成为世界文艺学之林中的一棵独立的大树。其他流派的文学理论,虽因其哲学观、价值观、美学观和我们不同,但进入中国后,它们也在注意吸取中国古代文论和现代文论的不同的成分。比如,叙事学、阐释学、接受美学,本来是外国的文学理论,但一经与中国传统和中国的实际相结合,它就必然打上中国的印记。目前,中国社会上存在文学理论,已不是"文化大革命"期间那种打着"江记"的一种颜色、一种声音的文学理论,实际表现

---

① 张岱年:《宇宙与人生》,上海文艺出版社,1999 年版,第 296 页。
② 参见李衍柱:《主导多元 综合创新——当代中国文艺学发展的基本态势》//《路与灯——文艺学建设问题研究》,北京大学出版社,2003 年版,第 3—12 页。

的则是"和而不同",各呈异彩。各种不同形态的文学理论之间,往往是你中有我,我中有你。有的甚至很难分清这是中国的,那是外国的,亦中亦西,中西融合的形态已见端倪。

我们正处于一个急剧变革的时代。社会革命、科学革命、媒介革命、绿色革命接踵而来,文学理论出现多元共生、和而不同与主导多元、综合创新的总体格局和发展态势,这是一种可喜的现象。它预示着在中华民族新的文化复兴过程中,文学理论也必将有新的突破和发展。当前我们迫切需要实行百花齐放,百家争鸣,发扬学术民主,广泛开展国际间和国内各学派之间的对话交流,努力创造一种更加宽容、更加自由的学术氛围,充分调动作家、艺术家和文艺理论工作者的积极性与创造性,从而促使文学理论建设在新的世纪更上一层楼。

范式革命与文艺学转型[①]

研究任何一个问题,都应找到自己的立足点,认清自己所面对的现实。我们观察和研究文艺学出现的危机和问题,首先应把它放在当代中国的社会现实和文艺发展的实际之中。从实际出发,实事求是,这是我们最基本的出发点。

当代的中国,正处于一个急剧的转型期。这是一个从经济基础到上层建筑和社会意识形态的各种形式,从人的生存方式、思维方式、生活方式到艺术掌握世界的方式不停地转换和变化发展的新的历史时期。突破传统的发展模式,全面地向一种新的形态转变,是这个新的历史时期的总的特点。作为"历史科学"的文艺学,毫无例外地也打上了这个鲜明的时代特点的烙印。文艺学的这种转型,我们称之为范式革命。库恩在《科学革命的结构》中说:"取得了一个范式,取得了范式所容许的那类更深奥的研究,是任何一个科学领域在发展中达到成熟的标志。"[②] 如何认识这场文艺学的"范式革

---

① 本文发表在《社会科学辑刊》2005 年第 2 期和 2005 年第 14 期《新华文摘》摘编。

② [美]托马斯·库恩著,金吾伦、胡新和译:《科学革命的结构》,北京大学出版社,2003 年版,第 10 页。

命"？传统的文艺学范式究竟出了什么问题？原因何在？文艺学的出路在哪里？我们应采取什么对策？这就是本文关注的中心。提出问题和能否解决问题是两回事。真正解决现实中提出的问题，还需一代学人的共同努力，最终还需社会实践与文学艺术的实践来回答。

范式（paradigm）是库恩的科学哲学思想中的一个核心范畴。"范式是一个成熟的科学共同体在某段时间内所接纳的研究方法、问题领域和解题标准的源头活水。因此，接受新范式，常常需要重新定义相应的科学。有些老问题移交给别一门科学去研究或被宣布为完全'不科学'的问题。以前不存在的或认为无足轻重的问题，随着新范式的出现，可能会成为能导致重大科学成就的基本问题。"① 范式既是科学理论的推进器，又是某一科学理论论证的起点和终点。范式不仅给科学家以地图，同时也给了他们绘图的指南。每一新的范式都含有为学科提出的新的理论、方法、标准与研究模式。②

某一新的理论范式的出现和形成，是与传统的理论范式出现的危机分不开的。对此，库恩在《科学革命的结构》一书中，用了三章的篇幅，详细系统地论述了"反常与科学发现的突现""危机与科学理论的突现""对危机的反应"。他认为：

> 新事物总是随着困难一起突现出来，它违反期望所提供的背景，并以抗拒来表现自己……这种对反常的意识开辟了一个新的时期，在此时期内概念范畴被调整，直到使最初的反常现

---

① ［美］托马斯·库恩著，金吾伦、胡新和译：《科学革命的结构》，北京大学出版社，2003年版，第95页。
② ［美］托马斯·库恩著，金吾伦、胡新和译：《科学革命的结构》，北京大学出版社，2003年版，第99—100页。

象变为预期现象时为止。①

一个新理论只有在常规的问题解决活动宣告失败之后才突现出来……新理论好像是对危机的一个直接回答。②

危机的意义就在于：它指出更换工具的时机已经到来了。③

危机是新理论出现的前提条件……④

危机是新理论突现的适当的前奏……一个新范式往往是在危机发生或被明确地认识到之前就出现了，至少是萌发了。⑤

库恩的这些论述，对我们认识当代文艺学所处的困境和危机，有现实的启迪价值。

中国当代的文艺学是以苏联的"马克思主义文艺学"为蓝本和基本范式的，它的主要理论依据是列宁的《党的组织和党的出版物》、斯大林的《马克思主义与语言学问题》和毛泽东的《在延安文艺座谈会上的讲话》；其哲学基础则是列宁提出和阐发的马克思主义认识论，主要是反映论；它的历史观和社会学理论基础是马克思主义关于阶级和阶级斗争的理论。这种范式的文艺学是在以战争与和平为主题的历史年代中形成的，它在那个时代发挥过积极的作用，并在它的指导下，涌现出一批比较优秀的文学艺术作品。我把这一

---

① ［美］托马斯·库恩著，金吾伦、胡新和译：《科学革命的结构》，北京大学出版社，2003年版，第59页。
② ［美］托马斯·库恩著，金吾伦、胡新和译：《科学革命的结构》，北京大学出版社，2003年版，第69页。
③ ［美］托马斯·库恩著，金吾伦、胡新和译：《科学革命的结构》，北京大学出版社，2003年版，第70页。
④ ［美］托马斯·库恩著，金吾伦、胡新和译：《科学革命的结构》，北京大学出版社，2003年版，第71页。
⑤ ［美］托马斯·库恩著，金吾伦、胡新和译：《科学革命的结构》，北京大学出版社，2003年版，第79页。

时期的文艺学范式称之为革命文艺学范式。它的主要特色是从属于政治和一定时期的政治路线,为破坏一个旧世界的革命斗争服务,是"团结人民、教育人民、打击敌人、消灭敌人"的有力武器。在文艺批评上则强调"政治标准第一,艺术标准第二"。这种建立在"以阶级斗争为纲"基础上的"从属论""工具论"的革命文艺学范式,在以和平与发展为时代主题的历史进程中,日益暴露出其弊端。在20世纪60年代中期到70年代中期的"文化大革命"十年中,它的危机已使文学艺术和文艺学研究走到了死亡的边缘。这时它已无法满足社会实践和艺术实践要求,突破和取代这种文艺学的范式,已成为历史的呼唤。

严重的危机成了新的文艺学范式诞生和形成的前奏。在实践的历史审判台上,传统的革命文艺学与苏联的"马克思主义文艺学"中一些被视为正确的、神圣的东西,反而遭到历史的嘲弄;而另一些真正属于科学的、具有学术价值和审美价值的东西,经过反复的鉴别和比较,终于放射出了真理的光辉。在突破传统的文艺学范式,形成建设的文艺学范式的过程中,邓小平作出了卓越的理论贡献。他从理论和实践上,强调"发展是硬道理","重点在建设"。依据20世纪文艺实践,总结历史的经验教训,邓小平重新调整了中国社会主义文艺运动的方向,明确提出了"文艺为人民服务、为社会主义服务",不再提文艺从属于政治的口号。"因为这个口号容易成为对文艺横加干涉的理论依据,长期的实践证明它对文艺的发展利少害多。但是,这当然不是说文艺可以脱离政治。文艺是不可能脱离政治的。"① 邓小平的这一理论主张彻底突破了文艺的"从属论""工具论"的樊篱,为文艺学回归自己的家园开辟了广阔的前景。邓

---

① 《邓小平论文学艺术》,作家出版社,1998年版,第37页。

小平站在改革开放的时代高度,重新解释了"百花齐放、百家争鸣"的内涵,明确提出了文化学术交流的理论。针对毛泽东将"百家"变为"两家"(无产阶级一家,资产阶级一家)的观点,邓小平认为:"我们要坚持百家争鸣的方针,允许争论。不同学派之间要互相尊重、取长补短。要提倡学术交流。任何一项科学成果,都不可能是一个人努力的结果,都是吸收前人和古人的研究成果。一个新的科学理论的提出,都是总结、概括实践经验的结果。没有前人或今人、中国人或外国人的实践经验,怎么能概括、提出新的理论?"①邓小平充分尊重学术争鸣双方的独立性和创造性,提倡广泛开展学术交流,强调理论建设中的学派的存在,倡导各学派之间应相互尊重、取长补短,平等地进行对话与交流。邓小平这些重要思想为形成文艺学的新范式,创造了空前有利的条件,引导广大文艺工作者和理论工作者,开始步入了一个世界性的对话交流的新时代。

从中国共产党的十一届三中全会以后,经过二十多年的努力,中国当代文艺学建设取得了长足的进步,逐渐摆脱了苏联的"马克思主义文艺学"范式,由革命的文艺学转变为建设的文艺学,并且出版了一批不同于传统文艺学范式的学术专著和文艺学教材。在中国文艺学范式转换的过程中,学界更多地借鉴了欧美的文学理论教材和研究成果,西方现代主义和后现代主义文艺思潮在不同学者身上产生了程度不同的影响。

随着苏联的解体、东欧剧变,冷战时代的结束,随着高科技的迅猛发展,网络媒体在各个领域的广泛应用和信息高速公路的建立,随着影视文学艺术的大普及和大众文化的蓬勃兴起,正在形成的中国文艺学的新范式,又受到了很大的冲击,出现了新的危机。正如

---

① 《邓小平论文学艺术》,作家出版社,1998年版,第100—101页。

有的学者所说,"文艺学研究与公共领域、社会现实以及大众的实际文化活动、文艺实践、审美活动之间曾经拥有的积极而活跃的联系正在丧失。(大学的文艺学在很大程度上也是一般的文艺学)已经不能积极有效地介入当下的社会文化与审美/艺术活动,不能解释释放改革开放尤其是1990年代以来文学艺术的生产方式、传播方式以及大众的文化消费方式的巨大变化"①。有的学者也不得不承认,"作为基本原理的文学理论所面临的危机却已迫在眉睫,文学理论已不再是人人向往、人才济济的显学,而成了弃之可惜、食之无味的鸡肋"②。有的学者也忧心忡忡地认为,文学理论"成了没有根据地的流寇,到处遭受冷遇。于是'向何处去'便成了萦绕在文学理论心头挥之不去的难题"③。

从上个世纪90年代到新世纪伊始,中国文艺学的确出现了新的危机,但这次的危机不同于"文化大革命"末期出现的那种危机,后者是导致文化毁灭、文学和文艺学死亡的危机。当前文艺学出现的危机则是文艺学建设和发展中出现的困境和难题。这种危机恰恰是新的理论范式出现的前提条件。

库恩认为:"从一个处于危机的范式,转变到一个常规科学的新传统能从其中产生出来的新范式,远不是一个累积过程,即远不是一个可以经由对旧范式的修改或扩展所能达到的过程。宁可说它是一个在新的基础上重建该研究领域的过程,这种重建改变了研究领域中某些最基本的理论概括,也改变了该研究领域中许多范式的方

---

① 陶东风主编:《文学理论基本问题》,北京大学出版社,2004年版,第1页。
② 季广茂:《现状·生长·期待——关于文学理论摆脱危机的思考》,《北京师范大学学报》2003年第3期。
③ 李春青:《文学理论还能做什么?——关于新世纪文学理论生长点的思考》,《北京师范大学学报》2003年第3期。

法和应用。在这个转变时期,新旧范式所能解决的问题之间有一个很大的交集,但并不完全重叠。"① 新旧范式转换的过程,实质上是一个旧范式解构与新范式建构的交互双向运动过程,也是一个不断的螺旋式的否定之否定的向前发展过程。新的理论问题的提出,要经受实践的检验和质疑,那些打着"创新"的金字招牌的旧的货色,自然要在实践中被识破和被淘汰。

文艺学新范式的成熟是一个过程。它又是以解决当前危机中提出的问题为前提。从事文艺学研究和教学的学者,只要面对实际,就应有危机意识和问题意识。克服危机的过程与解决和回答现存的问题是同步的。目前在文艺学出现的危机中提出的主要问题,我认为突出的有以下八个问题:

1. "终结论":这是自上个世纪 80 年代末出现的国际性思潮。继福山提出"历史的终结"之后,解构主义大师德里达和 J. 希利斯·米勒相继提出"文学的时代(即使不是全部)将不复存在"。文学的研究也将成为"过去"。② 这种观点在中国已有回应。

2. "取代论":这主要表现在两个方面:一是以文化学取代文艺学,或将文艺学研究文化化;一是以"图像"文本取代印刷纸质文本,出现这种观点,直接与网络媒体的广泛应用和电影、电视的发展有关。

3. "过时论":认为马克思主义和马克思主义文艺学、美学已经"过时"的论调,上个世纪末以来在西方甚嚣尘上,有的政治家和理论家甚至断言,"到下个世纪,共产主义将不可逆转地在历史上衰

---

① [美]托马斯·库恩著,金吾伦、胡新和译:《科学革命的结构》,北京大学出版社,2003 年版,第 78 页。

② 参见[美] J. 希利斯·米勒:《全球化时代文学研究还会继续存在吗?》,《文学评论》2001 年第 1 期。

亡",马克思主义的理论和学说将作为"理性畸形物载入史册"①。在一些人看来,"马克思已经死了,共产主义已经灭亡,确确实实已经灭亡了,所以它的希望,它的话语,它的理论以及它的实践,也随之一同灰飞烟灭"②。这种马克思主义过时论,在中国学界和高校中,也不同程度地存在着。

4. "边界论":文艺学研究什么,即文艺学的研究对象问题,现在已成为文艺理论界争论的热点。研究大众文化,研究图像艺术,研究审美生活化,研究广告、选美,研究"文学性"……,真可谓众说纷纭。

5. "滞后论":这主要是指文学批评落后于文学创作。文学批评趋于时尚化、庸俗化。如何使批评真正成为别林斯基所说的"运动着的美学",成了不少学者焦虑的问题。

6. 数字鸿沟问题:数字化生存的世界中,由于贫富差距越来越大,加上文化教育水平及年龄、种族的差异等种种原因,"数字鸿沟"问题突出了起来。它包含三方面典型性的现象:"全球鸿沟,指的是发达社会和发展中社会之间在进入网络方面的差距;社会鸿沟,涉及每个国家中信息富足者和信息贫困者之间的差距;民主鸿沟,指的是那些使用和不使用数字资源去从事、动员或参与公共生活的人们之间的差别。"③

7. 评估关系化问题:当下在中国,各种评估在各个领域进行,

---

① [美]兹·布热津斯基著,军事科学院外国军事研究所译:《大失败——二十世纪共产主义的兴亡》,军事科学出版社,1989年版,第1页。
② [法]雅克·德里达著,何一译:《马克思的幽灵:债务国家、哀悼活动和新国际》,中国人民大学出版社,1999年版,第75页。
③ [美]皮帕·诺里斯:《数字鸿沟的三种形态》//曹荣湘选编《解读数字鸿沟——技术殖民与社会分化》,上海三联书店,2003年版,第18页。

这一方面显示出科学管理逐步走向科学化，同时也暴露出各种评估（包括立项、评奖、评学位点，等等），存在着严重的"关系化"倾向，这种"关系化"的背后存有不同程度的腐败问题。这种倾向在文艺学、美学的领域评奖、立项等等活动中同样存在着。

8. 方法论出现的问题：当前突出有两个问题需进一步研究解决。一个是关于历史唯物主义原理中的阶级观点和阶级分析方法问题，它在文艺学研究中，在何种程度上还有效。另一个问题是关于二元对立与辩证法的问题，现在有一种倾向，在反对机械的、形而上学的二元对立的方法的同时，将唯物辩证法也反掉了，至少是不去谈论和研究它了。

文艺学研究中还有其他一些问题，如全球化与本土化、民族化问题，传统与现代的关系问题，队伍建设问题，高校教材建设问题等。

意识到危机的存在，并且发现了危机中提出的诸多问题，这是突破旧范式创立新范式的基础和前提。最可怕的是虽身居学科的危机之中而麻木不仁，不仅认识不到危机的存在，而且提不出任何问题。思想敏锐的理论家，能够站在学科的前沿，以新的视角和方法，发现和提出文艺学传统范式或正在创建的新范式中的问题，并能科学地分析存在的问题，研究产生这些问题的原因，这本身就包含着问题的解决与回答。世界的学术史反复表明，科学的进步实际就是一个不断地发现和提出问题与解决问题的过程。

文学艺术的产生和发展，与人类的审美需要紧密相连。追求真、善、美统一的诗意化的生存，是世界各族人民共同的理想境界。文学艺术的理论研究总是伴随着文艺的产生和发展而向前发展的。文艺学研究的范式还会不断地除旧布新，推陈出新，文艺学本身也将在新旧范式的不断转换过程中，使自己作为一个独立的人文学科而走向更为科学和成熟的理论形态。目前,当务之急,首先应克服长期存在的理论脱离社会实践和文艺实际的倾向,坚持以马克思主义的立场、观点和方法,去研究和回答文艺学建设中的实际问题,努力推进实践基础上的理论创新。同时又应努力去研究中外古今的文学艺术的实践经验和学术研究的优秀成果,认真解读经典文本,深入研究和解决文艺学的研究对象问题,结合当今世界和中国文艺发展的实际,作出新的理论概括,提出新的理论原则,创立文艺学的新范式,从而推进具有中国特色的文艺科学的发展。

文学理论:面对信息时代的幽灵
——兼与 J. 希利斯·米勒商榷①

一

在新的世纪,文学的时代是否已经终结?文学研究的时代是否已经成为过去?对于作家、艺术家和文学理论工作者来说,这是一个关系到文学艺术和文学研究存在还是消亡的生死攸关的根本问题。

关于"艺术的终结"在西方已争论了几十年,到 20 世纪最后年代,可能与流行的"世纪末情结"有关,这个问题又突出地提了出来。

雅克·德里达在《明信片》一书中说:"在特定的电信技术王国中(从这个意义上说,政治影响倒在其次),整个的所谓文学的时代(即使不是全部)将不复存在。"德里达断言,"电信时代的变化不仅仅是改变,而且会确定无疑地导致文学、哲学、精神分析学,甚

---

① 本文是作者面对解构主义大师德里达、米勒提出的"文学终结论",在中国学术界第一次明确提出自己的不同看法。从理论与现实结合上,批评了"终结论"的非科学性。该文发表在《文学评论》2002 年第 1 期,获山东省刘勰文艺评论奖。

至情书的终结"①。作为德里达的信奉者、美国文艺理论家J. 希利斯·米勒于2000年在北京召开的"文学理论的未来：中国与世界"国际学术研讨会上，也直言不讳地宣布称他是赞成德里达的"文学终结"论的。他说："事实上，如果德里达是对的（而且我相信他是对的），那么，新的电信时代正在通过改变文学存在的前提和共生因素（concomitants）而把它引向终结。"② 随着文学时代的"终结"，米勒进一步发挥了德里达的思想，说："那么，文学研究又会怎样呢？它还会继续存在吗？文学研究的时代已经过去了。再也不会出现这样一个时代——为了文学自身的目的，撇开理论的或者政治方面的思考而单纯去研究文学。那样做不合时宜。"③

德里达、米勒的文学时代"终结"论，从历史渊源上讲，可以追溯到黑格尔。美国当代文艺理论家詹姆逊明确指出："关于'历史的终结'的论争，假定它仍存在的话，似乎已经从其前驱者的记忆中驱除出去了，而关于'艺术的终结'的论争，在三十年前的60年代曾讨论得十分热烈，现在看来也似乎不可思议了。如果你愿意承认的话，这两种论争都来自黑格尔，并通过他对历史的思考，或他以历史叙述的形式再现了一个特有的转折：我相信我们现在已经沿着我们所意识到的这种历史性的叙述结构走得很远，从而能够忘却那些带有总体性或目的论弊端的古老的坚果。"④ 詹姆斯还联系在20

---

① 参见J. 希利斯·米勒：《全球化时代文学研究还会继续存在吗？》，《文学评论》2001年第1期。
② 参见J. 希利斯·米勒：《全球化时代文学研究还会继续存在吗？》，《文学评论》2001年第1期。
③ 参见J. 希利斯·米勒：《全球化时代文学研究还会继续存在吗？》，《文学评论》2001年第1期。
④ [美]詹姆逊著，胡亚敏译：《文化转向：后现代论文选》，中国社会科学出版社，2000年版，第72页。

世纪50年代美国社会围绕福山写的《历史的终结和最后的人》一书，展开的热烈论争，说明黑格尔并非像人们通常所说的和想象的那样成为过去。我们知道，黑格尔在他的美学巨著中，精心编织了一个理念自我运动、转化而又恢复到自身的花环，他说："每个民族文化的进展一般都要达到艺术指向它本身以外的一个时期。"① 黑格尔把世界艺术史同样看作是一部理念自我循环的历史，认为它沿着象征主义—古典主义—浪漫主义的轨迹运行，"到了喜剧的发展成熟阶段，我们现在也就达到了美学这门科学研究的终结。……到了这个顶峰，喜剧就马上导致一般艺术的解体"②。艺术则被宗教和哲学所取代。因此艺术永远属于过去。黑格尔关于艺术的"解体"论和"取代"论，一方面反映了他的唯心主义的哲学体系与辩证法之间的矛盾，另一方面他又以哲学家的敏感，看出了资本主义同文学艺术发展的敌对的性质。他明确说："我们现时代的一般情况是不利于艺术的。"③ 黑格尔的这一思想对于资本主义社会显然具有批判的意义，并且直接影响了马克思。我们所熟知的马克思关于"资本主义生产就同某些精神生产部门如艺术和诗歌相敌对"的观点，显然是同黑格尔的观点相通的。

文学时代的终结和文学研究的时代永远成为过去，究其现实的社会心理的原因是与当今世界出现了一个德里达所说的幽灵家族的新成员，这就是信息的数码图像有关。在德里达看来，游荡着在人

---

① ［德］黑格尔著，朱光潜译：《美学》第1卷，商务印书馆，1979年版，第132页。
② ［德］黑格尔著，朱光潜译：《美学》第3卷下册，商务印书馆，1981年版，第334页。
③ ［德］黑格尔著，朱光潜译：《美学》第1卷，商务印书馆，1979年版，第14页。

类世界的"幽灵们"有许多成员,当然萦绕在西方有产者心头并使他们一直为之心悸的是"马克思的幽灵们","今天,在几近一个半世纪之后,全世界范围内为共产主义的幽灵而忧虑的大有人在"①,"资本主义所能做的只能是否认这一不可否认的东西本身:一个永远也不会死亡的鬼魂,一个总是要到来或复活的鬼魂"②。随着信息时代的到来,不但"马克思的幽灵们"没有被驱除,反而在幽灵谱系中出现了一个超越时空、泯灭主客体界限的新的幽灵。对于这个新的幽灵的出现及其必然导致的结果,米勒曾做了这样的描述:

> 新的电信时代无可挽回地成了多媒体的综合应用。男人、女人和孩子个人的、排他的"一书在手,浑然忘忧"读书行为,让位于"环视"和"环绕音响"这些现代化视听设备。而后者用一大堆既不是现在也不是非现在、既不是具体化的也不是抽象化的、既不在这儿也不在那儿、不死不活的东西冲击着眼膜和耳鼓。这些幽灵一样的东西拥有巨大的力量,可以侵扰那些手拿遥控器开启这些设备的人们的心理、感受和想象,并且还可以把他们的心理和情感打造成它们所喜欢的样子。因为许多这样的幽灵都是极端的暴力形象,它们出现在今天的电影和电视屏幕上,就如同旧日里潜伏在人们意识深处的恐惧现在被公开展示出来了,不管这样做是好是坏,我们可以跟它们面对面,看到、听到它们,而不仅仅是在书页上读到……我想,这可能

---

① [法]雅克·德里达著,何一译:《马克思的幽灵:债务国家、哀悼活动和新国际》,中国人民大学出版社,1999年版,第55页。
② [法]雅克·德里达著,何一译:《马克思的幽灵:债务国家、哀悼活动和新国际》,中国人民大学出版社,1999年版,第141页。

就是德里达所谓的新的电信时代正在导致精神分析的终结。①

正是这种信息时代的幽灵打破了过去在印刷文化的时代占据统治地位的内心与外部世界之间的二分法,并以光的速度通过电信网络在世界范围内发放各种信息,同样又以电信网络通过数码形式传播着文学。新的电子社区或者说网络社区的出现和发展,"将会导致感知经验变异的全新的人类感受(正是这些变异将会造就全新的网络人类,他们远离甚至拒绝文学、精神分析、哲学的情书)"②。从而也就必然导致文学时代的终结。

二

新千年伊始,人类社会的发展的确进入了一个新阶段。在刚刚过去的千年最后的世纪中,以高科技为主要内容的知识经济得到蓬勃发展,跨国界的计算机网络、多媒体和信息高速公路的建立,使地球变得越来越小,整个世界逐渐变成了一个"地球村"。如何认识我们现在生活于其中的时代,这个时代的本质特征是什么?德国哲学家、美学家马丁·海德格尔提出了一个新的范畴概念来加以概括,这就是"世界图像"概念。他说:

> 倘若我们沉思现代,我们就要追问现代的世界图像。
> 现代的基本进程乃是对作为图像的世界的征服过程。这里,

---

① [美] J. 希利斯·米勒:《全球化时代文学研究还会继续存在吗?》,《文学评论》2001 年第 1 期。
② [美] J. 希利斯·米勒:《全球化时代文学研究还会继续存在吗?》,《文学评论》2001 年第 1 期。

"图像"一词意味着：表象着的制造之构图。在这种制造中，人为一种地位而斗争，力求在其中成为那种给予一切存在者的尺度和准绳的存在者。①

对于什么是"世界图像"，其基本含义是什么，我们怎样去把握它的实质，海德格尔具体做了阐发。首先，他所说的图像不是柏拉图式的"模仿的模仿""影子的影子"，也不是亚里士多德式的事物的摹本，而是指"事情本身就像它为我们所了解的情形那样站在我们面前。'去了解某物'意味着把存在者本身如其所处情形那样摆在自身面前，并持久地在自身面前具有如此这般被摆置的存在者"②。第二，"世界图像"，就是"关于世界的一个图像。……世界在这里乃是表示存在者整体的名称。这一名称并不局限于宇宙、自然。历史也属于世界"③。但是，"从本质上看来，世界图像并非意指一幅关于世界的图像，而是指世界被把握为图像了。这时，存在者整体便以下述方式被看待，即仅就存在者被具有表象和制造作用的人摆置而言，存在者才是存在着的。"④ 第三，世界变成图像，这是我们生活的现代时代之本质。海德格尔说："存在者在被表象状态中成为存在着的，这一事实使存在者进入其中的时代，成为与前面的时代相区别的一个新的时代。'现代世界图像'（weltbild der neuzeit）、

---

① ［德］马丁·海德格尔著，孙周兴译：《林中路》，上海译文出版社，1997年版，第90—91页。
② ［德］马丁·海德格尔著，孙周兴译：《林中路》，上海译文出版社，1997年版，第85页。
③ ［德］马丁·海德格尔著，孙周兴译：《林中路》，上海译文出版社，1997年版，第85页。
④ ［德］马丁·海德格尔著，孙周兴译：《林中路》，上海译文出版社，1997年版，第86页。

'现代的世界图像'(neuzeitliches weltbild)这两个说法讲的是同一回事,……世界图像并非从一个以前的中世纪的世界图像变为一个现代的世界图像;不如说,根本上,世界变成图像,这样一回事情标志着现代之本质。"① 第四,在世界成为图像的同时,人从根本上和本质上成了世界的主体。海德格尔特别强调指出:"对于现代之本质具有决定性意义的两大进程——亦即世界成为图像和人成为主体——的相互交叉,同时也照亮了初看起来近乎荒谬的现代历史的基本进程。这也就是说,对世界作为被征服的世界的支配越是广泛和深入,客体之显现越是客观,则主体也就越主观地,亦即越迫切地突现出来,世界观和世界学说也就越无保留地变成一种关于人的学说,变成人类学。毫不奇怪,唯有在世界成为图像之际才出现人道主义。"②

历史的发展是如此之快,在不到半个世纪的时间,世界真的成了一个"图像"世界,人类社会也逐渐变成了德里达所说的"电信技术王国"。这样一个"图像"世界,米勒虽然没有提出或阐发"图像"的理论,但已亲身体验到了这个"图像"世界的存在。如他所说,"读者、电视观众或者因特网用户的身体——在眼睛、耳朵、神经系统、大脑、激情这个意义上的真实的人体——通过所有生物个体中人类所独有的奢侈的倾向,至少是以夸张的形式,被挪用以成为幻象、精神和大量萦绕于心的回忆相互纠缠的战场。我们把身体委托给没有生命的媒介,然后,再凭借那种虚构的化身的力

---

① [德]马丁·海德格尔著,孙周兴译:《林中路》,上海译文出版社,1997年版,第86页。
② [德]马丁·海德格尔著,孙周兴译:《林中路》,上海译文出版社,1997年版,第89页。

量在现实的世界里行事。"①

由于世界的"图像"或"图像"的世界来势凶猛，有的人欢呼雀跃，有的人则惊慌失措、晕头转向，各种人等，议论纷纷。"日常流行的意见只是在阴影中看到光的缺失——如果不说是光的完全否定的话。但实际上，阴影乃是光的隐蔽的闪现的证明，这种证明虽然是不透明的，却是可以敞开的。按照这个阴影概念，我们把不可计算之物经验为那种东西，它游离于表象，但在存在者中是显然敞开的，并且显示着隐蔽的存在。"② 这些"隐蔽的存在"，闪现在人们眼前，萦绕于人们心头的"阴影"，实际也就是米勒所描述的那些"既不是现在也不是非现在、既不是具体化的也不是抽象化的、既不在这儿也不在那儿、不死不活的东西冲击着眼睛和耳鼓"的时代的新的"幽灵"。

这样一来，一个尖锐的问题，突出地提到了人们的面前，它几乎涉及各个领域的人们。这就是："世界图像"的出现，也就是我们所理解的信息数码图像的出现，究竟对人类文化的发展是一种进步还是一种灾难，它是否导致了文学时代的终结，并使文学研究的时代成为过去？这就需要我们对这个信息时代的"幽灵"和文学发展的实际做点具体的分析。

三

"世界图像"的产生、形成和发展，信息数码图像的广泛运用，

---

① [美] J. 希利斯·米勒：《全球化时代文学研究还会继续存在吗?》，《文学评论》2001 年第 1 期。
② [德] 马丁·海德格尔著，孙周兴译：《林中路》，上海译文出版社，1997 年版，第 110 页。

这不是世界悲剧的来临，而是人类文化进步的一个重要标志。在社会发展过程中，生产力是最活跃的因素，而生产工具的进步又是社会发展的指示器。新的生产工具的产生与科技的发明和发展密不可分。"世界图像"的出现，是高科技发展的结晶。它是与计算机的发明和应用、多媒体网络和信息高速公路的建立密不可分的。世界的逐渐"图像化"，电信科技、网络媒体的普及运用，对世界各国的政治、经济、军事、文化、教育、文学艺术以及各民族大众的家庭生活都有深远的影响。同时，它对人类的生存方式、思维方式、生活方式也将引起程度不同的变化。我们仅就文学艺术的发展来讲，电子计算机网络的建立、"世界图像"进入我们的储存、检索、传送、接受的工作平台并显示在屏幕上，它的积极意义，至少有以下几点：

1. 它使世界各民族在几千年创造和积累的文学艺术珍品，真正成为人类的共同财富。网络媒体的出现，引起了世界文化传播方式的革命。它为人类极大地拓展了集成性空间，将文本、数字、图像与视频结合在一起，运用多媒体的手段，传播着绚丽多彩的世界文化。古希腊的雕塑、建筑，殷商时代的甲骨文，秦王朝的兵马俑，卢浮宫的各种不同流派艺术大师的绘画，中国的万里长城……只要我们想欣赏，打开微机网络的工作台，立刻就可在屏幕上看到，听到，体验到。信息数码图像，这是人类创造的奇迹，它打破了时空的界限，具有无限的开放性，它以光电的速度，将南极探险、太空行走、海底寻宝等种种图像，传送到你的面前。马克思、恩格斯在《共产党宣言》中所预言的未来真正变成了现实："各民族的精神产品成了公共的财产。民族的片面性和局限性日益成为不可能，于是由许多种民族的和地方的文学形成了一种世界的文学。"[①]《马克思

[①] 《马克思恩格斯选集》第1卷，人民出版社，1995年版，第276页。

恩格斯选集》的编者在此特别加了一个注释，说明这句话中的"'文学'一词是德文（Literatur），泛指科学、艺术、哲学、政治等方面的著作"。世界图像的出现，彻底打破了传统的各民族文学艺术的相互隔绝、互不往来的封闭局面，以其平等性、开放性、及时性为各民族文学艺术的相互学习，相互交流对话，相互吸收融和，创造了前所未有的条件。作家艺术家可以从信息数码图像上，认真地研究世界文学大师、艺术大师的高超的技巧和作品体现出的深邃的意蕴。

2. "世界图像"的创制和运用，为作家、艺术家提供了更多的"自由时间"，有益于发挥他们的独创性。信息数码图像是以计算机网络的建立为基础，又以高速度、高效率为作家们争得了更多的"自由时间"。作家过去书写惯用的毛笔、钢笔现在换成了电脑书写并可直接在电脑工作平台上，看着屏幕显示的符号和图像，进行反复的增删、补充和修改，然后可以直接储存、输出和复制。这样一来，作家创作时就可以从既费力又费时的手抄劳动中解放出来。同样，如米勒所说，"电信网络也在以数码的形式传播着文学。例如，亨利·詹姆斯的几部小说现在可以从因特网上看到"。① 这种情况在印刷时代是不可能出现的。1997年本人曾在哈佛大学燕京图书馆查阅文献资料，得知他们那时已将中国的二十五史输入计算机，读者只需八分钟就可在计算机屏幕上将二十五史检索一遍。这种速度和容量，如果叫中国古代的儒生听到，那简直是天方夜谭。在中国市场经济形成过程中曾流行一个醒目的口号——"时间就是金钱，效率就是生命"。对文学艺术家来讲，时间与效率同样如生命一样宝

---

① ［美］J. 希利斯·米勒：《全球化时代文学研究还会继续存在吗?》，《文学评论》2001年第1期。

贵。马克思曾经指出：

> 自由时间，不论是闲暇时间还是从事较高级活动的时间，自然要把占有它的人变为另一主体，于是它作为这另一主体又加入直接生产过程。①

正是这种"自由时间"的获得，才有可能使作家的多方面才能和艺术的独创性得到充分的展示和发挥。在信息数码图像的世界中，马克思、恩格斯所预言的那种"完全由分工造成的艺术家屈从于地方局限性和民族局限性的现象无论如何会消失掉，个人局限于某一艺术领域，仅仅当一个画家、雕刻家等等，因而只用他的活动的一种称呼就足以表明他的职业发展的局限性和他对分工的依赖这一现象，也会消失掉"②。正是因为这样，"世界图像"的创制和发展，不但不会取消文学和艺术，还会为文学艺术的发展与繁荣创造更为有利的条件。

3. "世界图像"的创制和发展，有益于提高广大读者（观众）的审美素质和鉴赏水平，使读者（观众）真正成为审美活动的主体。在"世界图像"的创新过程中，作家、艺术家与读者、观众、接受与互为主体，相互之间建立起了一种交互性的平等的对话、交流关系。接受美学家尧斯曾指出："在文学史上，读者当然是自始至终被包括在其中的——作为作者的对象，作为介乎作品与其影响之间的中介；作为一种在形成传统的过程中起着接受、选择和扬弃作用的

---

① 《马克思恩格斯全集》第 46 卷下册，人民出版社，1980 年版，第 225—226 页。
② 《马克思恩格斯全集》第 3 卷，人民出版社，1960 年版，第 10 页。

主体。然而，自文艺复兴的人文主义时代，人文学科开始用科学方法考虑问题的时候起，人文学科的历史一直都被僵硬地理解成了文学作品同其作者的历史；结果，读者或曰大众这个第三方，从未明确地提出过，或是被抛入了修辞学那个'非科学'的领域。"① 信息数码图像的创制和发展，使广大读者观众可以直接欣赏到世界上每时出现的最优秀的文学作品，听到最高水平的音乐，看到最新的绘画杰作。2001 年在北京举行的"6·23 国际奥林匹克日"，世界三大歌王帕瓦罗蒂、多明戈、卡雷拉斯联袂放歌紫禁城，在中央歌舞剧院交响乐队和合唱队的伴奏下，他们分别演唱了《星光灿烂》《今夜无人入睡》《月亮河》等脍炙人口的歌剧选段或歌曲，中国女高音歌唱家王霞、么红、马梅和他们同台演出。具有中国民族特色的紫禁城午门前的广场舞台、世界最高水平的音乐会通过卫星网络电视的信息数码图像，在同一时间全球一百一十多个国家和地区的三十二亿观众，都可以看到、听到，获得美的享受。马克思在《政治经济学批判·导言》中指出："消费本身作为动力就靠对象来作中介。消费对于对象所感到的需要，是对于对象的知觉所创造的。艺术对象创造出懂得艺术和具有审美能力的大众——任何其他产品也都是这样。因此，生产不仅为主体生产对象，而且也为对象生产主体。"② 世界图像的创制，是人类"按照美的规律建造"的结果，同时它又必然通过美的"图像"提高广大读者（观众）的审美能力，培养出一批又一批新的审美主体，进而又促进美的创造。

知识经济时代的到来，"世界图像"的生成是与世界市场上的一

---

① [德] 汉斯·罗伯特·尧斯著，程锡麟、王晓路等译：《我的祸福史或：文学研究中的一场范例变化》//[美] 拉尔夫·科恩主编《文学理论的未来》，中国社会科学出版社，1993 年版，第 139—140 页。

② 《马克思恩格斯选集》第 2 卷，人民出版社，1995 年版，第 10 页。

体化（如世界贸易组织）、经济的全球化相伴而行的。由于当今世界政治、经济发展的不平衡，西方发达国家力图利用他们手中掌握的高科技手段，将信息数码图像的创制与推行殖民主义政策结合起来，因此，有的学者把全球化同殖民化联系起来，并非没有道理。正是因为这个原因，"世界图像"的形成和普及，绝不能看作是通向真善美的王国的通途。真与假、善与恶、美与丑、雅与俗、崇高与滑稽、进步与反动、霸权主义、拜金主义、色情主义、暴力主义……无不涌向这个正在创制、建构的"世界图像"。这种情况，对于文化素质不高、辨别能力不强，特别是对正在成长的青少年和儿童来讲，有些"图像"是毫无益处，甚至有害。身居知识经济都很发达的国家——美国的文艺理论家詹姆逊对此深有体会。他一方面指出，当今世界出现文化经济化、经济文化化的趋向，足以说明"为什么艺术在我们这个后现代时期似乎适宜唤起社会和日常生活的广泛的文化移入的原因；同时也证明了把我们社会描述成景观和影像社会的预言的合理性——因为我将更普遍地论证这种文化移入实质上采取的是空间形式"①。詹姆逊以辩证的、系统的观点论证了在高科技的基础上出现的"世界图像"（他称之为"景观和影像社会"）的合理性，批评了那些哀叹和庆贺"艺术的终结"的学者的观点。他认为持这种观点的人，"他们一般未能用系统的方式来描述这一新的时期。但是，后现代中美的回归必须被视为正是这个系统的要素：通常被空间和视觉形式殖民化的现实是与全球规模的同样强大的商品殖民化的现实一致和同步的"②。詹姆逊的这一分析，是深刻的，也

---

① ［美］詹姆逊著，胡亚敏译：《文化转向》，中国社会科学出版社，2000年版，第85页。
② ［美］詹姆逊著，胡亚敏译：《文化转向》，中国社会科学出版社，2000年版，第85页。

是实事求是的。当然有的学者提出"艺术的终结""文学时代的终结",并非空穴来风,自有其提出的理由。因此,詹姆逊又告诫读者,对这些问题继续进行研究的必要。他说:"各种'艺术的终结'如今是怎样在哲学上和理论上与这种全球资本主义的新的边疆的'结束'并列的,这是我们继续研究的一个基本问题和我们这个时代所有文学和文化研究的地平线。"①

四

面对信息时代出现的"世界图像",为什么有的学者能够得出"文学时代的终结"和文学研究时代已成为"过去"的结论?这与他们所处的社会现实和独特的思维方式与观察文学艺术的视角有着密切的关系。

1. 任何一种理论主张的提出,都与它所依据的社会实践有关,都有它的根。米勒先生感叹文学时代的终结,认为文学研究时代已成为"过去",我认为这与20世纪最后十年美国文学界的处境有关。米勒自己就深感"在新的全球化的文化中,文学在旧式意义上的作用越来越小。这个事实尤其使我不安,因为我研究文学已五十年了,而且计划继续下去。一生从事的职业日益失去其重要性无疑令人痛苦。但必须面对事实"②。他还以他所在的美国加州为例,说明政府对教育文化的支持远不如80年代,仅加州大学大约就有两千多名教授提前退休,人文学科的教员和项目大幅度裁减,经费被压缩了

---

① [美]詹姆逊著,胡亚敏译:《文化转向》,中国社会科学出版社,2000年版,第90页。
② [美]J. 希利斯·米勒著,郭英剑等译:《重申解构主义》,中国社会科学出版社,1998年版,第294页。

20％。在美国学界，越来越多的人发现，近百年来一直受人尊敬的文学正经历着一场空前的危机，从事文学研究的学者，甚至成为被人冷落、嘲笑的对象。1997年我曾到美国东部八个城市参观考察过，发现文学理论、美学等课程在多数大学中并未正式列入教学计划，成为学生必修的课程。当然专门的研究和讲座还是有的。难怪米勒会发出这样的感慨："在这种新的技术和工具型的大学里，文学研究会有什么作用呢？"相比之下，文学研究和文艺理论工作者在中国的情况比美国要好得多。中国全国每个有文科的大学里，可以说全部设有文学理论课，据有些学者的粗略计算，全国从事文学理论美学教学与研究的学者有三万余人。专门培养文学研究的博士点（包括文艺学、中国现当代文学、中国古典文学、世界文学与比较文学）就分别设在三十三所高等学府里。因此，在中国文学研究工作中，尽管还有不尽如人意的地方，但总的方面并不存在文学研究时代已成为过去的问题。由此看来，米勒关于文学时代的终结和文学研究时代已成为过去的感叹，主要是基于美国文学界的现状，至少在中国还不至于作出这样的结论。

2. 解构主义出现了有被"解构"的危机。米勒先生在全球化语境中得出"文学研究的时代已经过去了"的结论，我认为这与他所信奉、提倡和运用的解构主义出现了有被"解构"的严重危机有着直接的关系。米勒说："解构是具有悠久传统的修辞研究在当今的变体"[①]，"'解构主义'同法国的雅克·德里达、同我所在的耶鲁大学的一些批评家密切相关，现在，它也同美国其他大学越来越多年轻

---

① ［美］J. 希利斯·米勒著，郭英剑等译：《重申解构主义》，中国社会科学出版社，1998年版，第272页。

的批评家休戚相关。"① 解构主义在经典文本阅读方面，在打破传统的"逻格斯中心主义"方面，在冲破阻碍理论发展的种种教条主义的枷锁等方面，确实作出了不可忽视的学术贡献，并在欧美产生了广泛的影响。然而好景不长，进入20世纪晚期，"解构主义者发现自己处于一种奇怪的境地，受到两面夹击：一方面受到贝特、韦勒克、杰拉尔德·格拉夫这些保守主义者的攻击，说解构是虚无的；另一方面受到马克思主义者的攻击，说解构对体制没有哪怕是一点点的改变。也就是说，一方面，我们无所事事；另一方面又是极端的无政府主义者"②。这里我们且不谈韦勒克等著名文艺理论家是否是保守主义者，但起码可以说明解构主义并未从学理上为美国学界普遍所认同。况且这些学者中还确有对世界文学理论的发展作出过重要贡献的人物，如韦勒克撰写的《近代文学批评史》和他与沃伦合写的《文学理论》，艾布拉姆斯写的《镜与灯——浪漫主义文论及批评传统》等著作，至今仍以其较高的学术价值而为各国读者所欢迎。

解构主义遇到的另一重大挑战，就是来自20世纪80年代以来兴起的文化批评、新殖民主义、新历史主义等所谓"外部研究"的挑战。米勒本人对此也很清楚，他在《当前文学理论的功用》一文中就说，"事实上，自1979年以来，文学研究的中心有了一个重大转移，由文学'内在的'、修辞学研究转向了文学'外在的'关系研究，并且开始研究文学在心理学、历史或社会学语境中的位置。换言之，这种转移从对'阅读'的兴趣，即集中研究语言及其本质与能力，转向各种各样的阐释性的解说形式上去……。由于其兴趣

---

① [美] J. 希利斯·米勒著，郭英剑等译：《重申解构主义》，中国社会科学出版社，1998年版，第272页。

② [美] J. 希利斯·米勒著，郭英剑等译：《重申解构主义》，中国社会科学出版社，1998年版，第272页。

产生了位移（或许难以理解，但这种位移肯定是'决定性的'），因此，文学的心理学理论与社会学理论，如拉康的女权主义、马克思主义、福科主义等，就具有一种空前的号召力。与此同时，一些早于新批评、已过时了的注重传记、主题、文学史的研究方式，开始大规模的回潮"①。基于这样的理论背景，米勒所说的文学研究的时代已经过去的观点，不是正好说明解构主义的文学研究遇到了时代的挑战、出现了严重的危机吗？这一点美国当代文艺理论家拉尔夫·科恩在他主编的《文学理论的未来》序言中，已从理论上做了肯定性的回答。他说："可以肯定，J. 希利斯·米勒、杰弗里·哈特曼以及乔纳森·卡勒的论文都描述了解构理论的衰退。②"

3. 技术理性的张扬与人文精神的失落。"世界图像"的出现，这是高科技发展创新的成果。但是能否说因为高科技的创新与世界的图像化就必然导致文学时代的"终结"呢？这里有两种不同的思维方式和与之相适应的两种不同的回答。一种是遵循技术理性的思维方式，见物不见人，他们看到的只是五彩缤纷的图像世界是如何取代印刷时代所创造的一切经典文本。这样一来，对文学的未来和文学理论的未来，自然就会产生悲观主义，从而出现种种不同形色的"终结"论、过时论、取代论等。另一种是以系统的、辩证的思维方式，以美学和历史的方法，理论与文学实际结合，与当今时代和各国的文学实践相结合，具体分析文学发展的过去、现在和未来。这种研究方式，对文学的未来和文学理论的未来，持乐观的态度，坚信在新的千年、新的世纪，不论是文学艺术，还是文艺理论研究，

---

① ［美］J. 希利斯·米勒著，郭英剑等译：《重申解构主义》，中国社会科学出版社，1998年版，第216—217页。
② ［美］拉尔夫·科恩主编，程锡麟、王晓路等译：《文学理论的未来》，中国社会科学出版社，1993年版，第8页。

都会出现新的辉煌。

米勒先生之所以赞成文学时代已经终结的看法,我认为这恐怕不能说不与美国社会盛行的技术理性有关。在《理论的胜利,阅读的阻力以及物质基础问题》一文中,米勒先生就透露出了一点这方面的信息。他说:"美国已成为技术经济'动力'的中心,恕我冒昧选用这个词。虽然文学理论源于欧洲,但是在美国,我们使之以新的形式,连同其他美国'产品'一起推向全世界——就像我们对许多科技发明所做的那样,如原子弹,这些理论推向日本、澳大利亚、南美、中国,而后重返欧洲,几乎遍及世界各地,这些理论在每一种新环境、新语言中以一种增生异质性的方式重新加以移置、转化并诠释。"① 米勒在《全球化时代文学研究还会继续存在吗?》的论文中,认为新的电信时代正在通过改变文学存在的前提和共生因素,而把它引向终结。但是文中对文学存在的前提和共生因素是什么并未进行正面的分析和回答。他谈得更多的是科学技术和新的电信通信对当地或跨国意识形态、对文学发展和文学研究的影响。在他看来,新的电信通信技术的统治力量"是无限的,是无法控制的"。它的巨大影响"并不亚于人类历史上一次急遽的动乱、变革、暂时中断或者重新定位"②。在高科技发达的国家和地区,技术理性往往成为社会上居于支配地位的思维方式,人们对技术统治所产生的严重后果容易认识不足。对此,法兰克福学派的主要理论家赫伯特·马尔库塞在《单面人》一书中,严肃地指出:"必须提一个强烈的警告——警惕一切技术崇拜。……技术,作为一个工具域,可以增强

---

① [美] J. 希利斯·米勒著,郭英剑等译:《重申解构主义》,中国社会科学出版社,1998年版,第240—241页。
② [美] J. 希利斯·米勒:《全球化时代文学研究还会继续存在吗?》,《文学评论》2001年第1期。

人的力量，同时也增加人的懦弱。"①

在信息时代，"世界图像"的创制和普及并未改变文学存在的根本前提，这个前提就是创造文学和需要文学的主体——人。马克思在《黑格尔法哲学批判·导言》中指出："理论只要说服人（ad hominem），就能掌握群众；而理论只要彻底，就能说服人（ad hominem）。所谓彻底，就是抓住事物的根本。但是，人的根本就是人本身。"② 文学是人创造的，是适应人类的审美需要、伴随着语言的产生而出现的，它又随着人类的审美需要的发展而展示出它的丰富性和多样性。沃尔夫冈·伊塞尔说："没有人会否认文学对于历史和社会的索引价值，但是从这一事实中冒出了这样一个问题：像文学这样的镜子为什么要存在下去？它又是如何使人们认识事物的？既然文学作为一种媒介差不多从有记录的时代伊始就伴随着我们，那么它的存在无疑符合某种人类学的需求。"③ 伊塞尔从人类学的视角阐明文学存在和发展是非常必要的，同时它也已为中外文学史上的大量事实所证明。

文学是语言的艺术，是一种以语言为媒介的审美意识形态。马克思、恩格斯指出："语言和意识具有同样长久的历史；语言是一种实践的、既为别人存在因而也为我们自身而存在的、现实的意识。语言也和意识一样，只是由于需要，由于和他人交往的迫切需要才产生的。"④ 文学的发生、发展和它未来的历史命运，始终同语言共

---

① ［美］赫伯特·马尔库塞著，左晓思译：《单面人：发达工业社会意识形态研究》，湖南人民出版社，1988年版，第200—201页。
② 《马克思恩格斯选集》第1卷，人民出版社，1995年版，第9页。
③ ［德］沃尔夫冈·伊塞尔著，程锡麟、王晓路等译：《走向文学人类学》//拉尔夫·科恩主编《文学理论的未来》，中国社会科学出版社，1993年版，第277页。
④ 《马克思恩格斯选集》第1卷，人民出版社，1995年版，第81页。

生共存。海德格尔说："语言是存在的家。"① "语言本身的意义是诗。可是，语言既然是这样一种发生，在这发生中，对人来讲，在者每次都如其所是地将自己披露给他，那么，诗——或狭义的诗作——在本质意义上就是诗的最源始的形式。……确切地说，诗发生于语言之中，因为语言保护着诗的源始本质。"② 语言与审美意识的产生及存在，是文学之所以产生和存在的重要前提。人类社会如没有语言，没有说话人和受话人的思想感情的沟通、交流与对话的话语活动，就不会有文学的存在。文学作为语言的艺术"是一个独立的'话语的宇宙'（universe of discourse）"③。由于"经济存在者的存在居住于词语之中"④，因此，语言就成了文学存在的家。"在其家中住着人。那些思者以及那些用词创生的人，是这个家的看家人。"⑤ 生存于这个语言世界的作家，他们的生命活动紧密地与语言联系在一起。因为，"唯有言说使人成为作为人的生命存在"⑥。人与动物的本质区别之一，就是人能够运用语言这一信号系统进行思考，并以有声的语言表达自己的情感体验和思想认识。作家天马行空的想象和"诗性智慧"的产生、形象思维的运用，都是同语言相伴而行。语言又是作家经过酝酿构思而形成的审美意象的物质载体。

---

① ［德］海德格尔著，郜元宝译，张汝伦校：《人，诗意地安居》，上海远东出版社，1995年版，第32页。

② ［德］海德格尔著，郜元宝译，张汝伦校：《人，诗意地安居》，上海远东出版社，1995年版，第112页。

③ ［德］恩斯特·卡西尔著，甘阳译：《人论》，上海译文出版社，1985年版，第364页。

④ ［德］海德格尔著，孙周兴译：《在通向语言的途中》，商务印书馆，1997年版，第134页。

⑤ ［德］海德格尔著，郜元宝译，张汝伦校：《人，诗意地安居》，上海远东出版社，1995年版，第33页。

⑥ ［德］海德格尔著，彭富春译，戴晖校：《诗·语言·思》，文化艺术出版社，1991年版，第165页。

刘勰说:"窥意象而运行。"这个"行"字就是指的文学创作过程的物质阶段作家对语言的运用。海德格尔对此也说得很清楚。"人类从何处获得我们关于居住和诗意本性的信息?人类从何处听到某物本性的呼唤?人类唯有在他接受之处才能听见这种呼唤。他从语言的倾诉中接受它。"① 他又说:"诗人经验到:唯有词语才让一物作为它所是的物显化出来,并因此让它在场。词语把自身允诺给诗人,作为这样一个词语,它持有并保持一物在其存在中。……但是词语同时也是诗人之为诗人以一种异乎寻常的方式信赖并照拂的财宝。"语言词语的存在,运用语言进行思考与创作的人(作家)的存在是文学得以永久性存在下来的共生因素。这一点米勒先生也是充分认识到了的。他在谈到研究文学的理由时就说过,"不论好坏,语言现在是,而且将来仍然是我们交流的主要方式,不管意见是相同还是相左"②。

那么是否因为信息数码图像的出现,文学就存在不下去了呢?当然不是,只是它的存在方式不同于印刷时代仅仅是以印刷出来的作品一种方式存在。而进入"图像"世界的文学,是以四维空间的形式立体地、动态地、声情并茂地呈现在观众(读者)面前。在这其中,创作主体与接受主体之间形成一种互动的关系,接受者可以直接参与作品的创作、修改过程。进入"图像"世界的文学,具有更鲜明的综合性艺术的特点。在这里我们可以看到,景与情、情与理、人与自然、人与社会在语言、绘画、音乐、动作、姿态各种媒介的交互运用中,通过作家的自由想象,创造出了一个更具有审美特性的艺术世界。

---

① [德]海德格尔著,彭富春译,戴晖校:《诗·语言·思》,文化艺术出版社,1991年版,第187页。
② [美]J. 希利斯·米勒著,郭英剑等译:《重申解构主义》,中国社会科学出版社,1998年版,第299页。

不可否认，进入信息化时代，传统的文学存在方式和传播形式遇到了严峻的挑战，即以书面语言为载体的书刊的印刷出版，大有被网络传播的信息数码图像的形式取代的趋势。似乎一个文学作品"无纸化"的时代即将到来。我认为，对此也要具体分析。文学的文本进入信息数码图像，找到了新的更现代化的物质载体的传播媒体，固然有它与手抄本、印刷文本无可比拟的优越性，但它却永远不能取代手抄本、印刷文本的永久性阅读研究和保存的价值。况且信息数码图像是以电源的供给和电脑的存在为物质前提，切断了电源（或没有电源的地方）、失去或没有掌握电脑的功能，一个艺术的"世界图像"立刻就可化为乌有。而手抄本和印刷文本就没有电源与电子信息处理等高科技条件的限制。从这一点上讲，网络文学的信息数码像文本、印刷的书面文本与手抄本，将长期存在于世，究竟以何种文本形式出现，这要看作家、读者的主观条件与他们所处的不同时间、地点和条件而定。

文学作为语言艺术还具有任何艺术形式不能企及和取代的优点。黑格尔说："诗，语言的艺术，是第三种艺术，是把造形艺术和音乐这两个极端，在一个更高的阶段上，在精神内的领域本身里，结合于它本身所形成的统一整体。一方面诗和音乐一样，也根据把内心生活作为内心生活来领会的原则，而这个原则却是建筑、雕刻和绘画都无须遵守的。另一方面从内心的观照和情感领域伸展到一种客观世界，既不完全丧失雕刻和绘画的明确性，而又比任何其他艺术都更完美地展示一个事件的全貌，一系列事件的先后承续，心情活动，情结和思想转变以及一种动作和情节的完整过程。"[①] 由于"语

[①] ［德］黑格尔著，朱光潜译：《美学》第 3 卷下册，商务印书馆，1981 年版，第 4—5 页。

言是思想的直接现实"①,语言本身所具有的间接性、音乐性、含蓄性、具象性与抽象性的特点,就决定了作为语言艺术的文学,兼有空间艺术和时间艺术、再现艺术和表现艺术的优点,使它能够摆脱色彩、线条、音阶、屏幕等各种物质媒介的束缚,打破时空的限制,充分发挥作家的自由想象,在人的心灵世界和微妙的情感领域与现实世界发生更为丰富多样的审美关系。在艺术中,一切只可意会不可言说的意蕴,都可在语言艺术中显示出来,也正因为这样,亚里士多德才说诗更富有"哲学意味"。对于文学的这一其他艺术不可代替的优点,清代美学家叶燮有一段精彩的描述:

> 若夫诗,似未可以物物也。诗之至处,妙在含蓄无垠,思致微渺,其寄托在可言不可言之间,其指归在可解不可解之会;言在此而意在彼,泯端倪而离形象,绝议论而穷思维,引人于冥漠恍惚之境,所以为至也。一切以理概之,理者,一定之衡,则能实而不能虚,为执而不为化,非板则腐,如学究之说书,闾师之读律,又如禅家之参死句,不参活句,窃恐有乖于风人之旨。②

叶燮并以古诗的名句为例,阐明自己的观点,他说:

> 偶举唐人一二语:如"蜀道之难,难于上青天""似将海水添宫漏""春风不度玉门关""天若有情天亦老""玉颜不及寒

---

① 《马克思恩格斯全集》第3卷,人民出版社,1960年版,第525页。
② 北京大学哲学系美学教研室编:《中国美学史资料选编》上,中华书局,1981年版,第313页。

鸦色"等句,如此者,何止盈千累万!决不能有其事,实为情至之语。……惟不可名言之理,不可施见之事,不可径达之情,则幽渺以为理,想象以为事,惝恍以为情,方为理至、事至、情至之语。此岂俗儒耳目心思界分中所有哉?①

文学作品由于语境的不同和变化,即使写同一个景物,也会显出不同的色相,创造出不同的意境。宗白华先生曾以同是写一个星天月夜的景物不同时代不同作家的诗为例,说明语言艺术优于其他艺术形式的道理。

> 元人杨载《宗阳宫望月》云:
> 大地山河微有影,九天风露浩无声。
> 明画家沈周《写怀寄僧》云:
> 明河有影微云外,清露无声万木中。
> 清人盛青嵝咏《白莲》云:
> 半江残月欲无影,一岸冷云何处香?
> 杨诗写函盖乾坤的封建的帝居气概,沈诗写迥绝世尘的幽人境界,盛诗写风流蕴藉,流连光景的诗人胸怀。一主气象,一主幽思(禅境),一主情致。至于唐人陆龟蒙咏白莲的名句:"无情有恨何人见,月晓风清欲堕时",却系为花传神,偏于赋体,诗境虽美,主于咏物。②

---

① 北京大学哲学系美学教研室编:《中国美学史资料选编》下,中华书局,1981年版,第315页。
② 宗白华:《艺境》,北京大学出版社,1987年版,第152—153页。

像宗先生所谈的由于语境的不同在写同一事物时而创造出了不同的审美境界，充分显示出了文学作为语言艺术的永久性的魅力，这是其他任何艺术形式所不可企及的。也正因为这样，人类对语言艺术的创造，对文学美的追求是永远不会停止的。几千年来，人类运用语言的魔杖，创造出了无数文学的珍品，给人以美的享受。但文学的时代并非如黑格尔所说的那样属于过去，它的真正"黄金时代"还在未来。信息时代的到来，"世界图像"的制作和发展，并未也不可能取代语言艺术的发展，它将使文学艺术的女神插上高科技的翅膀更自由地飞翔在艺术的天空，呼唤一代又一代文学新人为之创造，再创造。

信息时代的到来，"世界图像"的出现，这是人类艺术掌握世界，自觉地按照美的规律进行建构的伟大创造，是人区别于动物的自由自觉的活动的确证，是人的主体性的集中体现。当我们在研究世界的图像化对文学的发展与文学研究的影响时，绝不能忽视人这一创造文学美的主体。海德格尔认为，"世界成为图像和人成为主体"，这是决定现代生活之本质的两大进程。正因为世界图像是人所创造的世界图像，因此，"毫不奇怪，唯有在世界成为图像之际才出现人道主义"[1]。进入图像世界的文学仍然是人的文学，文学仍然是语言的艺术。它既是写人的，又是为了人、写给人看的。如果离开了人，离开了人的思维和语言，离开了创作主体和接受主体，丢失了人文传统和人文精神，而去研究信息时代的文学能否存在的根由，那就难免陷入技术决定论的怪圈，从而也就不得不在信息数码图像这一时代"幽灵"面前茫然、悲观和徘徊。

---

[1] ［德］马丁·海德格尔著，孙周兴译：《林中路》，上海译文出版社，1997年版，第89页。

"时运交移，质文代变，古今情理，如可言乎!"① 随着时代的推移和文学所使用的工具与手段的变换，文学的物化载体和传播媒体的变换，自然要引起文学自身的变异和发展。一些文学类型消亡了，一些文学类型出现了，批判继承，推陈出新，这是中外文学发展的一条重要规律。与文学的变化、发展相适应，文学理论研究也应以新的观念和方法向深广度发展。英国文艺理论家阿拉斯泰尔·福勒指出："似乎需要有一种更为基本的分类学的转变，即它将认识到在一种运用各种艺术媒介的文化中文学所具有的新作用，在这种文化里书写语言不再是唯一的基质。在文学中，任何机制主要集中在作为一种词语形式的文本上；但对于当代一切应当引起重视的写作来说情况则并非如此。……一如既往，未来的理论家们将继续改写类型的历史；提供与新的习俗、审美乐趣或精神奥秘的标准相适当的新的家族谱系。"② 福勒的观点符合信息时代文学发展的实际。他的论述，是中肯而又深刻的。在高科技迅猛发展的当今世界，信息数码图像的出现，使文学艺术的发展产生了一些前所未有的新类型、新特点和新的发展趋向，但它并未动摇文学作为适应人类审美需要的诗意的存在这一最基本的事实。

文学理论面对新世纪文学发展出现的新的形势，应如米勒先生那样，坚定自己的信念，不管我们"栖居在一个怎样的电信王国"，不管"信息高速公路上的坑坑洼洼、因特网之路上的黑洞"，都应顽强地坚持自己的研究，去探索文学发展的新的特点和规律。正如拉尔·柯恩所说，"文学理论与人类思想有什么关系以及理论的哪些方

---

① 刘勰著，范文澜注：《文心雕龙注》下，人民文学出版社，1961年版，第671页。
② [美] 拉尔夫·科恩主编，程锡麟、王晓路等译：《文学理论的未来》，中国社会科学出版社，1993年版，第389页。

面将随着写作而存在下去?这两点构成了值得今后探讨的理论转变的问题。文化变迁在何种程度上包含着文化的延续性?"① 柯恩提的问题,也正是信息时代我们文艺理论研究急需回答的问题。我们也理应以自己的新的研究成果,对时代提出的问题作出应有的回应。

---

① [美]拉尔夫·科恩主编,程锡麟、王晓路等译:《文学理论的未来》,中国社会科学出版社,1993年版,第14页。

数与美绘制的时代镜像①

文学艺术是时代的花朵。每个时代都会培育出自己时代所独有的绚丽多姿的奇葩。文学艺术又是时代的镜像。莎士比亚在他的著名悲剧《哈姆莱特》中就借主人公之口说过:"自有戏剧以来,它的目的始终是反映自然,显示善恶的本来面目,给它的时代看一看它自己嬗变发展的模型。"② 优秀的文学艺术作品总是映显出时代,以其独特的神韵和风采而成为"一个时代的缩影"③。

我们正在走进一个信息化、数字化的时代。高科技的发展,电子计算机的发明和运用,多媒体网络的逐渐普及,信息高速公路的建立,使一个拥有六十亿人口的世界逐渐变成了一个"地球村"。信息化、数字化的高度发展,是人类社会走向现代文明的重要标志。它对世界各国的经济、政治、军事、文化教育和文学艺术都已产生了深远的影响。

信息化、数字化使整个世界被把握为图像了。当代德国著名哲

---

① 本文发表在《东方论坛》2003年第2期,被收入《人文前沿——网络文学与数字文化》,中南大学出版社,2005年版。
② 《莎士比亚全集》第9卷,人民文学出版社,1978年版,第68页。
③ 《莎士比亚全集》第9卷,人民文学出版社,1978年版,第58页。

学家、美学家马丁·海德格尔指出:"倘若我们沉思现代,我们就要追问现代的世界图像。① 现代的基本进程乃是对作为图像的世界的征服过程。"② 信息数码图像进入我们的储存、检索、阅读、欣赏、传送的工作平台并显示在电脑的屏幕上,它的快速、清晰、变化多样,给接受者带来了无穷的愉悦和享受。

数与美有着历史久远的关系。早在公元前 6 世纪,毕达哥拉斯就把数与美联系起来,将数看作是美的本源,认为"事物由于数而显得美",一切艺术都产生于数,甚至整个天空都是一个音乐的音阶和一个数。③ 我们今天所说的数字化是建立在 0—1 的二进制的数的关系的基础之上。数字化时代的到来,对美的创造、美的欣赏和审美教育,对文学艺术的发展,创造了古人无法想象的有利条件。它使歌德、马克思、恩格斯提出和论述的"世界文学"的预言变成了生活的现实。人类在几千年创造的文学艺术珍品,真正成了世界各族人民的共同财富。这为作家、艺术家、美学家,相互学习、相互对话交流、相互吸取融合,提供了广阔自由的空间。信息数码图像的创造、掌握与普及,大大有益于读者大众的审美素质和鉴赏水平的提高,读者日益提高的审美需要又可给作家、艺术家创造艺术美以强大的动力,进一步促进文艺的发展与繁荣。

数字化一方面使世界图像化了,另一方面,又使文学艺术这面时代的镜子,呈现出了一些新的审美特征。

---

① [德]马丁·海德格尔著,孙周兴译:《林中路》,上海译文出版社,1997 年版,第 81 页。

② [德]马丁·海德格尔著,孙周兴译:《林中路》,上海译文出版社,1997 年版,第 90 页。

③ [波]沃拉德斯拉维·塔塔科维兹著,杨力等译:《古代美学》,中国社会科学出版社,1990 年版,第 113—114 页。

1. 各种艺术的交融性和审美的共通感。这是经过数字化处理的文艺作品的一个鲜明特色。

在当今时代，我们经常可以欣赏到由卫星传送，在电视屏幕上出现的世界各民族的艺术精品。卢浮宫的绘画、西安的兵马俑、歌剧《茶花女》、悲剧《哈姆莱特》与《罗密欧与朱丽叶》、电视剧《三国演义》与《西游记》，等等，通过多种媒体，使艺术的各种成分，如声、光、色、画、语言文字交融成一体，从而给人一种审美的共通感。这种共通感是我们单纯在书面语言的文学作品中无法获得的。

2. 作家和读者互为主体，相互之间具有一种互动性。作家是创造的主体，读者既是接受的主体，又是参与创造的主体，他可以直接加入到文本的创造过程中。读者与作家之间形成了一种全新的自由、平等、民主的对话、交流关系。多媒体互联网打破了传统的独语局面，它给世界带来了一个真正称得起是复调的、多声部的丰富多彩、万紫千红的局面。互动性是数字化时代在网上创作、批评、交流、对话的根本特性。正如保罗·莱文森所说，"网上的文本使我们有能力进行迅疾的互动"①。互动既有同一时间的互动交流，又有不同时间、地点的互动。"非同步的互动在网上的节奏是几分钟、几小时、几天，而不是几天几个月"②，这种非同步性的互动，可以在网络上强化混合媒介的冲击力。

3. 文学镜像呈现出多维性与立体化的特点。在电视或电脑的屏幕上显示出的文学艺术图像本身就是多维的、立体化的。美国学者埃瑞克·戴维斯指出："电脑、媒体和远程通信技术正在不断地收

---

① ［美］保罗·莱文森著，何道宽译：《数字麦克卢汉——信息化新纪元指南》，社会科学文献出版社，2001年版，第166页。

② ［美］保罗·莱文森著，何道宽译：《数字麦克卢汉——信息化新纪元指南》，社会科学文献出版社，2001年版，第167页。

集、控制、储存、转送和传播着一个日渐庞大的数据流,这无疑建立了一个新的维度:信息空间。这个繁殖力极强的多维空间是虚拟的、网络密集并十分复杂的,是一个广阔而又至高的王国,它是由我们的想象力和技术的表述来调节的。"① 作为语言艺术的传统文学,阅读鉴赏的方式是线性的由点到线到面,而数码图像艺术则是格式塔式的,具有直观性、整体性。由数码图像建立起来的信息空间,不是一维、二维、三维,而是爱因斯坦所说的那种包括时间维度的"四维空间"。图像显示出的文学艺术作品是以四维空间存在着并给接受者以审美感受。20 世纪末,《泰坦尼克号》通过电影、电视、因特网,创造出了艺术领域的神话般的奇迹。尽管在此之前已经有三十五部电影和一百多部小说反复地叙说着"泰坦尼克"号豪华客轮因撞上冰山而沉入大西洋海底的故事,但都没有产生通过数码图像显示出的"泰坦尼克"号的艺术魅力。

4. 超越时空的开放性和自由性。数字化时代,是一个真正走向开放和自由的时代,它彻底冲破一切封闭的牢笼。人们能够以超越时空的方式,向地球的各个角落,向宇宙的星空去搜寻知识和传送信息。"秀才不出门,便知天下事",已经不是笑语,而是生活的现实。马歇尔·麦克卢汉明确地宣称:"在瞬时信息的时代,时间(按视觉和切分计量的时间)和空间(统一的、形象的和有周边密封的空间)已不复存在。在瞬时信息时代,人结束了分割性专门化工作的职责,而承担了搜集信息的角色。"② 现在世界各国的科学家正在联合绘制人类的"生物基因图谱",许多发达国家已经或正在着手建

---

① 参见王逢振主编:《网络幽灵》,天津社会科学院出版社,2000 年版,第 114 页。
② [加] 马歇尔·麦克卢汉著,何道宽译:《理解媒介:论人的延伸》,商务印书馆,2001 年版,第 180 页。

立"数字图书馆"。这样一来,不仅关于人类自身的基因构成及其谱系,可以为世界各国科学家所共享,推进生命科学的发展,而且人类几千年创造的艺术珍品和全世界的"文化基因库",同样成了人类共同享用的财富。这对文学创作和艺术鉴赏水平的提高,无疑是一个福音。

5. 数码图像的复制性与仿真性。数字图像高速、清晰、直接、仿真是前所未有的。它的复制功能与印刷术、照相术相比,也进入了一个全息、多维、具有创造性的新阶段。在发达国家正在建立的数字图书馆中,我们看到,它不仅能复制、储存古今中外海量的文化珍品,而且可以制成光盘轻便地携带,长久地保存。在复制过程中,适应受众的需要,还可以配上音、光、色、电、图画、语言,生动地表达出艺术作品的高远深邃的意境。如经数码图像复制显示出的李白的《望庐山瀑布》,朱自清的《荷塘月色》,贝多芬的《英雄》《命运》《田园》的交响乐章等世界文学艺术珍品,比我们仅仅从诗集、散文集和听音乐会得到的审美感觉,丰富得多。数码图像的复制者的具有创新性的制作,自然会在情感上引起受众对作品的共鸣。

数与美绘制的时代镜像是丰富多样而又迷人的。但是我们又不能忘记,数字化本身是一柄双刃剑。如果我们仅仅看到它给世界带来的福音的一面,而忽视它的负面效应,那就会陷入一种新的陷阱。为此,《技术帝国》一书的作者特意发出了一个警告。他说:"我们所面临的21世纪将越来越受制于世界的数字化。"① 就文学艺术的发展来讲,有几个问题应特别引起我们的重视。

---

① [法] R. 舍普等著,刘莉译:《技术帝国》,三联书店,1999年版,第103页。

1. 复制性、标准化与独创性的矛盾。文学艺术作品最重要的价值就是它的独创性。艺术最忌雷同化、标准化、模式化、理性化。爱德华·杨格在《试论独创性作品》中指出:"独创性作品是最最美丽的花朵。模仿之作成长迅速而花色暗淡。……有些作品比别的更有独创性;而且,我认为,它们越有独创性越好。独创性作家是,而且应当是人们极大的宠儿,因为他们是极大的恩人,他们开拓了文学的疆土,为它的领域添上一个新省区。"① 杨格认为,模仿的、机械工艺复制的作品,永远无法超越蓝本,因为原作来到这个世界上的时候,它们个个"都是独特无二的:没有两张面孔、两个头脑是一模一样的,一切都带有自然的区分的鲜明标记"②。模仿的、机械工艺复制的作品泛滥的结果,使文学界不再是特立独行之士的结合,而是一大杂烩,乱七八糟一大群,出了一百部书,骨子里只不过是一部书。复制性和标准化是通过数码图像制作的作品的一个重要特征。瓦尔特·本雅明指出:"即使在最完美的艺术复制品中也会缺少一种成分——艺术品的即时即地性,即它在问世地点的独一无二性。"③ 他还说:"原作的即时即地性组成了它的原真性(Echtheit)。……完全的原真性是技术——当然不仅仅是技术——复制所达不到的。"④ 在数字化虚拟世界中显示出的一幅幅法国卢浮宫保存的艺术珍品,的确非常逼真,然而人们总是还想去卢浮宫亲自欣赏一

---

① [英]爱德华·杨格著,袁可嘉译:《试论独创性作品》,人民文学出版社,1998年版,第82页。
② [英]爱德华·杨格著,袁可嘉译:《试论独创性作品》,人民文学出版社,1998年版,第95—96页。
③ [德]瓦尔特·本雅明著,王才勇译:《机械复制时代的艺术作品》,中国城市出版社,2002年版,第84页。
④ [德]瓦尔特·本雅明著,王才勇译:《机械复制时代的艺术作品》,中国城市出版社,2002年版,第85页。

下大师的原作。因为再好的复制品,也无法表现原作的神韵(本雅明称之为"光韵"),无法表达出原作的那种"言有尽而意无穷"的具有独一无二的深邃的意蕴。数字化的世界是一个技术世界。技术世界是能相容的标准化的世界,如果没有标准,那么既不能发射也不能传送。对于网络世界来说,技术的标准化是必需的,对于文艺创作来讲,标准化则是与艺术家追求的独创性相左的。

2. 数字世界的全球化与艺术的民族性、本土化的矛盾。数字化世界,打破了地方的和民族的局限,使整个世界都进入了因特网之中。从而,"将地球变成了一个互连或者内连的整体,并不断提高其相互依存性的必要过程"①。在这个过程中,一方面使民族文学走向了世界文学,同时,又不可否认出现了一个全球化与民族化、本土化的矛盾问题。数字化的进程,运用的是一种二进制的0—1的世界性的语言。仅从使用的工具来说,数字世界的全球化与民族性、本土化就产生了矛盾。关于这一点,《技术帝国》的作者已经感触到了,他说:"技术标准的复杂化和提高必然意味着更好,更多!这是技术与文化的第一个矛盾,第二个矛盾是文化总是保卫本土的,即它总与界限、区域、归属相关联。只有带地方色彩的文化,与地域相关的特性,用自然语言创作的文学作品,根据定义,任何自然语言都不是宇宙的也不是世界的。某些技术语言是世界性的语言,比如二进制语言,0和1的语言。不过自然语言不是由什么人发明的,因此不是技术语言。从这个意义上说,有一种珍贵的无法磨灭的诗意的东西,即区域性的东西。技术相反,一种语言相对于另一种语言来说,没有必要一定是可译的。它应该保留某种只能被翻译但并

---

① [法] R. 舍普等著,刘莉译:《技术帝国》,三联书店,1999年版,第207页。

不等同于翻译的东西,技术与文化的不一致,造成了一种紧张状态,让我们感到难过和痛苦。"① 在数字化世界上,各民族文学的自然语言所保留的诗意的无穷的韵味显然是世界性的技术语言中难以表达的。

3. 技术理性与审美情感教育的矛盾。数字化本身是技术理性的结晶。它与被称这为"美育之父"的席勒所倡导的通过审美教育培养感性与理性统一的完美的人是相悖的。在技术理性指导下的技术决定一切、控制一切的社会中培养的人,马尔库塞称之为"单面人"。当技术成为物质生产的普遍形式时,它就制约着整个文化,直接影响社会生活,结果,"异化的主体为它异化了的存在所吞没。只有一面,它无所不在,形式多样"②。理性得到空前的张扬,而感性和情感的因素则黯然失色。在数字化的虚拟世界中,"是没有什么强烈感觉的,只满足于自己干净、简化、经济,也就是吝啬到极点的形象,它会切断我们与真实世界的联系"③。就现实中青少年喜欢看的卡通片,如《猫和老鼠》《米老鼠与唐老鸭》等,都是经过数字化处理而创造出来的。它们虽然有其趣味性,但对陶冶青少年的审美情感,则意义不大。至于那些含有不健康因素的、格调低下的卡通片,那就更是有害无益了。

特别应当引起我们重视的,是文化上的新殖民主义与审美情感教育的矛盾。《技术帝国》中有一段讲得很好,说:"今天真正的问

---

① [法] R. 舍普等著,刘莉译:《技术帝国》,三联书店,1999 年版,第 206—207 页。
② [美] 赫伯特·马尔库塞著,左晓斯等译:《单面人:发达工业社会意识形态研究》,湖南人民出版社,1988 年版,第 212 页。
③ [法] R. 舍普等著,刘莉译:《技术帝国》,三联书店,1999 年版,第 119 页。

题是第三世界中四分之一或三分之一的人都被图像技术逮住了,美国化了,他们的文化很像是环游世界的人的文化,美洲印第安人、法国人和英国人都属于同一个世界,都说着洋泾浜英语。随后,你会发现,在暗处,有一群被遗弃的人,他们想退回到从前的信仰中去……这一意愿中有某种可敬的东西。"[①] 在当今世界,真正掌握信息技术的是美国、英国、法国、德国、日本等发达国家,而其中最主要的又是美国。美国不仅是经济上、军事上的超级大国,也是掌握信息技术的超级大国。他们利用因特网等信息数码图像技术,极力地在各个领域推行其价值观和新殖民主义。以美国为首的资本主义发达国家,利用手中掌握的数字图像技术,在全球范围内推行的殖民主义文化与各民族的文化形成尖锐的冲突,它与美育建设的目的、内容和方式,都是根本不相容的。18世纪末席勒发表《审美教育书简》的重要目的,是要消除社会的严重异化现象,培养全面发展的审美的人,技术帝国推行的新殖民主义文化,不是要消除异化现象,而是要进一步制造更加严重的社会异化现象和人性异化现象。

---

① [法] R. 舍普等著,刘莉译:《技术帝国》,三联书店,1999年版,第119页。

第二辑

重读经典篇

马克思主义文艺理论的元典[①]
——重读马克思《政治经济学批判》"序言"和"导言"

文艺理论向何处去?进入21世纪以来,已成为萦绕在人们头脑中的一个挥之不去的问题。伴随着文学"终结"论、文学理论"无用"论、文化"取代"论的声浪,文学艺术界和文艺学、美学界的不少学人,也出现了一种彷徨、心悸、不知所措的精神状态。一个站在十字路口的人,向哪里继续走下去?这成了问题的关键。我认为解决问题的途径,最主要的有两条:一是到时代的社会实践和文学艺术实践中去寻求答案。只有实践才是检验真理的唯一标准。千百万人民群众的实践需要是文学艺术发展的不竭动力之源。二是到文艺学、美学的经典文本中,去研究前人探索的足迹,开掘历史积淀流传下来的理论资源,进而结合当今时代的实际,确定我们进一步发展的出发点。

在历史流传下来的众多的文艺学、美学经典文本中,当前迫切需要我们认真研究的经典文本,我认为是马克思、恩格斯留给我们

[①] 本文发表在《济南大学学报》2008年第4期,被收入李衍柱《鉴赏批评:运动着的美学》,人民出版社,2013年版。

的有关文学艺术和美学的经典文本。这些经典文本之中，最主要、最根本的经典文本，我把它称之为马克思主义文艺理论经典文本的元典。

对于什么是马克思主义文艺理论的元典，中外学界的看法并不一致。有的认为是马克思的《1844年经济学哲学手稿》，有的认为是马克思、恩格斯关于文艺问题的五封信：《马克思致斐迪南·拉萨尔（1859年4月19日）》《恩格斯致斐迪南·拉萨尔（1859年5月18日）》《恩格斯致敏娜·考茨基（1885年11月26日）》《恩格斯致玛·哈克奈斯（1888年4月初）》《恩格斯致保尔·恩斯特（1890年6月5日）》。我认为《手稿》和这五封信，是研究马克思主义文艺理论和美学思想的理论依据、经典文本，但不是马克思主义文艺理论和美学经典文本的元典，这个元典不是别的，而是马克思《政治经济学批判》的"序言"和"导言"。该书的"序言"和"导言"既是马克思主义世界观和方法论的元典，又是马克思主义文艺理论的元典。正是这个元典，为我们研究文艺理论、美学指明了方向，提供了科学的世界观和方法论的理论基础，确定了文艺的社会性质、社会本质与功能，揭示了某些文艺区别于其他社会意识形态的特点和规律。经过一百六十多年中国乃至世界的社会实践与艺术实践的证明，该书的"序言"和"导言"所揭示的人类社会发展规律和它所阐明的关于文学艺术的性质、特点和规律，依然放射着真理的光芒。

一、唯物史观的创立，在世界思想史上引发了一场伟大的革命，为文艺学、美学奠定了科学的世界观与方法论的理论基础，使文学理论真正成为一门独立的历史科学马克思在《政治经济学批判·序言》中对唯物史观的基本原理做了经典的表述：

> 人们在自己生活的社会生产中发生一定的、必然的、不以他们的意志为转移的关系，即同他们的物质生产力的一定发展阶段相适合的生产关系。这些生产关系的总和构成社会的经济结构，即有法律的和政治的上层建筑竖立其上并有一定的社会意识形式与之相适应的现实基础。物质生活的生产方式制约着整个社会生活、政治生活和精神生活的过程。不是人们的意识决定人们的存在，相反，是人们的社会存在决定人们的意识。……随着经济基础的变更，全部庞大的上层建筑也或快或慢地发生变革。在考察这些变革时，必须时刻把下面两者区别开来：一种是生产的经济条件方面所发生的物质的、可以用自然科学的精确性指明的变革，一种是人们借以意识到这个冲突并力求把它克服的那些法律的、政治的、宗教的、艺术的或哲学的，简言之，意识形态的形式。我们判断一个人不能以他对自己的看法为根据，同样，我们判断这样一个变革时代也不能以它的意识为根据；相反，这个意识必须从物质生活的矛盾中，从社会生产力和生产关系之间的现存冲突中去解释。①

恩格斯指出，马克思发现和阐明的这个原理，"不仅对于经济学，而且对于一切历史科学（凡不是自然科学的科学都是历史科学）都是一个具有革命意义的发现"②。在恩格斯看来，只要我们遵循和

---

① 《马克思恩格斯选集》第 2 卷，人民出版社，1995 年版，第 32—33 页。
② 《马克思恩格斯选集》第 2 卷，人民出版社，1995 年版，第 38 页。

进一步发挥马克思所阐明的唯物史观的基本原理,"并且把它应用于现时代,一个强大的、一切时代中最强大的革命远景就会立即展现在我们面前。人们的意识取决于人们的存在而不是相反,这个原理看来很简单,但是仔细考察一下也会立即发现,这个原理的最初结论就给一切唯心主义,甚至给最隐蔽的唯心主义当头一棒。关于一切历史的东西的全部传统的和习惯的观点都被这个原理否定了"①。马克思在"序言"中,以精确的语言阐明了他经过多年研究所发现的人类历史的发展规律,揭示了人类社会存在着的两大基本矛盾:生产与生产关系的矛盾,经济基础与上层建筑的矛盾。人类社会正是在这两大基本矛盾的运动中向前发展的。这一"新的世界观"②的创立,在人类思想史上具有划时代的意义,它给一切历史科学奠定了科学的理论基础,进而使马克思主义与形形色色的唯心主义和旧唯物主义划清了界限。

马克思在"序言"中所阐明的人类历史的发展规律和唯物史观的基本原理,使文学理论研究冲破了层层的历史迷雾,找到了自己前进的方向。马克思以前,在欧洲已有种种研究文学艺术现象、探讨艺术规律的美学、诗学理论著作。从古希腊的赫西俄德的《神谱》、柏拉图的《大希庇阿斯篇》、亚里士多德的《诗学》《修辞学》,到以后的贺拉斯、朗吉弩斯、普罗提诺、达·芬奇、布瓦洛、维柯、狄德罗、莱辛、康德、歌德、席勒、谢林、黑格尔等,他们都有自己的专门研究文学艺术的美学、文学理论的著作。但是,由于时代和阶级的局限,他们的文学理论主张,都是建立在唯心史观的基础上。因此,在他们的文学理论著作中,尽管有着许多对美和艺术的可贵的探索,但总是

---

① 《马克思恩格斯选集》第2卷,人民出版社,1995年版,第38—39页。
② 《马克思恩格斯选集》第2卷,人民出版社,1995年版,第39页。

真理与谬误、精华与糟粕交织在一起，因而他们的文学理论主张，不可避免地都程度不同的带有神秘主义、唯心主义、机械唯物主义和形而上学的性质。唯物史观的创立，为我们观察研究文学艺术提供了科学的世界观与方法论，从而使文学理论研究从前科学状态发展成为一门具有自己的科学理论基础的历史科学。

二、马克思关于生产力与生产关系、经济基础与上层建筑、社会存在与社会意识的学说，科学地阐明了文学的社会性质、社会本质和社会功能

马克思把整个人类社会比喻为一座有机统一的建筑。文学艺术和研究文学艺术的文学理论，都居于社会结构中的上层建筑领域，具有上层建筑的性质。不论是文学或其他艺术门类，不论是美学、诗学或文学理论，它们分别都是一种社会意识形态形式。马克思、恩格斯辩证地阐明了经济基础和上层建筑，社会存在与社会意识的关系，科学地解决了文学艺术与社会生活，文学艺术与政治、经济的关系。《恩格斯致瓦·博尔吉乌斯（1894年1月25日）》指出："政治、法、哲学、宗教、文学、艺术等等的发展是以经济发展为基础的。但是，它们又都互相作用并对经济基础发生作用。并非只有经济状况才是原因，才是积极的，其余一切都不过是消极的结果。这是在归根到底总是得到实现的经济必然性的基础上的互相作用。……在这些现实关系中，经济关系不管受到其他关系——政治的和意识形态的——多大影响，归根到底还是具有决定意义的，它构成一条贯穿始终的、唯一有助于理解的红线。"[①] 这里有三点应特

---

① 《马克思恩格斯选集》第4卷，人民出版社，1995年版，第732页。

别注意：

第一，经济基础对于上层建筑具有决定和制约的作用，不等于庸俗社会学所宣扬的"经济决定论"。恩格斯反复申明，唯物史观不是教条，而是进行研究工作的指南。他坚决反对把它当作标杆、当作现成的公式。去贴到或套到各种事物上去，去任意地剪裁各种历史事实，如果这样做，它就必然会转变为自己的对立物。他说："根据唯物史观，历史过程中的决定性因素归根到底是现实生活的生产和再生产。无论马克思或我都从来没有肯定过比这更多的东西。如果有人在这里加以歪曲，说经济因素是唯一决定性的因素，那么他就是把这个命题变成毫无内容的、抽象的、荒诞无稽的空话。经济状况是基础，但是对历史斗争的进程发生影响并且在许多情况下主要是决定着这一斗争的形式的，还有上层建筑的各种因素：阶级斗争的政治形式及其成果。"① 恩格斯特别强调上层建筑各种因素之间的相互作用，"而在这种相互作用中归根到底是经济运动作为必然的东西通过无穷无尽的偶然事件（即这样一些事物和事变，它们的内部联系是如此疏远或者是如此难于确定，以致我们可以认为这种联系并不存在，忘掉这种联系）向前发展"②。恩格斯的这一观点，不仅对批判苏联历史上曾出现的以弗里契为代表的庸俗社会学文艺观有理论意义，而且对当前我国文学艺术领域广为流行的文艺依存于经济的"经济从属论"，有着现实的意义。

第二，关于经济基础与上层建筑之间的中间环节与文学艺术的关系问题。恩格斯在给梅林的信中，提出了一个"从基本经济事实中引出政治的、法的和其他意识形态的观念以及以这些观念为中介

---

① 《马克思恩格斯选集》第4卷，人民出版社，1995年版，第695—696页。
② 《马克思恩格斯选集》第4卷，人民出版社，1995年版，第696页。

的行动"的观点。怎样理解经济基础与上层建筑之间的"中介"或"中间环节"？普列汉诺夫提出了"五层次说"："生产力的状况；被生产力所制约的经济关系；在一定的经济基础上生长起来的社会政治制度；一部分由经济直接决定的，一部分由生长在经济上的全部社会政治制度所决定的社会中的人的心理；反映这种心理特性的各种思想体系。"① 他把"社会心理"看作是文学艺术与社会生活关系的中介因素。他说："应当记住，决不是'上层建筑'的一切部分都是直接从经济基础中成长起来的；艺术同经济基础只是间接地发生关系的。因此，在讨论艺术时必须考虑到中间的环级。"② 普列汉诺夫甚至说："对于社会心理若没有精细的研究与了解，思想体系的历史唯物主义解释根本就不可能。……而在文学、艺术、哲学等学科的历史中，如果没有它，就一步也动不得。"③ 普列汉诺夫的这一观点，对我们理解经济基础与上层建筑之间的中间环节和各种意识形态形式之间的相互影响是有理论价值的。

第三，文学艺术作为意识形态的形式，具有维护、巩固或破坏经济基础的作用。在资本主义制度下，进步的、革命的文学艺术，一部具有社会主义倾向的作品，它的重要的历史使命，是通过对现实关系的真实描写，"来打破关于这些关系的流行的传统幻想，动摇资产阶级世界的乐观主义，不可避免地引起对于现存事物的永恒性的怀疑"④。在无产阶级夺取政权之前，社会主义社会的经济基础还未建立起来，马克思、恩格斯十分关注具有社会主义倾向的文学作

---

① 《普列汉诺夫哲学著作选集》第3卷，三联书店，1974年版，第195页。
② 《普列汉诺夫哲学著作选集》第2卷，三联书店，1962年版，第322页。
③ 《普列汉诺夫哲学著作选集》第2卷，三联书店，1962年版，第272—273页。
④ 《马克思恩格斯选集》第4卷，人民出版社，1995年版，第673页。

品的创作，鼓励作家、艺术家去揭露、鞭挞和讽刺资本主义社会的黑暗和虚伪。"工人阶级对他们四周的压迫环境所进行的叛逆的反抗，他们为恢复自己做人的地位所做的极度的努力——半自觉的或自觉的，都属于历史，因而也应当有权在现实主义领域内要求占有一席之地。"① 在 1893 年《共产党宣言》意大利文版的"序言"中，恩格斯对即将到来的 20 世纪寄予了很大的希望，并且以充满革命激情的语言，呼唤"一个新的但丁来宣告这个无产阶级新纪元的诞生"②！

三、马克思关于艺术掌握世界的方式与艺术生产系统的理论

马克思在《政治经济批判》"序言"与"导言"中，在阐明唯物史观的同时，提出了人类掌握世界的四种方式与艺术生产系统的理论，从而为马克思主义文学理论体系的建构开辟了广阔的空间。

（一）关于艺术掌握世界的方式

马克思在研究文学艺术时，不仅科学地确立了文学艺术在社会结构中的地位，揭示了文学艺术与其他意识形态的共同规律，而且进一步探讨了文学艺术区别于其他意识形态的特殊规律。关于艺术掌握世界的方式问题，就是马克思提出和论述的艺术特殊规律的重要内容。马克思指出：

> 从抽象上升到具体的方法，只是思维用来掌握具体、把它

---

① 《马克思恩格斯选集》第 4 卷，人民出版社，1995 年版，第 683 页。
② 《马克思恩格斯选集》第 1 卷，人民出版社，1995 年版，第 269—270 页。

当作一个精神上的具体再现出来的方式。但决不是具体本身的产生过程。……整体,当它在头脑中作为思想整体而出现时,是思维着的头脑的产物,这个头脑用它所专有的方式掌握世界,而这种方式是不同于对于世界的艺术精神的,宗教精神的,实践精神的掌握的。①

在这里马克思从世界观与方法论的哲学高度,将人类掌握世界的方式,区别为理论的、艺术的、宗教的、实践精神的四种方式。"掌握"一词的德文原义在精神上有获得、占有等义。1980年中国上海辞书出版社出版的《辞海》中,将"掌握"释为了解事物,并能充分加以运用。如掌握技术;掌握规律②。因此"掌握"既有认识层面的含义,又有实践层面的含义。只有认识与实践结合才称之为"掌握"。理论掌握是从抽象上升到具体,而又以精神上的具体再现出来的方式,它以概念、命题、推理和论证的思维形式去建构理论体系,具有思辨性和抽象性的特点。宗教掌握是一种构造、相信并崇拜超自然、超社会的神秘力量和神秘世界的意识活动,它主要通过教义、故事或形象的方式,以"人间的力量采取了超人间的力量的形式"③。实践精神掌握是一种以讨论实践为目标的精神活动,它直接产生于人们的生活实践之中,具有经验性、具体性的特征。艺术掌握世界的方式主要有以下两个特点:

第一,充分发挥想象力的作用,通过想象和借助想象,以形象化的方式去掌握世界。马克思在摩尔根《古代社会》一书摘要中写

---

① 《马克思恩格斯选集》第2卷,人民出版社,1995年版,第19页。
② 《辞海》,上海辞书出版社,1980年版,第1664页。
③ 《马克思恩格斯选集》第3卷,人民出版社,1995年版,第666页。

道:"对于人类的进步贡献极大的想象力这一伟大的才能,这时已经创造出神话、故事和传说等等口头文学,已经成为人类的强大的刺激力。"① 在《政治经济学批判·导言》中,马克思进一步指出:"任何神话都是用想象和借助想象以征服自然力,支配自然力,把自然力加以形象化。"② 原始人类凭着伟大的想象力,才创造出神话、传说等口头文学,也正是各民族的神话、传说等口头文学,后来成为世界文学史长河的重要源头。从这个意义上,我们完全可以说,没有人类的伟大想象力,就没有文学和文学的发展。想象力是人类艺术地掌握世界的主要能力和方式。

艺术想象是和具体的、感性的形象交织在一起的,又是通过形象将思维中的整体呈现出来的。马克思说:"形象是自然物体的形式,这些形式好象一层表皮,从自然物体上脱落下来,并把自然物体移到现象中来。事物的这些形式,不断地从它们里面涌现出来,侵入感官,从而使客体得以显现出来。因此自然在听觉中听到了它自己,在嗅觉中嗅到了它自己,在视觉中看见了它自己。所以人的感性就是一个媒介,通过这个媒介,犹如通过一个焦点,自然的种种过程得到反映,燃烧起来照亮了现象界。"③ 马克思在对《巴黎的秘密》的评论中直接使用了艺术形象的概念。马克思说:"我们现在就将在某个'艺术形象'中看到它的美学的渐趋冷静和飞升。它要在'艺术形象'中为自己赎罪,以便最后作为第二个胜利的基督来完成批判的末日的审判,并在战胜龙之后安然地升入天堂。"④ 马克思这里所说的"艺术形象",是指欧仁·苏在小说中的主人公鲁道夫。

---

① 《马克思恩格斯全集》第45卷,人民出版社,1985年版,第384页。
② 《马克思恩格斯选集》第2卷,人民出版社,1995年版,第29页。
③ 《马克思恩格斯全集》第40卷,人民出版社,1982年版,第232页。
④ 《马克思恩格斯全集》第2卷,人民出版社,1956年版,第206页。

在文学作品中，作家就是通过想象，并且在想象中创造的艺术形象，来表达自己对世界的认识，显示出世界的面影。因此，我们可以说，马克思提出的艺术地掌握世界的方式，它的首要的，也是最重要的特征，就是通过想象和借助于想象力，以形象化的方式去掌握世界。

第二，文学的媒介是语言，这是文学与其他艺术形式的重要区别。马克思在谈到19世纪英国现实主义小说家的创作时曾说："现代英国的一批杰出的小说家，他们在自己的卓越的、描写生动的书籍中向世界揭示的政治和社会真理，比一切职业政客、政论家和道德家加在一起所揭示的还要多。"① 这里所说的"卓越的、描写生动的书籍"，指的就是作家们以文学语言创作的小说。马克思、恩格斯在1859年拉萨尔的信中，谈到作者"用韵律写""韵律安排"和"让人物过多地回忆自己"以及赞扬"胡登关于剑的格言很出色"，批评拉萨尔在剧中出现的过多的"论证性的辩证"，都是讲的文学语言运用的问题。马克思指出："思维本身的要素，思想的生命表现的要素，即语言，是感性的自然界。"② 在《德意志意识形态》中，马克思、恩格斯又指出："'精神'从一开始就很倒霉，受到物质的'纠缠'，物质在这里表现为振动着的空气层、声音，简言之，即语言。语言和意识具有同样长久的历史；语言是一种实践的、既为别人存在因而也为我自身而存在的、现实的意识。语言也和意识一样，只是由于需要，由于和他人交往的迫切需要才产生的。"③ 文学是与语言和意识同步产生的。先民们为了表达感情、交流思想而创作的神话、传说和故事，就是靠一代又一代的口口相传的语言保存

---

① 《马克思恩格斯全集》第10卷，人民出版社，1972年版，第686页。
② 《马克思恩格斯全集》第42卷，人民出版社，1979年版，第129页。
③ 《马克思恩格斯选集》第1卷，人民出版社，1995年版，第81页。

和流传下来的。文学产生以后,作家才进一步用语言文字整理、加工而成为诸如《伊利亚特》《奥德赛》《格萨尔》等文学作品。

(二) 艺术生产系统理论

在世界美学与诗学的历史上,真正以科学的唯物史观提出和论述艺术生产范畴及其丰富内涵的是马克思。在《1844年经济学哲学手稿》中写道:"宗教、家庭、国家、法、道德、科学、艺术等等,都不过是生产的一些特殊的方式,并且受生产的普遍规律的支配。"① 在马克思写于1857年的《政治经济学批判·导言》中,在论述物质生产的发展例如同艺术发展的不平衡关系时,首次提出了"艺术生产"的概念。马克思说:

> 就某些艺术形式,例如史诗来说,甚至谁都承认:当艺术生产一旦作为艺术生产出现,它们就再不能以那种在世界史上划时代的、古典的艺术形式创造出来;因此,在艺术本身的领域内,某些有重大意义的艺术形式只有在艺术发展的不发达阶段上才是可能的。如果说在艺术本身的领域内部的不同艺术种类的关系中有这种情形,那么,在整个艺术领域同社会一般发展的关系上有这种情形,就不足为奇了。困难只在于对这些矛盾作一般的表述。一旦它们的特殊性被确定了,它们也就被解释明白了。②

马克思在"导言"中深刻而辩证地阐明了以下两个带有规律性

---

① 《马克思恩格斯全集》第42卷,人民出版社,1979年版,第121页。
② 《马克思恩格斯全集》第2卷,人民出版社,1995年版,第28页。

的问题:

第一,关于艺术生产与物质生产发展的不平衡规律。

艺术生产在"导言"中是与物质生产相对而提出来的。艺术生产属于社会精神生产的一部分,精神生产与物质生产共同构成社会生产的两大部类。从生产的普遍规律来讲,物质生产制约着、支配着精神生产(包括艺术生产)。但是艺术生产作为社会生产的一种特殊形式,它又有自己的特殊规律。联系古希腊和文艺复兴时期文学艺术发展的实际,马克思认为:艺术的"一定的繁盛时期决不是同社会的一般发展成比例的,因而也决不是同仿佛是社会组织的骨骼的物质基础的一般发展成比例的。一定的在世界文学史上出现的划时代的古典艺术形式,如史诗、神话,只有在艺术发展的不发达阶段上才可能出现"①。马克思通过历史的纵向比较指出:"阿基里斯能够同火药和铅弹并存吗?或者,《伊利亚特》能够同活字盘甚至印刷机并存吗?随着印刷机的出现,歌谣、传说和诗神缪斯岂不是必然要绝迹,因而史诗的必要条件岂不要消失吗?"③ 艺术生产与物质生产的发展,从整体来讲,归根到底是受物质生产的普遍规律支配的,但由于艺术生产的发展与繁荣,除受物质生产影响外,还受上层建筑中某些中间环节的影响,同时还由于艺术生产本身有其自身的特殊的发展规律。艺术是时代的花朵,它以其独创性和不可重复性成为其发展繁荣的重要标志。比如古希腊文学艺术、文艺复兴时期莎士比亚的戏剧,就具有永久性的艺术魅力,并为后人提供了不可企及的范本。因此,整个文学艺术的繁荣,艺术生产的发展并不是都同物质生产的发展成正比例;某些艺术形式也并不与物质生产

---

① 《马克思恩格斯全集》第2卷,人民出版社,1995年版,第28页。
③ 《马克思恩格斯选集》第2卷,人民出版社,1995年版,第29页。

的发展同步。正是因为这样，艺术生产与物质生产的发展，在不同时代或同一时代的不同民族、不同国家，出现了不平衡现象，一种带有规律性的现象。比如，19世纪后半期就挪威和俄罗斯来讲，物质生产显然落后于英、法、美等国家，然而在挪威出现了戏剧的繁荣，在俄罗斯则出现了小说的繁荣。

第二，艺术生产与艺术消费双向互动的规律。

恩格斯指出，马克思一生有两大发现，一是发现了人类历史的发展规律，一是发现了现代资本主义生产方式和它所产生的资产阶级社会特殊的运动规律，揭示了资本家剥削剩余价值的秘密。资本主义生产方式是由生产、分配、交换、消费四个环节构成的，这四个环节之间有机地连结在一起，相互作用，共同构成了一个双向互动循环发展社会生产系统。这是资本主义生产方式发展的基本特点和规律。马克思在《政治经济学批判·导言》中，是在谈资本主义生产方式的构成和发展过程中提出"艺术生产"的概念的。一向被视为高雅的诗歌等文学创作，一旦融入资本主义社会的"生产、分配、交换、消费"的生产链条中，诗歌、小说、戏剧的创作也就成为"艺术生产"的组成部分，而被称为"文学生产"了。为了说明文学是一种生产，作家是一个生产劳动者，马克思特别提出了关于生产劳动与非生产劳动分界的标志问题。马克思说："生产劳动和非生产劳动始终是从货币所有者、资本家的角度来区分的，不是从劳动者的角度来区分的。……作家所以是生产劳动者，并不是因为他生产出观念，而是因为他使出版他的著作的书商发财，也就是说，只有在他作为某一资本家的雇佣劳动者的时候，他才是生产的"[1]。

---

[1] 《马克思恩格斯全集》第26卷第1册，人民出版社，1972年版，第148—149页。

马克思以密尔顿创作的《失乐园》为个案,进而具体阐明文学何以是一种生产,作家何以成为一个生产劳动者。马克思说:

> 密尔顿创作《失乐园》得到五镑,他是非生产劳动者……密尔顿出于同春蚕吐丝一样的必要而创作《失乐园》。那是他的天性的能动表现。后来,他把作品卖了五镑。但是,在书商指示下编写书籍的莱比锡的一位无产者作家却是生产劳动者,因为他的产品从一开始就从属于资本,只是为了增加资本价值才完成的。一个自行卖唱的歌女是非生产劳动者。但是,同一个歌女,被剧院老板雇用,老板为了赚钱而让她去唱歌,她就是生产劳动者,因为她生产资本。①

作家按照自己的天性"同春蚕吐丝一样",进行自由的创作,他就是一位真正的诗人、作家,是一个非生产劳动者;如果他"从属于资本",为了资本家赚钱而按资本家的需要和口味进行创作,那么,他就是一个生产劳动者。在由"生产、分配、交换、消费"构成的艺术生产链中,作为生产劳动者的作家,还要受制于和服务于站在分配、交换这些中间环节背后的出版商、书商。作家生产的产品(作品)能不能出版、怎样出,又不能不受制于这些出版商、书商。这样分配与交换自然又构成生产的因素。

在"导言"中,马克思全面系统地揭示了生产与消费双向互动的特点和规律。马克思说:"生产直接是消费,消费直接是生产。每一方直接是它的对方。可是同时在两者之间存在着一种中介运动。……没有生产,就没有消费;但是,没有消费,也就没有生产,

---

① 《马克思恩格斯全集》第 26 卷第 1 册,人民出版社,1972 年版,第 432 页。

因为如果没有消费,生产就没有目的。"①

首先我们来看一下,生产是怎样生产着消费。马克思说:"(1)是由于生产为消费创造材料;(2)是由于生产决定消费的方式;(3)是由于生产通过它起初当作对象生产出来的产品在消费者身上引起需要。因而,它生产出消费的对象,消费的方式,消费的动力。"其次,也是更为重要的点,"生产不仅为主体生产对象,而且也为对象生产主体"。② 中外历史上作家艺术家创造了许许多多的艺术珍品,这些艺术珍品成为艺术消费的对象,也就是广大读者反复阅读的对象。读者在长期的阅读欣赏活动中,培养了自己对文学艺术的兴趣,提高了艺术修养和审美能力。正是从这个意义上说,艺术生产不仅为主体生产对象(作品),而且也为对象生产了主体(懂得艺术和具有审美能力的广大读者)。

其次,我们来看一看马克思为什么说"消费直接是生产"。马克思认为,消费是从两方面生产着生产:

(1) 因为产品只是在消费中才成为现实的产品,……产品不同于单纯的自然对象,它在消费中才证实自己是产品,才成为产品。消费是在把产品消灭的时候才使产品最后完成,因为产品之所以是产品,不在于它是物化了的活动,而只是在于它是活动着的主体的对象。

(2) 因为消费创造出新的生产的需要,也就是创造出生产的观念上的内在动机,后者是生产的前提。消费创造出生产的动力;它也创造出在生产中作为决定目的的东西而发生作用的

---

① 《马克思恩格斯选集》第 2 卷,人民出版社,1995 年版,第 9 页。
② 《马克思恩格斯选集》第 2 卷,人民出版社,1995 年版,第 10 页。

对象。如果说，生产在外部提供消费对象是显而易见的，那么，同样显而易见的是，消费在观念上提出生产的对象，把它作为内心的图像、作为需要、作为动力和目的提出来。消费创造出还是在主观形式上的生产对象。没有需要，就没有生产。而消费则把需要再生产出来。①

艺术生产与艺术消费，是艺术活动中的两个互为因果、相互作用的因素。"无论我们把生产和消费看作一个主体的活动或者许多个人的活动，它们总是表现为一个过程的两个要素，在这个过程中，生产是实际的起点，因而也是起支配作用的因素。消费，作为必需，作为需要，本身就是生产活动的一个内在要素。但是生产活动是实现的起点，因而也是实现的起支配作用的要素，是整个过程借以重新进行的行为。个人生产出一个对象和通过消费这个对象返回自身，然而，他是作为生产的个人和自我再生产的个人。所以，消费表现为生产的要素。"② 在资本主义市场经济体制中尽管艺术生产（包括文学生产）受制于分配与交换的因素，从属于出版商、书商、制片人追求最高利润总的意图，但归根结底艺术生产的成败和发展，还是由社会实践和广大消费者（读者、观众）的审美需要所决定。艺术消费在观念上提出新的生产的对象，检验作品的成败得失，最后决定对其保留还是弃取。正是广大读者、观众的艺术消费的新的需要，使它成为作家、艺术家从事艺术生产的不竭动力和源泉。马克思关于艺术生产与消费双向互动的特点、规律的论述，直接为20世纪中期以来接受美学的兴起和文化产业、"文化工业"在全世界的蓬

---

① 《马克思恩格斯选集》第2卷，人民出版社，1995年版，第9页。
② 《马克思恩格斯选集》第2卷，人民出版社，1995年版，第12页。

勃发展提供了理论资源。马克思所揭示的艺术生产与艺术消费双向互动、循环发展的规律,对我们建设有中国特色的社会主义新文化,发展文化产业,推进文学艺术的大发展大繁荣,有着重大的理论价值和现实意义。

四、马克思、恩格斯的人论是打开文学艺术殿堂大门的一把钥匙

马克思的人论是唯物史观的重要组成部分。它是我们观察文学艺术现象、探讨文艺特点规律、打开文学殿堂大门的一把钥匙。马克思说:"理论只要说服人(ad homincm),就能掌握群众;而理论只要彻底,就能说服人(ad hominem)。所谓彻底,就是抓住事物的根本。但是,人的根本就是人本身。"①

第一,从现实的从事实践活动的人出发,是一切人文科学(包括文学理论)的根本出发点。从现实的具体的从事实践活动的人出发,还是从抽象的人出发,这是区分马克思主义文学理论与非马克思主义文学理论的一个重要分界。马克思以前的种种文学理论,对文学表现的对象——人的理解,都带有抽象的性质。比如,法国新古典主义所理解的人是以笛卡尔的理论为依据。笛卡尔认为,人实质上"只是一个心灵,一个理智或一个理性"②,是一架由上帝的双手造出来的机器。18世纪启蒙主义者卢梭则是以"自然人"作为自己的出发点。黑格尔在一切谈到人的时候,"指的都不是具体的东西,而是抽象的东西,即理念、精神等等"③。费尔巴哈虽然把人从

---

① 《马克思恩格斯选集》第1卷,人民出版社,1995年版,第9页。
② 参见北京大学哲学系外国哲学史教研室编:《十六—十八世纪西欧各国哲学》,商务印书馆,1975年版,第128页。
③ 《马克思恩格斯全集》第2卷,人民出版社,1956年版,第49页。

天上拉到了地下,但他根本没有讲到这个人生活于其中的纪实世界,他说的人仍是宗教哲学中所说的那种抽象的人。与一切旧的美学家、文学理论家相反,马克思、恩格斯明确说:

> 我们不是从人们所说的、所想像的、所设想的东西出发,也不是只存在于口头上所说的、思考出来的、想像出来的、设想出来的人出发,去理解真正的人。我们的出发点是从事实际活动的人,而且从他们的现实生活过程中我们还可以揭示出这一生活过程在意识形态上的反射和回声的发展。①

显然,马克思、恩格斯所说的人,不是飘浮在空中的"神人";不是返璞归真、回到远古自然状态的"自然人";不是那种灵肉分裂的"抽象的人"或被现代工业社会异化了的"机器人";更不是抽象的、孤立的人类个体。他们是"站在牢固平稳的地球上吸入并呼出一切自然力的、现实的、有形体的人"②。他是现实的、有血有肉的、有着七情六欲的从事实践活动的具体的个人。

人们作为现实的从事实践活动的自然存在物在地球上出现,经过了漫长的自然进化过程。"整个所谓世界历史不外是人通过人的劳动而诞生的过程,是自然对人说来的生成过程。"③ 正是由于长期的生产劳动实践,人才逐渐摆脱了动物界,由类人猿的四肢攀缘活动转变为双足直立行走,人的灵巧的双手不仅是劳动的器官,它本身就是劳动的产物,进而在劳动实践中,人的大脑越来越发达。劳动

---

① 《马克思恩格斯全集》第3卷,人民出版社,1960年版,第30页。
② 马克思著,刘丕坤译:《1844年经济学—哲学手稿》,人民出版社,1979年版,第120页。
③ 《马克思恩格斯全集》第42卷,人民出版社,1979年版,第131页。

创造了整个世界,劳动也创造了人本身。"劳动本身经过一代又一代变得更加不同、更加完善和更加多方面化了。除了打猎和畜牧外,又有了农业,农业之后又有了纺纱、织布、冶金、制陶器和航行。伴随着商业和手工业,最后出现了艺术和科学。"① 劳动创造了人类社会一切物质财富和精神财富。劳动创造了文学艺术,劳动也创造了美。

马克思说:"关于人的科学本身是人在实践上的自我实现的产物。"② 我们只有从实践的观点,从历史发展的观点,从现实的从事实践活动的人出发,才有可能进一步研究审美意识的发生和文学艺术的起源,揭示文学艺术的本质特征和规律。

第二,自由自觉的活动是人区别于动物的最基本的类特征。马克思指出:"劳动这种生命活动、这种生产生活本身对人说来不过是满足他的需要即维持肉体生存的需要的手段。而生产生活本来就是类生活。这是产生生命的生活。一个种的全部特性、种的类特征就在于生命活动的性质,而人的类特性恰恰就是自由的自觉的活动。"③ 自由是对必然的认识和改造,自觉是人认识和掌握了事物的特点规律之后,又主动地运用这些规律去从事实践活动所展现出来的意识。正是这种自由自觉的活动,使人和动物根本区别开来。"有意识的生命活动把人同动物的生命活动直接区别开来。正是由于这一点,人才是类存在物。"④ 人的有意识的生命活动,是一个复杂的系统。根据人的生命的需要的不同,而有生产活动、政治活动、文化活动、体育活动、交际活动等。文学活动是一种适应人的审美需要而产生

---

① 《马克思恩格斯选集》第4卷,人民出版社,1995年版,第380—381页。
② 《马克思恩格斯全集》第42卷,人民出版社,1979年版,第150页。
③ 《马克思恩格斯全集》第42卷,人民出版社,1979年版,第96页。
④ 《马克思恩格斯全集》第42卷,人民出版社,1979年版,第96页。

的精神活动。文学活动本身又是由世界、作家、作品、读者等多种要素构成的审美活动系统。依据马克思关于人的自由自觉的生命活动的理论，我们可以进一步探讨和研究文学活动的构成及其规律。

第三，对人的本质的科学阐释。

对于人性、人的本质的看法，古今中外众说纷纭，可谓是一个千古之谜。在马克思以前，中外的哲学家、美学家、文学家，由于他们脱离了人的实践活动，脱离了人的历史发展，因此，他们关于人的本质、人性的认识，总不是产生历史唯心主义和形而上学的缺点。马克思依据唯物史观的基本原理，科学地解释了人的本质，并把人的天性看作是永远地改变着的历史运动的结果。马克思在1845年春写的《关于费尔巴哈的提纲》中指出：

> 费尔巴哈把宗教的本质归结于人的本质。但是，人的本质不是单个人所固有的抽象物，在其他现实性上，它是一切社会关系的总和。①

马克思把人的本质看作是一切社会关系的总和，这首先在方法论上有着重大意义。它使哲学、人类学、美学、文艺学、伦理学等人文科学的研究，建立在科学的社会观的基础上。这一科学论断，包含着极其丰富的内容。所谓社会关系是指许多个人的合作。在一切社会关系中，起决定作用的是物质关系或经济关系。物质关系除包括生产资料所有制关系、交换关系、分配关系以及人与人之间的利益关系外，还包括人们在生产中所遇到的自然条件，如气候、地理、地质等条件。这些客观的物质关系，制约着人的最初自然产生

---

① 《马克思恩格斯选集》第1卷，人民出版社，1995年版，第56页。

的肉体组织和种族区别，它是构成不同民族、不同地域的人的本质的现实基础。人类进入阶级社会后，在物质关系基础上产生相应的阶级关系、政治关系外，如国家制度、法、政党、军队、警察等。除物质关系、政治关系外，还有思想关系即精神关系，如伦理关系、社会思潮、文艺传统、时代风尚、民族心理、风习等精神关系。家庭关系是社会关系与自然的血缘关系的结合点。人就是生活在这样一个既是历时的，又是共时的，既是物质的，又是精神的，既是社会的，又是自然的复杂的关系网中。"一切社会关系的总和"，从纵的方面讲，它是人类社会历史一代一代积淀下来的社会关系的总和；从横的方面讲，则包括现实的物质关系、政治关系、精神关系、家庭关系等一切社会关系的总和。人的本质从其现实性上，就是这个特定的具体的从事实践活动的人的特殊的根据，它构成了人区别于动物的特殊本质。人性则是人的本质的感性显现和表现形态。马克思承认人有共同的人性，他说："一切人，作为人来说，都有某些共同点。"[①] 这些共同点，即共同人性。社会实践活动的丰富性、多样性和多层次性，决定了人性呈现出的丰富性、多样性和不同层次性。不同时代、不同民族、不同地域、不同职业的人，从事的实践活动包括他们的生产方式、生存方式、享受方式种种的不同和差异，必然导致人性的多种色调，出现不同层次的人性表现形态。时代性、种族性、民族性、地域性、人民性、阶级性、个性等等，就是人性在不同层次和范围内表现出的不同形式。马克思关于人的本质、人性的科学阐释，引导作家必须深入现实的社会生活，观察、了解、体验一切人、一切阶级、一切群众，研究人的思想感情变化的特点和规律，进而才有可能进入创作过程，表现出人性的多样性与丰富

---

① 《马克思恩格斯全集》第20卷，人民出版社，1971年版，第113页。

性，真实地反映出社会关系发展的某些本质方面。

第四，人民群众是历史的创造者，推动着历史的前进，文学艺术应歌颂人民，人民是作家够资格与不够资格的唯一判断者。

人类社会的历史是谁创造的？是帝王将相、英雄豪杰创造的，还是人民群众创造的？这是区别唯物史观与唯心史观重要标志。马克思、恩格斯在《神圣家族》中，针对鲍威尔兄弟鼓吹的英雄史观，明确指出："历史活动是群众的事业，随着历史活动的深入，必将是群众队伍的扩大。"① 相反，批判的批判什么也没有创造，"工人才创造一切，甚至就以他们的精神创造来说，也会使得整个批判感到羞愧"②。进入阶级社会以来，"有一件事是很明显的，无论不从事生产的社会上层发生什么变化，没有一个生产者阶级，社会就不能生存"③。人民群众不仅是物质的财富的创造者，也是一切精神财富的创造者。人民自己创造自己的历史。"无产阶级能够而且必须自己解放自己。"④ 在文学艺术领域，马克思、恩格斯强调作家应歌颂历史的创造者，真实地描绘出工人、农民和革命战士的形象。他们殷切地希望作家、艺术家学习继承和弘扬莎士比亚、歌德、巴尔扎克的现实主义优秀文学传统，努力塑造出典型环境中的典型人物。恩格斯曾尖锐地批评卡尔·倍克的《穷人之歌》的错误倾向，说："倍克歌颂胆怯的小市民的鄙俗风气。歌颂'穷人'，歌颂 pauvre honteux（耻于乞讨的穷人）——怀着卑微的、虔诚的和互相矛盾的愿望的人，歌颂各种各样的'小人物'，然而并不歌颂倔强的、叱咤风云的

---

① 《马克思恩格斯全集》第2卷，人民出版社，1956年版，第104页。
② 《马克思恩格斯全集》第2卷，人民出版社，1956年版，第22页。
③ 《马克思恩格斯全集》第19卷，人民出版社，1963年版，第315页。
④ 《马克思恩格斯全集》第2卷，人民出版社，1957年版，第45页。

和革命的无产者。"① 1850 年马克思、恩格斯在《新莱茵报》上发表评论，希望作家、艺术家，能用"伦勃朗的强烈色彩把革命派的领导人……栩栩如生地描绘出来"②。恩格斯甚至还把歌颂、描写什么人与小说性质的革命联系起来，他说："正像'总汇报'这个德国的'泰晤士报'所说的，德国人开始发现，近十年来，在小说的性质方面发生了一个彻底的革命，先前在这类著作中充当主人公的是国王和王子，现在却是穷人和受轻视的阶级了，而构成小说内容的，则是这些人的生活和命运、欢乐和痛苦。最后，他们发现，作家当中的这个新流派——乔治·桑、欧仁·苏和查·狄更斯就属于这一派——无疑地是时代的旗帜。"③ 马克思批评拉萨尔的历史剧《济金根》的主要问题，就是把歌颂的对象搞错了，剧本不去歌颂农民革命领袖，而去歌颂一个作为垂死阶级的代表人物济金根，说拉萨尔"你自己不是也有些像你的弗兰茨·冯·济金根一样，犯了把路德式的骑士反对派看得高于闵采尔式的平民反对派这样一个外交错误吗？"④ 马克思、恩格斯强调对于作家成就的大小、写的作品的好坏优劣，也应以美学的和历史的观点，以人民的评判为依据。马克思说："有才智的人总是被一条条无形的线和人民大众联系在一起的。"⑤ 他还指出："人民历来就是作家'够资格'和'不够资格'的唯一判断者。"⑥

第五，人的自由全面发展与文学的未来。

---

① 《马克思恩格斯全集》第 4 卷，人民出版社，1972 年版，第 223—224 页。
② 《马克思恩格斯全集》第 7 卷，人民出版社，1959 年版，第 313 页。
③ 《马克思恩格斯全集》第 1 卷，人民出版社，1956 年版，第 594 页。
④ 《马克思恩格斯选集》第 4 卷，人民出版社，1995 年版，第 555 页。
⑤ 《马克思恩格斯书信选集》，人民出版社，1962 年版，第 280 页。
⑥ 《马克思恩格斯全集》第 1 卷，人民出版社，1956 年版，第 20 页。

马克思、恩格斯在《共产党宣言》的最后结论中说:"代替那存在着阶级和阶级对立的资产阶级旧社会的,将是这样一个联合体,在那里,每个人的自由发展是一切人的自由发展的条件。"① 在《资本论》中马克思认为未来的共产主义社会是在社会生产力高度发展的基础上形成的,"以每个人的全面而自由的发展为基本原则的社会形式"②。人的自由的全面发展,是社会主义社会高度发展的现代化大生产的必然要求,"这个社会造就全面发展的一代生产者,他们懂得整个工业生产的科学基础,而且其中每一个人对整整一系列生产部门从头到尾都有实际体验,所以这样的社会将创造新的生产力"③。同时,培养德、智、体、美全面发展的社会主义新人,又是消灭私有制,实现共产主义的前提条件。私有制"只有在个人得到全面发展的条件下才能消灭,因为现存的交往形式和生产力是全面的,所以只有全面发展的个人才可能占有它们,即才可能使它们变成自己的自由的生活活动"④。人自由地全面发展,使个人的独创性和个性可以自由地发挥,因此,为科学与艺术的发展繁荣创造了空前有利的条件。马克思、恩格斯指出:"在共产主义的社会组织中,完全由分工造成的艺术家屈从于地方局限性和民族局限性的现象无论如何会消失掉,个人局限于某一艺术领域,仅仅当一个画家、雕刻家等等,因而只用他的活动的一种称呼就是以表明他的职业发展的局限性和他对分工的依赖这一现象,也会消失掉。在共产主义社会里,没有单纯的画家,只有把绘画作为自己多种活动中的一项活动的人

---

① 《马克思恩格斯全集》第1卷,人民出版社,1995年版,第294页。
② 《资本论》第1卷,人民出版社,1975年版,第649页。
③ 《马克思恩格斯选集》第3卷,人民出版社,1995年版,第647页。
④ 《马克思恩格斯全集》第3卷,人民出版社,1960年版,第576页。

们。"① 因此，在未来的共产主义社会，由于世界市场的广大，打破了民族的和地方的局限，科学和艺术变成了人类的共同财富。"于是由许多种民族的和地方的文学形成了一种世界的文学。"② 在未来的共产主义社会，由于一批批的自由的全面发展的新人的成长和高度自由民主的和谐社会氛围的形成，文学艺术将真正进入一个大发展、大繁荣的黄金时代。

马克思主义没有结束真理，而是为我们进一步探索真理、发现真理开辟了无限广阔的道路。马克思在《政治经济学批判》"序言"和"导言"中，并未给文学艺术和文艺理论下什么定义。它为我们观察和研究文学艺术、建设有中国特色的马克思主义文艺理论，提供了科学的世界观和方法论的理论基础，提出了有关文艺的性质、特点和规律的一系列重大问题和解决问题的方式和途径。只要我们沿着马克思指引的道路前进，文艺理论发展的美好的远景就会展现在我们的面前。

---

① 《马克思恩格斯全集》第3卷，人民出版社，1960年版，第10页。
② 《马克思恩格斯选集》第1卷，人民出版社，1995年版，第276页。

试谈黑格尔所说的"这一个"①

——学习马克思恩格斯论文学典型问题札记

典型问题,实质上是一个文学艺术认识生活、概括生活、表现生活的特殊规律问题。认真学习马克思主义经典作家关于典型问题的论述,对于澄清"四人帮"在这个问题上制造的混乱,发展社会主义文艺创作和文艺批评,有着现实的理论价值。

马克思、恩格斯关于文学典型问题的基本观点,在1859年给拉萨尔的信中都已接触到了,但是"典型"这一术语并未使用。直接把典型作为马克思主义美学的一个重大问题提出并加以说明的,是1885年11月26日恩格斯给敏娜·考茨基的信。恩格斯在信中写道:

> 对于这两种环境里的人物,我认为您都用您平素的鲜明的个性描写手法给刻画出来了;每个人都是典型,但同时又是一定的单个人,正如老黑格尔所说的,是一个"这个",而且应当

---

① 本文发表在《外国文学研究》1978年第1期。

是如此。①

恩格斯的这段话,不仅提出了马克思主义关于文学典型问题的一个最基本的观点,而且指明了马克思主义典型学说的直接的理论前提。因此,如何理解黑格尔所说的"这个"(马克思、恩格斯《论艺术》中译作"这一个"),就成了我们理解恩格斯致敏娜·考茨基这个一历史性经典文献所必须解决的一个问题。

在高等院校马克思主义经典文论选读的教学中,一般辅导教材都是用黑格尔《美学》中所论述的"艺术理想"来解释黑格尔所说的"这一个"。这样做,总的精神是对的,并没有歪曲黑格尔的原意。可是,这并不是黑格尔本人最早对于"这一个"的具体解释。黑格尔所说的"这一个",最早是在他于1806年写成的《精神现象学》中提出的。黑格尔在《精神现象学》中所阐发的"这一个"思想,是他在《美学》中论述"艺术理想"的理论基础;而《美学》中所论述的"艺术理想",实际是他的"这一个"思想在文学艺术领域的具体运用和发挥。

一、黑格尔在《精神现象学》中所论述的"这一个"

《精神现象学》是黑格尔庞大思想体系的第一部论著,具有导言的性质。马克思曾经说过:"现在看一看黑格尔的体系。必须从黑格尔的《现象学》即从黑格尔哲学的真正诞生地和秘密开始。"② 在《德意志意识形态》中,马克思、恩格斯还说,《精神现象学》是

---

① 《马克思恩格斯全集》第4卷,人民出版社,1972年版,第453页。
② 《马克思恩格斯全集》第42卷,人民出版社,1979年版,第159页。

"黑格尔的圣经"①。在这部著作中，黑格尔初步地、概括地阐明了他的哲学体系的主要观念。他以后的著作，都是《精神现象学》中的一些基本观点的拓展，都可以在这部"黑格尔的圣经"中找到它的源头。黑格尔的《精神现象学》和它的最后成果辩证法，则是我们打开黑格尔全部思想体系秘密的钥匙。

黑格尔在《精神现象学》中，具体阐述了"这一个"所包含的丰富的辩证法思想。这里有几点值得我们注意。

第一，"这一个"是个别和一般、特殊性和普遍性的辩证统一体。他写道："当我说这是一个个别的东西时，则我毋宁正是说它是一个完全一般的东西，因为一切事物都是个别的东西；同样这一个东西也就是我们所能设想的一切东西。"② 他认为现象界任何一个事物，都是个别和一般的对立统一体。"整体乃是个体性与普遍性互相渗透的运动"③。黑格尔所说的普遍性，或共相，就是"感性确定性的真理"，而理念就是"真理"；特殊性或个体性，就是潜在着的或普遍的东西的现实化，个体性的运动就是普遍的东西的实现。他认为现象界的事物本身都是具有规定性的。事物具有的特质，把它们同别的东西区别开。个别和一般，特殊性和普遍性的关系，是对立统一的关系，它是关于事物矛盾的问题的精髓。世界上一切事物，从最简单、最普通、最常见的东西开始，从任何一个命题开始，就已经有辩证法：个别就是一般。"个别一定与一般相联而存在。一般只能在个别中存在，只能通过个别而存在。任何个

---

① 《马克思恩格斯全集》第 3 卷，人民出版社，1960 年版，第 163 页。
② ［德］黑格尔著，贺麟、王玖兴译：《精神现象学》上卷，商务印书馆，1983 年版，第 73 页。
③ ［德］黑格尔著，贺麟、王玖兴译：《精神现象学》上卷，商务印书馆，1983 年版，第 276 页。

别（不论怎样）都是一般。任何一般都是个别的（一部分，或一方面，或本质）。"① 黑格尔通过论述"这一个"，所揭示出的个别和一般、特殊性和普遍性对立统一规律，是辩证法的实质和核心。马克思曾经指出："有一位思想极其深刻但又怪诞的研究人类发展原理的思辨哲学家（指黑格尔），常常把他所说的两极相联规律赞誉为自然界的基本奥秘之一。在他看来，'两极相联'这个朴素的谚语是一个伟大而不可移易的适用于生活一切方面的真理，是哲学家所离不开的定理，就像天文学家离不开开普勒的定律或牛顿的伟大发现一样。"②

第二，"这时"和"这里"是"这一个"的双重存在形式。黑格尔明确地写道："什么是这一个？让我们试就这一个的双重存在形式这时和这里来看，则它所包含的辩证法将具有一种和这一个本身一样的可以理解的形式。"③ 当我们说这一个、这里、这时或者一个个别的东西时，我们说的是一切的这一个、一切的这里、这时、个别的东西。现象界的事物，无不处于辩证的运动过程之中，它们无限丰富的内容，通过空间和时间而呈现在我们面前。因此，"我们必须让我们把这时指出来；因为这个直接关系的真理性是把它自己限制在一个这时或一个这里上面的这一个自我的真理性。如果我们后来才来检验这一真理或者站在距它遥远的地方或时间来看，则这一真理就完全没有意义了；因为我们就会取消对于它有着本质的重要性的直接性了。因此我们必须进入同一时的时间点或空间点，把它们指给我们看，这就是说，使得我们成为那同

---

① 《列宁选集》第2卷，人民出版社，1972年版，第713页。
② 《马克思恩格斯选集》第1卷，人民出版社，1995年版，第690页。
③ ［德］黑格尔著，贺麟、王玖兴译：《精神现象学》上卷，商务印书馆，1983年版，第65页。

于这一个具有确定的（感性）识知的这一个自我。于是我们就可以看见，那指出给我们看的直接知识有什么样的性质"①。没有确定的时间和空间，任何事物的性质是无法认识的。恩格斯在批判杜林时明确指出："一切存在的基本形式是空间和时间，时间以外的存在和空间以外的存在，同样是非常荒诞的事情。"② 黑格尔以"这时"和"这里"，作为"这一个"的双重存在形式，这就使我们认识和表现"这一个"，成为现实的可能，只有通过对"这时""这里"的"这一个"的具体分析，才能认识"这一个"的本来面目和本质规律。

第三，"这一个"是特定的环境中的"这一个"。正是由于"这时""这里"是"这一个"的双重存在形式，因此，黑格尔在谈到构成个体性规律的内容时，就以巨大的历史感论述了个体和环境的辩证关系。他说："构成个体性规律之内容的环节，一边是个体自身，另一边是个体所面对着的普遍的无机自然界，如当前的环境、形势、风俗、道德、宗教等等；特定的个体就要根据这些情况才可理解。它们既包含着特定的或有规定的东西也包含着普遍或公共的东西，并且同时又是一种现成存在的东西，这现成存在的东西一方面把自己直接呈示在观察面前，另方面又以个体性的形式把自己表现出来。"③ "特定的环境"，对于个体发生重大的作用和影响，"如果根本没有这些社会环境、思想观念、风俗道德、一般的世界情况。个体就不会成为它现在所是的这个样

---

① ［德］黑格尔著，贺麟、王玖兴译：《精神现象学》上卷，商务印书馆，1983年版，第69页。
② 《马克思恩格斯选集》第3卷，人民出版社，1972年版，第91页。
③ ［德］黑格尔著，贺麟、王玖兴译：《精神现象学》上卷，商务印书馆，1983年版，第202页。

子,……世界情况使个体变成了它现在所是的这个特定的个体"①。个体对于环境也不是消极的,一方面世界情况在这个个体里"特殊化了自己",同时个体的世界,又是经过个体改造了的外在现实。"世界与个体仿佛是两间内容重复的画廊,其中的一间是另外一间的映象;……前者是球面,后者是焦点,焦点自身映现着球面。"② 黑格尔的这些精辟论述,在《美学》中,谈到艺术理想、人物性格时,进一步得到了发挥。

二、黑格尔所说的"这一个"在《美学》运用和发挥

辩证法是黑格尔思想中最有价值的财富。他说:"正确地认识并把握辩证法的性质是极关重要的。辩证法是实在世界中一切运动,一切生命,一切事业之推动的原则。同样,辩证法又是知识范围内一切真正科学知识的灵魂。"③ 在《精神现象学》中,他从最初、最简单的精神现象开始,通过对"这一个"的具体分析,揭示出了辩证法的个别和一般对立统一规律,并以此作为他的哲学思想的最基本的观点。在《美学》中,黑格尔对艺术理想的阐述,实际就是他在《精神现象学》中所说的"这一个"的具体实践,通过以文学艺术的分析,又丰富和发展了"这一个"的内容。

黑格尔认为,美是理念的感性显现。艺术理想是普遍性与特殊性、理性与感性的统一体。在艺术作品中,理念不是按照它的普遍

---

① [德]黑格尔著,贺麟、王玖兴译:《精神现象学》上卷,商务印书馆,1983年版,第202—203页。
② [德]黑格尔著,贺麟、王玖兴译:《精神现象学》上卷,商务印书馆,1983年版,第203页。
③ [德]黑格尔著,贺麟译:《小逻辑》,商务印书馆,1960年版,第188页。

性而单独地抽象地表现出来,而是"在这种与抽象普遍性相对立的外在形象里显现为活的个性"①。他认为,人物性格是理想艺术表现的真正中心。"理想所要求的,却不仅要显现为普遍性,而且还要显现为具体的特殊性,显现为原来各自独立的这两方面的完整的调解和互相渗透,这就形成完整的性格,这种性格的理想在于自身融贯一致的主体性所含的丰富的力量。"② 他以荷马史诗中的阿喀琉斯、俄底修斯、第阿默德、阿雅斯、阿伽门农等为例,说明艺术理想要求"每个人都是一个整体,本身就是一个世界,每个人都是一个完满的有生气的人,而不是某种孤立的性格特征的寓言式的抽象品"③。黑格尔再三强调,艺术理想不要求普遍性以抽象的形式表现出来,作为一个具有定性的理想,"有一个更迫切的要求,就是要性格有特殊性和个性"④。在他看来,普遍性是个性现实存在的坚固基础和真正内容,它是作为个体所特有的内在本质必然的东西在个体中的实现。它只有作为个人的主观的情感、情绪和性格时,才能在独立自主的有生命的个人身上直接存在。普遍性、特殊性、个性是互相依存、互为条件的。普遍性不能离开特殊性、个性而存在,特殊性、个性也不能离开普遍性而独立。"要达到普遍性与个体的统一,我们所要求的不是思想的推理作用和分辨作用,这种统一应该是直接的

---

① [德] 黑格尔著,朱光潜译:《美学》第 1 卷,商务印书馆,1979 年版,第 201 页。
② [德] 黑格尔著,朱光潜译:《美学》第 1 卷,商务印书馆,1979 年版,第 301 页。
③ [德] 黑格尔著,朱光潜译:《美学》第 1 卷,商务印书馆,1979 年版,第 303 页。
④ [德] 黑格尔著,朱光潜译:《美学》第 1 卷,商务印书馆,1979 年版,第 304 页。

统一，我们所主张的独立自主性也要令人从形象上直接现出。"① 黑格尔的这些论述，是他在《精神现象学》中所说的"这一个"思想的发展。恩格斯在致敏娜·考茨基信中，也正是从典型和鲜明的个性统一的意义上，重点批评了敏娜·考茨基的小说中把人物的个性更多地消融到原则里去的创作倾向。

在美学领域的"这一个"，作为理想艺术表现的中心的人物性格，具备些什么特征呢？黑格尔以思辨的语言，从辩证的发展的观点，具体指出了三点：

第一，理想性格是具备各种属性的整体。它既有丰富性，又有整体性，它是多样的统一。理想性格，不是像古典主义那样，只是抽象的、任某种情欲去支配的性格，而是许多性格特征的充满生气的总和。比如，荷马史诗中的阿喀琉斯，他一方面是个漂亮的少年，既会跑，又勇敢，尊敬老人，信任仆人；同时，他对敌人，却显得容易发火，脾气暴躁，爱报复，非常凶恶。我们可以说，"这是一个人！高贵的人格的多方面性在这个人身上显出了它的全部丰富性"②。至于人物性格为什么具有这种丰富性，黑格尔完全做了唯心的解释，说："人不只具有一个神来形成他的情致；人的心胸是广大的，一个真正的人就同时具有许多神，许多神祇各代表一种力量，而人却把这些力量全包罗在他的心里。"③

第二，理想性格是以一个基本突出性格特征为主导的生动完满

---

① ［德］黑格尔著，朱光潜译：《美学》第1卷，商务印书馆，1979年版，第232页。
② ［德］黑格尔著，朱光潜译：《美学》第1卷，商务印书馆，1979年版，第303页。
③ ［德］黑格尔著，朱光潜译：《美学》第1卷，商务印书馆，1979年版，第301页。

的性格。性格中的各种属性，不是静止地、平面地呈现出来，而是由于特定的矛盾和冲突，显示出了界限明确的内容。而理想性格，"要显出更大的明确性，就须有某种特殊的情致，作为基本的突出的性格特征，来引起某种确定的目的、决定和动作"①。但他反对人物性格仅仅成为某种情致，如爱情、荣誉感之类的完全抽象的形式，如果那样，人物就会显得枯燥贫乏、没有生气。基本突出的性格特征与人物性格的丰富性、完整性，统一成为一个有生气的整体。他辩证地指出："性格的特殊性中应该有一个主要的方面作为统治的方面，但是尽管具有这个定性，性格同时必须保持住生动性与完满性，使个别人物有余地可以向多方面流露他的性格，适应各种各样的情境，把一种本身发展完满的内心世界的丰富多彩性显现于丰富多彩的表现。"② 比如，在《罗密欧与朱丽叶》里，所写的主要是爱情，可是莎士比亚却在复杂多样的社会关系中显示出人物性格的内在的丰富性，然而爱情这种情感却渗透到而且支持起朱丽叶的整个性格。

第三，从性格发展来看，理想性格应该是本身坚定的统一体，具有坚定性和决断性。人物性格必须把它的特殊性和主体性融会在一起，"必须具有一种一贯忠实于它自己的情致所显现的力量和坚定性。如果一个人不是这样本身整一的，他的复杂性格的种种不同的方面就会是一盘散沙，毫无意义。和本身处于统一体，艺术里的个性的无限和神圣就在于此。从这方面看，对于性格的理想表现，坚

---

① ［德］黑格尔著，朱光潜译：《美学》第 1 卷，商务印书馆，1979 年版，第 304 页。
② ［德］黑格尔著，朱光潜译：《美学》第 1 卷，商务印书馆，1979 年版，第 304 页。

定性和决断性是一种重要的定性"①。人物性格有着自己的辩证的发展逻辑，它是根据自己的意志发出动作，不能让外人插进来替他作决定。在性格发展的每一阶段，虽然由于矛盾的对立和转化，但人物始终有它自己的明确的性格特征，保持自己性格的统一性和坚定性。黑格尔尖锐地批评了长久在德国统治着的那种感伤主义的内在的软弱，痛斥了那种以一些神奇鬼怪的东西破坏人物性格的统一性和坚定性的消极浪漫主义倾向。黑格尔特别赞扬了莎士比亚对人物性格的描写。他说："莎士比亚的特点正在于他把人物性格描绘得果断而坚强，纵然写的是些坏人物，他们单在形式方面也是伟大而坚定的。哈姆雷特固然没有决断，但是他所犹疑的不是应该做什么，而是应该怎样去做。"② 黑格尔的这一思想，可以加深我们对恩格斯在致斐·拉萨尔信中一段话的理解。恩格斯说："我觉得一个人物的性格不仅表现在他做什么，而且表现在他怎样做；从这方面看来，我相信，如果把各个人物用更加对立的方式彼此区别得更加鲜明些，剧本的思想内容是不会受到损害的。古代人的性格描绘在今天是不再够用了，而在这里，我认为您原可以毫无害处地稍微多注意莎士比亚在戏剧发展史上的意义。"③

黑格尔在《美学》里，把理想性格和理想环境的统一看作是理想艺术的一个普遍原则。他认为，在理想艺术里，一方面是人物性格的内在的统一体以及他的情况和动作，另一方面是外在的客观存在的统一体，这两方面不是彼此分立，漠不相关，而是协调一致和

---

① ［德］黑格尔著，朱光潜译：《美学》第 1 卷，商务印书馆，1979 年版，第 307 页。
② ［德］黑格尔著，朱光潜译：《美学》第 1 卷，商务印书馆，1979 年版，第 310—311 页。
③ 《马克思恩格斯选集》第 4 卷，人民出版社，1972 年版，344 页。

互相依存。理想的性格是不能离开特定的环境而存在的。他说:"理想的完整中心是人,而人是生活着的,按照他的本质,他是存在于这时间,这地点的,他是现在的,既个别而又无限的。属于生活的主要地是周围外在自然那个对立面,因而也就是和自然的关系以及在自然中的活动。"① 理想性格同它外在世界保持着一种本质性的关系,只有在它们的相互关系中,通过艺术地掌握表现出这种现实,才能构成艺术理想的内容。黑格尔认为理想性格的理想环境,是一个"无限错综复杂的关系网",外在世界本身也是一个首尾一致的完备的整体。理想的性格不是悬在空中的,总是在一定的时间、地点、一定的季节里感觉着和行动着的。要使人物显得是现实的,就必须使外在世界环境成为他自己生长的环境。黑格尔特别强调人对环境的能动作用。他认为,生活在每一时代的个人一定要"利用外在自然去为他的需要和目的服务",通过实践活动,"人把他的环境人化了,他显出那环境可以使他得到满足"②。人一方面不能离开环境而生存,必须依存于环境,同时他又可以根据自己的需要和目的,在实践中"把自然事物占领住,修改它,改变它的形状,用自己学习来的技能排除一切障碍,因此把外在事物变成他的手段,来实现他的目的"③。人们是以自己独特的方式,通过实践去利用和改造自然物,因此在他所创造的种种物品上,这包括工具、住房、武器、坐具、车辆等等的发明和装备、生活的装饰、铺设等等,反映出自己

---

① [德]黑格尔著,朱光潜译:《美学》第 1 卷,商务印书馆,1979 年版,第 313 页。
② [德]黑格尔著,朱光潜译:《美学》第 1 卷,商务印书馆,1979 年版,第 326 页。
③ [德]黑格尔著,朱光潜译:《美学》第 1 卷,商务印书馆,1979 年版,第 327 页。

的智慧、爱好、坚毅、灵巧等等性格特征来。黑格尔所说的理想的环境，还包括精神关系的总和。他说："每个人只要生活就必须和它发生具体联系的。这就是宗教、法律、道德等方面的一般的精神关系，例如国家的组织形式、宪法、法律、家庭、公共生活和私生活以及社会关系之类。因为理想的人物不仅要在物质需要的满足上，还要在精神旨趣的满足上得到表现。"① 理想性格所处的特殊的环境，在他周围的复杂的精神关系网，包含着引起动作的矛盾冲突。性格与性格之间，由于阶级地位、出身情况、知识、教养、能力、思想方式的差别，最重要的由于性格内心的"绝对"（黑格尔称之为理念的儿子）的不同，因此形成了对立面的斗争。通过"在活动中的理想的差异对立"，理想性格才能现出来。"生活情况、行动和命运的总和固然是个人的形成因素，但是他的真正的性格，他的思想和能力的真正核心却无待于它们而能借一个情境和动作显现出来，在这个情境和动作的演变中，他就揭露出他究竟是什么样的人，而在这以前，人们只是根据他的名字和外表去认识他。"②

黑格尔在《美学》中所论述的艺术理想（实质就是艺术典型）的内容，大大丰富和发展了他在《精神现象学》中提出的"这一个"思想。从以上所说，可以清楚看出，他是力图用辩证法去解释理想性格的普遍性、特殊性和个性，以及人物性格与环境的关系，引导他们从矛盾的对立统一中去认识理想性格。恩格斯曾经说过："正如傅立叶是 a mathenatical poem（一首数学的诗）而且还

---

① ［德］黑格尔著，朱光潜译：《美学》第 1 卷，商务印书馆，1979 年版，第 334—335 页。
② ［德］黑格尔著，朱光潜译：《美学》第 1 卷，商务印书馆，1979 年版，第 277 页。

没有失去意义,黑格尔则是 a dialectical poem（一首辩证的诗）。"①然而他的辩证法,却是唯心的辩证法,"理念""绝对精神"是他的辩证法的灵魂,也是他所说的"这一个"的灵魂。他把现实物质世界的辩证运动,看成是理念、绝对精神的自我运动。他所说的"这一个",是理念的感性确定性的表现,他所说的理想性格,则是理念的个性化,即神的个性化的显现。在他的"体系"中,理念、绝对精神统治一切,支配一切,最后连他的学说的革命方面（辩证法）也闷死在这个极端唯心的理念、绝对精神之中。

三、马克思、恩格斯对黑格尔"这一个"的革命改造

毛泽东在1937年写的《矛盾论》中,充分肯定黑格尔在人类认识史上的重要贡献,指出了他的唯心论的缺点,具体说明了马克思、恩格斯对黑格尔思想体系进行革命改造的伟大历史意义。他说:"生活在十八世纪末和十九世纪初期的德国著名哲学家黑格尔,对于辩证法曾经给了很重要的贡献,但是他的辩证法却是唯心的辩证法。直到无产阶级运动的伟大的活动家马克思和恩格斯综合了人类认识史的积极的成果,特别是批判地吸取了黑格尔的辩证法的合理的部分,创造了辩证唯物论和历史唯物论这个伟大的理论,才在人类认识上起了一个空前的大革命。"② 马克思主义世界观的创立,在美学领域也引起了一个空前的大革命,使文学艺术问题的研究第一次奠立在科学的世界观和方法论的坚实基础上。马克思、恩格斯运用科

---

① 《自然辩证法》,人民出版社,1960年版,第169页。
② 《毛泽东选集》第1卷,人民出版社,1991年版,第303—304页。

学的解剖刀,剥去了黑格尔所说的"这一个"的神秘外衣,吸取其辩证法的合理内核,并以此作为创立马克思主义典型学说的直接理论前提。

第一,马克思、恩格斯把在黑格尔那里头脚倒立的"这一个"倒过来,使它建立在唯物的、现实生活的基础上。19世纪中叶,当一些愤懑的、自负的、平庸的德国资产阶级学者,要把黑格尔当作一条"死狗"抛弃的时候,马克思公开宣布"我是这位大思想家的学生",并且指出:"辩证法在黑格尔手中神秘化了,但这决不妨碍他第一个全面地有意识地叙述了辩证法的一般运动形式。在他那里,辩证法是倒立着的。必须把它倒过来,以便发现神秘外壳中的合理内核。"① 从《精神现象学》到《美学》中,黑格尔所阐述的"这一个",同样是倒立着的。在他看来,"这一个"所包含着的辩证法,只是"思想的自我发展",而不是自然界和人类社会中客观规律的正确反映。黑格尔的出发点,如恩格斯所说:"精神、思想、观念是本原的东西,而现实世界只是观念的摹写。"② 文学艺术描写的对象,不是社会生活中从事实践活动的具体的人及其生活,而是那个在黑格尔看来是至高无上的"理念""绝对精神"的转化物。因此,理想艺术中的"这一个",从内容到形式,从环境到人物性格,实际都是理念的感性显现。马克思、恩格斯科学地解释了社会意识和社会存在的关系,文学艺术和社会生活的关系,重新唯物地把人们头脑中的东西看作是现实事物的映像,而不是把现实事物看作是绝对概念某一阶段的反映。马克思、恩格斯明确指出:"我们不是从人们所说的、所设想的、所想像的东西出发,也不是从口头说的、思考出

---

① 《资本论》第1卷,人民出版社,1975年版,第24页。
② 《马克思恩格斯选集》第3卷,人民出版社,1972年版,第469页。

来的、设想出来的、想象出来的人出发,去理解有血有肉的人。我们的出发点是从事实际活动的人,而且从他们的现实生活过程中我们还可以揭示出这一生活过程在意识形态上的反射和反响的发展。甚至人们头脑中的模糊幻象也是他们的可以通过经验来确认的、与物质前提相联系的物质生活过程的必然升华物。"① 不管从"理念"出发,还是从现实的从事实践活动的人出发,这是马克思主义典型论同黑格尔所说的"这一个"的重要分界。由于马克思、恩格斯把人们头脑中的东西,看作是现实世界的辩证运动的自觉或不自觉的反映,黑格尔的辩证法也就被倒转过来了。他们所说的"这一个",也就不是用头立地而是重新用脚步立地了。

第二,马克思、恩格斯关于人的本质的科学规定,剥去了黑格尔所说的"这一个"的抽象的、神秘的外壳,为研究典型人物的普遍性、特殊性与个性指出了正确的途径。什么是人的本质?对这个问题的不同回答,因而对典型人物的普遍性与特殊性、共性与个性的解释,便产生了根本的分歧。"人的本质,人,在黑格尔看来是和自我意识等同的。"② 恩格斯也指出,黑格尔在"一切场合谈到人的时候,指的都不是具体的东西,而是抽象的东西,即理念、精神等等"③。从这样一个基本观点出发,黑格尔在谈到人物性格的普遍性与特殊性时,自然而然地就给其蒙上了一层抽象的、神秘的外衣。他所说性格的人物普遍性,实际是一种抽象的普遍的人性。在《精神现象学》中,他明确规定"这一个"的普遍性(或共性),是"感性确定的真理"。而真理又是什么呢?"理念即是真理。"④ 在

---

① 《马克思恩格斯选集》第1卷,人民出版社,1995年版,第73页。
② 《马克思恩格斯全集》第42卷,人民出版社,1979年版,第165页。
③ 《马克思恩格斯全集》第2卷,人民出版社,1979年版,第49页。
④ [德] 黑格尔著,贺麟译:《小逻辑》,商务印书馆,1960年版,第399页。

《美学》中，当他具体分析文艺作品的人物时，直接把勇敢、爱情、友谊等等思想性格特征，说成是"理念的儿子""绝对的人格"。这种超阶级、超时代的抽象的绝对人格，完全是黑格尔头脑中臆想的产物，是违反辩证法的，在社会生活的现实中也是根本不存在的。马克思主义创始人关于人的本质的科学规定，要求我们在研究艺术典型的普遍性、特殊性和个性时，必须从它所反映的对象——在一定历史条件下从事实践活动的人的本质着眼，即从一定历史条件下的社会关系的总和这一根本观点去考虑问题。马克思指出："人的本质并不是单个人所固有的抽象物。在其现实性上，它是一切社会关系的总和。"① 在关于典型人物的普遍性、特殊性与个性统一的观点，恩格斯吸取了黑格尔所说的"这一个"的辩证法的合理内核，摒弃了其神秘的外壳，明确指出：在文艺作品中，"每个人都是典型，但同时又是一定的单个人"。根据恩格斯的有关论述，我认为，文学作品中的典型人物，应是那些以鲜明的个性体现一定时代、民族社会关系发展的本质方面的人物形象。

第三，马克思、恩格斯根据历史唯物论的原理，科学地阐明了人物性格和环境的辩证关系，提出以"真实地再现典型环境中的典型人物"作为现实主义创作方法的基本原则。黑格尔在《精神现象学》《美学》中，以巨大的历史感，辩证地论述了人物性格和环境的关系，但他对"人物性格和环境为什么能够统一""促使人物行动和环境改变的强大动力是什么"等问题的解释，却是错误的。马克思说："环境的改变和人的活动的一致，只能被看作是并合理地理解为革命的实践。"② 黑格尔虽然也谈到了实践，谈到了劳动，注意到人

---

① 《马克思恩格斯选集》第 1 卷，人民出版社，1972 年版，第 18 页。
② 《马克思恩格斯选集》第 1 卷，人民出版社，1972 年版，第 17 页。

对环境的主观能动作用,但他谈的实践,不是指生产斗争和阶级斗争实践,着重指的是个人生活实践,他所"认识的并承认的劳动乃是抽象的精神的劳动"①。黑格尔所说的理想性格与环境的统一,是在他的唯心的哲学体系中的统一,不是现实的人的性格和环境在社会实践基础上的辩证统一。黑格尔已经认识到在个人动机的背后还有别的动力,但是他并不是从历史本身去寻找这种动力,而是从外面,把他的那个唯心的"绝对理念"输入到历史中来。他把"绝对理念"看成是社会发展的唯一动力,就是人类社会本身,甚至包括大自然,都是理念的转化物。他认为,体现在具体人物身上的"普遍力量",即所谓"理念的儿子",是艺术的伟大动力,是永恒和伦理的关系。"这些力量因为包含人性和神性的真正内容(意蕴),在动作中就不但是推动的力量,而且最后还是完成动作的力量。"② 历史唯物论的创立,揭开了社会发展的秘密,阐明了历史发展的规律,找到了促使人物行动的最根本的社会历史原因。在阶级社会中,各阶级的生活和生产条件、经济利益、阶级地位,决定了各个社会成员不同的动机和意向。个人行为的动机、目的,总是和一定的阶级利益和文化传统紧密相连的。恩格斯在批评拉萨尔的历史剧《济金根》时指出:"他们的动机不是从琐碎的个人欲望中,而正是从他们所处的历史潮流中得来的。"③ 每一个历史时期,社会关系发生的变动和阶级斗争的各种不同形式,渗透在社会生活的各个方面,在每个社会成员的思想性格上无不打上鲜明的时代和阶级的印记。任何个人的活动不管你自觉不自觉,都受到特定时代的社会关系和阶级

---

① 《马克思恩格斯全集》第42卷,人民出版社,1979年版,第163页。
② [德]黑格尔著,朱光潜译:《美学》第1卷,商务印书馆,1979年版,第280页。
③ 《马克思恩格斯选集》第4卷,人民出版社,1972年版,第344页。

斗争发展的客观规律的制约。这种特定时代民族的社会关系和阶级斗争发展的总形势、总趋势，构成了环绕着和驱使着人物行动的客观环境。人物的思想性格就是在这个特定的环境中产生、形成和发展的。"人创造环境，同样环境也创造人。"① 人们在一定的环境中活动着、实践着。在实践中，人们可以逐渐认识客观世界的发展规律，并运用这些规律指导自己的行动。通过革命实践，改造自己周围的环境和创造新的环境。人物思想性格的发展同客观环境的改变是一致的。人物性格与环境，正是在革命实践的基础上统一起来的。因此，在文艺创作中，通过"真实地再现典型环境中的典型人物"，就可以而且应该反映出特定时代、民族革命的本质或本质方面。恩格斯科学地总结了文学史的经验，批判地吸取了黑格尔所说的"这一个"的合理内核，提出了现实主义创作方法的根本原则，从而为作家的创作指明了努力的方向。

黑格尔从《精神现象学》开始，通过逻辑学、自然科学、精神哲学（包括历史哲学、法哲学、宗教哲学、哲学史、美学等等）的研究，建立了自己庞大的思想体系。由于"体系"的需要，他常常不得不求救于强制性的结构。"但是这些结构仅仅是他的建筑物的骨架和脚手架；人们只要不是无谓地停留在它们面前，而是深入到大厦里面去，那就会发现无数的珍宝，这些珍宝就是在今天也还具有充分的价值。"② 黑格尔老人所说的"这一个"，就是恩格斯深入到黑格尔体系的大厦中发现的无数珍宝之一。把被黑格尔头脚倒置了的"这一个"，重新用双脚立在大地上，剥去其蒙在身上的那层抽象的、神秘的外衣，立刻就会发出熠熠的光彩，成为无产阶级手中的

---

① 《马克思恩格斯全集》第3卷，人民出版社，1960年版，第43页。
② 《马克思恩格斯选集》第4卷，人民出版社，1972年版，第215页。

财富。无产阶级就是要在批判旧世界中创建一个新世界。恩格斯1885年致敏娜·考茨基的信,为我们批判继承黑格尔留下来的丰富美学遗产,树立了光辉的榜样。

"思孟学派"与中国美学[①]

中国美学的初创时期,出现在卡尔·雅斯贝斯所说的世界"轴心期",即公元前800至200年间的数世纪。[②] 在这个世界的轴心时代,不论是西方和东方,都出现了一批影响人类文化发展的思想家、哲学家、美学家、文学家等。古希腊出现了毕达哥拉斯、赫拉克利特、苏格拉底、柏拉图、亚里士多德;中国则出现了老子、孔子、墨子、孟子、庄子、孙子、荀子等。他们留下大量的历史文献,成为人类文化的宝贵财富,成为后人在各个领域不断研究和诠释的经典文本。学界所说的"思孟学派",是指出现在世界轴心时代的后期(约公元前5世纪至前3世纪),即中国战国时代以子思和孟子为代表的一个儒家学派。历史上凡是称之为学派的,至少应有两人以上构成的学术群体,他们文脉相承,有相同或相近的理论原则、价值

---

① 该文是作者参加2007年8月由山东师范大学齐鲁文化研究中心、美国哈佛大学燕京学社、北京大学儒学研究中心、山东大学儒学研究中心、山东省邹城市人民政府联合举办的"儒家思孟学派国际学术研讨会"提交的论文,并在大会上发言。2008年6月正式发表在《国学研究》第21卷,被收入山东师范大学齐鲁文化研究中心、美国哈佛大学燕京学社编的《儒家思孟学派论集》(齐鲁书社,2008)。

② 参见[德]卡尔·雅斯贝斯著,魏楚雄、俞新天译:《历史的起源与目标》,华夏出版社,1989年版,第27页。

趋向、思维方式和研究方法，提出一些带有共同性的范畴概念等。他们虽有其学术的共同性的一面，同时又各自具有自己的学术个性。同一学派之中又具有差别性，相互之间是"和而不同"。最早将孔子的孙子子思与孟轲，在思想和学术上连在一起并称的是荀卿。在《荀子·非十二子篇》中说：

> 略法先王而不知其统，犹然而材剧志大，闻见杂博。案往旧造说，谓之五行，甚僻违而无类，幽隐而无说，闭约而无解。案饰其辞而祗敬之曰：此真先君子之言也。子思唱之，孟轲和之，世俗之沟犹瞀儒，嚾嚾然不知其所非也，遂受而传之，以为仲尼、子游①为兹厚于后世。是则子思、孟轲之罪也。②

对于荀子的责难和批评，我们暂不去评说，但有一点可以肯定，即子思和孟轲，文脉相承，都是继承孔子的思想，"按往旧造说"并且提出和阐发了"五行"学说。"子思唱之，孟轲和之"，这就成了后人将子思和孟轲并称为"思孟学派"的缘起。其实孟轲生前并未见到子思。子思是孔子的孙子，孔鲤的儿子，名伋，字子思，大约生于公元前483年，死于公元前402年前后，司马迁在《史记·孔子世家》中说："伯鱼生伋，字子思，年六十二。尝困于宋。子思作《中庸》"。③ 孟子，名轲，今山东邹城市人，约生于公元前372年，

---

① 王先谦《荀子集解》中，原文写的是"子游"，但在注解中，他又引了郭嵩焘的话，认为此处不是子游，应是子弓。原文为："郭嵩焘曰'荀子屡言仲尼、子弓，不及子游'。本篇后云'子游氏之贱儒'，与子张、子夏同讥。此则'子游'必'子弓'之误。"见［清］王先谦：《荀子集解》上，中华书局，1988年版，第95页。
② ［清］王先谦：《荀子集解》上，中华书局，1988年版，第94—95页。
③ 《史记》，上海辞书出版社，2006年版，第361页。

约卒于公元前289年。司马迁在《史记·孟子荀卿列传》中说孟轲"受业子思之门人。道既通，……天下方务于合纵连衡，以攻伐为贤，而孟轲乃述唐、虞三代之德，是以所如者不和。退而与万章之徒序诗书，述仲尼之意，作孟子七篇"。① 正式将子思和孟轲看作是各自代表一个儒家学派是韩非（约公元前280—前233）。他在《韩非子·显学第五十》中称：

> 世之显学，儒墨也。儒之所至，孔丘也。墨之所至，墨翟也。自孔之死也，有子张之儒，有子思之儒，有颜氏之儒，有孟氏之儒，有漆雕氏之儒，有仲良氏之儒，有孙氏之儒，有乐正氏之儒。……
> 故孔、墨之后，儒分为八，墨离为三，取舍相反、不同，而皆自谓真孔墨，孔墨不可复生，将使定世之学乎？②

韩非具体将儒学分为八派，而子思和孟子各属一派。韩非并未将子思、孟子合称为"思孟学派"，但二人是师承关系，文脉相传，历代学者并不否认。朱熹在《中庸章句序》和《孟子序说》中，具体将子思与孟轲从儒家的学统关系上联系起来，并对《中庸》与《孟子》在思想内容的承传关系与内在的统一性上，简要地加以说明，进而将二书与《论语》《大学》一起，称之为"四书"，作为儒学的经典文本。他说，子思"继往圣、开来学"，"质以平日所闻父师之言，更互演绎"，撰写成《中庸》。"自是而又再传以得孟氏，

---

① 《史记》，上海辞书出版社，2006年版，第498页。
② 陈奇猷校注：《韩非子集释》，上海人民出版社，1974年版，第1080页。

为能推明是书,以承先圣之统,及其没而遂失其传焉。"① 因此,从儒家的学统关系及其所遵循的社会理念、价值观、美学观、研究方法等思想体系的整体来看,把思孟合称为一派,并非空穴来风,自有其学理的依据。20 世纪中国著名历史学家侯外庐、赵纪彬、杜国庠在他们合著的《中国思想通史》中,正式提出了"思孟学派"的概念,并在第十一章分七节以五十四页的篇幅,比较系统全面地论述了"思孟学派及其唯心主义儒学思想"② 当然学界对"思孟学派"的提法及其评价仍然存在着争议,但这并不妨碍我们对其进行全方位的研究和考辨。

1993 年 10 月在湖北荆门市沙洋县郭店一号楚墓中,出土了八百余枚楚国的竹简,计一万三千余字,经考古学家考证和李学勤、裘锡圭、庞朴等知名专家辨析,楚墓竹简当属战国中期偏晚,竹简所载的文献《缁衣》《鲁穆公问子思》《五行》《唐虞之道》《忠信之道》《性自命出》《尊德义》《穷达以时》《太一生水》《成之问之》《六德》《语丛一、二、三、四》等的成书时间,应与子思、孟轲生活的年代相当,约在公元前 5 世纪至前 4 世纪之间,均在《孟子》成书之前。1998 年 5 月中国文物出版社正式出版了由荆门市博物馆整理、注释和编纂,经裘锡圭先生审定的《郭店楚墓竹简》,向国内外发行。1994 年春,又在香港古玩市场陆续发现了一批楚国竹简,共约 1200 余枚,简上总文字数达三万五千余字。2001 年 11 月,2002 年 12 月《上海博物馆藏战国楚竹书》第一册、第二册相继出版。郭店楚墓竹简与上海博物馆馆藏战国楚简的发现和出版,是中

---

① 《四书章句集注》,中华书局,1983 年版,第 15 页。
② 详见侯外庐、赵纪彬、杜国庠:《中国思想史》第 1 卷,人民出版社,1957 年版,第 360—413 页。

国学术史上的大事，它为中国古代思想史、哲学史、美学史、伦理学史、文学史的研究，提供了新的宝贵的文献资源，注入了新的生机。其中郭店楚简与上博馆藏楚简中的《缁衣》，其内容与今本《礼记·缁衣》大体相合；上博竹简的《性情论》与郭店竹简的《性自命出》记载相仿，但某些文字上又有所不同；郭店楚简的《五行》，曾见于1972—1974年发掘出土的马王堆汉墓帛书，文字虽有差异，但整理者认为《五行》属思孟学派的作品。荀子责难子思、孟轲，说他们一唱一和，"案往旧造说，谓之五行"。这个"五行"的具体内容是什么？荀子没有说，帛书与楚简"五行"篇的发现，自然对我们进一步研究子思、孟子的思想与荀子的批评，是大有裨益的。它以新的历史文献为佐证，必将推进学界去解开思孟学派所倡导的"五行"说之谜。

从《郭店楚墓竹简》和《上海博物馆藏战国楚竹书》的内容来看，除明显属于道家思想体系的文献（如《老子》甲、乙、丙，《太一生水》）以外，多数属于儒家的文献。《五行》《缁衣》《鲁穆公问子思》《性自命出》，较多的命题与论说则与子思、孟子的思想一脉相承，但具体又难以说哪一篇就是子思所作，文中的有些内容又明显地与荀子的思想有关。在所有楚简的儒简中，看不到孟子倡导的性善论与荀子主张的性恶论那样泾渭分明的理论界线。因此，有的学者反对将郭店楚墓竹简多数归于《子思子》，认为应将它们看作是类似于《礼记》的儒家总集。我个人认为这种观点是符合楚简实际的。

思孟学派没有留下什么美学的专著，也没有专论美、美感和艺术的论文。他们的美学观点散见于《中庸》《孟子》和新发现的楚简中的儒简之中。他们提出的有关美学的问题，与他们哲学观、历史观、伦理观、诗乐观紧密相连，并对中国美学的发展与建设产生了深远的影响。结合与思孟学派有关的历史文献,下面我想分三个方面,谈谈自己学习中的认识和体会。

一、以"天人合一"的思维模式,提出了美与情的关系,为美找到了属于自己的领域

《中庸》开篇第一句话是:"天命之谓性,率性之谓道,修道之谓教。道也者,不可须臾离也,可离非道也。"① 朱熹说:"此篇(《中庸》)乃孔门传授心法,子思恐其久而差也,故笔之于书,以授孟子。"② 究竟如何理解命、性、道、教之间的关系及其具体的含义,长期以来有着种种不同的诠释,郭店楚墓竹简和上海博物馆馆藏楚简问世后,使读者可以更清楚地理解它的本义。《性自命出》是介于孔孟之间新发现的最重要的与思孟学派的思想有关的历史文献。《性自命出》像《中庸》一样,也是一开头就说:

> 凡人唯(雖)又(有)眚(性),心亡奠志,走(待)勿(物)而句(後)复(作),走(待)兑(悦)而句(後)行,走(待)習而句(後)奠。憙(喜)蒽(怒)悇(哀)悲之熨(氣),眚(性)也。及其見於外,則勿(物)取之也。眚(性)自命出,命自天降。徝(道)司(始)於青(情),青(情)生於眚(性)。司(始)者近青(情),终者近義。③

从《中庸》到《性自命出》,向读者传授的"心法"是沿着一

---

① 《四书章句集注》,中华书局,1983年版,第17页。
② 《四书章句集注》,中华书局,1983年版,第17页。
③ 荆门市博物馆编:《郭店楚墓竹简》,文物出版社,1998年版,第179页。

条由天—命—性—情—道的思维模式行进的。这是一条由外—内，由客体——主体（人自身）的思维路线。这里说的"天"，不是柏拉图说的那种独立于现象界的"相"的世界或实体；也不是神学家所说的那种有意志的天国；更不是康德说的那种在彼岸世界的"物自体"。它是与人的命、性、情化为一体的"天人合一"的天。具体讲，它是宇宙生成的历史必然性，包括自然、社会和人自身生成、发展的必然性。命则是从宇宙—人生成过程的必然性中的偶然。性和情在这种"天人合一"的思维模式中，居于承上启下的关键地位。它上来自天，下开启了人文之道。《性自命出》中把性解释为气，"憙（喜）䑣（怒）依（哀）悲之燹（氣），眚（性）也。及其見於外，則勿（物）取之也"。性见于外而为情。性在不同情势中有不同的形态，表现为不同的情感呈现。"凡眚（性）或䚈（動）之，或（逢？）之，或交之，或萬（厲）之，或出之，或羕（養）之，或長之。凡䚈（動）眚（性）者，勿（物）也；（逢？）眚（性）者，兌（悦）也；交眚（性）者，古（故）也；萬（厲）眚（性）者，宜（義）也；出眚（性）者，埶（勢）也；羕（養）眚（性）者，習也；長眚（性）者，衟（道）也。"①

那么，美与性情之间又是一种什么关系呢？从《性自命出》的论述可以看出，美是属于性情领域的问题，由于"衟（道）司（始）於青（情），青（情）生於眚（性）。司（始）者近青（情），终者近義。……好亞（惡），眚（性）也。所好所亞（惡），勿（物）也"②。而情又是"走（待）勿（物）而句（後）复（作），走（待）兌（悦）而句（後）行，走（待）習而句（後）奠"。当

---

① 荆门市博物馆编：《郭店楚墓竹简》，文物出版社，1998年版，第179页。
② 荆门市博物馆编：《郭店楚墓竹简》，文物出版社，1998年版，第179页。

性外化为情时,不是任何一种情都是美的,只有那些能引人喜悦、爱好之情,才是美的。郭店楚墓竹简《性自命出》中,有一段话说得很好。文中写道:

> 凡人青(情)為可兑(悦)也。句(苟)以其青(情),唯(雖)怸(過)不亞(惡);不以其青(情),唯(雖)難不貴。句(苟)又(有)其青(情),唯(雖)未之為,斯人信之壴(矣)。未言而信,又(有)娩(美)青(情)者也。未善(教)而民互(恆),耑(性)善者也。未賞而民懽(勸),含福者也。①

这段话告诉我们:凡是能引起人们愉悦的感情,虽然有些偏激,但也不会给人们反感,虽然它没有给人什么直接的效应,但人们仍然相信它的纯正单一。这样的感情被称之"美情",也只有这种"美情",才是属于美的。这种"美情"与善是融合在一起的,它既是美的,又是善的。如孔夫子闻《韶》乐所产生的感情,"尽善矣,又尽美矣"。《性自命出》在另一处又讲:

> 君子娩(美)其青(情),(貴其義),善其即,好其頌,樂其行(道),兑(悦)其善(教),是以敬安(焉)。②

这里的(美)、(贵)、善、好、乐、兑(悦)都是作动词用,

---

① 荆门市博物馆编:《郭店楚墓竹简》,文物出版社,1998年版,第181页。
② 荆门市博物馆编:《郭店楚墓竹简》,文物出版社,1998年版,第179—180页。

都是一种给予人们愉悦、肯定、正面的情感判断。这也就是我们通常所说的美感。在谈到乐的美感特征时,《性自命出》说:

> 樂,慛(礼)之深澤也。凡聖(聲),其出於情也信,肰(然)句(後)其内(入)拔人之心也畋(厚)。酮(聞)芺(笑)聖(聲),則蘚(鮮)女(如)也斯憙(喜)。昏(聞)訶(歌)謡(謠),則舀女(如)也斯奮。聖(聽)盇(琴)开(瑟)之聖(聲),則諄女(如)也斯懃(歎)。龕(觀)坴(賚)武,則齊女(如)也斯复(作)。龕(觀)邵(韶)䪻(夏),則免(勉)女(如)也斯僉(儉)。羕思而歕(動)心,菁女(如)也。其居即(次)也舊,其反善復訂(始)也訢(慎),其出内(入)也訓(順),司其惪[德]也。①

音乐由于表达的是真实可信的情感,因此它能使听者产生共鸣而动心振奋。优美的音乐,"皆至其情也"。"凡樂思而句(後)忻。"②"憙(喜)斯慆,慆斯奮。奮斯羕(咏),羕(咏)斯猷,猷斯迡。迡,憙(喜)之終也。"③

乐,在中国古代,不是单纯的音乐,诗、乐、舞往往是三位一体的。郭沫若在《十批判书·公孙尼子与其音乐理论》中说:"中国旧时的所谓'乐',它的内容包含得很广。音乐、诗歌、舞蹈,本是三位一体的可不用说,绘画、雕镂、建筑等造型美术也被包含着,甚至连仪仗、田猎、肴馔等都可以涵盖。所谓乐者,乐也。凡是使

---

① 荆门市博物馆编:《郭店楚墓竹简》,文物出版社,1998年版,第180页。
② 荆门市博物馆编:《郭店楚墓竹简》,文物出版社,1998年版,第180页。
③ 荆门市博物馆编:《郭店楚墓竹简》,文物出版社,1998年版,第180页。

人快乐,使人的感官可以得到享受的东西,都可以广泛地称乐之为乐。"《郭店楚墓竹简》将乐表现的对象视为情感,它又以"美情"作用于听众。从广义来讲,不仅音乐,而且诗歌、舞蹈等艺术,都是表现情感的,都是以情动人的。美与情是联系在一起的,美的领域是属于乐与不乐的情感领域。康德曾把人的心灵分为智、情、意三部分,审美判断则是以研究愉快与不愉快的情感领域为对象的,因此,审美判断,实质上是一种情感判断。郭店楚墓竹简的《情自命出》等文献,突出一个情字,并把性—情视为乐的本源,把美与情融合在一起,提出"美情"的观念,这在中国美学史上,产生了深远的影响,渊源长久的"言志""缘情"的传统的不断发展充实,不能说不与此有关。

二、心性之学与思孟学派的审美形态论

与《中庸》《性自命出》提出的由天—命—性—情—道的思维路线相反,孟子则提出了由心—性—天的思维路线:

> 孟子曰:"尽其心者,知其性也。知其性,则知天矣。存其心,养其性,所以事天也。夭寿不贰,修身以俟之,所以立命也。"①

尽心知性而知天,这是孟子提出的心性之学的中心命题。《中庸》《性自命出》的作者与孟子共同的哲学基础是"天人合一"。孟

---

① 《十三经注疏》下册,中华书局,1980年版,第2764页。

子也明确说:"夫君子所过者化,所存者神,上下与天地同流。"①但如何达到天人合一,两者则从相反的方向去进行探讨和论说。一个是从天—人,一个是从人—天。孟子的思维转向了主体自身,将主体人的心,作为自己思维的出发点。《中庸》与《孟子》二者虽然思维的方向不同,而实际则是殊途同归。对于心的功能,孟子说:"耳目之官不思,而藏于物,物交物,则引之而已矣。心之官则思,思则得之,不思则不得也。此天地之所与我者,先立乎其大者,则其小者不能夺也。"②他还说:"君子所性,仁、义、礼、智根于心。其生色也,睟然见于面、盎于背、施于四体,四体不言而喻。"③ 对于孟子所说的心、性及二者的关系,我赞成钱穆先生所做的现代阐释,他在《心与性情与好恶》一文中说:"我积年来,总是主张人类一切理论,其关涉人文社会者,其最后求源出发点在心。而我所指述之人心,则并不专限于理智一方面。我毋宁将取近代旧心理学之三分说,把情感、意志与理智同认为是人心中重要之部分。尽管有人主张,人心发展之最高阶层在理智,但人心之最先基础,则必建立在情感上。情感的重要性决不能抹杀。若人心无真情感,情感无真价值,则理智与意志,均将无从运使,也将不见理智所发现与意志所达到之一切真价值所在。若把中国人所说的知、仁、勇三德来配上西方旧心理学上之三分法,则知属理智、勇属意志,而仁则显然多属于情感。若把仁之德来兼包知与勇,则人心中也只有情感更宜来兼包理智与意志。这是我个人对人心一个简略的看法。"④ 钱穆

---

① 《十三经注疏》下册,中华书局,1980年版,第2765页。
② 《十三经注疏》下册,中华书局,1980年版,第2753页。
③ 《十三经注疏》下册,中华书局,1980年版,第2766页。
④ 钱穆:《中国学术思想史论丛》(二),台湾东大图书有限公司,1977年版,第325—326页。

完全赞同孟子对人心与人性关系的看法，认为人心之所同然者即是性，"我不喜欢先心觅性，而总主张即心见性"①。

心性之说是思孟学派，特别是孟子的整个思想体系的理论基础，其哲学、伦理学、美学的思想，都是从心性说生发展开的。

关于美学思想，在思孟学派留下来的历史文献中，我们发现，不论是子思还是孟子，他们没有像西方柏拉图、亚里士多德那样，去探寻美是什么的问题，而讲得最多的是美怎样存在的问题，也即是美是以什么形态存在着的问题。他们从心性论出发，提出了共同美、崇高美、生态美、社会美的问题。经粗略的统计，在《郭店楚墓竹简》中谈到"美"字的有六处，在上海博物馆馆藏楚简中，谈到美字的有四处，在《孟子》中有十六处。下面结合思孟学派的历史文献中的有关美的论述，看看他们是怎样论说美的存在形态的。

（一）以共同人性为基础的共同美

在《孟子》中有多处谈到共同美的问题。《告子章句上》有一段话最有代表性，孟子说：

> 故凡同类者，举相似也，何独至于人而疑之？圣人与我同类者。……口之于味，有同耆也。易牙先得我口之所耆者也。如使口之于味也，其性与人殊，若犬、马之与我不同类也，则天下何耆？皆从易牙之于味也？至于味，天下期于易牙，是天下之口相似也。惟耳亦然。至于声，天下期于师旷，是天下之耳相似也。惟目亦然。至于子都，天下莫不知其姣也。不知子

---

① 钱穆：《中国学术思想史论丛》（二），台湾东大图书有限公司，1977年版，第327页。

都之姣者，无目者也。故曰："口之于味也，有同耆焉；耳之于声也，有同听焉；目之于色也，有同美焉。"至于心，独无所同然乎？心之所同然者何也？谓理也，义也。圣人先得我心之所同然耳。故理义之悦我心，犹刍豢之悦我口。①

为什么人类有共同美？在孟子看来，首先是因为人与犬马动物不同，凡是人，就有共同的人性。人所具有的口、耳、心等共同的器官，使人产生共同的生理快感，这是产生共同美感的生理基础。孟子在这里举了三个例子来说明共同美。第一个例子举出齐桓公的著名厨师易牙。说他最善于调味，因此，凡是经过他做的饭菜，所调之味，天下人都认为是美的。第二个例子举的是晋国著名音乐家师旷。说他精通音律，不仅善于审音，辨别音乐的美与不美，而且善于和音。凡是经过他所和之音，天下人都乐意听，认为是美的。第三个例子说的是古代美人子都，天下人看了，人人都说这个人美。孟子不仅看到共同美产生的生理基础，他的高明之处，在于他原创性地提出了共同美的社会属性。他认为，人的本性是善的，通过后天的学习、"践形"，可以发展、扩大、充实人性的共同性。他说："形色，天性也。惟圣人然后可以践形。"② 通过学习、践形，人人均可以为尧舜。尧舜和普通的人是同类，都是人，具有共同的人性，他们能成为最美的人，那么人人都可以成为尧舜那样最美的人。郭店楚墓竹简《唐虞之道》说：

從（縱）悬（仁）、聖可与，悬（时）弗可秉〈及〉歔

---

① 《十三经注疏》下册，中华书局，1980年版，第2749页。
② 《十三经注疏》下册，中华书局，1980年版，第2770页。

（嘻）。夫古者舜伛（居）於艹（草）茅之中而不憂（憂），身为天子而不喬（驕）。伛（居）艹（草）茅之中而不憂（憂），智（知）命也。……渌摩（乎）大人之兴，敚（美）也。①

在《孟子》中，人人可以为尧舜的思想，阐发得更为明白，并且有进一步发展。孟轲提出的"四端"说，大大推进了中国古代的共同人性、共同美的理论创新。他说：

> 人皆有不忍人之心，先王有不忍人之心，斯有不忍人之政矣。以不忍人之心，行不忍人之政，治天下可运之掌上。所以谓"人皆有不忍人之心"者，今人乍见孺子将入于井，皆有怵惕恻忍之心，非所以内交于孺子之父母也，非所以要誉于乡党朋友也，非恶其声而然也。由是观之，无恻隐之心，非人也；无羞恶之心，非人也；无辞让之心，非人也；无是非之心，非人也。恻隐之心，仁之端也；羞恶之心，义之端也；辞让之心，礼之端也；是非之心，智之端也。人之有是四端也，犹其有四体也。有是四端而自谓不能者，自贼者也。谓其君不能者，贼其君也。凡有四端于我者，知皆扩而充之矣，若火之始然，泉之始达。苟而充之，足以保四海；苟不充之，不足以事父母。②

孟子这里将"不忍人之心"看作是普天之下人人皆有的普遍性，

---

① 荆门市博物馆编：《郭店楚墓竹简》，文物出版社，1998年版，第157—158页。
② 《十三经注疏》下册，中华书局，1980年版，第2691页。

也是人之为人的根本特性。这种根本的人之所有的特性，就是仁。为政者有了这种"不忍人之心"，治理天下，即可"运之掌上"。他把"恻隐之心""羞恶之心""辞让之心""是非之心"看作是"仁""义""礼""智"四德的感性显现。孟子联系日常生活的实际，如见到小孩掉进井里，而产生的恻隐之心，以实践的理性，说明"四端"实是区别人与非人的根本分界。人所具有的"四端"，又是处于动态的生发过程之中，可以发扬光大，扩而充之，"若火之始然，泉之始达"。在《告子章句上》进一步阐明"四端"不仅是人与非人的分界，而且是"人皆有之"的共同的人性。"乃若其情，则可以为善矣，乃所谓善也。若夫为不善，非才之罪也。恻隐之心，人皆有之；羞恶之心，人皆有之；恭敬之心，人皆有之；是非之心，人皆有之。恻隐之心，仁也；羞恶之心，义也；恭敬之心，礼也；是非之心，智也。仁、义、礼、智，非由外铄我也，我固有之也，弗思耳矣。故曰：'求则得之，舍则失之。'"① 孟子为什么在这里重提"四心"，而不谈"四端"，朱熹有个解释，我认为是恰当的。他说："言四者之心人所固有，但人自不思而求之耳，所以善恶相去之远，由不思不求而不能扩充以尽其才也。前篇言是四者为仁义礼智之端，而此不言端者，彼欲其扩而充之，此直固用以著其本体，故言有不同耳。"② 孟子在此不提"四端"，其目的在于将"四端"，"扩而充之"，将仁、义、礼、智升华到人性的本体地位，而这种善的本性，就在人自己的心中。因此，每个人都能够"求则得之，舍则失之"。正是因为这个缘故，所以人人皆可以成为尧舜。

孟子所说的共同人性是有层次的。第一个层次是欲，这是人的

---

① 《十三经注疏》下册，中华书局，1980年版，第2749页。
② 《四书章句集注》，中华书局，1983年版，第328页。

自然属性所呈现出的共同性。孟子说:"天下之士悦之,人之所欲也,而不足以解忧;好色,人之所欲,妻帝之二女,而不足以解忧。富,人之所欲,富有天下,而不足以解忧;贵,人之所欲,贵为天子,而不足以解忧。人悦之、好色、富贵,无足以解忧者,惟顺于父母,可以解忧。"① 好色、富贵,这是一般人所共有的共同人性,但是"舜不以得众人之所欲为己乐,而以不顺乎亲之心为己忧"②。第二个层次,是人之所以为人的"四端",仁、义、礼、智,这是人的社会属性,这是人区别于动物的根本属性。在这个层次上,人的自然属性也已社会化,使自然属性与社会属性融合在一起。孟子认为:仁,人心也;义,人路也;礼,门也。只有为善之人,才能进入人性的这一更高的层次。他说:"鱼,我所欲也;熊掌,亦我所欲也。二者不可兼得,舍鱼,而取熊掌者也。生,亦我所欲也;义,亦我所欲也。二者不可得兼,舍生而取义者也。生亦我所欲,所欲有甚于生者,故不为苟得也。死亦我所恶,所恶有甚于死者,故患有所不辟也。如使人之所欲莫甚于生,则凡可以得生者,何不用也?使人之所恶莫甚于死者,则凡可以辟患者,何不为也?是故所欲有甚于生者,所恶有甚于死者。非独贤者有是心也,人皆有之,贤者能勿丧耳。"③ 乐生恶死,是人之共同性。生,是人之所欲,义,也是人之所欲,只有那些像有心的贤者那样,将生与义融合在一起,甚至舍生取义,才能保存和扩充善的本性。反之,则可能变为罪人。人性的最高层次,是将"四端",仁、义、礼、智,扩而充之乃至于神。这个神,不是柏拉图说的那个高居于天国的"相"(或理式),

---

① 《四书章句集注》,中华书局,1983年版,第303页。
② 《四书章句集注》,中华书局,1983年版,第303页。
③ 《十三经注疏》下册,中华书局,1980年版,第2752页。

而是真、善、美统一的最高体现。思孟学派的美的理念,就是从这种共同人性的最高层上呈现出来的。在《尽心章句下》孟子写道:

> 浩生不害问曰:"乐正子,何人也?"孟子曰:"善人也,信人也。""何谓善?何谓信?"曰:"可欲之谓善,有诸己之谓信。充实之谓美,充实而有光辉之谓大,大而化之之谓之圣,圣而不可知之之谓神。乐正子,二之中,四之下也。"①

孟子在这里以人的个体美为个案,将人的个体美分为六个等级:善、信、美、大、圣、神。乐正子是还未达到美的人,而只是处于"二之中,四之下"的"善人,信人"。美居于善、信和大、圣、神的中间,美是仁、义、礼、智"四端""扩而充之"的体现,它既包括善与信,而又超越了善与信,它使善与信充溢于人的灵魂,充溢于人的身体从内到外,从神到形的各个部分,它是善(仁、义、礼)、真(智)与美高度统一融合的感性显现。"大""圣"是人的个体美的更高层次,同样它也融合了善、信、美,却又超越了美。大不仅是"四端"的充实与扩大,而且呈现出光辉、灿烂、壮丽的形象。朱熹注曰:"和顺积中,而英华发外;美在其中,而畅于四支,发于事业,则德业至盛而不可加矣。"② 圣则是"大而能化,使其大者泯然无复可见之迹,则不思不勉、从容中道,而非人力之所能为矣"。③ 孟子说:"圣人,百世之师也。"④ 孟子时代,社会上就奉孔子为圣,认为:"孔子,圣之时者也。孔子之谓集大成。集大成

---

① 《十三经注疏》下册,中华书局,1980年版,第2752页。
② 《四书章句集注》,中华书局,1983年版,第370页。
③ 《四书章句集注》,中华书局,1983年版,第370页。
④ 《十三经注疏》下册,中华书局,1980年版,第2741页。

也者，金声而玉振之也。金声也者，始条理也；玉振之也者，终条理也。始条理者，智之事也；终条理者，圣之事也。"① "金声玉振"，"始终条理"，是以古代音乐中的金、石、丝、竹、匏、土、革、木的八音和谐美为比喻，说明孔子是集伯夷、伊尹、柳下惠三圣的品行于一身的大圣人。神，是人的个性美的最高境界，神性则具有了共同人性的更广、更大、至高无上、神秘莫测的特征，它只可意会不可言传。

孟子从他的心性之学出发，对共同人性和共同美的论说，是中国古代美学中的一大亮点。对于孟子论美的观点，我很赞赏杜维明先生的一段话。他说："美，就像人不断成长中出现的善与真的品质一样，是作为一种激动人心的鹄而存在的。'充实之为美'，当美塑造我们的充实感时，不是作为一种固定的原则，而是作为正在体验生命的自我，和所感知的实体对象之间的一种动态的相互影响而起作用的。我们在事物当中看到了美。在描述美的过程中，我们的注意力从外在的物质形态转向内在的生命力，最后达到无所不包的精神境界。"② 我想杜先生的这段话，对我们理解孟子的"充实之为美"的特点和内涵是有启示的。

（二）"至大至刚"：崇高美

高扬人的主体精神、民主精神、仁爱精神和勇敢顽强的大无畏精神，是思孟学派的历史文献《中庸》《孟子》和《郭店楚墓竹简》中的部分儒简，体现出来的一个鲜明特色。表现在审美形态上，更多地显示出阳刚之美和崇高美。

---

① 《十三经注疏》下册，中华书局，1980年版，第2774页。
② 《杜维明文集》第3卷，武汉出版社，2002年版，第297页。

《孟子·公孙丑章句上》，孟子与公孙丑有一段关于养气的对话，很典型地体现出孟子所赞美的和所追求的阳刚之美与崇高美。

第一段对话是关于培养勇气的问题。孟子回答说：

> 北宫黝之养勇也：不肤桡，不目逃，思以一豪挫于人，若挞之于市朝。不受于褐宽博，亦不受于万乘之君。视刺万乘之君，若刺褐夫。无严诸侯。恶声至，必反之。孟施舍之所养勇也，曰："视不胜犹胜也。量敌而后进，虑胜而后会，是畏三军者也。舍岂能为必胜哉？能无惧而已矣。"孟施舍似曾子，北宫黝似子夏。夫二子之勇，未知其孰贤，然而孟施舍守约也。昔者曾子谓子襄曰："子好勇乎？吾尝闻大勇于夫子矣：自反而不缩，虽褐宽博，吾不惴焉；自反而缩，虽千万人，吾往矣。"孟施舍之守气，又不如曾子之守约也。①

孟子这里所赞扬的是一种肌肤被刺，眼睛被戳而毫不畏惧，面对千军万马，也要勇往直前的大无畏精神。

接着公孙丑又与孟子谈起如何养气和什么是浩然之气的问题。公孙丑问孟子：

> "敢问何谓浩然之气"？曰："难言也。其为气也，至大至刚，以直养而无害，则塞于天地之间。其为气也，配义与道；无是，馁也。是集义所生也，非义袭而取之也。行有不慊于心，则馁矣"。②

---

① 《十三经注疏》下册，中华书局，1980年版，第2685页。
② 《十三经注疏》下册，中华书局，1980年版，第2685页。

对于"浩然之气",朱熹注:"浩然,盛大流行之貌。气,即所谓体之充者。本自浩然,失养故馁,惟孟子为善养之以复其初也。盖惟知言,则有以明夫道义,而于天下之事无所疑;养气,则有以配夫道义,而于天下之事无所惧,此其所以当大任而不动心也。"①浩然之气,这是主体的仁、义、礼、智的"四端"之心,扩而充之,"配义与道","积义所生"。它是主体的思想情感意志和人格美的外在显现。它的审美特征是"至大至刚""塞于天地之间"。什么是至大至刚?朱熹说:"至大初无限量,至刚不可屈挠。盖天地之正气,而人得以生者,其体段本如是也。惟其自反而缩,则得其所养;而又无所作为以害之,则其本体不亏而充塞无间矣。"②当代中国美学界,对孟子的这段话的理解是有分歧的。叶朗先生在《中国美学史大纲》中说:"这种主观的精神性的'浩然之气'可以大到'塞于天地之间',这就变成了自我扩张。所以这是一种夸大主观能动性的唯心主义的理论。孟子养气说在中国历史上影响很大。这种影响,主要是道德修养方面的影响。至于它在美学史上的影响,并不像我们一般想象得那么大。"③张少康先生认为:"孟子在这里所说的'浩然之气'是指人的仁义道德修养达到很高水平所具有的一种正义凛然的精神状态,……有了这种'浩然之气',就能具备一种崇高的精神美、人格美。"④李泽厚刘纲纪先生在《中国美学史》中对于孟子的这段话,给予了很高的评价和具体的阐释。他们认为,孟子讲

---

① 《四书章句集注》,中华书局,1983年版,第231页。
② 《四书章句集注》,中华书局,1983年版,第231页。
③ 叶朗:《中国美学史大纲》,上海人民出版社,1985年版,第105页。
④ 张少康:《中国文学理论批评史》上,北京大学出版社,2005年版,第40页。

的是个体为了实现善，就要把他所固有的仁义等等善性"扩而充之"，始终保持着一种为了实现善而无所畏惧的奋发的精神状态。"这本来是讲的道德修养问题，但都又深刻地触及了人格美的问题，成了孟子的伦理学向美学转化的关键。……所谓'浩然之气'是孟子把道德的自觉作为个体的自由状态来描述的。在这种描述中，善的实现充满着个体的浓烈的情感色彩，显示了个体的巍然屹立的人格的伟大与坚强，因而它已不只是对人格的善的评价，而明显地具有审美的性质，它越出了伦理学的范围，具有了个体人格美的特征。从实质上看，孟子已经朴素地意识到了人格美就是社会的伦理道德同个体内在的情感意志要求的统一，社会的伦理道德不是外在于个体的情感意志的东西，而是渗透到个体的情感意志之中，被个体视为他的生命的意义和价值的所在。这个统一表现于个体的精神状态上，就是孟子所谓的'浩然之气'"。① 我不赞成在哲学史、美学史上对思想家的评价以简单的唯物唯心来划界。唯心论者，并非不能对哲学美学作出重大贡献。孟子是唯心的，他的确是以他的心性之说为出点来构建他的哲学、政治学、伦理学和美学体系的。不能因为他是唯心的，就不去对他提出的"浩然之气"做具体分析。本人是赞成张少康、李泽厚、刘纲纪先生的看法和分析的。孟子所说的"浩然之气"，不仅触及人格美的问题，而且直接提出了一个"至大至刚"的崇高美问题。罗马时期朗吉弩斯，曾专门写过一篇《论崇高》，他认为：崇高是伟大心灵的回声。广义上朗吉弩斯则把"伟大""不平凡""雄伟""壮丽""尊严""高远""遒劲"等在自然、

---

① 李泽厚、刘纲纪主编：《中国美学史》第一卷，中国社会科学出版社，1984年版，第180页。

社会和文艺作品中的表现,都看作是崇高。① 朗吉弩斯是崇高这一美学范畴在西方的最早的探索者,他肯定崇高的对象是伟大的、不平凡的、雄伟的、惊心动魄的事物,对崇高的渴望则是人的一种天性。《论崇高》表现出朗吉弩斯的民主思想和人道主义思想。继朗吉弩斯之后,柏克、康德,进一步从美学上对崇高进行深入的探索。康德在《判断力批判》中,认为崇高对象的特点是无形式、无限制、无规律,在数量上无限大,在力量上有无比的威力。康德说:"我们把那绝对地大的东西称之为崇高。"② "崇高是与之相比一切别的东西都是小的那个东西。"③ 他还说,"每种具有英勇性质的激情(animi strenui)都是在审美上崇高的,例如愤怒,甚至绝望(愤然绝望,而不是沮丧的绝望)。"④ 孟子说"浩然之气"的"至大至刚",充塞于天地之间,我们完全可以说,它与康德所说的崇高,具有同一层面上的含义。在《郭店楚墓竹简》《孟子》《中庸》等文献中,表现出"至大至刚",具有崇高精神的内容是多方面的,主要有:

1. "惟天惟大",救民于水火的伟大崇高的形象。尧、舜、禹就是这样的人物。

在《孟子·滕文公章句上》中写道:

当尧之时,天下犹未平。洪水横流,泛滥于天下;草木畅

---

① 参见章安祺编订:《缪灵珠美学译文集》第1卷,中国人民大学出版社,1987年版,第123—124页。
② [德]康德著,邓晓芒译,杨祖陶校:《判断力批判》,人民出版社,2002年版,第86页。
③ [德]康德著,邓晓芒译,杨祖陶校:《判断力批判》,人民出版社,2002年版,第88页。
④ [德]康德著,邓晓芒译,杨祖陶校:《判断力批判》,人民出版社,2002年版,第113页。

茂，禽兽繁殖，五谷不登；禽兽逼人，兽蹄鸟迹之道交于中国。尧独忧之，举舜而敷治焉。舜使益掌火，益烈山泽而焚之，禽兽逃匿。禹疏九河，瀹济、漯，而注诸海；决汝、汉，排淮、泗，而注之江。然后中国可得而食也。当是时也，禹八年于外，三过其门而不入，……孔子曰："大哉尧之为君！惟天惟大，惟尧则之。荡荡乎，民无能名焉。君哉舜也！巍巍乎，有天下而不与焉。"①

2. 伟大的理想和抱负，高度的历史责任感。孟子曰：

　　天将降大任于是人也，必先苦其心志，劳其筋骨，饿其体肤，空乏其身，行拂乱其所为，所以动心忍性，曾益其所不能。人恒过，然后能改，困于心，衡于虑，而后作。征于色，发于声，而后喻。入则无法家拂士，出则无敌国外患者，国恒亡。然后知生于忧患，而死于安乐也。②

　　夫天未欲平治天下也，如欲治天下，当今之世：舍我其谁也？吾何为不豫哉！③

富贵不淫、贫贱不移，威武不屈的大丈夫精神。在《孟子·滕文公章句下》中写道：

---

① 《四书章句集注》，中华书局，1982年版，第241页。
② 《十三经注疏》下册，中华书局，1980年版，第2762页。
③ 《十三经注疏》下册，中华书局，1980年版，第2699页。

> 居天下之广居,立天下之正位,行天下之大道。得志与民由之;不得志独行其道。富贵不能淫,贫贱不能移,威武不能屈。此之谓大丈夫。①

3. 不唯书、不唯上,独立思考,刚正不阿,民主平等的精神。在《孟子·尽心章句下》中,孟子曰:

> 尽信书,则不如无书。吾于《武成》,取二三策而已矣。仁人无敌于天下。以至仁伐至不仁,而何其血之流杵也。②

这则记载显示出了孟子身体力行和积极倡导的独立思考精神,对过去流传下来的文献,要根据仁与不仁的原则和历史的实际去加以分析和取舍。

《郭店楚墓竹简》中的《鲁穆公问子思》一文,虽然文字不多,却生动地表现出子思不怕杀头、不怕丢官,光明磊落,敢于直谏的高尚人格和民主精神。原文如下:

> 鲁穆公昏(問)於子思曰:"可(何)女(如)而可胃(謂)忠臣?"子思曰:"恆再(稱)其君之亞(惡)者,可胃(謂)忠臣矣。"公不敓(悅),軍(揖)而退之。成孫弋見,公曰:"向(嚮)者虐(吾)昏(問)忠臣於子思,子思曰:'亙(恆)再(稱)其君之亞(惡)者可胃(謂)忠臣矣。'寡(寡)人惑安(焉),而未之得也。"成孫弋曰:"恬(噫),善

---

① 《十三经注疏》下册,中华书局,1980年版,第2710页。
② 《十三经注疏》下册,中华书局,1980年版,第2710页。

才（哉），言啻（乎）！夫為其君之古（故）殺其身者，嘗又（有）之矣。互（恆）爯（稱）其君之亞（惡）者未之又（有）也。夫為其君之古（故）殺其身者，交录（禄）崔（爵）者也。互（恆）［稱其君］之亞（惡）［者，遠］录（禄）崔（爵）者［也。為］義而遠录（禄）崔（爵），非子思，虗（吾）亞（惡）昏（聞）之矣。"①

在《孟子·万章章句下》中，还记载了子思拒腐蚀，永不沾的高风亮节。万章问子思曰："君馈之，则受之，不识可常继乎？"孟子回答说："缪公之于子思也，亟问，亟馈鼎肉。子思不悦，于卒也，摽使者出诸大门之外，北面稽首再拜而不受。曰：'今而后知君之犬马畜伋！'盖自是台无馈也。悦贤不能举，又不能养也，可谓悦贤乎？"曰："敢问国君欲养君子，如何斯可谓养矣？"曰："以君命将之，再拜稽首而受。其后廪人继粟，庖人继肉，不以君命将之。子思以为鼎肉，使己仆仆尔亟拜也，非养君子之道也。"② 子思敢于在鲁国王面前直言国王的"恶"行，认为只有这样才是真正的"忠臣"；当鲁国王把他当作"犬马"喂养而派人送给他"鼎肉"时，他又敢于公开抗议国王对他人格的侮辱，并将国王派去的仆人赶出大门。子思的这种不怕丢官、杀头，维护个人的高尚品格，拒腐蚀的精神气概，充分体现出孟子所赞扬和倡导的"浩然之气"。

5. "以道殉身"，"以身殉道"，为美的理想而献身的崇高精神。在《孟子·尽心章句上》中写道：

---

① 荆门市博物馆编：《郭店楚墓竹简》，文物出版社，1998年版，第141页。
② 《十三经注疏》下册，中华书局，1980年版，第2745页。

公孙丑曰:"道则高矣,美矣,宜若登天然,似不可及也。何不使彼为可几及而日孳孳也?"……

孟子曰:"天下有道,以道殉身;天下无道,以身殉道。未闻以道殉乎人者也。"①

道,既高又美,这里指的是儒家的最高理想。它是真善美与知情意高度统一的仁的理想的最高境界。

孟子曰:"仁也者,人也。合而言之,道也。"②

欲见贤人而不以其道,犹欲其入而闭之门也。夫义,路也;礼,门也。惟君子能由是路,出入是门也。③

在《礼记·礼运》中,曾对儒家的理想社会做了具体的描述,曰:

大道之行也,天下为公。选贤与能,讲信修睦。故人不独亲其亲,不独子其子,使老有所终,壮有所用,幼有所长,矜寡孤独废疾者,皆有所养。男有分,女有归。货恶其弃于地也,不必藏于己,力恶其不出于身也,不必为己。是故谋闭而不兴,盗窃乱贼而不作。故外户而不闭。是谓大同。④

---

① 《十三经注疏》下册,中华书局,1980年版,第2770页。
② 《十三经注疏》下册,中华书局,1980年版,第2774页。
③ 《十三经注疏》下册,中华书局,1980年版,第2745页。
④ 《十三经注疏》下册,中华书局,1980年版,第1414页。

这是中华民族,历代仁义志士为之奋斗,为之献身的理想。如孟子所说,在"天下有道"之时,无数英雄豪杰、黎民百姓,为着"道"的实现,而贡献出自己的一切;在"天下无道"时,则不惜"杀身成仁""舍生取义",勇敢而又壮烈地献出自己宝贵的生命。这种精神就是中华民族拥有的崇高美的生动体现。

这种"至大至刚"的崇高美的根源在哪里呢?子思、孟子像西方罗马时期的朗吉弩斯一样,没有到外部去找,而是"反求诸己",到人自己的心灵中去找。孟子说:"反身而诚,乐莫大焉。强恕而行,求仁莫近焉。"① "是故诚者,天之道也。思诚者,人之道也。至诚而不动者,未之有也,不诚,未有能动者也。"② 诚,是子思和孟子思想体系中的核心范畴。它既是"至大至刚"的"浩然之气"的根源,又是培养"浩然之气"的崇高美的逻辑起点。《中庸》中写道:

> 故至诚无息。不息则久,久则征,征则悠远,悠远则博厚,博厚则高明。博厚,所以载物也;高明,所以覆物也;悠久,所以成物也。博厚配地,高明配天,悠久无疆。如此者,不见而章,不动而变,无为而成。天地之道,可一言而尽也:其为物不贰,则其生物不测。天地之道:博也,厚也,高也,明也,悠也,久也。今夫天,斯昭昭之多,及其无穷也,日月星辰系焉,万物覆焉。今夫地,一撮土之多,及其广厚,载华岳而不重,振河海而不泄,万物载焉。今夫山,一卷石之多,及其广大,草木生之,禽兽居之,宝藏兴焉。今夫水,一勺之多,及

---

① 《十三经注疏》下册,中华书局,1980年版,第2764页。
② 《十三经注疏》下册,中华书局,1980年版,第2721页。

其不测，鼋鼍、蛟龙、鱼鳖生焉，货财殖焉。《诗》曰："惟天之命，于穆不已！"盖曰："天之所以为天也。"于乎不显！文王之德之纯！盖曰："文王之所以为文也，纯亦不已。"①

"诚者自成也，而道自道也。诚者物之终始，不诚无物。是故君子诚之为贵"。② 一个人如果能始终"至诚不息"，就可使仁、义、礼、智之"四端"扩而充之，塞于天地之间，真正走上善—信—美—大—圣—神的自我修身的光明大道，不管遇到什么艰难险阻，荣辱得失，都能始终保持一颗纯洁透明的至诚之心，就可"立天下之大本，知天地之化育"③，进入真善美的理想的境界。

（三）生态美："万物并行而不相害，道并行而不相悖"

自上个世纪90年代以来，生态批评、生态美学、生态文艺学逐渐在中国发展起来，大有成为显学之势。接踵而来的是，中国古代的生态智慧问题，也亦开始引起学界的注意和研究。④

《中庸》中有两段话，可以看作是思孟学派有关生态美学思想的理论基础。文中写道：

> 中也者，天下之大本也；和也者，天下之达道也。致中和，天地位焉，万物育焉。⑤

---

① 《十三经注疏》下册，中华书局，1980年版，第1633页。
② 《十三经注疏》下册，中华书局，1980年版，第1633页。
③ 《十三经注疏》下册，中华书局，1980年版，第1635页。
④ 2006年北京大学出版社出版的《蒙培元讲孟子》一书中，蒙培元先生就以较大的篇幅，专门论说了孟子的生态学思想。
⑤ 《十三经注疏》下册，中华书局，1980年版，第1625页。

> 仲尼祖述尧舜，宪章文武；上律天时，下袭水土。辟如天地之无不持载，无不覆帱；辟如四时之错行，如日月之代明。万物并育而不相害，道并行而不相悖，小德川流，大德敦化，此天地之所以为大也。①

在这里直接与生态美有关的有两个问题：

第一，中和美问题。中和是中国古代哲学、美学的最高范畴。《中庸》把"致中和"，看作是宇宙结构、万物生长的根本原则。"天地位焉"，应是指天、地、人三位一体的整个宇宙，都是按照"中和"的原则而生成和存在。人与自然、人与社会和人自身，正因为能够按照"中和"的原则和谐相处，因而才显得美。在子思、孟子以前，中和美已经成为社会生活中人们谈乐论美的重要概念。《尚书·尧典》中说：

> 帝曰："夔，命汝典乐，教胄子。直而温，宽而栗，刚而无虐，简而无傲。诗言志，歌永言，声依永，律和声，八音克谐，无相夺伦，神人以和。"②

《国语·周语下》单穆公为铸造一口大钟与大臣伶州鸠的对话，乐的中和美问题已经提出：

> （景王）二十三年，王将铸无射，而为之大林。单穆公曰：

---

① 《十三经注疏》下册，中华书局，1980年版，第1634页。
② 卢永璘著，张少康编：《先秦两汉文论选》，人民文学出版社，1996年版，第4页。

"……今王作钟也,听之弗及,比之不度,钟声不可以知和,制度不可以出节,无益于乐,而鲜民财,将焉用之!夫乐不过以听耳,而美不过以观目。若听乐而震,观美而眩,患莫甚焉。夫耳目,心之枢机也,故必听和而视正。听和则聪,视正则明。聪则言听,明则德昭。……夫耳内和声,而口出美言,以为宪令,而布诸民,正之以度量,民以心力,从之不倦。成事不贰,乐之至也。"①

这段话中说的"不可以出节""正之以度量""听和则正",都是指"中"而言。朱熹在《中庸》中注曰:"无所偏倚,故谓之中。发皆中节,情之正也,无所乖戾,故谓之和。"②在单穆公看来,乐只有能给听众的视听和心理上产生中和美的感受,才称之为"乐之至也"。接着单穆公又要他的臣属伶州鸠谈谈看法,伶州鸠对曰:

夫政象乐,乐从和,和从平,声以和乐,律以平声。金石以动之,丝竹以行之,诗以道之,歌以咏之,匏以宣之,瓦以赞之,革木以节之。物得其常曰乐极,极之所集曰声,声应相保曰和,细大不逾曰平。如是,而铸之金,磨之石,系之丝木,越之匏竹,节之鼓而行之,以遂八风。于是乎气无滞阴,亦无散阳,阴阳序次,风雨时至,嘉生繁祉,人民和利,物备而乐成,上下不罢,故曰乐正。③

---

① 卢永璘著,张少康编:《先秦两汉文论选》,人民文学出版社,1996年版,第40—41页。
② 《四书章句集注》,中华书局,1983年版,第18页。
③ 卢永璘著,张少康编:《先秦两汉文论选》,人民文学出版社,1996年版,第41页。

单穆公与伶州鸠的对话，从审美心理、审美对象上，提出和论述了中和美的问题，并以乐之和扩大到包括天、地、人在内的整个宇宙之中和美的问题。在儒家的美学思想中，在子思、孟子之前和同时代，也普遍把中和美看作是美学的最高范畴。《论语》中孔子就说过，"礼之用，和为贵。先王之道斯为美，小大由之"①。孔子还称《诗经·关雎》的审美特征是"乐而不淫，哀而不伤"②。荀子也说："故乐者，天下之大齐也，中和之纪也，人情之所必不免也。"③荀子虽然在《非十二子》批评子思和孟子，但在中和美的观点上，却与子思、孟子完全一致。子思与前人和同时代儒家相比，新的贡献在于，他在《中庸》中，从宇宙观的高度，把"中和"看作是"天下之大本""天下之大道"。像古希腊的毕达哥拉斯把和谐看作美的本体一样，子思则把中和看作为天地宇宙的本体，美的本体。

第二，"万物并育"的原则。《中庸》中说："致中和，天地位焉，万物育焉。"又说："万物并育而不相害，道并行而不相悖。"我认为这是思孟学派论述生态美的一个基本的出发点，同时这也是生态美的一个鲜明的特征。在先秦时代，没有生态学、生态美的概念，却有生态智慧。当然，自然、社会和人本身都有一个生态问题，但我们今天所理解的生态美主要是从人与自然的关系方面讲的，重点研究的是自然界本身的美的问题。从某种意义上讲，它与美学界说的自然美具有同一层面的含义。生态问题的提出和突显，这是与自然生态的严重破坏和失衡有直接的关系。子思、孟子所处的战国时

---

① 《十三经注疏》下册，中华书局，1980年版，第2458页。
② 《十三经注疏》下册，中华书局，1980年版，第2468页。
③ 卢永璘著，张少康编：《先秦两汉文论选》，人民文学出版社，1996年版，第182页。

代，诸侯之间频繁的战争，破坏了自然的生态和社会的正常秩序。《孟子》中曾对当时的现实进行了尖锐的批评。他说："君不行仁政而富之，皆弃于孔子者也。况于为之强战？争地以战，杀人盈野；争城以战，杀人盈城。此所谓率土地而食人肉，罪不容于死。"① 正是基于这种自然、社会生态被破坏的残酷现实，作为时代的伟大思想家子思在《中庸》中提出了"中和"的理念和"万物并育而不相害，道并行而不相悖"的原则。这一思想，可以看作是中国古代思想家的生态智慧的集中体现。这一思想原则，为我们研究思孟学派的生态美思想，指出了一条可寻的线索。

牛山之美，是《孟子》中比较充分表达孟轲关于生态美思想的个案。在《告子章句上》中，孟子曰：

> 牛山之木尝美矣，以其郊于大国也，斧斤伐之，可以为美乎？是其日夜之所息，雨露之所润，非无萌蘖之生焉，牛羊又从而牧之，是以若彼濯濯也。人见其濯濯也，以为未尝有材焉，此岂山之性也哉？虽存乎人者，岂无仁义之心哉？其所以放其良心者，亦犹斧斤之于木也，旦旦而伐之，可以为美乎？其日夜之所息，平旦之气，其好恶与人相近也者几希，则其旦昼之所为，有梏亡之矣。梏之反复，则其夜气不足以存；夜气不足以存，则其违禽兽不远矣。人见其禽兽也，而以为未尝有才焉者，是岂人之情也哉？故苟得其养，无物不长；苟失其养，无物不消。②

---

① 《十三经注疏》下册，中华书局，1980年版，第2722页。
② 《十三经注疏》下册，中华书局，1980年版，第2751页。

经过千百年"日夜之所息,雨露之所润",牛山空气新鲜,林木茂盛,花草山石绚丽多姿,天地之造化,使牛山真正成为一座令人向往的美丽的山。但由于它处于一个大国的近郊,该国的官员毫无保护牛山生态的思想,放纵上下任意砍伐树木,破坏森林,让放牧者自由地践踏花草,结果使牛山这座生态非常美的山,变成了光秃秃的荒山野岭。大自然的阳光雨露,虽然仍日夜在滋养着牛山的幼芽嫩苗,但那些丧失良心和道德的人,仍然反复地破坏牛山的生态。孟子怒斥这些破坏牛山生态美的人,说他们已经离禽兽不远了。接着孟子又提出了一个保护牛山生态的问题,他强调人们应以"仁义之心"去"养"山。他说:"故苟得其养,无物不长;苟失其养,无物不消。"在《尽心章句上》中,他进一步发挥了这一思想。孟子曰:

> 君子之于物也,爱之而弗仁;于民也,仁之而弗亲。亲亲而仁民,仁民而爱物。①

这里所说的"物",朱熹注曰:"物,谓禽兽草木。爱,谓取之有时,用之有节。"② 亲民爱物,就是将仁爱之心,由人扩大到动植物。孟子既不是人类中心主义者,也不是生态中心主义者,他的"爱物"是"取之有时,用之有节"。对于美丽的牛山的花草树木,他坚决反对砍杀破坏,极力提倡爱护、培养,保持它的原生态美。孟子对"物",不是无原则的爱,当"禽兽逼人",他赞扬"舜使益

---

① 《十三经注疏》下册,中华书局,1980年版,第2771页。
② 《四书章句集注》,中华书局,1983年版,第363页。

掌火,益烈山泽而焚之",① 或者像禹那样,"驱蛇龙而放之菹",②像武王那样,"驱飞廉于海隅而戮之"。③ 但是当群众誓要打死被逼于死角的老虎时,善于杀虎的冯妇,却又出来保护老虎,反而把老虎放走了。孟子举出冯妇的例子,显然又表达了他保护动物的意思。

那么,人类又应如何去"爱物",如何去保护生态美呢?对此,《孟子》中有多处做了论述。

> 孟子曰:"五谷者,种之美者也。苟为不熟,不如荑稗。夫仁,亦在乎熟之而已矣"。④

> 宋人有闵其苗之不长而揠之者,芒芒然归。谓其人曰:"今日病矣,予助苗长矣。"其子趋而往视之,苗则槁矣。天下之不助苗长者寡矣。以为无益而舍之者,不耘苗者也;助之长者,揠苗者也。非徒无益,而又害之。⑤

这两段话,讲的是植物的美,如五谷之所以能成为人的美食,是因为它是按自己的生长规律而成熟的果实,如果它还不到成熟期而将它采集下来,那还不如草种子。宋人揠苗助长的故事,更说明要保护和培养禾苗的美,就应按照禾苗的生长规律去培养它、爱护它,绝不能违背自然的规律,人为地去拔苗助长,这样做的结果,必然使美的变为丑的了。人类可以而且应该按照动植物自然生长的

---

① 《十三经注疏》下册,中华书局,1980年版,第2705页。
② 《十三经注疏》下册,中华书局,1980年版,第2714页。
③ 《十三经注疏》下册,中华书局,1980年版,第2714页。
④ 《十三经注疏》下册,中华书局,1980年版,第2753—2754页。
⑤ 《十三经注疏》下册,中华书局,1980年版,第2686页。

规律，去爱物、养物，使之为人类造福。比如，对于"鸡豚狗彘之畜"，就应按照它们生长发育的规律，"无失其时"；对于稻麦菽稷，同样要遵循它们下种、育苗、成熟的季节规律，"勿夺其时"，这样天下百姓，就可过上丰衣足食、不饥不寒的幸福美满生活。① 在孟子看来，在大自然面前，人绝不能自以为是，只有遵循自然的规律，按照自然的本性去办事，才能使自然成为人类生存发展的美好家园。孟子多次赞扬大禹治水的业绩。大禹之所以能够成功地把泛滥的滔滔洪水，引入疏通的河道，使之东流入海，从而使神州大地成为炎黄子孙安居乐业、休养生息的乐园，是因为他认识到水由高而下运行的特点和规律，并且自觉地按照自然的规律，因势利导，这样经过十几年的艰苦奋斗，才获得了成功。

在《孟子·离娄章句下》中，孟子曰：

> 天下之言性也，则故而已矣，故者，以利为本。所恶于智者，为其凿也。如智者若禹之行水也，则无恶于智矣。禹之行水也，行其所无事也。如智者亦行其所无事，则智亦大矣。天之高也，星辰之远也，苟求其故，千岁之日至，可坐而致也。②

朱熹注曰："禹之行水，则因其自然之势而导之，未尝以私智穿凿而有所事，是以水得其润下之性而不为害也。"③ 他又说："天虽高，星辰虽远，然求其已然之迹，则其运有常。虽千岁之久，其日至之度，可坐而得。况于事物之近，若因其故而求之，岂有不得其

---

① 参见《十三经注疏》下册，中华书局，1980 年版，第 2666 页。
② 《十三经注疏》下册，中华书局，1980 年版，第 2730 页。
③ 《四书章句集注》，中华书局，1983 年版，第 297 页。

理者，而何以穿凿为哉？"① 杨伯俊先生，对"禹之行水也，行其所无事也"，解说为"顺其自然，因势利导"。"日至"，注曰：当指冬至。这即是说，我们只要按照日月星辰运行的规律，以后一千年的冬至日，都可以坐着推算出来。

孟子一方面谈遵循自然的规律，去爱护自然、利用自然、改造自然；同时他又反对随意的乱砍滥伐，竭泽而渔，破坏自然生态的平衡。在与梁惠王的对话中，较充分地表达了孟子的这一思想。孟子曰：

> 不违农时，谷不可胜食也；数罟不入洿池，鱼鳖不可胜食也；斧斤以时入山林，林木不可胜用也。谷与鱼鳖不可胜食，林木不可胜用，是使民养生丧死无憾也。养生丧死无憾，王道之始也。②

在孟子看来，只有将遵循自然的规律，去保护自然的生态美、反对种种对自然的生态破坏行为与遵循自然的规律、去利用自然、为人类造福结合起来，才能使"民养生丧死无憾"。对当政者来讲，这也才称得起是仁政、王道之始。

孟子关于生态美思想是丰富的。它既给予了我们以警示，又给予了我们以启示。他强调遵循自然规律，"亲民爱物"保持生态美，"使万物并育而不相害，道并行而不相悖"。他的这一思想是带有原创性的。它不仅属于过去，而且属于现在和未来。

---

① 《四书章句集注》，中华书局，1983年版，第297页。
② 《十三经注疏》下册，中华书局，1980年版，第2666页。

（四）"里仁为美"，"与民同乐"：社会美

思孟学派的美学思想有着鲜明的社会性。从美与人、美与社会的关系上讲，甚至可以称之为社会伦理美学。这种美的社会性的特点，突出地体现在孟子对孔子的"里仁为美"思想的继承与发展和孟子本人提倡的以民为本，"与民同乐"的人文精神与民主思想等方面。

在《孟子·公孙丑章句上》：

> 孟子曰："矢人岂不仁于函人哉？矢人惟恐不伤人，函人惟恐伤人。巫、匠亦然。故术不可不慎也。孔子曰：'里仁为美。择不处仁，焉得智？'夫仁，天之尊爵也，人之安宅也。莫之御而不仁，是不智也。不仁、不智、无礼、无义，人役也。人役而耻为役，由弓人而耻为弓，矢人而耻为矢也。如耻之，莫如为仁。仁者如射，射者正己而后发，发而不中，不怨胜己者，反求诸己而已矣。"[①]

"里仁为美"的"里"，《说文解字》释曰："居也，从田从土，凡里之属皆从里。"[②]《诗经·将仲子》："将仲子兮！无逾我里，无折我树杞！"[③] 这里的"里"指女主人公的居住处。孔子所说的"里仁为美"之"里"，小可指此在的"这里"或居住处，大可泛指人所居住的整个社会。这里关键是一个"仁"字，只要居住在仁者之

[①] 《十三经注疏》下册，中华书局，1980年版，第2691页。
[②] 《说文解字》，中华书局，1963年版，第290页。
[③] 聂石樵主编，雒三桂、李山注释：《诗经新注》，齐鲁书社，2000年版，第158页。

里，这里的人都成了仁人，都具有仁者之风，那么这个"里"就是最美的了。如同朱熹所说，"里有仁厚之俗者，犹以为美"①。孟子继承和发展了孔子以"仁"为核心的"里仁为美"的思想，进而把仁视为美的根源和美的本体。

孟子说："仁也者，人也。合而言之，道也。"② 这里孟子是从哲学的最高层次上来谈仁与道和道与美的。公孙丑对他说："道则高矣，美矣，宜若登天然，似不可及也。"③ 孟子同意"道则高矣，美矣"的观点，但他并不认为这个既高又美的"道""不可及"，他认为只要"中道而立，能者从之"，努力去学习、践行，就可接近它，逐渐成为仁人。孟子从他的性善论出发，将"仁"视为人的"四端"（仁、义、礼、智）之首，每个人只要将"四端"之心扩而充之就可成为仁人、美的人。因此，善的人，必然是美的人，美的人必然是善的人。孟子完全赞同孔子"尽善矣，又尽美矣"的观点，把善与美等同起来。这一思想，在上海博物馆馆藏楚简与郭店楚墓竹简的儒简中也有所体现。如《五行》篇中说：

> 金聖（聲），而玉晨（振）之，又（有）惪（德）者也。金聖（聲），善也；玉音，聖也。善，人道也；惪（德），而〈天〉［道也］。④

"金声""玉音"是美的，也是善的。善是人道，德是天道，人道与天道都是既善又美的。

---

① 《四书章句集注》，中华书局，1983年版，第238页。
② 《十三经注疏》下册，中华书局，1980年版，第2774页。
③ 《十三经注疏》下册，中华书局，1980年版，第2770页。
④ 荆门市博物馆编：《郭店楚墓竹简》，文物出版社，1998年版，第150页。

在《郭店楚墓竹·语丛一释文注释》简说：

> 又（有）勿（物）又（有）容，又（有）丰又（有）厚，又（有）頪（美）又（有）膳（善）。①

这里直接把美与善联系在一起。在上海博物馆馆藏楚简《缁衣》中，明确说，君子的言行是大其美，小其恶的，他们是讲诚信的。其潜台词则是说，他们的言行是善的，不是恶的。文中写道：

> 子曰："言衒（率）行之，则行不可匿。古（故）孝（君子）寡（顾）言而行，㠯（以）城（成）亓（其）信，则民不能大亓（其）頪［美］而少（小）亓（其）亞（恶）"。②

这段内容与郭店楚墓竹简中的《缁衣》所言基本相同。上博竹简《性情论》中还有一段话与郭店楚墓竹简《性自命出》的文字也基本相同，文中说：

> 孝（君子）𢽾［美］亓（其）情，贵亓（其）宜（义）。③

这段话直接把君子的美情与义相联系。

"里仁为美"，既是孔孟的政治理想和社会理想，也是孔孟的审

---

① 荆门市博物馆编：《郭店楚墓竹简》，文物出版社，1998年版，第193页。
② 季旭昇主编，陈霖庆、郑玉姗等合撰：《上海博物馆藏战国楚竹书（一）》读本，（台湾）万卷楼图书股份有限公司，2004年版，第131页。
③ 季旭昇主编，陈霖庆、郑玉姗等合撰：《上海博物馆藏战国楚竹书（一）》读本，（台湾）万卷楼图书股份有限公司，2004年版，第165页。

美理想。孟子认为,每个人都做到了"反求诸己",将"四端"之心扩而充之,从个人—家庭—乡里—国家,以"里仁为美"—"天下归仁"。① 这样一个世界,是一个仁、义、礼、智高度统一的世界,也是一个最美的世界。

"与民同乐"和"里仁为美"紧密联系,相得益彰。"与民同乐"是实现"里仁为美"的重要途径和表现;"里仁为美"则是"与民同乐"的内容和目的。"里仁为美",不仅居住的环境美,而且人更美。要使居住在这个"里"的居民实现人与人之间和睦相处、相亲相爱,共同朝着仁、义、礼、智的理想的目标携手共进,乐(音乐、舞蹈、诗歌三位一体的乐)与乐(悦也,快乐的乐)的功能和作用是不可或缺的。孟子说:"仁言,不如仁声之入人深也。善政,不如善教之得民也。"② 在《孟子·梁惠王下》中,孟子与齐宣王专门就乐的问题进行了对话:

> 齐宣王见孟子于雪宫。王曰:"贤者亦有此乐乎?"孟子对曰:"有。人不得,则非其上矣。不得而非其上者,非也;为民上而不与民同乐者,亦非也。乐民之乐者,民亦乐其乐;忧民之忧者,民亦忧其忧。乐以天下,忧以天下,然而不王者,未之有也。"③

这里提出的"与民同乐",是说国王应以民众的快乐为自己的快乐,民众也会以国王的快乐为自己的快乐;国王以民众的忧愁为自

---

① 《十三经注疏》下册,中华书局,1980 年版,第 2502 页。
② 《十三经注疏》下册,中华书局,1980 年版,第 2765 页。
③ 《十三经注疏》下册,中华书局,1980 年版,第 2675 页。

己的忧愁,民众也会以国王的忧愁为自己的忧愁。国王与民众在情感上做到了真正的沟通。国王知民情,得民心,民众也忠心爱戴和喜欢能够真正代表自己利益和声音的国王。在这之前孟子还同齐国大臣庄暴谈及国王爱好音乐的问题。庄暴问:"国王爱好音乐好不好?"孟子回答说:"国王如果爱好音乐,这说明齐国已经治理得很不错了。"后来,孟子见了齐国国王,便与国王就"独乐乐"与"人乐乐"的问题进行了对话,孟子问:

曰:"王之好乐甚,则齐其庶几乎!今之乐由古之乐也。"

曰:"可得闻与?"

曰:"独乐乐,与人乐乐,孰乐?"

曰:"不若与人。"

曰:"与少乐乐,与众乐乐,孰乐?"

曰:"不若与众。"

曰:"臣请为王言乐。今王鼓乐于此,百姓闻王钟鼓之声,管籥之音,举疾首蹙頞而相告曰:'吾王之好鼓乐,夫何使我至于此极也?父子不相见,兄弟妻子离散。'今王田猎如此,百姓闻王车马之音,见羽旄之美,举疾首蹙頞而相告曰:'吾王之好田猎,夫何使我至于此极也?父子不相见,兄弟妻子离散。'此无他,不与民同乐也。今王鼓乐于此,百姓闻王钟鼓之声、管籥之音,举欣欣然有喜色而相告曰:'吾王庶几无疾病与?何以能鼓乐也?'今王田猎于此,百姓闻王车马之音,见羽旄之美,举欣欣然有喜色而相告曰:'吾王庶几无疾病与?何以能田猎也?此无他,与民同乐也。今王与百姓同乐,则王矣。"①

---

① 《十三经注疏》下册,中华书局,1980年版,第2673—2674页。

为什么国王"独乐",而人民群众反而"举疾首蹙頞"不高兴?这是因为国王"不与民同乐",只顾自己享乐腐败、无限地盘剥、压榨群众,致使人民"父子不相见,兄弟妻子离散",整天处于水深火热之中。从这里也可看出,孟子对人民群众的人文关怀和民主的思想。

孟子提出"与民同乐"的思想,直接与他"以民为本"的社会理念联系在一起。孟子曰:"民为贵,社稷次之,君为轻。"① 朱熹注曰:"盖国以民为本,社稷亦为民而立,而君之尊,又系于二者之存亡,故其轻重如此。"② "民为贵""以民为本",这是中国古代民主传统的最高原则。这一原则运用于音乐欣赏的审美活动中,就是"与民同乐"的提出。在孟子看来,只有"与民同乐"的审美活动,才是美的;反之,则是不美的。"与民同乐"中的"民",不是国王一人的"独乐",也不是少数王公贵族的"少乐乐",而是与普天之下的最广大人民群众的"众乐"。这种乐,乐人民之所乐,忧人民之所忧,表达了人民群众的审美心理、审美情感和审美理想。因而,这种"与民同乐"的审美活动,体现了孟子关于社会美的理想,并赋了审美活动以社会性与民主性的特征。这一带有原创性的美学思想,反映了中国美学发展的一种新趋向。

三、思孟学派美学思想的地位和影响

从《中庸》《孟子》和《郭店楚墓竹简》《上海博物馆藏战国楚

---

① 《十三经注疏》下册,中华书局,1980年版,第2774页。
② 《四书章句集注》,中华书局,1983年版,第367页。

竹书》等儒家保留下来或新发现的历史文献中,在儒学思想发展的历史总体中,的确存在着一个文脉相传、并带有共同性的思维模式、理论范式的儒学新谱系。他们与从客观的唯物论出发的儒学的另一分支的荀子学派不同,把视线转向了主体,转向了人自身("反求诸己")。他们从"心性之学"出发,以"天人合一"为哲学基础,以情与理融为一体的"诚"与"仁"为基本范畴,构筑自己的思想体系。这个新的儒学思想体系,来自儒学的创始人孔子,又超越了孔子,并对中国儒学,特别是宋明理学产生了深远的影响。

中国古代的思孟学派出现在世界轴心时代的公元前5世纪到公元前的3世纪之间。如果拿子思(约公元前483—约前402)、孟子(约公元前372—约前289)同古希腊苏格拉底(公元前469—前399)、柏拉图(公元前427—前347)、亚里士多德(公元前384—前322)的哲学、美学思想加以比较,不难发现"思孟学派"在世界美学史上所作出的新贡献,从中也可以窥见中西美学发展的一些不同特点。

第一,"认识你自己"与"反求诸己":思孟学派从"心性之学"出发,开辟了中国古典美学研究的新方向。

"认识你自己"这是古希腊哲人在德尔菲神庙中的碑文上铭刻的一句箴言。它告诉我们,对人类来讲,最重要的事情是认识人本身。对人的认识,这是中西哲学家、美学家共同关心的首要问题。在古希腊与子思处于同时代的苏格拉底说:"亲爱的朋友,我到现在不能做到得尔福神谕所指示的,知道我自己;一个人还不能知道他自己,就忙着去研究一些和他不相干的东西,这在我看来很可笑的……我所专心致志的不是研究神话,而是研究我自己。"[1] 与孟子处于同时

---

[1] [古希腊]柏拉图著,朱光潜译:《文艺对话集》,人民文学出版社,1980年版,第95页。

代的亚里士多德，对人做了多方面的探讨。他说："人是政治动物，天生要过共同的生活。这也正是一个幸福的人所不可缺少的，他具有那些自然向善的东西。"① 亚里士多德也如孟子一样，是一个人性善论者，他认为"生命的本性就是善，在自身之内拥有了善就感到快乐"。② 在西方从苏格拉底开始，古希腊的美学思想出现了一个新的转向。朱光潜先生指出，苏格拉底"标志着希腊美学思想的一个很大的转变。前此毕达哥拉斯学派和赫拉克利特等人都主要地从自然科学的观点去看美学问题，要替美找自然科学的解释；到了苏格拉底才主要地从社会科学的观点去看美学问题，要替美找社会科学的解释"③。美学属于人文学学科，对人的看法，直接关系到对美和审美活动的性质、对象的认识。柏拉图、亚里士多德，一方面继承了毕达哥拉斯关于"事物由于数而显得美"④"宇宙是根据和谐构成的"⑤ 观点，同时他们又把对美的研究转向了人。柏拉图认为："爱的行为就是孕育美，既在身体中，又在灵魂中。"⑥ "诗的模仿对象是在行动中的人。"⑦ 亚里士多德则认为诗的起源"出于人的天性"。他赞成柏拉图关于诗的对象是模仿"在行动中的人"的观点。他认为悲剧总是模仿比我们今天的人好的人，喜剧总是模仿比我们今天

---

① 《亚里士多德全集》第8卷，中国人民大学出版社，1992年版，第205页。
② 《亚里士多德全集》第8卷，中国人民大学出版社，1992年版，第207页。
③ 朱光潜：《西方美学史》上卷，人民文学出版社，1979年版，第36—37页。
④ ［波］沃拉德斯拉维·塔塔科维兹著，杨力、耿幼壮等译，杨照明校：《古代美学》，中国社会科学出版社，1990年版，第114页。
⑤ ［波］沃拉德斯拉维·塔塔科维兹著，杨力、耿幼壮等译，杨照明校：《古代美学》，中国社会科学出版社，1990年版，第116页。
⑥ ［古希腊］柏拉图著，王晓朝译：《柏拉图全集》第2卷，人民出版社，2003年版，第249页。
⑦ ［古希腊］柏拉图著，朱光潜译：《文艺对话集》，人民文学出版社，1980年版，第81页。

的人坏的人。诗的重要功能是陶冶人的性情，净化人的感情。

如果说亚里士多德把人看作是"政治动物"，那么中国古代的子思、孟子则把人看作是伦理道德的人。《中庸》中说："道不远人。人之为道而远人，不可以为道。"① "故为政在人，取人以身，修身以道，修道以仁。仁者，人也，亲亲为大；义者，宜也，尊贤为大。"② 孟子将有无仁、义、礼、智"四端"之心，看作是人与非人的分界。他认为，只有将"四端"之心、仁义之情扩而充之才称之为美（"充实之为美"）。《郭店楚墓竹简》《上海博物馆藏战国楚竹书》，沿着天—命—性—情的思维路线，突出地将美与情联系起来，提出了"美情"观。这个"情"字自然包括感性层面的情感，更为重要的是它融合进了如"仁""诚"所显现出来的"情"。它是美的，也是善的，是美与善的统一。如上博楚简所说："孨（君子）兇［美］亓（其）情，貴亓（其）宜（義）。"③《孟子》中也说"岂以仁义为不美也"。④ 将美学的研究由外转向内，转向审美主体人自身，从人的心性出发，高扬人的主体性，以"美情"为对象，研究审美活动的特点和功能。这是思孟学派对中国古典美学作出的一个重要贡献，它进一步推动了作为美的文学艺术的"言志""缘情"传统的发展，并以此与柏拉图、亚里士多德所弘扬的"模仿"说（后又发展为"镜子说""再现说"）形成鲜明的对照。

第二，"极高明而道中庸"和"以气逆志"，知人论世：思孟学派研究美学与诗学的方法论。

---

① 《十三经注疏》下册，中华书局，1980年版，第1627页。
② 《十三经注疏》下册，中华书局，1980年版，第1629页。
③ 季旭昇主编，陈霖庆、郑玉姗等合撰：《上海博物馆藏战国楚竹书（一）》读本，（台湾）万卷楼图书股份有限公司，2004年版，第165页。
④ 《十三经注疏》下册，中华书局，1980年版，第2624页。

在西方从柏拉图、亚里士多德一直到黑格尔，都沿着一条追问"美是什么""诗是什么"的本质主义路线行进。在西方不同时期的美学家、文艺理论家，以逻辑思辨的思维方式，对美与诗的本质特征，进行了种种可贵的探讨，写下了许多美学与诗学的专著或论文，有的经过历史的检验已成为后人研究美学与诗学的经典文本。如柏拉图的《大希庇阿斯篇》，亚里士多德的《诗学》，黑格尔的《美学》等。但是对他们的研究方式和他们执意去回答"美是什么""诗是什么"的本质主义的思维路线，都遭到后人的质疑和批评。20世纪英国著名的哲学家卡尔·波普尔曾尖锐地批评说："我认为，自亚里士多德以来的思想发展可以被概括为任何一门科学，只要它使用了亚里士多德的定义方法，它就仍然处于一种空洞的冗余状态和贫乏的经院哲学的禁锢之中，而各种学科之所以能取得任何进展，则取决于清除了这种本质主义的程度（这就是为什么我们许多'社会科学'仍然从属于中世纪的原因）。讨论这种方法，必然会有一些抽象。因为实际情况是，这个问题被柏拉图和亚里士多德搞得极其混乱，他们的影响产生了如此根深蒂固的偏见，以致抛开它们似乎都没有太大的希望。"①

与柏拉图、亚里士多德所推行的本质主义研究方法相反，子思、孟子则提出和坚持一种"极高明而道中庸"的方法论原则。《论语·雍也》中，孔子曰："中庸之为德也，其至矣乎！民鲜久矣。"② 朱熹注说："中者，无过无不及之名也。庸，平常也。至，极也。鲜，少也。言民少此德，今已久矣。程子曰：'不偏之谓中，不易之谓

---

① ［英］卡尔·波普尔著，郑一明、李惠斌等译：《开放社会及其敌人》第2卷，中国社会科学出版社，1999年版，第20—21页。
② 《四书章句集注》，中华书局，1983年版，第91页。

庸。中者天下之正道，庸者天下之定理'。"① 子思之所以要撰写《中庸》，旨在"孔门传授心法"。②《中庸》进一步阐发了孔子提出的中庸之道，说："故君子尊德性而道学问，致广大而尽精微，极高明而道中庸。"③ 进而又把"中"提到"天下之大本"，把"和"提到"天下之达道"的哲学本体论的高度。

思孟学派将中庸之道运用美学和诗学的研究中，我们在《中庸》《孟子》和《郭店楚墓竹简》中，没有发现思孟学派的学者专门去回答或追问"什么是美"的问题，看不到波普尔所说的那种柏拉图、亚里士多德倡导的本质主义的痕迹。他们重点思考和论说的问题是：美是以何种形态存在的问题。他们把中和美视为最高的审美形态。在人与自然的关系上提出了"万物并育"的生态美思想。在人与人的关系上，提出"老吾老以及人之老；幼吾幼以及人之幼"④，倡导"父子有亲，君臣有义，夫妇有别，长幼有叙，朋友有信"⑤，多方面地论述了"里仁为美""与民同乐"的社会美。在《孟子》《郭店楚墓竹简》和《中庸》中还具体描述论说了激荡着"浩然之气"的"至大至刚"的崇高美。更为可贵的他们还从生理层面和社会层面上提出和论证了共同美的问题。思孟学派对审美形态的有关论述，是具有原创性的，为中国古代美学的发展，开拓了广阔的空间。

在《孟子·万章章句上》，孟子与他的学生咸立蒙进行的一次关于《诗经》小雅中的一首《北山》诗的对话，正是在这次对话中，孟子提出了一个对后世影响很大的诗歌阅读、欣赏和研究的"以意

---

① 《四书章句集注》，中华书局，1983年版，第91页。
② 《四书章句集注》，中华书局，1983年版，第17页。
③ 《十三经注疏》下册，中华书局，1980年版，第1633页。
④ 《十三经注疏》下册，中华书局，1980年版，第2670页。
⑤ 《十三经注疏》下册，中华书局，1980年版，第2705页。

逆志"方法论原则。孟子曰:

> 故说《诗》者,不以文害辞,不以辞害志;以意逆志,是为得之。①

朱熹对此段文字注曰:"言说《诗》之法,不可以一字而害一句之义,不可以一句而害设辞之志,当以己意逆迎取作者之志,乃可得之"。② 孟子是一个善于进行逆向思维的思想家,《郭店楚墓竹简》中提出"性自命出,命自天降",这是一条由天—命—性的思维路线;孟子则提出了尽心知性知天,由心—性—天的思维路线。在诗歌创作过程中,诗人是由内到外,从志—意—辞—文;而在诗歌鉴赏批评过程中,读者则是由外到内,从文—辞—意—志。孟子的这段话,揭示了诗歌鉴赏、批评的特点,提出了诗歌批评的一个重要的方法论原则。他的这种"以气逆志"由外到内的批评方法,在后来刘勰《文心雕龙》《知音》中,进一步得到了阐发。

孟子是深谙诗歌的三昧的。《史记·孟子荀卿列传》中,就专门写了一笔,说孟子"退而与万章之徒序诗书,述仲尼之意"③。在与万章对话中,还提出了一种"知人论世"的批评方法,他说:"又尚论古之人,颂其诗,读其书,不知其人,可乎?是以论其世也,是尚友也。"④ 孟子的这种批评方法,可以说开了后来得到广泛发展的社会历史批评方法的先河。

第三,丰富和发展了中国古代美学思想中的民主性和人文精神,

---

① 《十三经注疏》下册,中华书局,1980年版,第2735页。
② 《四书章句集注》,中华书局,1983年版,第306页。
③ 《史记》,上海辞书出版社,2006年版,第498页。
④ 《十三经注疏》下册,中华书局,1980年版,第2746页。

为灿烂的中国文化增添了新的内容。

思孟学派的美学思想带有古典主义美学性质，它虽然像孔子那样向后看，提出向古代的圣人学习，但更为重要的是为了继承和弘扬古代的优秀文化传统。从《郭店楚墓竹简》《中庸》和《孟子》等历史文献中看出思孟学派美学思想中有几种特别值得重视和发扬的美学精神。

1. 思孟学派的美学思想具有广泛的社会性和一定的民主性，表现出中国古代美学中正在萌发的民主精神和独立自由精神。在《郭店楚墓竹简》中的《鲁穆公问子思》和《孟子》中记载的子思敢于把国王派去行贿的仆人赶出大门的事迹，充分表现了子思独立自由的人格美，体现出子思敢在国王面前直言国王的恶的民主精神和大无畏精神。子思和孟子虽然都尊孔子为师，但他们并不像孔子那样温良恭俭让。他们痛恨那些专门逢迎拍马、同流合污的"乡愿"，称这种人是"德之贼"。他们在国王前面有自己的尊严，追求平等相处，民主对话。对于那些鱼肉人民，横行乡里，妻妾成群，花天酒地，装腔作势，为虎作伥的各种类型的大人物，孟子极端藐视，无情地予以批判。孟子曰：

> 说大人，则藐之，勿视其巍巍然。堂高数仞，榱题数尺，我得志弗为也；食前方丈，侍妾数百人，我得志弗为也；般乐饮酒，驱骋田猎，后车千乘，我得志弗为也。在彼者，皆我所不为也；在我者，皆古之制也，吾何畏彼哉？①

孟子的这种一"勿视"，二"弗为"，三"吾何畏彼哉"的蔑视

---

① 《十三经注疏》下册，中华书局，1980年版，第2779页。

权贵、无所畏惧的精神，集中地表现出孟子的批判精神和独立自由的人格美。

以民为本，"与民同乐""里仁为美"，在诸侯争战，阶级矛盾尖锐激烈的战国时代，虽然带有乌托邦空想的性质，但孟子提出的这一思想不能不说它在一定程度上反映了人民群众的社会理想和审美理想，显示出孟子美学思想的社会性与民主性。

2. 思孟学派的美学思想具有浓厚的人文精神和对人类的终极关怀精神。在《郭店楚墓竹简》中，"爱民""人为贵"思想表达得很明确：

> 尧舜之行，忎（爱）罤（亲）障（尊）忎（贤）。罤（爱）罤（亲）古（故）孝，……孝之杢（方），忎（爱）天下之民。①

> 古（故）孳（慈）以忎（爱）之，则民又（有）新（亲），信以结之，则民不怀（倍），共（恭）以位（莅）之，则民又（有）愻（逊）心。②

> 不新（亲）不忎（爱），不忎（爱）不忎（仁）。③

> 新（亲）而笃（篤）之，忎（爱）也。④

---

① 荆门市博物馆编：《郭店楚墓竹简》，文物出版社，1998年版，第157页。
② 荆门市博物馆编：《郭店楚墓竹简》，文物出版社，1998年版，第130页。
③ 荆门市博物馆编：《郭店楚墓竹简》，文物出版社，1998年版，第150页。
④ 荆门市博物馆编：《郭店楚墓竹简》，文物出版社，1998年版，第150页。

夫(天)生百勿(物),人為貴。①
生为贵。②

在《郭店楚墓竹简》的作者看来,尧、舜是他们心目中最美的人,如称舜,"大人之興,敚(美)也"③。尧舜之所以美,是因为他们"爱民",把人看作是宇宙中最宝贵的。楚简中有关这方面的论述,处处充溢着作者的人文精神。《孟子》中有关这方面的论述也不乏其例。《孟子·尽心章句上》中就有两段这方面的论述:

孟子曰:"伯夷辟纣,居北海之滨,闻文王作,兴曰:'盍归乎来!吾闻,西伯善养老者。'太公辟纣,居东海之滨,闻文王作,兴曰:'盍归乎来!吾闻西伯善养老者。'天下有善养老,则仁人以为己归矣"。④

孟子曰:"易其田畴,薄其税敛,民可使富也。食之以时,用之以礼,财不可胜用也。民非水火不生活。昏暮叩人之门户,求水火,无弗与者,至足矣。圣人治天下,使有菽粟如水火。菽粟如水火,而民焉有不仁者乎?"⑤

爱民,亲民,扶植生产,减轻赋税,关心人民的衣食住行,想尽一切办法,使人民过上富裕、幸福的生活,使老有所养,老有所

---

① 荆门市博物馆编:《郭店楚墓竹简》,文物出版社,1998年版,第194页。
② 荆门市博物馆编:《郭店楚墓竹简》,文物出版社,1998年版,第213页。
③ 荆门市博物馆编:《郭店楚墓竹简》,文物出版社,1998年版,第158页。
④ 《十三经注疏》下册,中华书局,1980年版,第2768页。
⑤ 《十三经注疏》下册,中华书局,1980年版,第2768页。

终……这一切，充分表达了孟子的博大仁爱之心和对普天下人民的终极关怀精神。

孟子的"养气"说，注入中国诗学以新的生机，丰富和发展了中国美学的优秀传统。

孟子提出的"养气"说，不仅有着重大的社会意义，它激励着炎黄子孙自强不息、艰苦奋斗、顽强拼搏、英勇不屈，为实现崇高的理想而献身；而且开创了儒家美学的新生面，为中国古代诗学与美学的发展作出了新贡献。

文学史上文天祥写下的那首千古传唱的《正气歌》，以诗的语言把孟子论说的那个"至大至刚"充塞于天地之间的浩然正气，从美学的视野加以形象化、具体化。其诗曰：

> 天地有正气，杂然赋流形。下则为河岳，上则为日星；于人曰浩然，沛乎塞苍冥。皇路当清夷，含和吐明庭；时穷节乃见，一一垂丹青。……是气所旁薄，凛烈万古存。当其贯日月，生死安足论！地维赖以立，天柱赖以尊。……①

历代许多著名的文学家、诗人，不断地从这种"至大至刚"的浩然正气中找到灵感，受到鼓舞。

受孟子"养气"说的影响，首先将"气"与"养气"的理论运用于诗学与美学研究领域的是曹丕（公元187—226），他在《典论·论文》说：

---

① ［宋］文天祥：《正气歌》∥朱东润主编《中国历代文学作品选》中编第2册，上海古籍出版社，1980年版，第202页。

> 文以气为主。气之清浊有体，不可力强而致。譬诸音乐，曲度虽均，节奏同检，至于引气不齐，巧拙有素，虽在父兄，不能以移子弟。①

文中曹丕还以气之不同，论说了王粲、徐干、孔融等作家不同的创作个性，并指出了"养气"的途径，要求作家"审己以度人"，"于学无所遗，于辞无所假，咸以自骋骥骤于千里，仰齐足而并驰"。② 刘勰在《文心雕龙》中继承并进一步在"文气"说的基础上提出了"风骨"论。钟嵘在《诗品·序》中，则从诗的本源上论述了"气"在诗歌创作中的作用。他说："气之动物，物之感人，故摇荡性情，形诸舞咏。照烛三才，辉丽万有；灵祇待之以致飨，幽微藉之以昭告；动天地，感鬼神，莫近于诗。"③ 其后皎然、唐太宗、韩愈、白居易在他们的诗论、书论、文论中，都谈到"气"的问题。李贽继承和发展了孟子的"赤子之心"的观点，提出了"童心"说："夫童心者，绝假纯真，最初一念之本心也。……天下之至文，未有不出于童心焉者也。"④ 清代桐城派主将姚鼐（1732—1815），则把孟子的"至大至刚"充塞天地之间的"浩然之气"，从美学上做了生动而全面的描述和发挥。他说：

---

① ［魏］曹丕：《典论论文》//北京大学哲学系美学教研室编《中国美学史资料选编》，中华书局，1980年版，第136页。
② ［魏］曹丕：《典论论文》//北京大学哲学系美学教研室编《中国美学史资料选编》，中华书局，1980年版，第135页。
③ ［梁］钟嵘：《诗品·序》//北京大学哲学系美学教研室编《中国美学史资料选编》，中华书局，1980年版，第212页。
④ ［明］李贽：《童心说》//北京大学哲学系美学教研室编《中国美学史资料选编》，中华书局，1980年版，第125—126页。

> 文者，天地之精英，而阴阳刚柔之发也。惟圣人之言，统二气之会而弗偏，然而《易》《诗》《书》《论语》所载，亦间有可以刚柔分矣。……其得于阳与刚之美者，则其文如霆，如电，如长风之出谷，如崇山峻崖，如决大川，如奔骐骥；其光也，如杲日，如火，如金镠铁；其于人也，如冯高视远，如君而朝万众，如鼓万勇士而战之。其得于阴与柔之美者，则其文如升初日，如清风，如云，如霞，如烟，如幽林曲涧，如沦，如漾，如珠玉之辉，如鸿鹄之鸣而入廖廓；其于人也，漻乎其如叹，邈乎其如有思，暖乎其如喜，愀乎其如悲。观其文，讽其音，则为文者之性情形状举以殊焉。①

从孟子的"养气"说这样一个侧面，我们即可看出思孟学派美学思想对后世影响的深远。

纵观思孟学派与柏拉图、亚里士多德，所处同一时代，他们提出的美学问题和所阐发的美学思想，丝毫不比古希腊的美学家逊色。他们理应在世界美学史上占据应有的位置。重新学习和研究思孟学派流传下来的和新发现的历史文献，全面系统地研究他们的美学思想，仍然是摆在中外美学家面前的一个重要课题。

---

① 北京大学哲学系美学研究室编：《中国美学史资料选编》下，中华书局，1981年版，第369—370页。

世界轴心时代的诗学双峰
——与亚里士多德的《诗学》并峙的荀子《乐论》①

一

穿越时间的隧道,遥望世界古代的星空,大约在公元前4世纪到公元前三世纪之间,在诗学与美学的历史上,出现了两座巍峨的山峰:一座是中战国末期的赵国人荀子(约公元前313—公元前238年)写的《乐论》,一座是古希腊的亚里士多德(公元前384—公元前322年)的《诗学》。

荀子与亚里士多德生活的时代,正处于德国哲学家卡尔·雅斯贝斯(1883—1969)所说的世界"轴心期"。他说:"公元前800至200年间的数世纪,就是世界历史的轴心,这在经验上对所有人都是很明显的。"②在这个轴心时代,出现了一批影响人类发展的众多的

---

① 该文是作者2006年4月参加安泽"荀子思想学术研讨会"论文,并在大会上发言。论文发表在《山东师范大学学报》2006年第6期。
② 参见[德]卡尔·雅斯贝斯著,魏楚雄、俞新天译:《历史的起源与目标》,华夏出版社,1989年版,第27页。

思想家、哲学家、美学家、文学家等。雅斯贝斯特别指出："直至今日，人类一直靠轴心期所产生、思考和创造的一切而生存。每一次新的飞跃都回顾这一时期，并被它重燃火焰。自那以后，情况就是这样，轴心期潜力的苏醒和对轴心期潜力的回忆，或曰复兴，总是提供了精神动力。对这一开端的复归是中国、印度和西方不断发生的事情。"①

亚里士多德是古希腊的伟大哲学家、自然科学家、诗学与美学家。马克思称他是"古代最伟大的思想家"②，恩格斯称他是"古希腊哲学家中最博学的人"③。在诗学和美学领域，亚里士多德继承和吸取了他的前人，特别是他的老师柏拉图诗学与美学思想中最有价值的成分，总结了古希腊艺术包括史诗、悲喜剧等等丰富的实践经验，撰写了世界诗学与美学史上的第一部有体系的专著。车尔尼雪夫斯基说："《诗学》是第一篇最重要的美学论文，也是迄至前世纪末叶一切美学概念的根据。"④ 亚里士多德是"第一个以独立体系阐明美学概念的人，他的概念竟雄霸了二千余年"⑤。正是亚里士多德的《诗学》为西方文艺学、美学奠定了基础，使诗学成为一门独立的学科。西方文艺学的基本概念体系在《诗学》中已初步形成。《诗学》中阐明的关于摹仿艺术的本质特征，关于诗歌、戏剧、音乐的审美教育功能，关于艺术分类的原则及悲喜剧、史诗的特点，关于

---

① ［德］卡尔·雅斯贝斯著，魏楚雄、俞新天译：《历史的起源与目标》，华夏出版社，1989年版，第14页。
② 《资本论》第1卷，人民出版社，1975年版，第447页。
③ 《马克思恩格斯选集》第3卷，人民出版社，1995年版，第358页。
④ ［俄］车尔尼雪夫斯基著，缪灵珠译：《美学论文选》，人民文学出版社，1957年版，第124页。
⑤ ［俄］车尔尼雪夫斯基著，缪灵珠译：《美学论文选》，人民文学出版社，1957年版，第129页。

文学批评，艺术语言等问题的基本观点，直至今天还有一定影响。因此，我们说亚氏的《诗学》是西方诗学理论的一座高峰，这是名副其实的。

但是，长期以来，西方学者（包括黑格尔这类的大家）总是以"西方中心论"的观点来看待世界诗学发展的历史，他们根本忽视或根本不知道作为东方的文明古国的中国也有自己的诗学历史，同样也有一个诗学发展史中的高峰。它与西方的诗学史一起，构成了世界的诗学史。与亚里士多德的《诗学》产生的时代不远，荀子的《乐论》就是同在世界轴心时代出现的一部具有东方特色的诗学专著，在世界的东方矗立起的一座诗学高峰。

在古希腊，诗也是一个广义的概念，它既包括史诗、抒情诗、叙事诗、悲喜剧，也包括音乐、舞蹈等，亚里士多德《诗学》所论，这些艺术种类都包括在内，而他论说的重点又是悲剧。因此，亚氏的诗学理论，实际就是我们今天所说的文艺理论，当然今天的艺术种类，比古希腊还要多得多。中国古代的"乐"，也是一个广义的概念，诗包括在乐之中。《尚书·尧典》中说：

帝曰："……诗言志，歌永言，声依永，律和声，八音克谐，无相夺伦，神人以和。"①

从这里可以看出，中国古时的乐，包括诗歌、声律、八音、舞蹈等多种内容。郭沫若在《公孙尼子与其音乐理论》中说："中国旧时的所谓'乐'，它的内容包含得很广。音乐、诗歌、舞蹈，本是三

---

① 卢永璘著，张少康编：《先秦两汉文论选》，人民文学出版社，1996年版，第4页。

位一体的可不用说,绘画、雕镂、建筑等造型美术也被包含着,甚至于连仪仗、田猎、肴馔等都可以涵盖。所谓乐者,乐也。凡是使人快乐,使人的感官可以得到享受的东西,都可以广泛地称之为乐,但它以音乐为其代表,是毫无问题的。"荀子的《乐论》批判地继承了"儒、墨、道"各家关于诗乐的思想,以孔子的儒学为主导,博采百家之长,建立起了自己的诗学与美学的思想体系,中国古代的诗乐理论,"到荀子学派手里便达到了最高峰"[1]。荀子的《乐论》和以荀子《乐论》为基础形成的《礼记·乐记》,则成了可与亚里士多德《诗学》比美的中国古代的最早也是最重要的诗学与美学经典文本。

关于亚里士多德的《诗学》国内外文艺理论界、美学界研究的著作、论文,真可谓汗牛充栋,然而对荀子的思想和他的《乐论》,在世界文艺学、美学领域则研究得相当薄弱。从某种意义上说,如对它在世界诗学与美学史上的地位和影响的研究,甚至可以说是空白。因此,我们在本文中拟以亚里士多德的《诗学》为参照系,重点谈一下荀子的《乐论》及其深远影响。

二

人和人性问题,是中外诗学和美学界关注的中心问题。古希腊德尔菲神庙上碑文铭刻的"认识你自己"的名言,是中外哲学家、美学家、文学家无时无刻不在思索和探讨的问题。卡西尔指出:

> 认识自我乃是哲学探究的最高目标——这看来是众所公认

---

[1] 李泽厚:《美的历程》,文物出版社,1981年版,第51页。

的。在各种不同哲学流派之间的一切争论中，这个目标始终未被改变和动摇过：它已被证明是阿基米德点，是一切思潮的牢固而不可动摇的中心。即使连最极端的怀疑论思想家也从不否认认识自我的可能性和必要性。①

荀子与亚里士多德的诗学研究，一个共同特点就是二人都是以各自所理解的人和人性出发。亚里士多德多次讲过，"人天生是一种政治动物"，"很显然，和蜜蜂以及所有其他群居动物比较起来，人更是一种政治动物。自然，就像我们常说的那样，不会作徒劳无益之事，人是唯一具有语言的动物。声音可以表达苦乐，其他动物也有声音（因为动物的本性就是感觉苦乐并相互表达苦乐），而语言则能表达利和弊以及诸如公正或不公正等；和其他动物比较起来，人的独特之处就在于，他具有善与恶、公正与不公正以及诸如此类的感觉；家庭和城邦乃是这类生物的结合体"。② 亚氏对人是什么的回答有四点值得注意：第一，人是政治的动物，主要是说人具有社会性，它天生要过"共同的生活"；第二，人是唯一具有运用语言能力而又有理性的动物，是爱智慧而又善于思辨的动物，人的"思辨活动是最强大的（因为理智在我们中是最高贵的，理智所关涉的事物，具有最大的可知性），而且它持续得最久"。③ 第三，人是一个有德性的动物。人与动物的主要区别在于，人具有善与恶、公正与不公正以及诸如此类的德性。亚里士多德回答人是什么的同时，还对人

---

① ［德］恩斯特·卡西尔著，甘阳译：《人论》，上海译文出版社，1985年版，第3页。
② 《亚里士多德全集》第9卷，中国人民大学出版社，1994年版，第6—7页。
③ 《亚里士多德全集》第8卷，中国人民大学出版社，1994年版，第226—227页。

的本性做了多方面的探讨,他的基本观点是人性善论。他说:"生命的本性就是要善,在自身之内拥有了善就感到快乐。"① "求知是所有人的本性"②。他说的善,主要是指公正、勇敢、节制、大方、大度、慷慨、和蔼、明智以及智慧。而"最高的德性必然是对其他人最有用处的德性"③ 亚里士多德从他的性善论出发,建构起自己诗学的理论体系。他认为,诗的起源是"出于人的天性。人从孩提的时候起就有摹仿的本能(人和禽兽的分别之一,就在于人最善于摹仿,他们最初的知识就是从摹仿得来的),人对于摹仿的作品总是感到快感"④。而诗的对象则是摹仿"在行动中的人"⑤。悲剧总是摹仿比我们今天的人好的人,喜剧总是摹仿比我们今天的人坏的人。他不赞成他的老师柏拉图对诗的功能的某些看法,认为诗,特别是悲剧,不仅不能引起人们的"感伤癖"与"哀怜癖",而且能起"净化"作用,恢复和保持住人的健康心理,培养一种审美的、高尚的情操。

荀子的人论既有与亚里士多德相同的一面,又有不同的和超越的一面。荀子说:

> 人之所以为人者,何已也?曰:以其有辨也。饥而欲食,寒而欲暖,劳而欲息,好利而恶害,是人之所生而有也,是无待而然者也,是禹、桀之所同也。然则人之所以为人者,非特以二足而无毛也,以其有辨也。今夫猩猩形笑,亦二足而毛也,

---

① 《亚里士多德全集》第8卷,中国人民大学出版社,1994年版,第207页。
② 《亚里士多德全集》第7卷,中国人民大学出版社,1994年版,第27页。
③ 《亚里士多德全集》第9卷,中国人民大学出版社,1994年版,第327页。
④ [古希腊] 亚理斯多德著,罗念生译:《诗学》//《诗学 诗艺》,人民文学出版社,1982年版,第11页。
⑤ [古希腊] 亚理斯多德著,罗念生译:《诗学》//《诗学 诗艺》,人民文学出版社,1982年版,第7页。

然而君子啜其羹，食其肉。故人之所以为人者，非特以其二足而无毛也，以其有辨也。夫禽兽有父子而无父子之亲，有牝牡而无男女之别，故人道莫不有辨。辨莫大于分，分莫大于礼，礼莫大于圣王。①

在这里，荀子首先认为，人之所以为人，在于他具有"饥饿欲食，寒而欲腹，劳而欲息，好利而恶害"的自然本性；第二，人与动物的重要区别，在于人具有辨别、思辨、辩异的理性思辨能力；第三，人不仅"有辩"，而且"能群"。在《王制》篇中，他还说，人"力不若牛，走不若马，而牛马为用，何也？曰：人能群，彼不能群也。人何以能群？曰：分。分何以能行？曰：义。故义以分则和，和则一，一则多力，多力则疆，疆则胜物，故宫室可得而居也"。②"能群"能"分"，有"义"，说明人是具有社会性的、有道德有礼义的动物。上面说的这三点是荀子与亚里士多德对人之所以为人的认识的共同点。但荀子对人的看法又超越了亚里士多德，他站在唯物主义立场，提出和论述了人的主观能动性和人通过自己的行动（伪）去改造自然的问题。一方面他承认自然界有其客观运行的规律："天行有常，不为尧存，不为桀亡。应之以治则吉，应之以乱则凶。"③ 同时，他又创造性地提出了"天人之分""制天命而用之"④ 的观点。人之所以能"制天命而用之"，是因人不仅能思，而且能"伪"（荀子未提出实践的概念，这个伪字也可看作是今天实践概念的萌芽），"能参"。"能参"，用王先谦的话说，"人能治天时地

---

① ［清］王先谦：《荀子集解》上，中华书局，1988年版，第78—79页。
② ［清］王先谦：《荀子集解》上，中华书局，1988年版，第164页。
③ ［清］王先谦：《荀子集解》上，中华书局，1988年版，第307页。
④ ［清］王先谦：《荀子集解》上，中华书局，1988年版，第317页。

财而用之,则是参于天地"。① 荀子与亚里士多德正相反,他是性恶论的首倡者。他说:

> 今人之性,生而有好利焉,顺是,故争夺生,而辞让亡焉;生而有疾恶焉,顺是,故残贼生,而忠信亡焉;生而有耳目之欲,有好声色焉,顺是,故淫乱生,而礼义文理亡焉。然则,从人之性,顺人之情,必出于争夺,合于犯分,乱理,而归于暴;故必将有师法之化,礼义之道,然后出于辞让,合于文理,而归于治。用此观之,然则,人之性恶,明矣;其善者,伪也。②

荀子正是从他的人论和性恶论出发,提出和论说了他的诗乐发生论、诗乐本体论、诗乐创造论、诗乐价值论,批判了墨子的"非乐"论,极力为诗乐的存在辩护,构建起了一个以儒家诗学观为主导的新的诗学理论体系。郭绍虞先生说:"荀子奠定了封建时代传统的文学观。论理,荀子是比较接受道、墨两家素朴的唯物思想的,为什么会奠定了传统的文学观呢?这即是因荀子毕竟是儒家、是代表封建统治阶级的理论的,所以他的思想会有这种现象,而他的文学观会成为传统的文学观,也就是后来古文家和道学家共同标榜的文道合一的文学观。"③

---

① [清]王先谦:《荀子集解》下,中华书局,1988年版,第308页。
② [清]杨柳桥:《荀子诂译》,齐鲁书社,1985年版,第647页。
③ 郭绍虞:《中国文学批评史》,中华书局,1962年版,第16页。

三

荀子与亚里士多德，在建构自己的诗学体系时，几乎面临着相同的问题，即诗要不要存在，何以存在的问题。柏拉图认为以荷马、赫希俄德为代表的诗人，由于编造的都是"虚假"的故事，是"影子的影子"，"模仿的模仿"，"与真理隔着两层"，具有强大的"腐蚀性"，容易激发人的灵魂中的非理性部分。悲剧容易激发人的"感伤癖"和"哀怜癖"，喜剧则易使粗俗、滑稽的风尚放任自流。因此，他提出了把诗人赶出他的"理想国"的主张，禁止像荷马一类的诗人进入他的"理想国"。亚里士多德的《诗学》就是从正面回答他老师提出的问题，阐述诗（包括悲喜剧）何以要存在以及以什么形态存在的诸问题。荀子在现实中面临的是春秋战国时期礼崩乐毁的情势，理论上又遇到了墨子提出的"非乐"问题。墨子说的比柏拉图还绝对，他把诗乐看作是"天下之害"，为"兴天下之利"，则必除诗乐这类"天下之害"。他说："是故子墨子之所以非乐者，非以大钟、鸣鼓、琴瑟、竽笙之声，以为不乐也；非以刻镂华文章之色，以为不美也；非以为刍豢煎炙之味，以为不甘也；非以高台厚榭邃野之居，以为不安也。虽身知其安也，口知其甘也，目知其美也，耳知其乐也，然上考之不中圣王之事，下度之不中万民之利，是故子墨子曰：'为非乐也'。"[①] 荀子的《乐论》完全是针对墨子的《非乐》论而写的。他逐条批驳了墨子非乐的理由，正面阐明诗乐何以存在和怎样存在以及诗乐的功能与价值等诗学的重大问题。

---

① 卢永璘著，张少康编：《先秦两汉文论选》，人民文学出版社，1996年版，第67—68页。

第一，诗何以存在？诗乐是怎样产生的？

在《乐论》中，荀子开宗明义地写道：

> 夫乐者，乐也，人之情所必不免也，故人不能无乐。乐，则必发于声音，形于动静，而人之道声音、动静、性术之变尽是矣。故，人不能不乐；乐，则不能无形；形，而不为道，则不能无乱。先王恶其乱也，故制雅、颂之声以道之，使其声足以乐而不流，使其文足以辨而不息，使其曲直、繁省、廉肉、节奏足以感动人之善心，使夫邪污之气无由得接焉。是先王立乐之方也。而墨子非之。奈何？①

由诗、乐、舞三位一体构成的乐，它的存在还是不存在，要还是不要或禁止它的存在，在荀子看来，这不是以人的主观意志和人的好恶为转移的，它是人的自然本性所决定的，"是人之情所必不免也"。在《正名》篇中荀子还对性、情、虑、伪做了界定。他说："生之所以然者，谓之性。生之所以精合感应，不事而自然，谓之性。性之好恶、喜怒、哀乐，谓之情。情然，而心为之择，谓之虑。心虑，而能为之动，谓之伪。"② 他还说："性者，天之就也；情者，性之质也；欲者，情之应也。以所欲为可得，而求之，情之所必不免也；以为可得，而道之，知之所必出也。"③ 在荀子的《乐论》中，"乐"是其核心范畴。它有多层意思：第一层也是最根本的含义是指与喜、怒、哀、乐、哀、恶、欲相关的快乐的感情。这种乐的

---

① ［清］杨柳桥：《荀子诂译》，齐鲁书社，1985年版，第559页。
② ［清］杨柳桥：《荀子诂译》，齐鲁书社，1985年版，第613页。
③ ［清］杨柳桥：《荀子诂译》，齐鲁书社，1985年版，第636页。

感情，是人生来就有的自然的本性，是"天之就也"，"性之质也"。而正是这种乐的感情，构成了诗、乐、舞的基础。第二层意思是指那些以乐的情感为基础而出现的音乐（"乐则必发于声音，形于动静，而人之道，声音动静，性术变尽矣"）、舞蹈（"乐则不能无形，形而不为道，则不能无乱"）、诗歌（"故先王恶其乱也，故制雅颂之声以道之，使其声足以乐而不流，使其久足以辩而不之思，使其曲直、繁省、廉肉、节奏足以感动人之善心，使夫邪于之气无由得接焉"）。

诗乐何以产生，这个与人的生理需要和人的追求"乐"的审美需要联系在一起。荀子说："饥而欲食，寒而欲暖，劳而欲息，好利而恶害，是人所生而有也，是无待而然者也。是禹、桀之所同也。目辨白黑美恶，耳辨声音清浊，口辨酸咸甘苦，鼻辨芬芳腥臊，骨体肤理辨寒暑疾养，是又人所生而有也，是无待而然者也。"① 人的情感追求，人对乐的追求是无限的。"夫人之情，目欲綦色，口欲綦味，鼻欲綦臭，心欲綦佚：此五綦者，人情之所必不免也。"② 荀子认为，人对美的追求，好声、好色、好佚、好利，是人性的一种必然出现的普遍特征。"故人之情，口好味而臭味莫美焉；耳好声而声乐莫大焉；目好色而文章致繁，妇女莫众焉；形体好佚，而安重闲静莫愉焉；心好利，而谷禄莫厚焉；合天下之所同愿，兼而有之；皋牢天下而制之，若制子孙。人苟不狂惑戆陋者，其谁能睹是而不乐也哉"？③

第二，诗乐是怎样创作出来的？荀子在《乐论》和其他有关的

---

① ［清］杨柳桥：《荀子诂译》，齐鲁书社，1985年版，第81页。
② ［清］杨柳桥：《荀子诂译》，齐鲁书社，1985年版，第286页。
③ ［清］杨柳桥：《荀子诂译》，齐鲁书社，1985年版，第293页。

论著中,精辟地阐明了礼与乐、性与伪的关系,提出了"以道制欲","无伪则性不能自美","审一以定和"的创作原则。

1. 以道制欲,以礼义文理以养情。

荀子的《乐论》和《礼论》是姊妹篇。乐者,乐也。虽然人追求乐的审美情感是乐(包诗、舞等其他艺术)赖以产生和创作的基础,但荀子所提倡的乐,并不是人的原始本能的情欲的宣泄,而是一种经过礼的规范、制导的情感的表现。由此,荀子便提出了"养情"的概念。他说:

> 礼起于何也?曰:人生而有欲,欲而不得,则不能无求;求而无度量分界,则不能无争;争则乱,乱则穷。先王恶其乱也,故制礼义以分之。以养人之欲,给人之求,使欲必不穷乎物,物必不屈于欲;两者相持而长,是礼之所起也。
>
> 故,礼者,养也。刍豢、稻粱、五味调香,所以养口也;椒兰、芬苾,所以养鼻也;雕琢、刻镂、黼黻、文章,所以养目也;钟鼓、管磬、琴瑟、竽笙,所以养耳也;疏房、檖貌、越席、床笫、几筵,所以养体也。故,礼者,养也。①
>
> 熟知夫礼义文理之所以养情也。……苟情说之为乐,若者必灭。故,人一之于礼义,则两得之矣;一之于性情,则两丧之矣。故,儒者将使人两得之者也,墨者将使人两丧之者也。是儒墨之分也。②

---

① [清] 杨柳桥:《荀子诂译》,齐鲁书社,1985年版,第508页。
② [清] 杨柳桥:《荀子诂译》,齐鲁书社,1985年版,第509页。

在《乐论》中，荀子谈到"立乐之术"时说：

> 故，乐在宗庙之中，君臣、上下同听之，则莫不和敬；闺门之内，父子、兄弟同听之，则莫不和亲；乡里、族长之中，长少同听之，则莫不和顺。故，乐者，审一以定和者也，比物以饰节者也，合奏以成文者也；足以率一道，足以治万变。是先王立乐之术也。①

这里所说"一""一道"，都是指礼义讲的，指的都是儒家之道。荀子讲的礼，有两层含义：一是指制度层面上的道德规范、礼义法度。《劝学》篇中说："礼者，法之大分，类之纲纪也。"② 在《性恶》篇中又说："礼义生，而制法度。"③ 一是指思想层面上的理、规律和准则。"天地以合，日月以明，四时以序，星辰以行，江河以流，万物以昌，好恶以节，喜怒以当；以为下，则顺；以为上则明；万变，不乱；贰之，则丧也。礼岂不至矣哉！"④ 这是说自然万物的远行，都有一定的规律。《乐论》中说："乐也者，和之不可变者也；礼也者，理之不可易者也。"⑤ 在荀子看来，诗乐的创作，首先应弄清礼与乐、理与情的关系。他所说的"以道制欲"，实际就是以礼（理）制欲。他所提倡的诗乐，应是理与情、礼与乐的高度融合。情是理性化的情，理是情感化的理。

2. 性与伪："无伪则性不能自美。"

---

① ［清］杨柳桥：《荀子诂译》，齐鲁书社，1985年版，第559页。
② ［清］杨柳桥：《荀子诂译》，齐鲁书社，1985年版，第13页。
③ ［清］杨柳桥：《荀子诂译》，齐鲁书社，1985年版，第653页。
④ ［清］杨柳桥：《荀子诂译》，齐鲁书社，1985年版，第520页。
⑤ ［清］杨柳桥：《荀子诂译》，齐鲁书社，1985年版，第567页。

礼与乐怎样才能结合起来？人的生来就具有的喜、怒、哀、乐、恶、欲的自然的情感，若让其自发地发展，容易成为产生"恶"的根源，如何使之健康地向善的方向发展？荀子提出了"伪"的范畴。关于性、情、欲同伪的关系，他在《性恶》《礼论》中讲得很清楚。

> 若夫，目好色，耳好声，口好味，心好利，骨体肤理好愉佚，是皆生于人之情性者也；感而自然，不待事而后生之者也。夫感而不能然，必且待事而后然者，谓之伪；是性、伪之所生其不同之徵也。故，圣人化性，而起伪；伪起，而生礼义；礼义生，而制法度。然则，礼义法度者，是圣人之所生也。①

> 今人之性，固无礼义，故强学而求有之也；性不知礼义，故思虑而求知之也；然则，性而已。人无礼义，则乱，不知礼义，则悖。用此观之，人之性恶，明矣；其善者，伪也。②

性与伪互为条件，人的生而有之的性、情，是诗乐创造的前提和基础，而伪则是诗乐创作的关键。"伪"字，《荀子》元刻本，作为字，指心选择，能动而行之。含有学习、修养、行动、操作多层意思。性只有通过"伪"才能变为善与美。对此，荀子在《礼论》中说：

> 故曰：性者，本始材朴也；伪者，文礼隆盛也。无性，则伪之无所加；无伪，则性不能自美；性伪合，然后圣人之名一，

---

① [清] 杨柳桥：《荀子诂译》，齐鲁书社，1985年版，第653页。
② [清] 杨柳桥：《荀子诂译》，齐鲁书社，1985年版，第653—654页。

天下之动于是就也。故曰：天地合，而万物生；阴阳接而变化起，性伪合，而天下治。天能生物，不能辨物也；地能载人，不能治人也；宇中万物、生人之属，待圣人然后分也。①

"无伪，则性不能自美。"这是一个极富原创性的命题，说明人的善与美，是后天学习、实践而形成的，诗与乐表现出的善与美，是人根据"性伪合"的原则而创造出来的。

3. 性与知，诗乐与自然的关系。

在诗乐的创作过程中，人通过自己的感官而感受到人的种种情欲的变化，辨别出各种情感欲望的区别，然后通过心的"知"，而认识事物特征。荀子以唯物主义的立场，具体论述了人的五官在感性认识过程中的辨异的功能和心"知"的思维功能。在《正名》篇中，荀子写道：

然则，何缘而以同异？曰：缘天官。凡同类同情者，其天官之意物也同。……

形、体、色、理，以目异；声音、清浊、调节、奇声，以耳异；甘、苦、咸、淡、辛、酸、奇味，以口异；香臭、芬郁、腥臊、漏庮、奇臭，以鼻异；疾养、凔热、滑铍、轻重，以形体异；说故、喜怒、哀乐、爱恶、欲，以心异。②

但是五官感知的客观世界的种种景象和情态，又必须通过心的思虑和认识。荀子把"知"也看作是人的天性，他说："凡以知，人

---

① ［清］杨柳桥：《荀子诂译》，齐鲁书社，1985年版，第534—535页。
② ［清］杨柳桥：《荀子诂译》，齐鲁书社，1985年版，第619页。

之性也；可以，物是理也。"① 在《正名》中他特别阐明了心在知的过程中的作用。他说：

> 心有征知。征知，则缘耳而知声可也，缘目而知形可也。然而，征知，必将待五官之当簿其类，然后可也。五官簿之而不知，心征之而无说，则人莫不谓不知。此所缘而以同异也。②

五官的感受应与心的"知"结合，才能真正认识和把握到万物的美，如果没有感觉和辨异，知的思虑和认识也就失去了依据，人也无法获得美感的快乐。对此，荀子也有所论述：

> 心忧恐，则口衔刍豢，而不知其味；耳听钟鼓，而不知其声，目视黼黻，而不知其状；轻暖平簟，而体不知其安。故向万物之美而不能嗛也。③

心的知是以五官的感受为基础、为前提，它的主要功能是以礼（理）去导情，使情欲避恶向善、向美。比起五官的感觉，心在诗乐创造过程中起着更重要的作用。

那么心在知的过程中，又是以一种什么状态进行的呢？荀子提出了"虚静"的概念。在《解蔽》篇中他说：

> 人何以知道？曰：心。心何以知？曰：虚、一而静。

---

① ［清］杨柳桥：《荀子诂译》，齐鲁书社，1985年版，第606页。
② ［清］杨柳桥：《荀子诂译》，齐鲁书社，1985年版，第619页。
③ ［清］杨柳桥：《荀子诂译》，齐鲁书社，1985年版，第640—641页。

心未尝不臧也。然而有所谓虚；心未尝不两也，然而有所谓一；心未尝静不动也，然而有所谓静。①

荀子认为，心"知"过程中，会遇到各种各样的"蔽"："欲为蔽，恶为蔽；始为蔽，终为蔽；远为蔽，近为蔽；博为蔽，浅为蔽；古为蔽，今为蔽。凡万物异，则莫不相为蔽。此心术之公患也。"②因此，在诗乐的创作过程中，心知一定要排除一切杂念，"不以所已臧害所将受"，真正做到虚静、专一、去蔽、澄明。"虚一而静，谓之大清明。"③

第三，"钟鼓道志"，"顺气成象"，"美善相乐"：乐本与乐象论。

荀子大讲"乐者，乐也"的同时，又继承和发扬传统的"诗言志"的理论。他说：

> 君子以钟鼓道志，以琴瑟乐心，动以干戚，饰以羽旄，从以箫管。故，其清明象天，其广大象地，其俯仰、周旋有似于四时。故，乐行而志清，礼修而行成；耳目聪明，血气和平；移风易俗，天下皆宁，美善相乐。④

在《儒效》篇中，并具体区分了《诗》《书》《礼》《乐》的本质特征，说："《诗》言是其志也，《书》言是其事也，《礼》言是其

---

① ［清］杨柳桥：《荀子诂译》，齐鲁书社，1985年版，第588页。
② ［清］杨柳桥：《荀子诂译》，齐鲁书社，1985年版，第580页。
③ ［清］杨柳桥：《荀子诂译》，齐鲁书社，1985年版，第589页。
④ ［清］杨柳桥：《荀子诂译》，齐鲁书社，1985年版，第566页。

行也,《乐》言是其和也,《春秋》言是其征也。"①

在中国文论史上,荀子第一次提出了"文学"的概念。他在《劝学》篇中说:

> 诗者,中声之所止也。②

中声二字,高诱在《淮南子》注中认为:中,心也,中声,犹言心声也。这个解说对诗的本质说得很好。心声应是情、志、言、象的融合。对于荀子的这一句话,郭绍虞先生非常重视。他说:"荀子《劝学》篇说'诗者中声之所止也'。这似乎只说到诗的风格,却也与乐相通。这是他对于诗下的定义,同时也即是他对于乐所下的定义。"③

在诗乐创作过程中,情、志,从心声如何表达出来,又是以什么形态呈现的呢?荀子提出了气与象的概念。他说:

> 逆气成象,而乱生焉;正声感人,而顺气应之,顺气成象,而治生焉。唱和有应,善恶相象,故君子慎其所去就也。④

> 声乐之象:鼓,大丽;钟,统实;磬,廉制;竽、笙箫和;管、籥,发猛;埙、篪,翁博;瑟,易良;琴,妇好。歌,清尽;舞意,天道兼。鼓,其乐之君邪?故,鼓似天,钟似地,磬似水,竽、管、龠似星、辰、日、月,鞉、祝、拊、鞷、椌

---

① [清] 杨柳桥:《荀子诂译》,齐鲁书社,1985年版,第168页。
② [清] 杨柳桥:《荀子诂译》,齐鲁书社,1985年版,第13页。
③ 郭绍虞:《中国文学批评史》,中华书局,1962年版,第18页。
④ [清] 杨柳桥:《荀子诂译》,齐鲁书社,1985年版,第566页。

楬似万物。①

正因为，诗、乐、舞，各种乐器，能够以各自不同的方式，有声有色地形象地表达出情志，才能使诗乐达到"美善相乐"的目的。荀子在《乐论》对此还做了具体的描述：

> 故，听其雅颂之声，而志意得广焉；推其干戚，习其俯仰、屈伸，而容貌得壮焉；行其缀兆，要其节奏，而行列得正焉，进退得齐焉。故，乐者，出所以征诛也，入所以揖让也；征诛、揖让，其义一也。出所以征诛，则莫不听从；入所以揖让，则莫不从服。故，乐者，天下之大齐也，中和之纪也，人情之所必不免也。②

荀子关于诗的本质特征及其呈现形态的理论，在由荀门弟子编纂而成的《礼记·乐记》的乐本论与乐象论中，进一步得到了弘扬和发挥，使其以更加完备的理论形态呈现于世。

第四，"乐以道和"，"和合同"：诗乐的审美理想和价值的功能。

在诗乐创作过程中，要遵循"以道制欲"，"审一以定和"，"美善同乐"的原则，而追求的审美理想则是一个和字：和谐的社会与中和美。荀子关于这方面的论述在《乐论》《礼论》及其他多篇论著中都有所涉及。他说：

---

① ［清］杨柳桥：《荀子诂译》，齐鲁书社，1985 年版，第 569 页。
② ［清］杨柳桥：《荀子诂译》，齐鲁书社，1985 年版，第 559—560 页。

> 乐也者，和之不可变者也；礼也者，理之不可易者也。乐，合同；礼，别异；礼乐之统，管乎人心矣。穷本、极变，乐之情也；著诚、去伪，礼之经也。墨子非之，几遇刑也！①

> 《乐》之中和也。②

> 故近者歌讴而乐之，远者竭蹶而趋之；四海之内，若一家，通达之属，莫不从服。夫是之谓人师。③

> 《乐》言是其和也。……故风之所以为不逐者，取是以节之也；小雅之所以为小雅者，取是而文之也；大雅之所以为大雅者，取是而光之也；颂之所以为至者，取是而通之也。天下之道毕是矣。④

诗乐为什么能使整个社会成为一个"和合"美的社会，这是因为诗乐具有强大的艺术感染力量。由此也就引出了一个诗乐的价值与功能问题。荀子说：

> 夫声乐之入人也深，其化人也速，故先王谨为之文。乐中平，则民和而不流；乐肃壮，则民齐而不乱。民和、齐，则兵劲、城固，敌国不敢婴也。如是，则百姓莫不安其处，乐其乡，以至足其上矣。然后，名声于是白，光辉于是大，四海之民，

---

① ［清］杨柳桥：《荀子诂译》，齐鲁书社，1985年版，第567页。
② ［清］杨柳桥：《荀子诂译》，齐鲁书社，1985年版，第14页。
③ ［清］杨柳桥：《荀子诂译》，齐鲁书社，1985年版，第153页。
④ ［清］杨柳桥：《荀子诂译》，齐鲁书社，1985年版，第168页。

莫不愿得以为师。①

> 乐者,圣人之所乐也,而可以善民心。其感人,深;其移风俗,易。故先王导之以礼乐,而民和睦。②

从政治的视角来谈诗论乐,这是荀子诗学思想的一大特色。诗乐不仅化人也速,感人也深,移风易俗,使民和,而且可影响到"兵劲、城固",国富民强。"知夫为人主上者,不美不饰之不足以一民也,不富不厚之不足以管下也,不威不强之不足以禁暴胜悍也;故必将撞大钟,击鸣鼓,吹笙竽,弹琴瑟,以塞其耳;必将雕琢刻镂、黼黻文章,以塞其目;必将刍豢稻粱,五味芬芳,以塞其口;然后众人徒……若是,则万物得宜,事变得应,上得天时,下得地利,中得人和,则财货浑浑如泉源,汸汸如河海,暴暴如丘山。夫天下何患乎不足也?"③荀子在中国诗学史上,第一次系统论述了诗乐与政治、经济的关系,认为诗乐可以"美天下这本","安天下之本","贵天下之本"。

对于诗乐的价值与功能,一直是中外美学家、文艺理论家关注的热点。同时,它也是历代各国统治者制定文艺政策的重要依据。荀子与亚里士多德虽然都在自己的诗学著作中,谈到了诗乐的价值与功能,但由于着眼点的不同,因此二人的看法又有明显的区别。李泽厚先生曾对此专门做过比较,他说:"中国《乐记》④(荀子)与希腊《诗学》(亚里士多德)的巨大差异(一个强调艺术的一般

---

① [清]杨柳桥:《荀子诂译》,齐鲁书社,1985年版,第560页。
② [清]杨柳桥:《荀子诂译》,齐鲁书社,1985年版,第564页。
③ [清]杨柳桥:《荀子诂译》,齐鲁书社,1985年版,第248页。
④ 这里说的《乐记》,应是荀子的《乐论》。——笔者

日常情感感染作用，一个重视艺术的认识模拟功能和接近宗教情绪的净化作用），也由此而来。中国重视的是情、理结合，以理节情的平衡，是社会性、伦理性的心理感受和满足，而不是禁欲性的官能压抑，也不是理知性的认识愉快，更不是神秘性的情感迷狂（柏拉图）或心灵净化（亚里士多德）。"①

荀子作为中国战国时期的伟大的思想家、唯物主义哲学家、美学与诗学家。他的思想"可说上承孔孟，下接易庸，旁收诸子，开启汉儒，是中国思想史从先秦到汉代的一个关键"②。他在中国思想史上占有重要的地位，他的诗学思想，对中国古代文论产生了深远的影响。由他开始的赋的创作，③直接影响和推动了汉赋的发展。在世界轴心时代，可以实事求是地讲集中体现荀子诗学思想的《乐论》，完全可以同亚里士多德的《诗学》并肩而立，同放光辉。我们学习它、研究它，对于弘扬中华民族的先进文化，对于推进中国诗学研究，无疑有着重要的学术价值和现实意义。

---

① 李泽厚：《美的历程》，文物出版社，1981年版，第51页。
② 李泽厚：《中国古代思想史论》，人民出版社，1986年版，第106页。
③ 荀子写了一组称为《赋》的作品，计有《礼》《知》《云》《蚕》《箴》五篇。从文体学上讲，荀子的《赋》，是汉赋的直接渊头之一。

第三辑

批评鉴赏篇

第十个文艺女神的再生[①]
——关于文艺批评的主体性的思考

文艺创作与文艺批评,这是任何一个时代的文学艺术走上繁荣的两个不可缺少的巨轮。它好比鸟的两翼,没有任何一翼,都不可能自由地飞向艺术的理想境界。尽管如此,长期以来人们对文艺批评是否具有独立品格,则缺乏充分的认识。有人把批评看作是政治的附庸或是创作的婢女;有人则把批评看作是主观随意的产物。这些看法都没有正确地把握批评的本质。这里我们打算从理想的高度,来探讨一下文艺批评的独立品格,以及它在文学活动系统中的地位和作用。

一、批评:一切智慧中的"香岱丽拉"

文艺批评是人类审美活动系统中的一个重要环节。它随着艺术生产的发生和发展,而逐渐形成了自己独立的品格。这当中经过了一个漫长的历史过程。在古希腊神话中,相传主管文学艺术的女神有九位。她们是:克利俄,司历史的女神;欧忒耳珀,司抒情诗的

[①] 本文发表在《文艺理论研究》1986年第4期。

女神；塔利亚，司牧歌和喜剧的女神；墨尔波墨涅，司悲剧的女神；忒耳普西科拉，司舞蹈的女神；厄拉托，司爱情诗的女神；波吕许谟尼亚，司颂歌的女神；喀利俄珀，司史诗的女神；乌拉尼亚，司天文的女神。历史和天文当时也仅是以传说的形式流传，其中含有很大的想象、推测的成分，因此也成了文艺女神管辖的范畴。神话终归是神话。它是"通过人民的幻想用一种不自觉的艺术方式加工过的自然和社会形式本身"①。这个神话故事说明，在远古时代，文艺批评是没有独立品格的。九位文艺女神中，没有一位司文艺批评。没有司文艺批评的女神，并不等于说没有文艺批评。古希腊罗马时代，随着文学艺术的繁荣和发展，文艺批评也相应地发展起来，产生了像亚里士多德的《诗学》、贺拉斯的《诗艺》、朗吉弩斯的《论崇高》等影响深远的批评理论著作。这时批评家虽然写出了专著，但他们本人，也还没有自觉地意识到文艺批评具有独立的品格。比如贺拉斯就把自己比作一块"磨刀石"。他说："我不如起个磨刀石的作用，能使钢刀锋利，虽然它自己切不动什么。我自己不写什么东西，但是我愿意指示（别人）：诗人的职责和功能何在，从何处可以汲取丰富的材料，从何处吸收养料，诗人是怎样形成的，什么适合于他，什么不适合于他，正途会引导他到什么去处，歧途又会引导他到什么去处。"②贺拉斯把批评家比作"磨刀石"，强调的显然是批评的受动性，而不是批评的主动性。同时，他在论述批评的功能时，强调的又是批评的指令性，是"指示"作家如何如何做，要求作家按一定的规范和模式进行创作。这样他又忽视了作家的创作

---

① 《马克思恩格斯选集》第2卷，人民出版社，1972年版，第113页。
② [古罗马] 贺拉斯著，杨周翰译：《诗艺》//《诗学 诗艺》，人民文学出版社，1982年版，第153页。

主体性。在欧洲,从罗马时代一直到17世纪新古典主义时期,文学的主体性是受到限制和否定的,文艺批评的独立品格自然也就无从谈起。

文艺批评获得独立的品格,开始于"文学的自觉时代"。在我国首先出现在魏晋南北朝时期。鲁迅称"曹丕时代",就是一个文学的自觉时代。当时动荡不安的社会生活、外来思想文化的影响、丰富的艺术实践经验,使一些有识之士,更加自觉地探讨文学艺术的规律,变革文学观念,从而使文学批评得到了自己应有的地位。曹丕的《典论·论文》,陆机的《文赋》、刘勰的《文心雕龙》,钟嵘的《诗品》等,就是这个时期我国文学批评史上的璀璨明珠。在西方,文艺批评正式成为一门独立的学科,是伴随着人性的解放、人的价值和尊严的肯定而出现的。从文艺复兴到启蒙运动,文艺批评在反对封建专制和宗教神学的历史过程中,充分显示出了自己的主观能动性。它以雷霆万钧之力,打破了新古典主义强加在作家头上的绳索,摈弃了种种陈旧的文学观念和形而上学的清规戒律,提出了新的文艺观念和审美理想,直接推动了文学艺术的蓬勃发展,奠定了近代文艺科学的基础。只要我们回想一下法国的狄德罗、圣伯甫,德国的莱辛,俄国的别林斯基等人的文学批评活动,就可看出批评在"世界文学"到来之际所起的巨大作用。正如勃兰兑斯所说,"批评是人类心灵路程上的指路牌。批评沿路种植了树篱,点燃了火把。批评披荆斩棘,开辟新路。因为,正是批评撼动了山岳——撼动了信仰权威的山岳,偏见的山岳,毫无思想的权力的山岳,死气沉沉的传统的山岳"①。文艺批评以自己所特有的历史主动性,获得了独

---

① [丹麦]勃兰兑斯著,李宗杰译:《十九世纪文学主流》第5分册,人民文学出版社,1988年版,第383页。

立的品格，正式加入了"文艺女神"的行列。法国著名文艺批评家爱米尔·蒙泰居把批评叫作最年轻的天才，叫作一切智慧中的"香岱丽拉"（指欧洲童话中一个聪明而不外露的少女，通称为"灰姑娘"）。他明确宣布："批评是第十个文艺女神。它就是歌德的神秘的新娘；正是她把他变成了二十个诗人。"①

普列汉诺夫说："在一切过渡的社会时代，批评总是充满着政论的性质，有一部分简直就成为政论。"② 这种情况在近代中国尤为显著。五四以来文艺批评在中国有很大的发展，出现了一批著名的文艺批评家。但是由于中国较长时期一直处于激烈的阶级斗争风浪之中，在武装的革命反对武装的反革命的革命风暴时期，文艺批评作为文艺战线的一翼，不能不服务于中国人民大革命的总任务。文艺批评在同各种反动的文艺思潮的斗争中，在促进新生的人民的文艺的发展上，的确起了不可忽视的革命能动作用。鲁迅说，文艺必须有批评，"必须更有真切的批评，这才有真的新文艺和新批评的产生的希望"③。毛泽东也在理论上说明文艺批评应该发展的必要性，指出："文艺批评是一个复杂的问题，需要许多专门的研究。"④

我国人民的革命在全国范围内取得胜利以后，特别是在社会主义制度基本建立以后，战争年代所形成的文艺批评观念理应随之有所改变。但是由于我国政治生活的种种原因，过去传统的文艺为政治服务（为阶级斗争服务），文艺批评是文艺界的主要斗争方法之一

---

① ［丹麦］勃兰兑斯著，李宗杰译：《十九世纪文学主流》第5分册，人民文学出版社，1988年版，第382页。
② ［俄］普列汉诺夫：《俄国批评的命运》，《世界文学》1961年11期。
③ 《鲁迅全集》第10卷，人民文学出版社，1981年版，第302页。
④ 毛泽东：《在延安文艺座谈会上的讲话》//《毛泽东选集》第3卷，1991年版，第868页。

的看法,一直沿袭下来,结果使文艺批评在战略重点理应转移的社会主义现代化建设时期,逐渐失去了自己应有的独立的品格。在"反右派"和"文化大革命"中,扮演了极不光彩的"棍子""工具"的角色。在东方大地上,文艺批评作为"第十个文艺女神",奄奄待毙。

人民创造了文艺,人民用自己的乳汁哺育着中国土地上诞生的幼小的文艺女神,人民又以扭转乾坤的巨掌,将摧残祖国文化的恶魔打进了十八层地狱。在新的历史发展时期,我们的文艺女神再生了。文艺批评在拨乱反正,培育香花奇葩,发现和扶植新生力量,改变陈旧的文艺观念,改革文艺研究方法等不同方面,已经和正在发挥着前所未有的能动作用。

二、文艺批评的对象、性质和任务

文艺批评之所以具有独立的品格,这是由它在整个审美活动系统中的地位,它的研究对象,它的性质和任务所决定的。批评,从字源上讲,它在希腊文中,原意是"判断"。因此,广义上,批评就是判断。为了弄清文艺批评——判断的性质、范围和目的,康德专门写了《判断力批判》。以后又有许多学者对此进行了探讨。

批评的对象是一种特殊的精神现象,即文学艺术活动过程中所涉及的各种文学艺术现象。文艺的直观性、形象性、感情性和含蓄性,决定了文艺批评必须以鉴赏为基础。可以说,没有鉴赏,就没有批评。同时,文艺批评又是一种科学活动,它探求的是艺术的规律和真理。因此,文艺批评不是纯感性的思维活动,也不是纯粹理性的逻辑活动。它是沟通感性世界、文艺现象与文艺理论之间的桥梁,**体现出主观与客观、感性与理性的统一的特征**,具有鲜明的主体审美性质。

康德在分析、鉴赏、判断审美特征时说："为了判别某一对象是美或不美，我们不是把（它的）表象凭借悟性连系于客体以求得知识，而是凭借想象力（或者想象力和悟性相结合）连系于主体和它的快感和不快感。鉴赏判断因此不是知识判断，从而不是逻辑的，而是审美的。至于审美的规定根据，我们认为它只能是主观的，不可能是别的。但是一切表象间的关系，甚至于感觉间的关系，却能够是客观的（在这场合，这种关系就意味着一个经验表象的实在体）；但快感与不快感就不能是这样了，在这里完全没有表示着客体方面的东西，而只是这主体因表象的刺激而引起自觉罢了。"①

文艺批评所处的文艺现象（主要是文艺作品）与文艺理论的中介地位，决定了文艺批评家，既要有艺术感受力、鉴赏力，又要有理论思维的能力。批评不是某种原则或概念的演绎，不是把某些文艺理论教科书中所阐述的一般规律套到某一作品上去，也不是一种艺术符号的破译或作品的注释，更不是某种道德的显示。诸如此类的概念化的批评，注释性的批评、道德的批评，都是失去主体性的非科学的批评。普希金指出："批评是一门科学。批评是揭示文艺作品的美和缺点的科学。它是建立在彻底理解艺术家或作家在其作品中所遵循的规则，深入研究典范作品和积极观察当代的突出现象的基础上的。"② 任何科学追求的目标都是真理。文艺批评是科学，其基本点在于它是在彻底理解艺术家所遵循的艺术规律的基础上对作品作出实事求是的评价。批评和创作一样，都要有所发现，有所创

---

① ［德］康德著，宗白华译：《判断力批判》上卷，商务印书馆，1985版，第39—40页。

② ［俄］普希金著，张铁夫、黄弗同译：《普希金论文学》，漓江出版社，1983年版，第150页。

造。被称为"现代法国批评之父"的圣伯甫,就把批评看作是一种创造。他认为对于批评家和诗人,都有一个骄傲的时刻,他们都能用阿基米德的话喊出:"Eureka!"("我找到了!")诗人找到了他的天才得以生存和扩展的区域;批评家则找到了这种天才的基础和规律。郭沫若在1923年写的《批评与梦》一文中,明确主张:"批评也是天才的创作。"他说:"文艺是发明的事业。批评是发现的事业。文艺是在无之中创出有。批评是在沙之中寻出金。批评家的批评在文艺的世界中赞美发明的天才,也正自赞美其发现的天才。"① 批评通过审美感知,透过艺术的魅力在文艺作品中所发现的规律,是艺术家自觉或不自觉遵循的"美的规律"。由于美的规律根源于社会生活之中,因此,"当艺术批评真正算是审美的批评或是历史的批评时,它同时也就被扩大为生活的批评了,因为如果不对整个生活的作品同时进行评价并描绘出其特征,就不可能对艺术作品进行评价并描绘出其特征"②。科学的审美批评,它不是像医生那样给艺术开药方,任何时候它都不对作家发号施令,要作家遵守这样那样的规则和手法。它观察、感受、理解和发现艺术所蕴含着的美的规律,探寻着艺术家是怎样艺术地掌握和表现世界的规律。由于任何文艺作品,都是一定时代、一定民族社会生活的产物,因此,在对它作出评价时,就不能不放在一定历史条件下,从艺术与现实的审美关系中加以考察。正是因为这个缘故,"不涉及美学的历史的批评,以及反之,不涉及历史的美学的批评,都是片面的,因而也是错误的"③。在进行美学的和历史的批评中,既要把握时代生活发展的本质趋向,又要研究作家

---

① 郭沫若:《郭沫若论创作》,上海文艺出版社,1983年版,第537—538页。
② [意]克罗齐著,朱光潜译:《美学原理 美学纲要》,外国文学出版社,1983年版,第288页。
③ 《别林斯基选集》第3卷,上海译文出版社,1980年版,第595页。

表现人民生活底蕴的程度。杜勃罗留波夫说:"对批评最重要的,就是清楚作者和人民身上已经觉醒的,或者,由于当前事物的规律的要求立刻应当觉醒的那些自然追求是否站在同一水平上,然后才是,他究竟能够把它们了解和表现到什么程度,他是抓住了问题的本质,抓住了它的根呢,还是只是它的表面,他是抱住了对象共同性呢,还是只是它的几方面。"① (着重号引者加) 在文艺创作中,有时艺术家虽然描写了,但他没有想到或者也不理解自己在描写着什么。批评的任务,就在于揭示和发现作家在创作中所显示的深刻的意蕴。批评家的发现,有时甚至作家本人都感到惊喜、叫绝。这样的批评,不仅推动着创作的发展,而且也培育着新的主体,帮助作家将自己的审美观念提到一个新的境界。

文艺批评的独立品格,是以文艺批评的科学性为基础的。文艺批评如果失去了以揭示艺术规律为目标的科学性,文艺批评也就不成其为科学了。文艺批评不同于社会科学的其他学科,在于文艺批评具有不是纯粹抽象理论的性质,而是兼有审美性与科学性相统一的特点。因而它不像哲学、伦理学、经济学等那样构成一般形式的价值体系,而是阐明具体的、个别的对象(作家作品)的价值。通过具体的、个别的文艺现象的评价,进而上升到一般的评价,从中发现某些带有规律性的东西。文艺批评,是文艺学、美学领域的一个重要部门,属于应用科学的范围。批评离不开一定的文艺观念和美学观念;一定的文艺观念、美学观念又借助于批评不断得到丰富和发展。批评要研究历史上的典范作品,但它又不同于文学史、艺术史,它具有强烈的当代意识。它所关注的主要对象是当今世界的

---

① [俄] 杜勃罗留波夫著,辛未艾译:《文学论文选》,上海译文出版社,1984年版,第348页。

各种文艺现象,不是文艺遗产。别林斯基结合自己的一生的文艺批评活动,他把作为科学的文艺批评,界定为"运动着的美学"。他说:"新批评的对象是把理论应用与实践","批评不停地运动,向前发展,为科学搜集新的材料、新的素材。这是运动着的美学。"① 别林斯基关于批评是"运动着的美学"的见解,是十分深刻的。它不仅标明了文艺批评的科学性质,而且说明了文艺批评和美学理论的关系。

三、文艺批评活动是一种自由自觉的活动

批评的主体是批评家。文艺批评的独立品格是通过批评家的主体性体现出来的。由于批评家处于作家与读者的中间地位,因此批评家的主体性主要通过批评家与作家、批评家与读者这样两组既统一又矛盾的关系中体现出来。社会生活、作家、读者、批评家之间是通过作品的这个枢纽相互联系在一起的。它们之间构成了一个力的平行四边形,相互作用,共同推动着文艺事业的发展。图示如下:

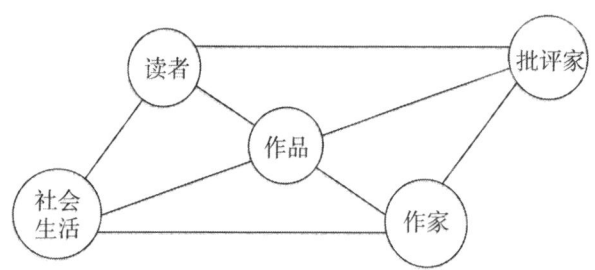

恩格斯在致约·布洛赫的信中,在阐述历史唯物主义原理时,

---

① 参见〔爱沙尼亚〕斯托洛维奇著,凌继尧译:《审美价值的本质》,中国社会科学出版社,1984年版,第283页。

曾经说过这样一段话:"历史是这样创造的:最终的结果总是从许多单个的意志的相互冲突中产生出来的,而其中每一个意志,又是由于许多特殊的生活条件,才成为它所成为的那样。这样就有无数互相交错的力量,有无数个力的平行四边形,而由此就产生出一个总的结果,即历史事变,这个结果又可以看作一个作为整体的、不自觉地和不自主地起着作用的力量的产物。因为任何一个人的愿望都会受到任何另一个人的妨碍,而最后出现的结果就是谁都没有希望过的事物。"① 这一原理同样适用于艺术生产和艺术消费系统。在现实生活中,作家、读者、批评家,每个人都有自己特殊的生活条件、文化教养、个性气质,每个人都有自己的美学观念和艺术趣味,他们以自己对生活和艺术的理解,来观察文学艺术,从事文艺的实践活动。因此,他们之间必然发生相互矛盾、相互作用的错综复杂关系。在社会艺术生产的系统中,作家是生产的主体,读者、批评家则是消费的主体。作家与读者、批评家的关系是一个生产与消费的关系。没有艺术生产,鉴赏批评就没有对象。"消费本身作为动力是靠对象作为媒介的。消费对于对象所感到的需要,是对于对象的知觉所创造的。艺术对象创造出懂得艺术和能够欣赏美的大众——任何其他产品也都是这样。因此,生产不仅为主体生产对象,而且也为对象生产主体。"② 在人类发展的历史长河中,不同民族的作家、艺术家运用自己所特有的艺术掌握世界的方式,创造了无数的艺术珍品,不仅为广大读者提供了鉴赏批评的对象,而且也陶冶、培养和形成了读者的艺术趣味、艺术思维方式和鉴赏判断的能力。而读者对作家生产的产品的"反馈",又为艺术生产创造出新的需要、动

---

① 《马克思恩格斯选集》第4卷,人民出版社,1972年版,第478页。
② 《马克思恩格斯选集》第2卷,人民出版社,1972年版,第95页。

力和目的。

每一个时代每一个作家的文艺作品,都有自己的读者群。作品所显示的人的本质力量越深广,它的读者群就越大,以致可以超出阶级、民族和时代,像莎士比亚的戏剧,曹雪芹的小说一样,具有永久性的艺术魅力。别林斯基曾经指出,读者群与作者的关系,后者是生产者,前者是消费者;后者是演员,前者是以自己的共鸣和热情奖励演员的观众。"文学是他们的珍宝、财富。他们评判着文学作品,赋予它们以价值,既不把渺小平庸的作者提高,也不使真正的才能淹没无闻。"① 文学只要是有读者群,就有明确表示出来的社会舆论,就有直截了当的批评。就整个社会来讲,最大的读者群,是推动历史前进的人民群众,而不是由极少数人所形成的某些代表狭隘私利的社会势力。文艺作品是世界的共同财富。在任何时代、任何国家,人民群众的赏识则是对文艺作品艺术价值的最大肯定。马克思说:"人民历来就是作家'够资格'和'不够资格'的唯一判断者。"② 当然作品的读者群的水平不是一样的,他们的知识结构和文艺修养是分不同层次的,他们的艺术趣味有健康与不健康之分,他们对作品的鉴别也有正确与不正确之别。文艺批评家是读者的一员、人民群众的一员。他理解读者的心理和趣味,他的使命是表达优秀读者的意见、趣味和要求。阿·托尔斯泰说:"批评家应该是广大读者群众在艺术上的成长、要求和创造热情的一个最理想的表达者。"③ 对于文化水平和艺术修养低层次的读者,批评家则应不断地

---

① [俄]别林斯基著,[俄]别列金娜编,梁真译:《别林斯基论文学》,新文艺出版社,1958年版,第249—250页。
② 《马克思恩格斯全集》第1卷,人民出版社,1956年版,第90页。
③ [俄]阿·托尔斯泰著,程代熙译:《论文学》,人民文学出版社,1980年版,第48页。

引导他们纠正一些不健康的趣味，提高他们的鉴赏能力，正确地理解作家作品。在批评过程中，批评家不能丧失应有的品格，无原则地去"迎合大众"和"媚悦大众"。"迎合和媚悦，是不会于大众有益的。"①

批评家的主体性意识，不仅表现在与读者的关系中，而且更重要的表现在与作家、艺术家的关系中。批评家与作家的关系是一种特殊的研究主体与研究客体（又是创作主体）的关系，二者是一种平等的关系。他们各自一方都有其主体性。如果批评家摆出一副祖师爷的架势，以行政长官的口气，对作家作品横挑鼻子竖挑眼，任意挥舞大棒扼杀艺术，那么艺术家就理应抵制和反对这种批评。相反，如果作家把批评看作是自己的附庸，批评家干的工作只能是一种"吹喇叭""抬轿子""擦皮鞋"的工作，那么批评家也有理由对这种作家嗤之以鼻。在当前走后门、拉关系的社会风气影响下，有的作家与批评家，也在搞交易，你写我捧，互相利用，各得其利。这些损害作家与批评家独立品格的不正常关系，有碍于文艺事业的发展。作家和批评家的目标是一致的，共同为发展和繁荣文艺事业，攀登文艺高峰而努力。因而作家与批评家之间不应该像旧时代的文人那样，"各以所长，相轻所短"，而应各个"指其所短，扬其所长"，相互尊重、支持和促进。

批评家的主体性的重要标志，就是他的批评活动真正成为一种自由自觉的活动。自由是对必然的认识和改造。因此，批评家必须在更高的文化层次上，认清自己时代社会生活发展的规律，了解人民的利益、趣味和心声；认清艺术掌握世界的特点和规律，把握作家思想感情的表达方式及其所遵循的"美的规律"。同时批评家又应

---

① 《鲁迅全集》第 7 卷，人民文学出版社，1981 年版，第 349 页。

较准确地把握本民族的审美趣味和思维方式，要无私心，无偏见，具有较高的艺术感受力、艺术鉴赏力和艺术判断力。一个不懂得时代精神，不了解人民的心声和艺术的规律的批评家，一个不热爱艺术而又具有私心的批评家，是永远不能在自己的实践中进入自由自觉的境界的。这种批评家的批评，不是逢场作戏，就是隔靴搔痒，毫无价值可谈。对于这种批评家，契诃夫嘲笑之为"马虻"，认为它专门搅扰马耕田。

我们所说的批评家的主体性，不是主观的随意性，不是康德式的先验的框架。它是对艺术规律的自觉运用，是批评家的主观能动性、创造性的集中表现。德国启蒙主义批评家莱辛说过："真正的艺术批评家，不从自己的鉴赏趣味中引出规律，而是按照事物的自然本性所要求的规则来形成自己的鉴赏趣味。"① 新批评派理论家艾略特也认为："批评家，如果是真正名副其实的话，本来就必须努力克服他个人的偏见和癖好——这是每个人都容易犯的毛病——在和同伴们共同追求正确判断的时候，还必须努力使自己的不同点和最大多数人协调一致。"② 批评家如果不是出于对艺术家的真诚的爱，而是从个人的某种私利出发，他就会失去批评家独立的品格，自觉不自觉地成为某种错误路线的工具，成为某些追名逐利的作家的附庸。莫泊桑说："批评家的基本特征究竟是哪些？他应该没有先入之见、预定的看法、门户观念并且不依附任何艺术流派，他应该了解，区别和解释一切最相反的倾向、最矛盾的气质，还应该容许最多样的艺术探讨。……他那无所不知的理解力，应该把自我消除得相当干

---

① ［德］莱辛著，张黎译：《汉堡剧评》，上海译文出版社，1981年版，第100页。
② ［英］艾略特：《批评的功能》//吴蠡甫编《现代西方文论选》，上海译文出版社，1983年版，第279页。

净,好让自己发现并赞扬甚至于他作为一个普通人所不喜爱的,而作为一个裁判者必然理解的作品。"① 在当前批评流派繁多、研究方法多样的情况下,莫泊桑提出的应该了解、区别和解释一切最相反的倾向,应该容许最多样的艺术探讨的主张,是有现实的借鉴意义的。批评家如果真正能够做到把文艺批评当作科学来对待,而又没有私心和偏见,没有任何宗派主义情绪,那么,他在自己的批评活动中,就一定能够虚怀若谷,吸取众家之长,扩大思维空间,改进批评方法。在对待具体作家作品的态度上,他就能够做到,不随风趋时,敢于讲真话,好处说好,坏处说坏,坦率、真诚地指出文艺作品的美和缺点,大力扶植新人新作,抵制种种不良的倾向。

四、文艺批评家的修养

马克思指出:"如果你想得到艺术的享受,那你就必须是一个有艺术修养的人。如果你想感化别人,那你就必须是一个实际上能鼓舞和推动别人前进的人。"② 文艺批评家要获得独立的品格,具有鲜明的主体性,从自己本身来讲,就必须努力学习掌握马克思主义世界观和方法论,学习科学的美学和文艺学,培养、提高自己的艺术修养和艺术鉴赏判断能力,不断丰富和完善自己的审美心理结构。在鉴赏判断中,对于一个没有"艺术家的眼睛"、没有欣赏音乐的耳朵、没有审美感觉系统的人,最美的文艺作品,也是没有意义的。批评家的审美感觉,虽有一定的先天的生理的条件,但主要是后天实践中形成的。马克思说:"只是由于人的本质的客观地展开的丰富

---

① [法]莫泊桑:《小说》,《文艺理论译丛》1958年第3期。
② 《马克思恩格斯全集》第42卷,人民出版社,1979年版,第155页。

性,主体的、人的感性的丰富性,如有音乐感的耳朵,能感受形式美的眼睛,总之,那些能成为人的享受的感觉,即确证自己是人的本质力量的感觉,才一部分发展起来,一部分产生出来。"① 批评家要提高自己的鉴赏判断能力,首先要从阅读、鉴赏中外最优秀的作品入手。因为这些经典性的作品,比较集中地体现了艺术的特点、规律。歌德在同爱克曼的谈话中说:"鉴赏力不是靠观赏中等作品而是要靠观赏最好的作品才能培育成的。所以我只让你看最好的作品,等你在最好的作品中打下牢固的基础,你就有了用来衡量其他作品的标准,估计不至于过高,而是恰如其分。"② 批评家在观赏优秀作品的同时,还要善于比较分析各种不同流派、不同倾向的作品,在鉴赏批评的实践中,提高鉴赏判断能力。随着时代的发展,文学艺术也在不断地丰富和发展。因此,批评家不应仅仅着眼于过去的优秀作品,而更重要的应当观察当代文艺发展的特点、倾向和规律。不能以陈旧的观念,来指导今天的批评实践。

　　文艺批评所面对的是一种特殊的复杂的精神产品。对象的性质及其丰富性、多样性,决定了批评的方法和途径不能是单一,而应是多样的、综合的。一个批评家要真正使自己的鉴赏批评实践活动,成为一种实现自己本质力量的自由自觉的活动,不仅要提高自己的艺术修养和鉴赏能力,还必须具有更高的思想水平和文化修养。不仅应努力学习和掌握马克思列宁主义理论,而且还懂得心理学、社会学、伦理学、语言学、人类学、未来学,以至自然科学。中外历史上出现的著名的批评家,如亚里士多德、狄德罗、康德、黑格尔、

---

　　① 《马克思恩格斯全集》第42卷,人民出版社,1979年版,第126页。
　　② [德]爱克曼著,朱光潜译:《歌德谈话录》,人民文学出版社,1978年版,第32页。

别林斯基、车尔尼雪夫斯基、王国维、鲁迅等，都是知识渊博，精通多种学科的学者。

文艺批评家除了向书本学习以外，还必须向生活这部大书学习。批评家只有深入到生活的底层，投身于变革现实的伟大斗争，与人民大众保持血肉的联系，才能真正区分什么是真善美与假恶丑，才能体验和理解各种人物的特殊的情感表达方式，了解人民群众的审美心理和审美理想，并在发展着的社会实践和艺术实践中不断校正自己的文学观念和研究方法。在这个基础上，才有可能比较准确地评价艺术作品的价值。

20世纪是一个批评的时代。世界上出现了社会历史学派、精神分析学派、新批评派、符号学、现象学、结构主义、接受美学女性主义、生态批评、文化诗学等批评流派。进入本世纪以来，中国的文艺批评有了很大的发展。随着马克思主义与中国文艺实际的结合，从二三十年代一直到50年代中期，曾出现过百家争鸣的局面。但是，文艺批评在我国真正进入自觉的时代，是在党的十一届三中全会以后的80年代。总结历史的经验教训，在战略重点已经转移到社会主义现代化建设轨道的新的历史时期，我们党和人民坚决摒弃了"以阶级斗争为纲"的错误理论和实践，并且不再提文艺从属于政治、为政治服务的口号，这就从根本上，使文艺创作和文艺批评摆脱了"从属"的地位，走上了按照文艺本身的特点和规律自由发展的道路。文艺批评，"第十位文艺女神"，在一个具有悠久文化传统的东方大国，步入了自己的"黄金时代"。

路与灯[①]
——论宗白华先生对中国现代美学、文艺学、艺术学建设的贡献

从五四时代起,宗白华先生就与文学艺术结下了不解之缘。他以毕生的精力,从事美学、文艺学、艺术学的研究,为中国现代美学、文艺学和艺术学的建设作出了卓越的贡献。他是中国现代美学、文艺学和艺术学的开拓者和奠基人之一。

宗白华先生不仅学贯中西、融汇古今,而且以其人格的魅力,使许多中外学者倾倒。研究他的美学思想、文艺思想,探寻他所开辟的美学之路和他所点燃的学术之"灯",对于建设有中国特色的美学、文艺学、艺术学,开展中西的比较研究,都有重要的理论价值和现实意义。

[①] 该文是作者参加1996年9月8—16日由北京大学主持召开的"纪念朱光潜宗白华诞辰一百周年国际学术研讨会"提交的论文,并在大会上发言。全文被收入《中国古代文论的现代转换》(陕西师范大学出版社,1997),同时以"路是走出来的,不是想出来的"为题,被收入《纪念朱光潜宗白华诞辰一百周年国际学术研讨会论文集》(安徽教育出版社,1997)。论文的主体部分又以《生命艺术化 艺术生命化——宗白华的生命美学新体系》为题,发表在《文学评论》1997年第3期,并获山东省社会科学优秀成果一等奖。

一、"路是走出来的,不是想出来的"
——宗白华对中国新文化运动和中国美学建设道路的探索

宗白华先生走上中国学术的舞台,正值本世纪中国处于第一次思想大解放的五四时代。面对旧中国,宗白华同当时的先进分子一样,以高度的爱国主义热情,高举"科学与民主"的旗帜,积极投入了当时正蓬勃兴起的新文化运动。他在1919年8月29日写的《问祖国》一诗中写道:

> 祖国!祖国!
> 你这样灿烂明丽的河山,
> 怎蒙了漫无天际的黑雾?
> 你这样聪慧多才的民族,
> 怎堕入长梦不醒的迷途?
> 你沉雾几时消?
> 你长梦几时寤?
> 我在此独立苍茫,
> 你对我默然无语!①

中国向何处去?中国新文化运动应走一条什么样的道路?这是当时进步青年都在思考的问题。对于当时中国社会和中国文化发展的情势,宗先生做了这样的描述,"现在旧文化既有许多不适用的,新文化又未产生,于是,中国陷于文化恐慌的状态,旧学术消沉,

---

① 《宗白华全集》第1卷,安徽教育出版社,1994年版,第40页。

新学术未振，旧道德堕落，新道德未生，一切物质文化及政治状况、社会状况皆是一种不新不旧不中不西的形式，若长此以往，历时愈多，中国文化愈落愈深，恐怕陷于不可恢复的境地。所以我们青年实负有创造中国新文化的责任。"① 1919 年 8 月，上海《时事新报》正式聘任当时被誉为《少年中国》理论家的宗白华，参加编辑《学灯》副刊。在这个五四时期重要的新文化阵地上，宗白华初露锋芒，他不仅展示出了一个正在成长的中国青年学者的智慧和风范，并且发现和扶植了"东方未来的诗人"郭沫若。宗白华于 1920 年 1 月 1 日在《时事新报》上发表的《〈学灯〉栏宣言》中，以简洁的语言阐明了他主编的《学灯》栏目的含义："本栏的定义，简括言之，就是奉学术作本栏新文化运动的指导明灯。借着这学术的灯，做我们积极的、基础的、稳固的、建设的新文化运动。"② 宗白华在《学灯》工作的时间虽还不到一年，却为中国新文化的建设作出了积极的贡献。为了进一步探索真理，1920 年夏，宗白华毅然辞去《学灯》主编职务，去世界现代哲学美学的故乡德国留学。他在《自德见寄书》中陈述了自己去德留学的打算和目的："我预备在欧几年把科学中的理、化、生、心四科，哲学中的诸代表思想，艺术中的诸大家作品和理论，细细研究一番，回国后再拿一二十年研究东方文化的基础和实在，然后再切实批评，以寻出新文化建设的真道路来。"③ 宗先生要探寻的新文化建设的真道路，自然包括在《新诗略谈》《新文学底源泉》《美学与艺术略谈》等论文中提出的中国文学和中国美学的发展道路问题。

---

① 《宗白华全集》第 1 卷，安徽教育出版社，1994 年版，第 99—100 页。
② 《宗白华全集》第 1 卷，安徽教育出版社，1994 年版，第 141 页。
③ 《宗白华全集》第 1 卷，安徽教育出版社，1994 年版，第 335—336 页。

鲁迅在《故乡》结尾曾意味深长地说："希望是本无所谓有，无所谓无的。这正如地上的路；其实地上本没有路，走的人多了，也便成了路。"① 美学这个词是1750年由德国鲍姆嘉登提出，它在中国出现并发展成一个独立的学科完全是20世纪的事情。据现有资料查看，最早是王国维在1904年写的《叔本华之哲学及其教育学说》一文中正式使用"美学"概念，他在同年写的《〈红楼梦〉评论》中，出色地运用康德、叔本华的美学观点，论述了《红楼梦》的美学价值。继之，徐念慈在1907年写的《〈小说林〉缘起》中又具体介绍了黑格尔的理想美学的特征。至于如何建设中国现代美学，中国现代美学应走一条什么道路，王国维、徐念慈、梁启超、蔡元培都还未从理论上系统地提出。宗白华先生在前人探索的基础上，自觉地提出了中国现代美学、现代诗学和新文化建设的道路问题。他把美学建设、诗学建设放在新文化建设的总体中来加以考虑，对现代美学建设和新文化运动发展的一些重大问题，他几乎都提出了自己的理论见解。

（一）关于美学建设的目的、态度和方法问题

如何建设中国的新文化，如何建设中国现代美学，并使之成为一个独立的学科。宗白华十分重视如何去研究，即抱什么目的，以什么样的态度、方法和途径去研究的问题。他认为任何一种学术研究，都是为着探求真理。"学者的责任，本是探求真理，真理是学者第一种的生命。小己的成见与外界的势力，都是真理的大敌。抵抗这种大敌的器械，莫过于古印度学者服从真理、牺牲成见的态度，

---

① 《宗白华全集》第1卷，安徽教育出版社，1994年版，第485页。

欧洲中古学者拥护真理、牺牲生命的精神。"① 要探求学术真理，建立真正的科学，就必须遵循"科学严格的法则"，具有客观研究的精神。应将西方重客观、重实证的科学严格精神与东方天才直觉的能力结合起来。他说："直觉本无害，惟偏于直觉而无科学分析眼光，就有弊了。"② 他又说："中国人最缺乏科学与分析的眼光，凡事皆凭着笼统直觉的见解，还自以为玄妙高深，摆脱名相，他的流弊就是盲从与独断，没有批评的精神，没有研究的态度，所以守旧的以为先圣之言无可怀疑，趋新的以为新的都是好的。"③ 他鲜明地反对认识上的"独断论"，1920年1月3日在《答陈独秀先生》中，批评陈独秀是打起"拥护科学"的招牌，"实行做中国幻想直觉独断家的代表"④。他认为"独断论"不研究知识的起源与范围，只凭着理想决定实际的本相；或是认定几种原理公例是决不可怀疑的，由此原理推断世界一切现象。所以精神论与物质论都是独断论。宗白华深受康德的批判哲学的影响。他认为按照康德广义的"批判"含义，是指"吾人未曾建一哲学系统（形而上学）之前，须先一研究吾人知识的本源，考察他的效用范围，以决定形而上学能建立与否"⑤。宗先生对于近代世界出现的不同的哲学思潮和美学思潮，都认真地加以辨析过。他的求实的、科学的精神，使他的认识论倾向于唯物主义，认为"穷万象变化之因，知一切现象，皆物质之运动"⑥。"自然始终是一切美的源泉，是一切艺术的范本。"⑦ 同时宗先生又

---

① 《宗白华全集》第1卷，安徽教育出版社，1994年版，第139页。
② 《宗白华全集》第1卷，安徽教育出版社，1994年版，第103页。
③ 《宗白华全集》第1卷，安徽教育出版社，1994年版，第91页。
④ 《宗白华全集》第1卷，安徽教育出版社，1994年版，第148页。
⑤ 《宗白华全集》第1卷，安徽教育出版社，1994年版，第65页。
⑥ 《宗白华全集》第1卷，安徽教育出版社，1994年版，第10页。
⑦ 《宗白华全集》第1卷，安徽教育出版社，1994年版，第325页。

深受德国哲学中的辩证法宇宙观的影响，并将它同中国古代《周易》的哲学思想结合起来加以把握。他说："所谓'辩证法'（或译'对立法''矛盾法'）是一种很古老的哲学思索的方法。它的特点，是想从我们的理知去把握那流动中的、发展中的历史的生命的意识的现象。中国的《易》是一部动的生命的哲学，所以它的方法也是属于'辩证法'的。黑格尔是近代最伟大的历史哲学家。他所研究的世界是这动的发展中的世界。他动用辩证法组织他全部的哲学系统。"① 宇宙观决定人生观、美学观、艺术观。辩证法是德国古典哲学和中国古代周易哲学的精华和灵魂。宗白华深谙个中奥秘，并以此指导自己的美学研究。读宗白华的美学论著，给人最深的感受，就是平易自然，实事求是，处处闪耀着辩证法的光辉。正是因为这样，宗白华于20世纪40年代接受马克思主义的世界观和方法论，是顺理成章、非常自然的事情。宗白华通晓中外哲学史，并亲自讲授过《西洋哲学史》《中国哲学史》和《中国近代思想史》。他是从研究哲学入手进而研究中外艺术史——美学史的。他亲自对何思敬先生翻译的马克思《1844年经济学哲学手稿》进行过校译，翻译过汉斯·考斯写的关于马克思美学思想研究的论著，讲授过列宁的《国家与革命》。宗先生对马克思主义是真诚的接受，并用以指导自己的美学研究工作。他说："马克思主义世界观是科学的总结，而不是科学的总加；马克思主义的世界观是一种科学，而不是'科学的科学'，不是驾临于各门科学之上，而是作为各门科学理论根据的哲学。"② 在中国共产党成立三十周年之际，他重新想起了五四时期写下的《问祖国》的诗，以无限热爱的激情赞颂新中国的诞生，他深

---

① 《宗白华全集》第2卷，安徽教育出版社，1994年版，第246页。
② 《宗白华全集》第3卷，安徽教育出版社，1994年版，第29页。

有感触地说:"马列主义的哲学史唤醒了迷途的长梦,使中国民族真能发展他的聪慧才能,贡献于全世界的人民了!今天我们更用不着独立苍茫的感慨,我们已经参加进世界进步的人民的行列里,为创造更光明的人类前途而工作了!"①

(二) 物质文化与精神文化的内涵及其相互关系

宗白华从青年时代起就立志于中国新文化的创造。他从事的哲学研究、美学研究和艺术研究都属于新文化的创造范围之内。1919年11月15日刊载于《少年中国》上的《中国青年的奋斗生活与创造生活》一文中,宗先生全面地论述了自己的文化观,特别对物质文化与精神文化的内涵及其关系的论述,今天看来仍是十分精辟而有价值的。宗先生认为:"物质文化就是人类利用自然界材料制造人类实际生活所需用之物品,如衣服、居室、器械、舟车、桥梁、街道等类。"② 物质文化的基础是自然科学,要发展中国的物质文化,就须从研究自然科学入手。对欧美的先进的科学技术,要认真学习,要"取法欧洲,根基科学,还要有创造的能力,发扬东方闳大壮丽的精神"③。宗先生特别强调:"物质文化是一切高等精神文化的基础,非常重要,中国的旧学者每每轻视物质,是很谬误的,以致中国物质文化千余年来没有进步,农器工具依然是千年古物,街道居室依然逼窄污暗,不合卫生,工艺实业全不发达,偌大的土地,偌大的天产,还要年报饥荒,民不聊生,……若没有物质文化的基础,我们所理想的精神文化是不能尽致发展的。"④ 关于精神文化,宗先

---

① 《宗白华全集》第3卷,安徽教育出版社,1994年版,第2页。
② 《宗白华全集》第1卷,安徽教育出版社,1994年版,第100页。
③ 《宗白华全集》第1卷,安徽教育出版社,1994年版,第101页。
④ 《宗白华全集》第1卷,安徽教育出版社,1994年版,第101页。

生认为，精神文化的产品就是学术、艺术、道德、宗教。美学是精神文化的组成部分。中国古代精神文化的产品极高极古，有很高的价值，不在欧美之下，但是现代的精神文化则落后了。因此"我们还要刻苦的奋斗，积极的创造，数十年后，中国或者才实现一点新精神文化的曙光"①。对于物质文化与精神文化的关系，他强调二者不可偏废。他在1920年3月5日写的《对于"新上海建设"的一点意见》中说："上海是中国东南最大最著名的一个都市。他的物质文明和精神文化方面都是内地各处的模范标准。上海人民的一举一动都足以影响内地人民的风化思想。所以谋中国革新的人不可不注意上海的革新。"② 但是20世纪20年代的上海，却远远达不到这样的要求，实际是一个"有肉无灵，有物质无精神的'上海'"。因此在建设新上海时，绝对不能专重物质文明的发展，一定要同时抓好精神文化的建设，"要知道物质文明虽是精神文化底基础，而精神文化却是物质文明底目的"③，宗先生的这一看法，对于今天新上海的建设也不是无意义的。

在物质文化与精神文化建设过程中，往往遇到一个"新"与"旧"的争论。对此，宗先生也辩证地加以分析。他认为，新与旧是相对而言，所谓新是在旧的中间发展进化，改正增益的，不是凭空特创的。中国旧学说、旧道德、旧艺术中，实有很多精华不可消灭的，创造新文化正是发挥光大这种旧文化。比如中国旧道德中最注重知行合一，就不能反对。"徒行而不知，或盲行而不知，总不能说有道德价值，所以我们所谓新，即是比较趋合于真理而已。学术上

---

① 《宗白华全集》第1卷，安徽教育出版社，1994年版，第102页。
② 《宗白华全集》第1卷，安徽教育出版社，1994年版，第190页。
③ 《宗白华全集》第1卷，安徽教育出版社，1994年版，第191页。

本只有真妄问题，无所谓新旧问题。我们只知崇拜真理，崇拜进化，不崇拜世俗所谓新。古代发明的真理，我们仍须尊重，现在风行的谬说，我们当然排斥，学者的心中只知有真妄，不知有新旧，望吾国青年注意于此，凡事须处于主动研究的地位，勿趋于被动盲从的地位。"①

宗先生以是否具有真理性，来识别社会大变革时期出现的种种新与旧的现象，无疑是正确的。当然，究竟何者具有真理性，还需靠实践的检验。正是因为宗先生具有执着追求真理的学术品格，因此在任何社会风云变幻中，他都能毫不动摇地继续沿着自己既定的目标走去，决不去做那种翻着筋斗、看风使舵，趋时追新，甚至"落井下石"的"风派"学者。

（三）关于东西今古文化的比较、对流与综合问题

对于中国新文化的建设，包括美学、诗学、艺术学的建设问题，宗白华提出了一条"东西今古"，比较、对流、综合的新路子。

1. 对中国传统文化应持分析的态度。五四时期在"打倒孔家店"的口号下，对中国传统文化采取一种否定和虚无主义的态度，成了一种时髦的倾向，宗白华对此有清醒的认识。他一方面深刻地认识到旧文学、旧文化的弊端，他认为："中国人旧文学底精神已流于空泛，笼统，因袭，虚伪的一途，非根本改革不可。"② 而旧形式的压迫又太重，不能用真诚确切的概念意象，表写新生命新感觉的精神。同时，宗先生又充分认识到传统文化中有很多值得发扬的东西。就思想内容讲，"中国古文化中本有很精粹的，如周秦诸学者的

---

① 《宗白华全集》第 1 卷，安徽教育出版社，1994 年版，第 103 页。
② 《宗白华全集》第 1 卷，安徽教育出版社，1994 年版，第 186 页。

大同主义（孔子）、平等主义（孟子）、兼爱主义（墨子），都极高尚伟大，不背现在世界潮流的，大可以保存发扬的"。① 在他主编的《时事新报·学灯》专栏中，一再告诫中国读者，"中国旧文化中实用伟大优美的，万不可消灭"②。宗先生高度评价中国的文学艺术，他认为中国的许多优秀的文艺作品绝不在欧美的优秀作品之下。他对中国的美学遗产尤为重视，这其中有许多有价值的东西。他认为，研究中国美学史，不仅应全面整理中国古代的文论、诗论、画论、书论、乐论、戏曲论的丰富美学资料，而且要加强对出土的古文物的收集、保护和研究，重视吸取作家艺术家的美学见解，总结他们的艺术实践经验。我们研究中国美学史的人应当打破过去的一些成见，而从中国极为丰实的艺术成就和艺人的艺术思想里，去考察中国美学思想的特点和规律。这样做不仅是为了理解我们自己的文学艺术遗产，同时也将对世界的美学探讨作出贡献。

2. 对西方文化应严格加以批判地审视，反对剽窃、照搬、调和。宗白华清醒地认识到，中国的物质文化与精神文化在近代是落后于欧美，政治上缺乏民主，思想文化领域缺乏科学精神，"学术上没有他们的精确真实幽深玄远，直造形上至精至微之域"③。同时，他也的确认识到欧美文化中存有许多弊端和缺陷。他说："我以为中国将来的文化决不是把欧美文化搬了来就成功。"④ 对待西方纷至沓来的各种学说、思潮，首先应了解它的本质和动因，进而要有确当的批判，然后肯定其价值，绝不走极端。对于外来文化，宗先生还特别反对那种缺乏科学精神的沟通与调和。他说，中国的学者有两种强

---

① 《宗白华全集》第1卷，安徽教育出版社，1994年版，第102页。
② 《宗白华全集》第1卷，安徽教育出版社，1994年版，第336页。
③ 《宗白华全集》第1卷，安徽教育出版社，1994年版，第101页。
④ 《宗白华全集》第1卷，安徽教育出版社，1994年版，第336页。

烈的嗜好与习惯，就是沟通与调和。自魏晋以后，中国学者的毕生事业大半是求释老的沟通，儒佛的调和，不是拿佛理来解释庄子，就是拿孔道来充拾佛学。而不是追问各家学说的特殊的起源、目的、概念文字的特殊含义，抱定"殊途同归，一致百虑"的观念，总想熔三教于一炉。在这种传统的积习指导下，"遇着一种西洋学说总先寻找中国旧学中有那一种陈说可以包括它的。包括了以后，就自以为对于这种新学说已经了解，已经会意，毋庸再研究了。就是去研究，也不过借此去阐明古学，重振旧义，对于古人更增一次景仰惊异，更加一重崇拜信服"①。他认为，这样做的结果，自然抹去了时代的进步，学术的发展，使"真妄糅杂，使真理连带不得进步。所以我们须向着真理的真面目上去观察，不必把古人的陈说来沟通调和，数量比较，想从这种中间得出一个真理来"②。以引用古说来比附新学的做法是有害无益的。学习、研究西方文化，目的是为了追求真理，是要"借外人的镜子照自己的面孔"③，"借些西体的血脉和精神来，使我们病体复苏"④。这样通过数十年艰苦努力，创造中国的新的精神文化。他说："我们青年学者现在进行的方法，就是先于各种自然科学有彻底的研究，以为一切观察思考的基础，然后于东西今古的学说思想有严格的审查，考察他科学上的价值，再创造一种伟大庄闳，根据实际的宇宙观及人生观，作我们行为举动的标准，不是剽窃一点欧美最近的学说或保守一点周秦诸子的言论就算是中国的精神文化。"⑤ 为了学习西方文化，研究西方美学，第一位

---

① 《宗白华全集》第 1 卷，安徽教育出版社，1994 年版，第 114 页。
② 《宗白华全集》第 1 卷，安徽教育出版社，1994 年版，第 115 页。
③ 《宗白华全集》第 1 卷，安徽教育出版社，1994 年版，第 336 页。
④ 《宗白华全集》第 1 卷，安徽教育出版社，1994 年版，第 103 页。
⑤ 《宗白华全集》第 1 卷，安徽教育出版社，1994 年版，第 102 页。

的工作是要认真做好译介工作。我们熟知宗先生亲自翻译的康德的美学名著《判断力批判》(上卷)和他参加校译的马克思的《1844年经济学哲学手稿》(何思敬译本),至今仍是研究美学的人必读的经典历史文献。

3. 力倡开展中西美学的比较研究。宗白华是中西比较诗学、比较艺术学、比较美学的开拓者。他不仅在理论上积极倡导,而且亲自多方面进行比较研究。他说:"中、西文化都有自己的历史。西方文化从希腊、罗马到文艺复兴再到现代,有一个不断推衍和发展的过程。中国文化也有自己的发展过程,在这一过程中也曾受到西方文化的影响,如从印度佛教及其思想对中国文化有巨大影响。这就是要求我们在今天研究中国古代文化思想时不要忘记同西方进行比较。在美学研究中,一方面要开发中国美学的特质,另一方面也要同西方美学思想进行比较研究,发现它们之间的联系与区别。"① 中、西美学只有在相互比较中,才能从中发现中、西美学发展过程中出现的共同性的东西和各自不同的特点和规律。宗先生认为这种比较应是多方面、多层次的比较,不仅要从文化背景、哲学基础、思维方式等方面进行宏观比较,还应就各民族不同时期各种艺术门类的美学思想进行微观比较。只有在比较中才能发现中国美学不同的特点和规律。他说:"研究中国美学还要把中国的美学理论与欧洲、与印度的美学理论相比较,从比较中可以见出中国美学的特殊性……中国的美学思想与西方的美学确有很多不同的特点。比如,西方古代多侧重于从本体论方面,即从客观方面去讨论美,如柏拉图关于美的理念和亚里士多德的《诗学》中关于美的论述;而中国古代的美学思想则和伦理道德结合得比较紧密。所以,要研究中国的美学,

---

① 《宗白华全集》第3卷,安徽教育出版社,1994年版,第617页。

就必须了解中国古代的思想发展史。人类的思想发展具有相对的独立性和历史继承性。对于历史上优秀的东西我们今天应当批判地继承和发扬。"① 宗先生认为，西方美学从希腊的庙堂抽象出美的规律来，如均衡、比例、对称、和谐、层次、节奏等等，至今成为西方美学里美的形式的基本范畴，这些都是西方美学首先注意分析研究的。我们也可以从古人论书法的结构美里总结出若干中国美学的范畴，进而拿来与西方美学里的诸范畴作比较研究，观其异同，以丰富世界美学的内容。宗白华写下的《论中西画法的渊源与基础》《中西画法所表现的空间意识》《中西戏剧比较及其他》《中国书法里的美学思想》《形上学》《中西哲学的比较》等，对中西文化的比较研究，都富有极大的启示性和开拓性。

4. 东西文化的对流与综合。宗白华认为，"东方的精神思想可以以'静观'两字代表之。儒家、佛家、道家都有这种倾向。佛家还有'寂照'两个字描写他。这种东方的'静观'和西方的'进取'实是东西文化的两大根本差异。"② 以"动"与"静"来区别西方与东方文化的特点，尽管郭沫若当时不完全同意宗白华的概括，但不可否认东西文化的确存在着静与动的差异，当然两者又是相对的。宗先生也仅是从其主导特征而言的。中国长期是一个以小农经济为主体的宗法社会，在思想文化上呈现出"静"的特征，缺乏自由竞争的精神，这也是不可否认的事实。第一次世界大战以后，特别是五四以后，中国出现了向西方寻找真理的热潮，而西方则出现了渴慕东方"静观"世界的倾向，宗白华去德国学习期间，就亲眼见到德国学术界出现的学习东方文化的热潮。世界文化的确出现了"东西

---

① 《宗白华全集》第3卷，安徽教育出版社，1994年版，第608页。
② 《宗白华全集》第1卷，安徽教育出版社，1994年版，第336页。

对流"的趋向。宗先生说："东西虽对流，其原因不同，一是动流趋静流，一是静流趋动流。"① 在五四那个思想大解放年代，宗先生力倡东西文化"对流"论，这是难能可贵的。"对流"，就是东西文化相互学习、相互交流、相互补充的双向运动过程。这里既没有"欧洲中心主义"，又没有东方文化中心主义，是一种平等的、互补的相互学习的关系。宗先生的这一理论主张历史已经证明是正确的，也是可行的。

对于东西方文化发展的趋向，宗先生认为，随着历史的发展，东西方文化将在相互吸收的基础上，"渗合融化"而成一种各具民族特色的新的精神文化。他说："我们现在对于中国精神文化的责任，就是一方面保存中国旧文化中不可磨灭的伟大庄严的精神，发挥而重光之，一方面吸取西方新文化的菁华，渗合融化，在这东西两种文化总汇基础之上建造一种更高更灿烂的新精神文化，作世界未来文化的模范，免去现在东西方文化的缺点、偏处。"② 他还特别强调，中国以后文化的发展，还要极力发挥中国民族文化的"个性"，不专门模仿，因为模仿的东西代替不了自己的创造。对于美学的发展，宗先生也是持乐观态度的。他说："将来的世界美学自当不拘于一时一地的艺术表现，而综合全世界古今的艺术理想，融会贯通，求美学上最普遍的原理而不轻忽各个性的特殊风格。因为美与美术的源泉是人类最深心灵与他的环境世界接触相感时的波动。各个美术有它特殊的宇宙观与人生情绪为最深基础。中国的艺术与美学理论也自有它伟大独立的精神意义。"③

---

① 《宗白华全集》第 1 卷，安徽教育出版社，1994 年版，第 336 页。
② 《宗白华全集》第 1 卷，安徽教育出版社，1994 年版，第 102 页。
③ 《宗白华全集》第 2 卷，安徽教育出版社，1994 年版，第 43 页。

印度诗人泰戈尔（1861—1941）说："东方的文明是森林的文明，西方的文明是城市的文明。将来两种文明结合起来，要替世界放一大光彩，为人类造福。"① 宗白华很赞赏泰戈尔的这一看法，中国学者应发扬我们固有的森林文明，吸收西方的城市文明，以造成一种最高的文化，为人类造最大的幸福。但这不是一朝一夕的事情，而需要几代人的不断奋斗、创造。

宗白华对于中国新文化建设道路和现代美学建设的理论探索，是卓有成效的，是经得起时间考验和实践的检验的。他说："中国的路怎么走法？路是走出来的，不是想出来的。我们要研究中国的美学材料，研究中国美学史，找出规律性的东西，对今后的发展提出个意见，供人们参考，而不是要规定什么。"② 同时，对世界各国出现的种种文学艺术和美学的新流派，也要多看看，不要轻易地下结论。搞艺术批评，要尽量宽容些，要鼓励创新。搞美学研究，也需要从发展的观点来看问题。"中国美学的发展，也只有'百家争鸣'，大家用认真的科学的态度对待问题，联系实际，好好讨论、研究，才可望取得更大成果。"③ 宗先生用自己的双脚踏出的美学之路是一条通向建设有中国民族特色的美学之路，他用自己的心血和智慧点燃的学术之"灯"至今仍在我们的面前熠熠生辉。

二、生命艺术化　艺术生命化
——宗白华的生命美学新体系

中国现代美学家中，像宗白华这样兼诗人、艺术家、美学家于

---

① 《宗白华全集》第3卷，安徽教育出版社，1994年版，第335页。
② 《宗白华全集》第3卷，安徽教育出版社，1994年版，第596页
③ 《宗白华全集》第3卷，安徽教育出版社，1994年版，第597页。

一身的是少有的。他虽然通晓中西哲学史,但他更多的是以诗人、艺术家的眼光去研究美学的。他的生命与艺术与美始终交织在一起,他本人就是一首生命与艺术的交响曲。"我与艺术相交忘情,艺术与我忘情相交。"① 这是他一生的自白,也是他的美学思想的一个重要特征。

生命艺术化,艺术生命化,既是宗白华的人生观,也是宗白华的艺术观、美学观。宗白华说:"艺术创造的过程,是拿一件物质的对象,使它理想化、美化。我们生命创造的过程,也仿佛是由一种有机的构造的生命的原动力,贯注到物质中间,使他进成一个有系统的有组织的合理想的生物。我们生命创造的现象与艺术创造的现象,颇有相似的地方。……艺术创造的目的是一个优美高尚的艺术品,我们人生的目的是一个优美高尚的艺术品似的人生。这是我个人的理想的艺术的人生观。"② 在宗先生看来,在人类史上,真正体现生命艺术化与艺术生命化的伟人,在西方是歌德,在中国则是庄子。他在《歌德之人生启示》一文中写道:"人生是什么?人生的真相如何?人生的意义何在?人生的目的是何?这些人生最重大、最中心的问题,不只是古来一切大宗教家、哲学家所殚精竭虑以求解答的。世界上第一流的大诗人凝神冥想,探入灵魂的幽邃,或纵身大化中,于一朵花中窥见天国,一滴露水参悟生命,然后用他们生花之笔,幻现层层世界,幕幕人生,归根也不外乎启示这生命的真相与意义。"③ 他称歌德"是世界一扇明窗,我们由他窥见了人生生命永恒幽邃奇丽广大的天空"④。中国的庄子,也是历史上最与自然

---

① 《宗白华全集》第3卷,安徽教育出版社,1994年版,第614页。
② 《宗白华全集》第1卷,安徽教育出版社,1994年版,第222—223页。
③ 《宗白华全集》第2卷,安徽教育出版社,1994年版,第2页。
④ 《宗白华全集》第2卷,安徽教育出版社,1994年版,第2页。

接近的人,最富于创造思想的人。他将生命艺术化,在他的著作中体悟着宇宙的生命律动和人生的深邃哲理。

在宗先生看来,生命是艺术的本体,也是美的本体。他说:

> 艺术是自然中最高级创造,最精神化的创造。就实际讲来,艺术本就是人类——艺术家——精神生命底向外的发展,贯注到自然的物质中,使他精神化,理想化。①
>
> 《美学与艺术略谈》(1920)

> "艺术是精神的生命贯注到物质界中,使无生命的表现生命,无精神的表现精神。"……一切有机生命皆凭借物质扶摇而入于精神的美。②
>
> 《看了罗丹雕刻以后》(1921)

> 艺术为生命的表现,艺术家用以表现其生命,而给与欣赏家以生命的印象。……艺术品之表现,为一种生命的表现,作家之生命的表现,生命之内容可如下表:
>
> 生命(时间中的流动变迁)⎰禀赋(遗传)—天然的精神结构
> 　　　　　　　　　　　⎨过去的经历
> 　　　　　　　　　　　⎩当前的经历③
>
> 《艺术学》(1926—1928)

---

① 《宗白华全集》第1卷,安徽教育出版社,1994年版,第205页。
② 《宗白华全集》第1卷,安徽教育出版社,1994年版,第324—325页。
③ 《宗白华全集》第1卷,安徽教育出版社,1994年版,第560页。

美是丰富的生命在和谐的形式中。①

《哲学与艺术》(1933)

我们宇宙既是一阴一阳、一虚一实的生命节奏,所以它根本上是虚灵的时空合一体,是流荡着的生动气韵。哲人、诗人、画家,对于这世界是"体尽无穷而游无朕"。(《庄子》语)②

《中国诗画中所表现的空间意识》(1949)

这字已不仅是一个表达概念的符号,而是一个表现生命的单位,……中国古代的书家要想使"字"也表现生命,成为反映生命的艺术,就须用他所具有的方法和工具在字里表现出一个生命体的骨、筋、肉、血的感觉来。③

《中国书法里的美学思想》(1962)

中国的书法,是节奏化了的自然,表达着深一层的生命形象的构思,成为反映生命的艺术。④

《中国书法艺术的性质》(1983)

从20世纪的20年代到80年代,宗白华一以贯之,坚持生命艺术化和艺术生命化的美学主张。生命是艺术的本体,也是美的本体。这一思想从他在《时事新报》办"学灯"开始就已形成。1920年2月23日郭沫若发表《生命底文学》,文中明确提出"生命是文学的

---

① 《宗白华全集》第2卷,安徽教育出版社,1994年版,第58页。
② 《宗白华全集》第2卷,安徽教育出版社,1994年版,第441页。
③ 《宗白华全集》第3卷,安徽教育出版社,1994年版,第402页。
④ 《宗白华全集》第3卷,安徽教育出版社,1994年版,第611—612页。

本质"的观点，认为"生命的文学是必真、必善、必美的文学，纯是自立自善底必然的表示，故真；永为人类底 Energy（活力）底源泉，故善；自具光明、谐乐、感激、温暖，故美。真善美是生命底文学必具之二次性。"① 郭沫若以与宗白华的通信方式讨论诗的本质时还说："我想我们的诗只要是我们心中的诗意诗境底纯真的表现，命泉中流出来的 Strain（旋律），心琴上弹出来的 Melody（乐曲），生底颤动，灵底喊叫；那便是真诗、好诗，便是我们人类底欢乐底源泉，陶醉底美酿，慰安的天国。"② 郭沫若说他每逢遇着这样的诗，不论新体旧体，今人的还是古人的，中国的还是外国的，他总恨不得连书带纸地把它吞下去，恨不得连筋带骨地把它融下去。宗白华完全同意郭沫若的观点，因此他每接到郭沫若的信和诗，总是"欢喜感激的了不得"，认为自己"深心中的感觉，个性中的灵知，直觉中的思想见解"同郭是最相近的。他觉得宇宙的真相最好是用艺术表现，将来最真确的哲学就是一首《宇宙诗》。郭沫若喜欢歌德，宗白华同样景仰歌德，两人通信中经常谈及研究歌德的情况。他认为歌德"一切诗歌的源泉，就是他那鲜艳活泼，如火如荼的生命本体"③。

生命，作家个体的精神生命，又是创作的出发点，它决定着作品的内容是否鲜明。宗先生写道："诗人底文艺，当以诗人个性中真实的精神生命为出发点，以宇宙全部的精神生命为总对象。文学的实现，就是一个精神生活的实现。文学的内容，就是以一种精神生活为内容。"④ 他还说，"艺术品之内容，以人之生命的经历为出发

---

① 《宗白华全集》第 1 卷，安徽教育出版社，1994 年版，第 188 页。
② 《宗白华全集》第 1 卷，安徽教育出版社，1994 年版，第 231 页。
③ 《宗白华全集》第 2 卷，安徽教育出版社，1994 年版，第 16 页。
④ 《宗白华全集》第 1 卷，安徽教育出版社，1994 年版，第 186 页。

点，艺术家用一种方式表现其经历，即成艺术品之内容。"① 正因为艺术表现了生命，反映了时代的精神生命的底蕴，因此，它才能以巨大的艺术魅力震撼读者，以深邃的意蕴启迪人生。宗白华称歌德的《浮士德》是"近代人的圣经"，歌德与但丁、莎士比亚不同的地方，"就是他不单是由作品里启示我们人生真相，尤其在他自己的人格与生活中表现了人生广大精微的义谛"②。他本人就有深刻的体会，他说："我读《浮士德》，使我的人生观一大变；我看莎士比亚，使人生观察——深刻；我读梅特林，也能使我心中感到一个新颖的神秘的世界。从前的文学天才，总给我们一个'世界'，一个'社会'，一个'人生'。"③

宗白华的美学思想，深受中国古代美学和德国古典美学与本世纪初流行于西方的以狄尔泰、柏格森为代表的生命美学的影响，但他又是博采众长，熔中西古今于一炉，独具自己的特色。

钱锺书先生在《谈艺录》中曾说，中国古代文评的一个重要特色是："近取诸身，以文拟人；以文拟人，斯形神一贯，文质相宜矣。"④ 以文拟人，从哲学上讲与中国古代哲学——美学中的"天人合一"思想有关，从文艺传统上讲，又不能不说它在一定程度上受了魏晋以来将人物品藻与诗人评论结合传统的影响。宗白华对中国古代的文评、诗评、书评这一传统，十分熟悉。艺术生命化则是这一传统的精华所在，它从审美的层面揭示了艺术的本质特征。宗白华在自己的论文中，有关这方面的引证很多。他在《艺事杂谈》的笔记中，几乎摘引了古代画论中所有大家的论述。如郭熙的《林泉

---

① 《宗白华全集》第1卷，安徽教育出版社，1994年版，第560页。
② 《宗白华全集》第2卷，安徽教育出版社，1994年版，第2页。
③ 《宗白华全集》第1卷，安徽教育出版社，1994年版，第437页。
④ 钱锺书：《谈艺录》，中华书局，1986年版，第40页。

高致》中所说："山以水为血脉，以草木为毛发，以烟云为神彩，故山得水而活，得草木而华，得烟云而秀媚。水以山为面，以亭榭为眉目，以渔钓为精神，故水得山而媚，得亭榭而明快，得渔钓而旷落，此山水之布置也。"① 研究中国美学，宗先生认为应抓住魏晋美学这一关键时期，从这里入手深入研究下去。为什么宗先生如此重视魏晋时代？因为这是一个精神史上"极自由、极解放、最富于智慧、最浓于热情的一个时代"，是"最富有艺术精神的一个时代"。不论是书法、绘画、雕塑、诗文，还是造像、建筑，"无不是光芒万丈，前无古人，奠定了后代文学艺术的根基与趋向"②。魏晋的美学思想发展到了一个新的高峰，它奠定了中国古代美学的根基和发展趋向。这个时期兴起的"人物品藻"就直接影响了美学的发展。宗白华说："中国美学竟是出发于'人物品藻'之美学。美的概念、范畴、形容词，发源于人格美的评赏。……中国艺术和文学批评的名著，谢赫的《画品》，袁昂、庾肩吾的《书品》、钟嵘的《诗品》、刘勰的《文心雕龙》，都产生在这热闹的品藻人物的空气中。后来唐代司空图的《二十四品》，乃集我国美感范畴之大成。"③ 宗白华的美学思想弘扬和发展了中国古代美学关于"天人合一"和形神兼备、神韵等艺术生命化的优秀传统。宗白华与前人的不同之点，在于他没有仅停留在中国已有的美学传统上，而是吸取了西方生命美学的有价值的成分，并结合自己的艺术实践，更加系统地阐明了生命、艺术、美三者相互融合，从而构成了具有中国特色的生命美学理论体系。宗白华的生命美学理论与西方的生命美学虽有联系但有根本

---

① 《宗白华全集》第 2 卷，安徽教育出版社，1994 年版，第 83 页。
② 《宗白华全集》第 2 卷，安徽教育出版社，1994 年版，第 269 页。
③ 《宗白华全集》第 2 卷，安徽教育出版社，1994 年版，第 271 页。

的区别。(1) 哲学基础不同。西方生命美学是建立在一种把生命提高到世界本体地位的主观唯心主义哲学的基础上，而宗白华先生则承认世界的物质运动的第一性，并吸取了德国古典哲学和中国《周易》哲学的辩证法思想，最终形成了以实践论为基础的唯物辩证法的世界观，从而使自己的美学思想建立在科学理论的基础上。(2) 西方生命美学，割裂理性与感性的关系，是一种非理性的直觉主义的美学（如柏格森），宗白华则强调理性与感性的统一，科学的理性分析与天才的直觉主义相结合。宗白华早在1919年11月15日发表的《中国青年的奋斗生活与创造生活》一文，就明确表示自己"反对的是纯粹直觉主义"，"直觉本无害，惟偏于直觉而无科学分析眼光，就有弊了"①。(3) 强调知与行的统一，"对外的经验"与"对内的经验"的结合。宗白华深受中国古代知行统一观的影响，重视艺术家的实践活动，要求艺术家"直接向大自然的大书中读那一切真理的符号"②。他把"生活"看作是"人生经验的全体"。"生命即是经验"，而经验则是"一种积极的创造行为"。生活的内容包括"对外的经验"与"对内的经验"。宗白华与狄尔泰的生命美学不同，狄尔泰认为科学的理性的认识方法是无济于事的，唯有通过内省的体验才能把握真理，体味人生的奥秘。宗白华所说的"对内的经验"包括狄尔泰所说的内省体验，但他并未停留在只强调"对内的经验"上面。他认为"对内的经验"只有与"对外的经验"相结合，才能全面地认识、玩味生活的复杂、丰富的境相。而要将"对内的经验"与"对外的经验"统一起来，艺术家就必须走到自然和社会中，投入时代的大潮，通过多方面的实践活动，才能真正把握

---

① 《宗白华全集》第1卷，安徽教育出版社，1994年版，第103页。
② 《宗白华全集》第1卷，安徽教育出版社，1994年版，第213页。

和体验到生活的真谛。宗白华在1920年3月21日发表的《怎样使我们生活丰富？》中写道：

> 我们情绪意志的表现是在"行为"中，我们只要积极地奋勇地行为，投身入于生命的波浪，世界的潮流，一叶扁舟，莫知所属，尝遍着各色情绪细微的弦音，经历着一切意志汹涌的变态。那时，我们的生活内容丰富无比。再在这个丰富的生命的泉中，从理性方面发挥出思想学术，从情绪方面发挥出诗歌、艺术，从意志方面发挥出事业行为，这不是我们所理想的最高的人格么？①

宗白华在五四时代，写下的这段文字，是以歌德为代表的优秀艺术家的艺术经验的总结，它与狄尔泰、柏格森等人提出的"内省体验"和直觉主义，有着根本的区别。

三、意境的诞生与创构

如果说"生命"是宗白华美学思想体系的本体和灵魂，那么意境则是宗白华美学思想体系的核心。艺术生命化的过程，实际是一个意境诞生和创构的过程。宗先生从中国古代艺术的实际出发，批判地吸取了西方生命美学和中国古代的文论、诗论、书论、画论、戏曲论的有价值成分，在王国维研究的基础上，将意境理论推上了一个新的阶段，并以此为中心，提出了一系列相应的范畴。

王国维结合中国古代诗词的实际，吸取康德、叔本华的美学观

---

① 《宗白华全集》第1卷，安徽教育出版社，1994年版，第208—209页。

点，对中国传统的意境理论进行了开拓性的研究，在中国美学史上作出了卓越的贡献。与王国维相比，宗白华的对意境的研究，又有了新的突破和进展，这主要表现在：

1. 扩大、丰富和深化了意境的内涵，明确提出了"艺境"的概念，完成了中国古代意境范畴的现代转换。王国维所说的意境，主要限于"诗人之境界"，谈的是文学领域诗词、戏曲、小说的意境。宗白华将意境从文学领域扩大到整个艺术领域，除诗词、小说、戏曲外，他重点探讨了中国古代的绘画、书法、建筑、雕塑、音乐、园林等艺术的意境问题，将西方的生命美学与中国古代美学结合起来，联系中外艺术的实际，多侧面、多层次地对意境进行了研究，进而又用意境理论去分析各种艺术的特征。从而使意境不仅在理论上成了中国现代美学、文艺学的一个基本范畴，而且成为现代中国文艺批评实践中运用频率很高的一个范畴概念。宗白华认为，意境，不仅是"艺术创作的中心之中心"[1]，而且也是"一切艺术底中心之中心"[2]。"每一座巍峨崇高的建筑里是表现一个'境界'。每一曲悠扬清妙的音乐里也启示一个'境界'。虽然建筑与音乐的抽象的形或音的组合，不含有自然真景的描绘。但图画雕刻，诗歌小说戏剧里的'境界'则往往寄托在景物的幻现里面"[3]。意境，作为一个中国古代美学、文艺学的范畴概念，转换成为中国现代美学、文艺学理论与实践中不可或缺的范畴概念，并且得到国内外学者的共识，这是 20 世纪中国古代文论、古代美学研究的一大突破。在这当中，王国维、宗白华的学术研究成就，是功不可没，永载史册的。

---

[1] 《宗白华全集》第 2 卷，安徽教育出版社，1994 年版，第 328 页。
[2] 《宗白华全集》第 2 卷，安徽教育出版社，1994 年版，第 329 页。
[3] 《宗白华全集》第 2 卷，安徽教育出版社，1994 年版，第 59 页。

2. 从哲学、美学、心理学、发生学的角度探讨了意境的诞生与形成。明确提出了"物象""动象""静照"和"妙悟"等范畴。

(1) 宗白华具体运用和发挥了康德在《判断力批判》中所阐明的关于美在知、情、意三者之间所处的地位的理论，将人生的境界分了五个层次，具体分析了艺术境界在人与世界关系中所处的地位和特征。他说：

> 什么是意境？人与世界接触，因关系的层次不同，可有五种境界：a. 为满足生理的物质的需要，而有功利境界；b. 因人群共存互爱的关系，而有伦理境界；c. 因人群组合互制的关系，而有政治境界；d. 因穷研物理，追求智慧，而有学术境界；e. 因欲返本归真，冥合天人，而有宗教境界。功利境界主于利，伦理境界主于爱，政治境界主于权，学术境界主于真，宗教境界主于神。但介乎后二者的中间，以宇宙人生的具体为对象，赏玩它的色相、秩序、节奏、和谐，借以窥见自我的最深心灵的反映；化实景而为虚境，创形象以为象征，使人类最高的心灵具体化、肉身化，这就是"艺术境界"。艺术境界主于美。①

艺术境界是一个美的境界，它不同于功利境界、伦理境界、政治境界、学术境界、宗教境界，它与实用功利无关，与政治权利无关，与理性概念无关，与偶像崇拜的神无关。它是一个有生命的结晶体，是一个美的王国，它"既使心灵和宇宙净化，又使心灵和宇宙深化，使人在超脱的胸襟里体味到宇宙的深境"②。

---

① 《宗白华全集》第 2 卷，安徽教育出版社，1994 年版，第 360—361 页。
② 《宗白华全集》第 2 卷，安徽教育出版社，1994 年版，第 340 页。

（2）宗白华从发生学观点，动态地揭示了意境创构的过程、特点、范畴和规律。他说："艺术家经过'写实''传神'到'妙悟'境地，由于妙悟，他们'透过鸿濛之理，堪留百代之奇'。"① 意境的创构，艺术家面对的是"自然"和无限多样的"物象"和"动象"。宗先生认为，自然无往而不美，自然始终是一切美的源泉，是一切艺术的范本。自然（包括自然、社会和人生）呈现出种种"物象"，而这些"物象"无时无处，不处于"动"的状态。唯有"动象"，才能表现精神，表现生命，表现出宇宙的真相。他说："'自然'本是个大艺术家，艺术也是个'小自然'。艺术创造的过程，是物质的精神化；自然创造的过程，是精神的物质化；首尾不同，而其结局为一极真、极美、极善的灵魂和肉体的协调，心物一致的艺术品。"② "意境的创构，是使客观景物作我主观情思的象征。我人心中情思起伏，波澜变化，仪态万千，不是一个固定的物象轮廓能够如量表出，只有大自然的全幅生动的山川草木，云烟明晦，才足以表象我们胸襟里蓬勃无尽的灵感气韵。"③ 怎样才能使意境的创构进入传神、妙悟的更高的层面，宗白华提出了"静照"范畴。他说："艺术心灵的诞生，在人生忘我的一刹那，即美学上所谓'静照'。静照的起点在于空诸一切，心无挂碍，和世务暂时绝缘。这时一点觉心，静观万象，万象如在镜中，光明莹洁，而各得其所，呈现着它们各自的充实的、内在的、自由的生命，所谓'万物静观皆自得'。"④ 宗先生认为传神、妙悟的境界，不是机械的学习和探试可以获得，而是在"凝神寂照"的体现中突然涌现出来的。由此宗先

---

① 《宗白华全集》第2卷，安徽教育出版社，1994年版，第335页。
② 《宗白华全集》第1卷，安徽教育出版社，1994年版，第328页。
③ 《宗白华全集》第2卷，安徽教育出版社，1994年版，第363页。
④ 《宗白华全集》第2卷，安徽教育出版社，1994年版，第348页。

生得出了"静照"(contemplation)是一切艺术及审美生活的起点①的结论。

（3）意境创构的"静照"过程，是一个物与我（客观与主观）、景与情、虚与实、物质与精神、内容与形式双向运动、层层深入，最后融合而成为一个有生命的晶体的过程。它由渐变到突变，在艺术家灵魂的震动中诞生。宗先生将陆机、刘勰的应感、神思理论与西方的"灵感"论与佛家的顿悟、禅境精神结合在一起，揭示和描述了意境创构过程的思维特征和规律。他说："艺术意境不是一个单层的平面自然的再现，而是一个境界层深的创构。从直观感相的模写，活跃生命的传达，到最高灵境的启示，可以有三层次。"② "澄观一心而腾踔万象，是意境创造的始基，鸟鸣珠箔，群花自落，是意境表征的圆成。"③ 意境的最高层次，是禅境、艺境和哲学境界的完美融合。它既"得其环中"，又"超以象外"。这种境界的形成和出现，具有突发性、震撼性和独创性。宗先生写道：

> 这种微妙境界的实现，端赖艺术家平素的精神涵养，天机的培植，在活泼泼的心灵飞跃而又凝神寂照的体验中突然地成就。④

那么艺术意境之表现于作品，就是要透过秩序的网幕，使鸿濛之理闪闪发光。这秩序的网幕是由各个艺术家的意匠组织线、点、光、色、形体、声音或文字成为有机谐和的艺术形式，

---

① 《宗白华全集》第2卷，安徽教育出版社，1994年版，第277页。
② 《宗白华全集》第2卷，安徽教育出版社，1994年版，第365页。
③ 《宗白华全集》第2卷，安徽教育出版社，1994年版，第366页。
④ 《宗白华全集》第2卷，安徽教育出版社，1994年版，第364页。

以表出意境。①

因为这意境是艺术家的独创,是从他最深的"心源"和"造化"接触时突然的领悟和震动中诞生的,它不是一味客观的描绘,像一照相机的摄影。所以艺术家要能拿特创的"秩序、网幕"来把住那真理的闪光。②

宗白华对意境创构的特点、过程和规律的探讨,与王国维的探讨相比,显然是前进了一大步。

3. 在中西艺术的比较研究中,运用辩证的时空观和内容与形式统一观,提出和论述了艺境的结构成分、形式美、价值结构及时空意识等问题。

(1) 宗白华认为,任何一件艺术品都是一种意境、象征、表现,是内容与形式的有机统一体。他说:"艺术的境界是感官的,也是形式的。……这个艺术的有机体对外是一独立的'统一形式',在内是'力的回旋',丰富复杂的生命表现。于是艺术在人生中自成一世界,自有其组织与启示,与科学哲学等并立而无愧。"③ 宗先生对艺术品的艺境结构的主要元素,图示如下:

---

① 《宗白华全集》第 2 卷,安徽教育出版社,1994 年版,第 369 页。
② 《宗白华全集》第 2 卷,安徽教育出版社,1994 年版,第 369 页。
③ 《宗白华全集》第 2 卷,安徽教育出版社,1994 年版,第 61 页。

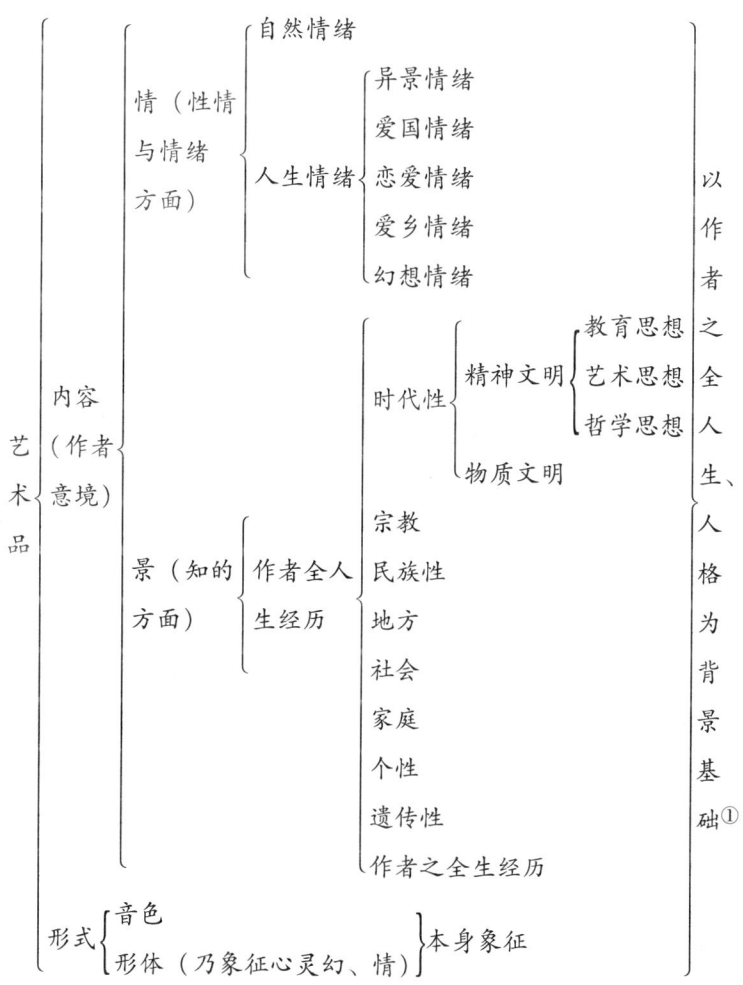

（2）宗白华对艺术形式美和艺术的"价值结构"的研究，是富有开拓性和独创性的。他认为形式是艺术之所以成为艺术的基本条件，它独立于科学、哲学、道德、宗教等文化事业之外，自成一文

---

① 《宗白华全集》第1卷，安徽教育出版社，1994年版，第558—559页。

化结构、生命的表现：它不只是实现了美的价值，而且深深地表达了生命的情调和意味。他说：

> 艺术既为艺术家用一种形式表现其内容意境，故某种意境，即有某种表现之形式，由此形式，因可给与观者以作者意境与情绪，而作者对自己亦得较多明了。
>
> 凡一切生命的表现，皆有节奏和条理，《易》注谓太极至动而有条理，太极即泛指宇宙而言，谓一切现象，皆至动而有条理也，艺术之形式即此条理，艺术内容即至动之生命。至动之生命表现自然之条理，如一伟大艺术品。①

形式是意境的形式，意境是形式的内容，二者共同构成了有生命的艺术品。形式虽有相对的独立性，自成一形式的境界，自织成一个超然自在的有机体②，但它如果孤立地离开内容，就成为形式主义。艺术形式的功用在于：a. 美的形式，可以使内容自成一独立的有机体的形象，引动人们对它能有集中的注意，深入的体验。美的对象的第一步需要形式的间隔（如图画的框、雕像的石座、庙宇的栏杆台阶、剧台的帘幕等）。因为美的境界都是由各种艺术形式的间隔作用造成的。b. 美的形式的积极的作用是组织、集体、配置。即绘画通过构图，可以"使片景孤境能织成一内在自足的境界，无待于外而自成一意义丰满的小宇宙，启示着宇宙人生的更深一层的真"③。美的形式最高的功用是进一步引入"由美入真"，深入生命节奏

---

① 《宗白华全集》第1卷，安徽教育出版社，1994年版，第563页。
② 《宗白华全集》第2卷，安徽教育出版社，1994年版，第99页。
③ 《宗白华全集》第2卷，安徽教育出版社，1994年版，第99页。

的核心。"世界上惟有最生动的艺术形式,如音乐、舞蹈姿态、建筑、书法、中国戏面谱、钟鼎彝器的形态与花纹——乃最能表达人类不可言、不可状之心灵姿式与生命的律动。"① 艺术形式,如数量的比例、形线的排列(建筑)、色彩的和谐(绘画)、音律的节奏,都是抽象的点、线、面、体或声音的交织结构,它的创构都是为了更集中更深入更理想地表现生命的真谛,创造出艺术心灵所能达到的最高、最美的境界。

1934年7月宗白华发表《略谈艺术的"价值结构"》一文,在我国学术界首次提出了艺术的"价值结构"问题。作者认为,艺术是人类文化创造生活之一部,是与学术、道德、工艺、政治,同为实现一种"人生价值"与"文化价值"。"形""景""情"是艺术的三层结构。因此,艺术的"价值结构"主要由三部分构成:a. 形式的价值,就主观的感受言,即"美的价值"。b. 抽象的价值,就客观言,为"真的价值",就主观感受言,为"生命的价值"。c. 启示的价值,启示宇宙人生之最深的意义与境界,就主观感受言,为"心灵的价值"。宗先生把形式价值列为首位,认为它是实现抽象价值与启示价值的前提。艺术如果失去了审美的价值,也就不成为艺术。艺术的最高追求是真、善、美三种主要价值的结合体。

(3)宗白华从辩证的时空观出发,研究了中国艺术的空间意识及其表现特征。他从五四时期就开始重视时空的问题,他说:"万象森罗、依空而住。百变纷纭、依时而显。空间时间者,世界一切事象之所莫能外也。……宇宙诸相,不能离空时以现。而空时自相,竟不可觉。吾人但见诸物,不见真空,但觉事变,不觉真时,而时间空间,心相宛然,不能舍空时以思物。"② 在他长期的艺术和美学

---

① 《宗白华全集》第2卷,安徽教育出版社,1994年版,第99页。
② 《宗白华全集》第1卷,安徽教育出版社,1994年版,第15—16页。

研究中,一直关注着艺术的时空表现问题。他在《论中西画法的渊源与基础》《中西画法所表现的空间意识》《论文艺的空灵与充实》《中国艺术意境之诞生》《中国诗画中所表现的空间意识》等论文中,从中西比较的角度,重点研究了中国艺术的空间意识及其表现特征问题。他说:"我们的诗和画中所表现的空间意识,不是像那代表希腊空间感觉的有轮廓的立体雕像,不是像那表现埃及空间感的墓中的直线甬道,也不是那代表近代欧洲精神的伦勃朗的油画中渺茫无际追寻无着的深空,而是'俯仰自得'的节奏化的音乐化了的中国人的宇宙感。《易经》上说:'无往不复,天地际也。'这正是中国人的空间意识!"① 中国人与西洋人虽然同爱无尽的空间,在精神意境上却有很大的不同。西洋人对无穷空间的态度,是追寻的、控制的、冒险的、探索的。中国人的态度则是"高山仰止,景行行止,虽不能至,而心向往之"。"中国人的最根本的宇宙观是《周易传》上所说的'一阴一阳之谓道'。我们画面的空间感也凭借一虚一实、一明一暗的流动节奏表达出来。虚(空间)同实(实物)联成一片波流,如决流之推波。明同暗也联成一片波动,如行云之推月。"② 宇宙既是一阴一阳、一虚一实的生命节奏,所以它从根本上是虚灵的时空合一体。这样的宇宙观一代又一代地积淀在中国艺术家的思想深处,流淌在他们的血液中。因此中国古代诗画中所创造的艺术空间,趋向于音乐境界,渗透了时间节奏。它的构成不依据算学,而依据动力学。也正是由于这个原因,宗白华先生将中国艺术意境的结构特点概括为"道、舞、空白"。

---

① 《宗白华全集》第2卷,安徽教育出版社,1994年版,第426页。
② 《宗白华全集》第2卷,安徽教育出版社,1994年版,第437页。

传统与现代转换的三条不同路径①

从实际出发，实事求是，这是我们讨论问题的最基本的出发点。今天，我们建设有中国特色的文艺学，自然应从当今时代中国和世界文学艺术的实践与文艺理论研究的基础出发，立足现代世界，继承和弘扬中国文论的优良传统，建构有中国特色的文艺科学。

历史告诉我们，任何理论建设都离不开实践，并在实践中接受检验，在实践中得到不断的丰实和发展。当代中国文论的建设，应当植根于中国文学艺术的实践活动之中，接受当代文艺实践的检验，回答当代文艺实践中提出的理论问题。同时，我们又清醒地认识到，中国的建设离不开世界。

我们要建立的文艺学，不是个封闭体系。它自然应当吸收世界文艺理论研究的新成果，总结世界文艺实践的新经验，并与中国的文艺实际相结合，博采众长，融会中西，创建新的理论。

传统与现代的关系是文艺学美学建设中经常出现而又必须解决的重大理论问题之一。面对中国和世界的文艺实践，我们并非不要

---

① 本文选自李衍柱：《路与灯——文艺学建设问题研究》，北京大学出版社，2003年版，第110—121页。该书2005年获山东省社会科学优秀成果一等奖，2006年获第四届中国高等学校人文社会科学研究成果三等奖。

传统。建设当代中国的文艺学，它的根，它的母体则是中国文论传统。我们中国的文论传统有三：一是中国古代文论传统；二是五四以来形成的中国现代文论传统；三是以毛泽东、邓小平为代表的有中国特色的马克思主义文论传统。正如北京大学张少康先生所说，我们应"把中国传统文论作为当代文艺学的母体和本根，并在此基础上按照现实的需要，建构具有中国特色的文艺理论体系"①。张先生这里说的传统文论，主要是指古代文论。我们对古代文论要进行现代美学的、历史的科学的阐释。"把其中那些具有普遍意义的、与当代文学理论在内涵方面有着共通之处的概念，即有着普遍规律性的成分，清理出来，赋予其新的思想、意义，使之汇入当代意义的文学理论的血肉。"② 我们要十分重视五四以来形成的现代文论传统，它以鲁迅、朱光潜、宗白华、蔡仪、钱锺书等为代表。他们以现代话语系统，融会中外古今的文论传统，使中国文艺理论逐渐走向科学化、人文化，具有了现代性，并使文艺学在中国成为一门独立的学科。由于古代文论是以文言文为载体的话语系统，它难以替代当代文艺学。因此当代文艺学建设，首先应在本世纪一代又一代学者不断探索形成的现代文论传统的基础上进行。近百年我们走过来的道路，不管是经验，还是教训，都是宝贵的财富，我们要很好地加以研究。以毛泽东、邓小平为代表的有中国特色的马克思主义文艺理论，是马克思主义普遍真理与中国革命实际和文艺实际相结合的产物。这是我们建设有中国特色的文艺学的指导思想。

建设有中国特色的文艺学，在如何对待传统文论的问题和如何

---

① 张少康：《古代文论和当代文艺学的建设问题》//《中国古代文论的现代转换》，陕西师范大学出版社，1997年版，第32页。
② 钱中文：《再谈文学理论现代性问题》，《文艺研究》1999年第3期。

对待传统与现代的关系问题上，尽管我们走过弯路、进过误区，但仍然在实践中开辟了不同的路径，提出了一些具有真知灼见的理论主张。这里我想重点谈一下朱光潜、宗白华和钱锺书的探索和主张。

第一，朱光潜的"移花接木"论。

朱光潜先生是对中国现代美学、诗学、文艺学建设作出突出贡献的美学家、翻译家。在如何处理中国传统文论与中国现代美学、诗学建设关系上，他的理论主张和实践的方式，概括地说就是移花接木。这一概括最早是由意大利学者马·沙巴蒂尼提出的。1970年马·沙巴蒂尼在罗马出版的《东方与西方》杂志上，发表了《朱光潜〈文艺心理学〉中的'克罗齐主义'》长篇论文，文中认为，朱光潜的《文艺心理学》是移植西方美学思想之"花"，接中国道家传统文艺思想之"木"。后来朱光潜自己也接受了这一观点，并加以补充说明：

> 沙巴蒂尼教授认为我是个折衷主义者而又不是一个彻底的克罗齐者，把克罗齐所反对的许多流派和克罗齐拼凑在一起，他还说我是移西方文化之花接中国传统之木，这个传统之木便是道家。这番话有对的，也有不对的。明眼人自能判断。①

1983年朱光潜进一步说他自己虽然接受了一部分道家的影响，但主要的不是道家而是儒家，说他是"移西方美学之花接中国儒家传统之木"②。朱先生受道家的影响，也受儒释的影响。因此"移花接木"，准确一点说，应是移西方文化之花，接中国传统文化和传统

---

① 《朱光潜全集》第10卷，安徽教育出版社，1987年版，第568页。
② 《朱光潜全集》第10卷，安徽教育出版社，1987年版，第648页。

文论之木。最典型地体现这种"移花接木"论的应该说是朱光潜于20世纪40年代出版的《诗论》。这部《诗论》是朱光潜最具有创造性的学术著作,也是他自己最得意的理论著作。他说:"在我过去的写作中,自认为用功较多,比较有点独到见解的,还是这本《诗论》。我在这里试用西方诗论来解释中国古典诗歌,用中国诗论来印证西方诗论;对中国诗的音律、为什么后来走上律诗的道路,也作了探讨分析。"①

在《诗论·抗战版序》中,作者提出了建设现代诗学的两个重要问题。他说:"当前,有两大问题须特别研究,一是固有的传统究竟有几分可以沿袭,一是外来的影响究竟有几分可以接受。这都是诗学者所应虚心探讨的。"②《诗论》将西方现代诗学的基本原理与中国古典诗歌创作和中国古代诗论传统相结合,以"移花接木"的方式,比较成功地在诗学研究中,回答了他提出的这两个问题。

在《诗论》中朱光潜出色地运用西方现代美学的观点与方法(即"移花接木"之"花"),重新阐释了中国古典诗学范畴的意义,具体分析了中国古代诗歌创作与欣赏,形成了自己独具特色的新的诗歌理论体系。他吸取了西方诗学中所体现出的科学精神和方法,认为"中国人的心理偏重综合而不喜分析,长于直觉而短于逻辑的思考。严谨的分析与逻辑的归纳恰是治诗学所需要的方法。"③ 他对古代诗论中的境界、情趣、意象、谐隐、节奏、声、顿、韵、律等范畴,联系诗歌实际,从理论上系统地做了阐释,并把这些范畴有机地结合在一起。他对境界的构成,对中国诗歌的艺术形式,特别是

---

① 《朱光潜全集》第3卷,安徽教育出版社,1987年版,第331页。
② 《朱光潜全集》第3卷,安徽教育出版社,1987年版,第4页。
③ 《朱光潜全集》第3卷,安徽教育出版社,1987年版,第3页。

声律问题和对中国诗何以走上"律"的路等问题的探讨,富有独创性和开拓性。对于《诗论》在中国诗学史上的贡献及他所体现出的"移花接木"的理论特点,著名语言学家、音律学家张世禄先生,早在朱先生《诗论》出版时就指出了。他说:

> 朱氏此书里所列各章,讨论诗学上的各种问题,都引用西洋文艺的学说,以和中国原有的学说来相参合比较,以和中国诗歌的实例来衡量证验,这已经足以指示我们研究中国文学的一个必由的途径。却又一方面,对于西洋的各种学说,也并非一味盲从,往往能融会众说,择长舍短,从中抉取一个最精确的理论,以作为断案;并且有时因为看到了中国的事实,依据了中国原有的理论,回转来补正在西洋学说的缺点,这就接受外来的学术而言,可以说是近于消化的地步。①

朱光潜一生的学术研究,始终注意将西方现代美学的科学精神与方法同中国文艺的实际和文论传统结合起来,探讨文学理论和美学理论。从他于1924年7月在《民铎》第5卷第5期上发表第一篇美学论文《无言之美》到20世纪40年代的《诗论》,都贯穿了这一原则。新中国成立后,他又特别注意运用马克思《1844年经济学哲学手稿》和《关于费尔巴哈的提纲》等著作所阐明的实践观点和历史唯物主义方法来研究现代美学问题,提出了实践美学的重要理论主张。

第二,宗白华的"东西今古""融会贯通"论。

宗白华本人是诗人、艺术家。他以毕生的精力从事美学、诗学、

---

① 张世禄:《评朱光潜〈诗论〉》,《国文月刊》1947年第58期。

艺术学的研究，并作出了卓越的理论贡献。他对解决建设中国现代美学、诗学、艺术学与古代文化传统、古代的诗论、画论、书论、乐论的关系问题上，提供了值得注意的成功经验。他认为"学者的责任，本是探求真理，真理是学者第一种的生命。小己的成见和外界的势力，都是真理的大敌。"[①] 五四时期，在"打倒孔家店"的口号下，激进主义者对中国传统文化采取了一种虚无主义的态度，而当时站在时代潮头的宗白华却对此有着清醒的认识。他一方面深刻地认识到"中国旧文学底精神中已流于空泛、笼统、固袭、虚伪的一途，非根本改造不可"[②]。同时他又充分认识到传统文化中有很多值得发扬的东西说："中国旧文化中本有很精粹的，如周秦诸子者的大同主义（孔子）、平等主义（孟子）、兼爱主义（墨子），都极高尚伟大，不背现在世界潮流的，大可以保存发扬的。"[③] 在他主编的《时事新报·学灯》专栏中，一再告诫读者："中国旧文化中实用伟大优美的，万不可消灭。"[④] 他对中国诗学、美学遗产尤为重视，认为其中有很多有价值的东西，要研究中国文论和中国美学，不仅应全面整理中国古代文论、诗论、画论、书论、乐论、戏曲论的丰富文献资料，而且要加强对出土古文物的收集、保护和研究，重视作家、艺术家本人的见解，总结他们艺术实践的经验。应打破一切传统的偏见，而从中国极为丰富的艺术成就和艺人的艺术思想里，去研究中国诗学、美学思想发展的特点和规律。如何改造传统文化、建设新的精神文化，宗先生认为应当学习西方的科学与民主，中国学人应面对现实，看到不论物质文化还是精神文化在近代中国是落

---

① 《宗白华全集》第1卷，安徽教育出版社，1994年版，第139页。
② 《宗白华全集》第1卷，安徽教育出版社，1994年版，第186页。
③ 《宗白华全集》第1卷，安徽教育出版社，1994年版，第102页。
④ 《宗白华全集》第1卷，安徽教育出版社，1994年版，第336页。

后于欧美、政治上缺乏民主，思想文化领域缺乏科学精神。因此应认真学习研究西方文化（这包括美学、诗学），"借外人的镜子照自己的面孔"①。"借些西体的血脉和精神来，使我们病体复苏"②。他告诫青年学者应经过艰苦努力，首先在科学知识上应打下一个宽、厚的基础，全面考察"东西今古"的各种思想学说，结合中国的实际进行新文化的建设与创造。他说：

> 我们青年学者现在进行的方法，就是先于各种自然科学有彻底的研究，以为一切观察思考的基础，然后于东西今古的学说思想有严格的审查，考察他科学上的价值，再创造一种伟大庄阔，根据实际的宇宙观及人生观，作我们行为举动的标准，不是剽窃一点欧美最近的学说或保守一点周秦诸子的言论就算是中国的精神文化。③

为了学习研究西方美学、诗学，他认为第一位的工作是要认真做好译介工作。宗白华本人身体力行，为学界树立了榜样，他在去德留学时就在《自德见寄书》中说："我预备在欧几年把科学中的理、化、生、心四科，哲学中的诸代表思想，艺术中的诸大家作品和理论，细细研究一番，回国后再拿一二十年研究东方文化的基础和实在，然后再切实批评，以寻出新文化建设的真道路来。"④ 对于中国新文化的建设与创造，他认为，我们的责任，"就是一方面保存中国旧文化中不可磨灭的伟大庄严的精神，发挥而重光之，一方面

---

① 《宗白华全集》第1卷，安徽教育出版社，1994年版，第335页。
② 《宗白华全集》第1卷，安徽教育出版社，1994年版，第336页。
③ 《宗白华全集》第1卷，安徽教育出版社，1994年版，第102页。
④ 《宗白华全集》第1卷，安徽教育出版社，1994年版，第335—336页。

吸取西方新文化的菁华，渗合融化，在这东西两种文化总汇基础之上建造一种更高更灿烂的新精神文化，作世界未来文化的模范，免去现在东西方文化的缺点、偏处。"① 他指出，在新的现代美学、现代诗学建设中，应注意保持中国民族文化的"个性"特点，固袭模仿的东西代替不了自己人创造。"将来的世界美学自当不拘于一时一地的艺术表现，而综合全世界古今的艺术理想，融会贯通，求美学上最普遍的原理而不轻忽略各个性的特殊风格。因为美与美术的源泉是人类最深心灵与他的环境接触相感时的波动。各个美术有它特殊的宇宙观与人生情绪为最深基础。中国的艺术与美学理论也自有它伟大的独立的精神意义。"②

在"东西今古"融会贯通的过程中，宗白华对中国古代美学、诗学中的一系列重要范畴进行了现代阐释。他从中国古代艺术实际出发，批判地吸取了西方生命美学和中国古代文化、诗论、画论、书论中将艺术生命化的传统，在王国维研究的基础上，以意境为中心范畴，构筑了一套中国美学特有的范畴体系，对"物象""动象""静照""妙悟""自然""传神"等做出了有说服力的现代美学论证，并揭示出它们之间的内在联系，在此基础上，进而探讨了意境的诞生、意境的构成的不同层次及艺术的时空意识和价值结构。③ 我认为，我国美学界、文论界，过去对宗先生在中国现代美学、现代诗学建设上的贡献、对他在中国古代美学、古代文论的现代阐释方面所做的探索和经验，重视研究不够。我们今天提出的古代文论的现代转换问题，实际上宗先生不仅在理论上而在实践上早已在探索

---

① 《宗白华全集》第 1 卷，安徽教育出版社，1994 年版，第 115 页。
② 《宗白华全集》第 2 卷，安徽教育出版社，1994 年版，第 43 页。
③ 参见李衍柱：《生命艺术化　艺术生命化——宗白华的生命美学新体系》，《文学评论》1997 年第 3 期。

解决这一问题。我们理应从他的研究中得到一些启示。

第三,钱锺书的"打通"论与"阐释之循环"。

钱先生一生"雅喜谈艺",学术上关注的中心是传统文化中的文化鉴赏和批评理论,旨在探讨文艺活动中带有普遍性的特点和规律。他在《中国诗与中国画》中说:"诗和画既然同是艺术,应该有共同性;它们并非同一门艺术,又应该各有特殊性。它们的性能和领域的异同,是美学上重要理论问题。我想探讨的,只是历史上具体的文艺鉴赏和批评。"① 在该文中钱先生是接着18世纪德国"新文学之父"莱辛的《拉奥孔》提出的问题,进一步结合中国诗和中国画的实际,来探讨诗与画作为艺术的共同规律和它各自的特殊规律。可见钱先生学术探讨的重点,是中国历史上具体的文艺鉴赏和批评理论,是中国古代文论、诗论、画论的特点和规律,进而将它拿到世界文论史上研究人类文艺实践活动的共同性和特殊性及其带有规律性的东西。

钱锺书先生在研究传统文论、诗论、画论的普遍规律与特殊规律问题时,提出了古今中外与各不同学科之间"打通"的理论主张。郑朝宗在《〈管锥〉作者的自白》一文中引钱锺书的话,弟之方法并非"比较文学",以此作通常意义说。而是求"打通"。以打通拈出新意。②

"打通"论是建立在承认人类有共同的人性人情,人类艺术有共同的规律的基础之上的。钱先生在《谈艺录·序》中说:

> 凡所考论,颇采"二西"之书,以供三隅之反。盖取资异

---

① 钱锺书:《七缀集》(修订本),上海古籍出版社,1985年版,第7页。
② 参见郑朝宗:《〈管锥编〉作者的自白》,《人民日报》1987年3月16日。

国,岂徒色乐器用:流布四方,可征气泽芳臭。故李斯上书,有逐客之谏,郑君序谱,曰"旁行以观"。东海西海,心理攸同;南学北学,道术未裂。①

爱美是人类的天性,诗是人类的共同财富。不论是古今东西,生活在不同地域的人,只要他是从事实践活动的人,他就有七情六欲,他就有共同的心理的、生理的基础。作为他们表达思想情感的载体的各种文学艺术,自然,就有其共同性与特殊性。因此在研究各种文艺现象的理论中,也必然会有其相近、相似或一致性。钱先生提供的"打通"论,它的基础就是因为"东海西海,心理攸同;南学北就,道术未裂"。

关于"打通"的具体含义,钱先生在《诗可以怨》一文中,有一段可作说明:

> 我开头说,"诗可以怨"是中国古代的一种文学主张。在信口开河的过程里,我牵上了西洋近代。这是很自然的事。我们讲西洋,讲近代,也不知不觉中会远及中国,上溯古代。人文科学的各个对象彼此系连,交互映发,不但跨越国界,衔接时代,而且贯串不同的学科。由于人类生命和智力的严峻局限,我们为方便起见,只能把研究领域圈得愈来愈窄,把专门学科分得愈来愈细。此外没有办法。所以,成为某一门学问的专家,虽在主观上是得意的事,而在客观上是不得已的事。②

---

① 钱锺书:《钱锺书散文》,浙江文艺出版社,1997年版,第449页。
② 钱锺书:《七缀集》(修订本),上海古籍出版社,1985年版,第133页。

从《诗可以怨》文中，可以清楚地看出，钱先生不仅将古代、近代、现代"打通"，而且将中西各个国家的界限"打通"，不仅将文学领域的诗歌、小说、戏剧、散文"打通"，而且将文学与艺术的各个门类如画、音乐、书法、雕塑的界限"打通"，进而将文、史、哲等人文学科"打通"，真正做到了"不但跨越国界，衔接时代，而且贯串着不同的学科"。钱先生自己在《谈艺录》中就说，"吾辈穷气尽力，欲使小说、诗歌、戏剧，与哲学、历史、社会学等为一家。参禅贵活，为迷知止，要能舍筏登岸，毋如抱梁溺水也"①。钱先生虽然慨叹由于现代学科分得越来越细造成的局限，但是为学者在学术研究上还是应该力求全面"打通"。

在具体操作上，如何在某一问题的研究上做到中西古今"打通"？钱锺书先生进一步提出了"阐释之循环"的方法。对此，钱先生在《管锥编》中说：

> 乾嘉"朴学"教人，必知字之诂，而后识句之意，识句之意，而后通全篇之义，进而窥全书之指。虽然，是特一边耳，亦衹初桄耳。复须解全篇之义乃至全书之指（"志"），庶得以定某句之意（"词"），解全句之意，庶得以定某字之诂（"文"）；或并须晓会作者立言之宗尚、当时流行之文风、及修词异宜之著述体裁，方概知全篇或全书之指归。积小以明大，而又举大以贯小；推末以至本，而又探本以穷末；交互往复，庶几乎义解圆足而免于偏枯。所谓"阐释之循环"（der hermeneutische Zirkel）者是矣。《鬼谷子·反应》篇不云乎："以反求覆？"正如自省可以忖人，而观人亦资自知；鉴古足佐明今，而

---

① 钱锺书：《谈艺录》，中华书局，1986年版，第352页。

察今亦裨识古;鸟之两翼,剪之双刃,缺一孤行,未见其可。……《华严经·初发心菩萨功德品》第一七一之曰:"一切解即是一解,一解即是一切解故。"其语初非为读书诵诗而发,解会赏析之道所谓"阐释之循环"者,固亦不能外于是矣。①

这里有几个圆圈交互往复:一是中西的相互阐释的循环,这是空间的循环,比如研究中国传统文化的命题("诗可以怨"或"中国诗与中国画"等等),先以此命题为发端,转而将视野投向世界各国,引用西方或苏联学界的相关观点,然后再回转到原来提出的中国传统文化的命题,这样相互参照、往复,寻求其同异之规律。二是古今的相互阐释循环,即站在今天的高度,去发现古代传统中的现代的因子,又以古代为借镜,窥视现代之发展,从中发现古今血脉的流贯,传统的继承与变革。这是时间上的阐释之循环,这是对所研究的命题,从形式到内容循环往复、层层深入的阐释之循环,也就是钱先生自己所说的"鉴古足佐明今,而察今亦裨识古"的古今循环。三是个别、局部与整体的阐释之循环,它的特点是"积小以明大,而又举大以贯小;推未以至本,而又探本以穷末",直至对事物的特点规律有一个比较科学的认识为止。钱先生称这种"阐释之循环",也就是文学艺术阅读,鉴赏与批评的"赏析之道"。

钱先生自己的学术生涯,具体体现了他的"打通"论,出色地运用了"阐释之循环"的方法。这不仅表现在《中国诗与中国画》《读〈拉奥孔〉》《通感》《诗可以怨》等著名的论文中,而且体现在他的巨著《谈艺录》与《管锥编》之中。《谈艺录》被美籍华人著名文学史家夏志清誉为"中国诗话里集大成的一部巨著,也是第一

---

① 钱锺书:《管锥编》第1册,中华书局,1979年版,第171—172页。

部广采西洋批评来诠注中国诗学的创新工作"①。在《谈艺录》中作者引用了大量宋元明清的诗话、笔记、随笔等作品，运用西方诗学的观点，中西古今相互对照，相互印证，探讨了中国诗学理论的特点与规律，文艺学、诗学中的创作论、鉴赏论、文体论、作家论、风格论等等，几乎无不涉及。在《管锥编》中，作者具体研究论述了《周易正义》《毛诗正义》《左传正义》《史记会注考证》《老子王弼注》《列子张湛注》《焦氏易林》《楚辞洪兴祖补注》《太平广记》《全上古三代秦汉三国六朝文》等十部古典文献，涉及中国传统文化的各个领域，其中征引到的中国作家就达三千人左右，典籍达六七千种。书中征引到英、法、德、意、西、拉丁语的作者就多达千人，著作近三千种。②钱先生的博、大、精、深的治学精神，对中外文化和文论的科学态度与方法，他孜孜不倦追求真理的学术生涯和人格魅力，堪称20世纪学人的楷模。钱先生的理论与实践，对于我们解决文艺学建设中的传统与现代问题，对于如何对传统文化和古代文论进行现代阐释问题，对于当代学者的知识结构等问题，都具有一定的示范意义。

---

① 夏志清：《追念钱锺书先生——兼谈中国古典文学研究之新趋向》，《中国时报》（台湾）1976年2月9日。
② 参见敏泽：《论钱学的基本精神和历史贡献——纪念钱锺书先生》，《文学评论》1999年第3期。

中华民族新世纪文艺复兴的绿色信号[①]
——孙皓晖《大秦帝国》启示录

走向新世纪的中国,文艺复兴之路是什么?文学艺术和文学理论在迎接中华民族伟大复兴的历史进程中将扮演什么样的角色,起着什么样的作用?我想结合历史和现实,做一些思考和研究。我的这一想法得到了同行专家好友的鼓励支持。2008年4月,一部五百余万字的长篇历史小说《大秦帝国》正式出版,媒体的好评如潮。陕西卫视、河南卫视、河北卫视、东南卫视于2009年12月份正式上映了电视连续剧《大秦帝国》第一部。据说这个电视剧已在海外几个国家放映走红。2011年3月10日《光明日报》报道,历史诗史剧《大秦帝国》再起航。小说第二部《纵横》继第一部电视连续剧《裂变》之后,将向海内外观众进一步展现大秦帝国的雄风和崛起之路。对于小说的题材和人物,我产生了极大的兴趣。在陆陆续续阅读过程中,我逐渐产生了解读、评析和研究它的念头。在通读小说之后,我又结合作品阅读了《史记》《荀子集解》《韩子浅解》《商

---

① 该文是李衍柱《〈大秦帝国〉论稿——走向新世纪文艺复兴的绿色信号》(河南文艺出版社,2011)跋中的部分内容,发表在《济南大学学报》2011年第6期。

君书》《四书集注》《吕氏春秋》《老子》《庄子》《墨子》以及郭沫若的《十批判书》、李泽厚的《中国古代思想史论》、袁行霈等主编的《中华文明史》、美国当代著名历史学家黄仁宇的《万历十五年》《中国大历史》、法国法兰西学院院士勒内·格鲁塞的《伟大的历史——5000年中央帝国的兴盛》和中外有关文体学、小说学、历史学、法学、哲学等的文献著作。为了便于比较,我还阅读了《东周列国志》《二十四史演义》和托尔斯泰的《战争与和平》等中外历史小说。

通过反复阅读《大秦帝国》和有关的历史文献资料,结合中国当代文学创作和文学批评的实际,逐渐在我思想中形成了一个基本的看法:《大秦帝国》的出现,是中国文学走向大发展大繁荣的可喜征兆,是中华民族走向新世纪文艺复兴之路的绿色信号。为什么会有这样一个认识,我是基于以下六点理由:

第一,中华民族的文明史有许多尚未开发的文学处女地,它为中国文学提供了丰厚的矿床和取之不尽的源泉。《大秦帝国》作者发现的产生中国原生文明的春秋战国和秦帝国时代,就是炎黄子孙心目中的一片圣土。这其中有无数的人物和事件,都值得大写特写。万里长城的修建、都江堰的水利建设丰碑、稷下学宫的百家争鸣等等中华文明创造的世界文化奇迹,在文学作品中都未曾显现。中华文明五千多年灿烂的历史和现实的社会生活,有无数闪光的矿藏,等待着我们的作家去发现,去开掘,去描写。

第二,作家是文学发展的第一生产力。文学发展的中心是出成果,出人才。人民希望见到的是能够称得起世界第一流的优秀作品,而不是文化垃圾。人民期盼出现新世纪的屈原、李白、杜甫、王实甫、关汉卿、吴承恩、曹雪芹这样的一些永远给人以美的享受的大诗人、大剧作家、大小说家、大艺术家。中国当代文学发展的瓶颈不在别处，而是在作家、艺术家身上。在市场经济的大潮中，不少作家、艺术家坐不住了。他们在"黄金鸟"的诱惑下，从文学界、艺术界跑了出去，追风趋时，盯住"孔方兄"，哪里有赚头就往哪里钻。《大秦帝国》的作者孙皓晖，本来已有令人羡慕的大学教职，且有卓越的业绩，但他在追寻中华原生文明的强烈创作冲动的驱使下，竟毅然决然弃教从文，跑到文学界来，甘于寂寞，在海南岛过起囚徒般的蜗居生活。这种执着于文学创作的精神，这种潜心到社会生活中、到浩瀚的古籍和古迹中，去寻找早已远逝的中华文明原生态的坚忍不拔的精神，着实令我感动。诗圣杜甫以自己的创作体验告诉后人："读书破万卷，下笔如有神。"看看孙皓晖查阅的中外古今的书目，又怎能不使我们敬佩！中国文学，只要有孙皓晖这样的一批热爱文学艺术家园，守卫文学艺术家园，建设和发展文学艺术家园，执着于文学艺术创作的作家艺术家存在着、成长着，中国的文学艺术就永远不会"终结"，总有一天他（她）们会创造出令世界震惊的艺术珍品，攀登上文学艺术的珠穆朗玛峰！

第三，解放思想是文学发展的一大法宝。《大秦帝国》的问世，给我们最大的启示是它告诉我们，解放思想是文学创作制胜和文学发展走出困境或绝境（"终结"与死亡）的法宝；解放思想是作家创作出优秀作品的前提。如果孙皓晖没有冲破历史形成的关于秦帝国和秦始皇的迷雾遮帐、走出历史的误区，怎么能够发现大秦帝国这块中华文明原生态的广阔而又丰美的文学处女地呢！没有敢于去走前人和同代人不敢走的路的信心、决心与勇气，孙皓晖怎么敢去踏历史生活中埋下的一个个"雷区"呢！他又怎么敢破釜沉舟、弃教从文去过"囚居"式的创作生活呢！

第四，自由与创新是文学的灵魂。文学的本质是自由。它是一种作家不带任何实用目的、没有任何精神枷锁的追求真善美理念的创造性活动。自由与创新是一对血肉相连的孪生姐妹。戴着种种精神枷锁的作家何谈创作,更遑论创新,是难以充分发挥自己的独创性的。我们阅读《大秦帝国》,发现孙皓晖这位破门而出的作家,他在写什么和怎样写的问题上,在文学观念和创作理念问题上,他是真正自由的。他可以突破乃至无视一切清规戒律。他的头脑中既无苏联的关于文学原理的框框,也无欧美的现代主义、后现代主义的框框。他以春秋战国和秦帝国时代的历史生活为根,以再现中华文明原生态为己任,努力将那段风云激荡的历史生活以本来的样子与应当有的样子创造性地流露到自己的笔端。情与理,议论与叙事,描写与考辨,种种在"纯文学"批评家看来不可思议的写法,我们在《大秦帝国》所展现出的历史画卷中几乎随处可见。尽管《大秦帝国》并非没有瑕疵和败笔可指①,但作者的可贵探索和勇于实践的精神,是值得称道的。也正是从这里,我们发现《大秦帝国》所特有的一种带有时代特色的独创性。

第五,创作与批评的互动。创作与批评是驱使文学发展的不可或缺的两个轮子。世界文学史的实践表明,凡是文学艺术在大发展的历史时期,几乎都是创作与批评两个轮子同步飞转,文学巨匠与批评大师都同时留下了他们的足迹。文学理论、文学批评只有与文学创作实践相联系,同步互动向前发展,才能不断找到自己的新的生长点。《大秦帝国》作者孙皓晖为什么在一段时间内产生"文学批评死了"的认识,根本原因在于批评与创作实践脱节。尽管在文坛上出现了不少走红的"批评家",但仔细看看他们的那些批评宏论,多是"红包批评"催生出的怪胎。有的人对作品根本没有看或只是

---

① 参见李衍柱:《〈大秦帝国〉的"亮点"和"盲点"》,《小说评论》2010年第6期。

简单翻翻作品的章目，有的人甚至连小说的章目都未仔细看看，仅仅看了几集电视剧，就以"批评权威"自居，仅凭自己头脑中那点历史偏见，就在那里不着边际地夸夸其谈，说三道四。这样浮躁的或带有历史偏见的批评，早就应该寿终正寝了。我通过对《大秦帝国》的阅读和研究，更深切地体验到搞文学理论的人，如果自己不搞创作，起码应与创作实践相结合。一个搞理论研究的人，理应认真地深入地全面地去研究文学创作实践，阅读文学作品，体察作者的甘苦，这样才有可能发现问题，提出新的理论见解，推进理论的创新。理论来自实践，又在实践中得到检验、丰富和发展。这绝不是一句空话，只有在自己的实践中，才能真正体会到它的真理性。理论批评工作者与作家的关系，不是雇佣的关系，不是领导与被领导的关系，更不是打杀、骂杀与捧杀的关系，而是一种平等的、对话互动的关系。在互为主体的对话过程中，只有当双方都视对方为"知己""知音"的时候，彼此才能从对方那里获得新的需要，新的鼓舞和新的动力。

第六，《大秦帝国》为百家争鸣提供了广阔的平台。百家争鸣是推动艺术发展和学术进步的基本方法，也是科学和艺术走上发展和繁荣的重要标志。《大秦帝国》第一部第十一章，曾生动地描写了在公元前4世纪上半叶出现在齐国故都临淄的诸子百家争鸣的盛况。当时的稷下学宫汇聚了天下的英才，囊括了当时出现的诸子百家所有不同的学派。那个时代的基本特点是群星灿烂，大家辈出；学派林立，百家争雄；学术民主，平等对话，自由争鸣；硕果累累，创华夏文明之根基。仅小说中描写到的不同学派的大师级的代表人物就有孟子、荀子、庄子、墨子、商鞅、韩非、尉缭、孙膑、公孙尼子、邹衍、尸佼、鬼谷子、屈原等等。他们的思想和著作，自成体系，闪烁着真理的光辉，构成了中华文明不断发展的基因和源头。

小说以世界文明史的视角，从美学、文艺学、政治学、法学、哲学、历史学、伦理学、经济学、军事学等等不同领域和层面提出了许多值得研究和争鸣的问题，诸如：如何认识和评价春秋战国时期出现的法家及其代表人物？如何认识和评价秦法的历史贡献与局限？如何认识和评价法治和人治的关系？如何评价儒家学派的性质及其在当时的作用和对后世的影响？如何认识和评价暴力（战争）及其在历史发展中的作用？如何认识和评价墨家与法家的关系和它在大秦帝国崛起过程中的作用？何谓"暴政"和"仁政"？荀、孟关于人性的论战及其影响是什么？如何继承和弘扬春秋战国时期的百家争鸣精神？对政治家屈原与文学家屈原的认识问题，对苏秦、张仪等纵横家的认识和评价问题，等等。从美学角度看，《大秦帝国》是一部优秀的历史小说，还是一部离经叛道、粗制滥造、根本不值得一读而又毫无文学性的作品？对作者的创作理念和文学观如何看？对作品中描写的秦皇嬴政、李斯、赵高如何以美学的、历史的尺度予以评价？从文体学、叙事学的角度如何看《大秦帝国》？对于诸如此类关涉中国文明史、文学史和对《大秦帝国》的认识评价的问题，广大读者和批评家的看法出现争议、甚至对立的认识，是十分自然的事情。但这些问题确实需要通过对话和争鸣，辨明是非。这样做对于作者和读者都是有益的，对于整个文学事业的发展也是一种推动。

《大秦帝国》所反映的时代与我们所处的当今时代，有许多相似之处。其中一个根本相似点是这两个伟大时代，都是社会急剧变革、急剧转型的时代。历史走到这里，仿佛又回到了它的起点。历史和现实，都要求我们继续解放思想，改革开放，革旧创新，高扬自由争鸣、学术民主的百家争鸣的精神，推进文学艺术的大发展、大繁荣。

《大秦帝国》的创作与批评，涉及作家、读者、批评家、出版家、媒体的方方面面，是我们观察当下文学创作、文学批评、文学交流、文学媒介、文学发展的一个窗口；它提出诸多哲学、美学、法学、历史学、社会学、伦理学、儒学以及文学理论的种种问题，为我们提供了一个对话与争鸣的广阔的平台。我们理应重视这个窗口、珍惜这个平台，通过这个窗口和平台，尽显我们时代的风采。

生命的文学与文学的生命[①]
——读莫言《蛙》感言

我第一次看到《蛙》这部小说,是在《中华文学选刊》2010年第4期上。书的名字就吸引了我,不忍放下,用了三天的时间,一口气读完了。2010年8月27日的日记中记下了我当时的感受:

> 阅完《蛙》。这部小说可谓是莫言的代表作,有时代性、民族性、审美性。作者吸收国内外成功的艺术经验达到了娴熟的程度,形象地展示了中国计划生育的真实历史,突出了作者负罪与赎罪的人道主义精神。

《蛙》使我感到震撼。我为作者的艺术勇气和创新精神叫好。《蛙》的问世,标志着莫言在向世界文学巅峰攀登上又跨上了一个新的台阶。今年《蛙》获得中国第八届茅盾文学奖,是理所应当,也

[①] 本文是笔者2011年9月25日参加莫言家乡高密市举办的关于《蛙》的学术研讨会大会发言稿,经修改以《生命的文学与文学的生命》为题发表在《时代文学》2012年5月上半月。

是众望所归。

为了参加莫言家乡高密市举行的《蛙》的研讨会，我又重读了《蛙》。在重读过程中，在我脑中形成了一个题目：《生命的文学与文学的生命》。其实，这也不是我的发现。《蛙》一开头，在蝌蚪给杉谷义人先生的信中作者就亮出了《文学与生命》的题目。现在我们完全可以说，《蛙》是中国文学史乃至世界文学史上，出现的一部谱写人的生命的喜与悲、善与恶、负罪与救赎的文学奇葩。小说中的作家则艺术地诠释了文学与生命这一极富哲学意味的美学课题。

一、书名《蛙》：人类学、美学的隐喻与象征

《蛙》这部小说的名字，寓意深远，别开生面，既给人以陌生感，又使人产生新奇感。小说明明写的是一个乡村女医生从事计划生育的故事，为什么又要以"蛙"来命名？作者说："这部小说酝酿了很长时间，夸张一点说从来到人间的时候就开始孕育了。"① 2002年春节莫言在家乡高密与来访的诺贝尔奖得主、日本作家大江健三郎谈话，触动了作家以姑姑为原型写一部小说的灵感。对小说为什么叫《蛙》，莫言是经过反复的思考、选择，最后才定下的。作者在做客正义网时，说："我这个小说，第一稿叫《蝌蚪丸》，1958年《人民日报》曾经发表过一条新闻，这个新闻就叫蝌蚪避孕法，50年代的时候已经在倡导人口要有节制生育，当时乡村医生发明蝌蚪丸，在夫妻房事之前，吞吃十只活蝌蚪可以起到避孕的效果。但事实证明这很荒诞，

---

① 《莫言携新作〈蛙〉做客正义网》//高密莫言研究会著《莫言研究》(6)，第9页。

所以一开始叫蝌蚪丸，后来觉得不太好，换成了《蛙》。"① 中间编辑们曾希望作者用《姑姑与蛙》为书名，莫言思考再三，最后还是决定用《蛙》为小说的名字。②

《蛙》，小说书名起得好。大爱无言，画龙点睛。整部小说的意蕴和美学价值，尽在"蛙"字中。作者在小说中，多处对书名作出解说：当姑姑（万心）问蝌蚪（万小跑、作家）写的作品的题目是什么时，二人的对话：

> 姑姑：……（指着蝌蚪手中那摞稿纸）这就是你写的剧本？
> 蝌蚪：（谦恭地）是。
> 姑姑：叫什么题目来着？
> 蝌蚪：《蛙》。
> 姑姑：是娃娃的"娃"，还是青蛙的"蛙"？
> 蝌蚪：暂名青蛙的"蛙"，当然也可以改成娃娃的"娃"。女娲造人，蛙是多子的象征，蛙是咱们高密东北乡的图腾，我们的泥塑、年画里，都有蛙崇拜的实例。③

在小说第四部分，小狮子也明确地向蝌蚪说："人跟蛙是同一祖先。她说：蝌蚪和人的精子形状相当，人的卵子与蛙的卵子也没有什么区别。还有，你看没看过三个月内的婴儿标本？拖着一条长长的尾巴，与变态期的蛙类几乎是一模一样啊。""蛙"与"娃"同音，"蛙"与"娲"也同音。"这说明人类的始祖是一只大母蛙，这

---

① 《莫言携新作〈蛙〉做客正义网》//高密莫言研究会著《莫言研究》（6），第9页。
② 参见2011年10月3日莫言给李衍柱的信。
③ 莫言：《蛙》，上海文艺出版社，2009年版，第308页。

说明人类就是由蛙进化而来。"① 作品中写了娃、蛙、泥娃,故事的中心是写娃的生与死,而书名却不用"娃"也不用"泥娃",而是"蛙"。这里体现了作者的审美理想和艺术匠心,体现了作者对人的生命和价值的尊重与关爱,体现了作者对生命的艺术与艺术的生命高度统一的执着追求。

蛙在作品中是自由的、是多子的象征、生命的象征。它对人娃的生命、对死去的人娃,同情、怜悯,要为他们讨还血债。而这也恰恰是小说主人公万心(姑姑)听到蛙声便产生恐惧感、负罪感的根源。作者最终不是在现实的社会政治生活中,而是在艺术美、文学美的创造中找到了作品中所写的你、我、他的赎罪方式。"蛙",在整部作品中是一个言有尽而意无穷的艺术符号。它既来自现实生活,又高于现实生活。它以隐喻和象征的形式,蕴含了作家莫言对生命美、社会美、艺术美的执着追求和对人类命运的终极关怀。

二、万心(姑姑):世界文学史上出现的一个新人典型

"天地之大德曰生。"②

"天地氤氲,万物化醇。男女构精,万物化生。"③

有生命的人在地球上出现,这是宇宙演化而出现的奇迹。莎士比亚在《哈姆雷特》中就赞颂人是"宇宙的精华!万物的灵长!"

人赤条条地来到世界上,如何生存下去,首先遇到的一个问题,就是自己能不能掌握自己的命运,能不能使自己的生命不断地繁衍

---

① 莫言:《蛙》,上海文艺出版社,2009年版,第223页。
② 周振甫:《周易译注》,中华书局,1991年版,第256页。
③ 周振甫:《周易译注》,中华书局,1991年版,第266页。

生息、自由幸福地生存在大地母亲的怀抱。

阅读《蛙》，给我的第一个感觉，就是作品尖锐地提出了人类自己能不能掌握自己命运的问题。人类的历史是一部人类自己创造自己的历史。它既是人类创造世界文明的历史，也是人类自己毁灭自己的历史。生态的破坏、气候的变暖、原子弹的爆炸、人口的重压……难道不是人类自己在毁灭自己吗？看看中国这个拥有十三亿人口的大国，人的生产问题，直接影响着中国人的生命价值和未来。中国共产党和中国政府根据中国国情，制定出"计划生育"的国策，就是希冀在中国解决世界上普遍存在的这个"人的生产"问题，让中国人自己掌握自己的命运，使自己的生命成为更有价值的存在。作家莫言敏锐地抓住这个关系中国、影响世界的每一个家庭、每一个生命的个人的关键性问题，生动地在艺术上展现出中国人在"人的生产"中遇到的问题和走过的艰难曲折、惊心动魄的历程。作品最大的艺术成就，是生动地塑造出了一个肩负着"人的生产"重任的万心（姑姑）"这一个"妇婴医生的典型形象。莫言在答记者问时说："我觉得《蛙》塑造了在我过去的小说中从来没有出现过的人物，就是'姑姑'这样一个女性形象，不仅在我过去的小说里没有出现这样的女性形象，在我有限的阅读范围中也没有看到出现像'姑姑'这样一个立体的、正面的女性人物形象，如果能够树立起这样一个人物形象，我想小说就基本及格了。"[①]

莫言成功地实现了自己的创作初衷。他以自己的生命体验，经过长期的孕育和创造出的万心（姑姑）"这一个"女性形象，不仅在自己的创作历程中树起了一块新的路标，而且为中外文学史的艺

---

① 参见《成功的作品需要读者认可更需要历史的检验》，《文艺报》2011 年 8 月 29 日。

术画廊,增添了一个熠熠生辉、性格鲜明的新人的肖像。

万心(姑姑)是《蛙》的主人公。对生命的爱是万心(姑姑)的灵魂,是这一个典型性格的支撑点。在姑姑看来,从事计划生育工作,这是一项真正伟大的事业、高尚的事业、甜蜜的事业。在她看来,"人类世界最庄严的感情,那就是对生命的热爱,与此相比较,别的爱都是庸俗的、低级的"①。姑姑对自己从事的接生工作非常自豪,认为"我是活菩萨,我是送子娘娘,我身上散发着百花的香气,成群的蜜蜂跟着我飞,成群的蝴蝶跟着我飞"②。直到晚年,她仍不断地对人说:

> 俺叫万心,今年七十三,当妇科医生,整整五十年。即使是退休之后,也日夜不得闲。经俺的手接出来的孩子,统共是9883……(仰起脸,看看那些空中悬挂的孩子)孩子们,你们哭得真是好听啊!听到你们的哭声,姑姑心里就踏踏实实;听不到你们的哭声,姑姑心中就空空荡荡。你们的哭声,是世界上最好听的声音,你们的哭声,是姑姑的安魂曲。真可惜早年没有录音机,没能把你们出生时的哭声录下来。姑姑活着的时候,每天放你们的哭声;姑姑死后,在葬礼上,也放你们的哭声。9883个孩子一齐哭,那该是多么动听的音乐……(无限神往地)让你们的哭声感天动地,让你们的哭声把姑姑送入天堂……③

---

① 莫言:《蛙》,上海文艺出版社,2009年版,第265页。
② 莫言:《蛙》,上海文艺出版社,2009年版,第89页。
③ 莫言:《蛙》,上海文艺出版社,2009年版,第293页。

这段自白，是万心（姑姑）最真挚最纯洁的爱的情感的自然流露，她把婴儿出生时的哭声，看作是宇宙间最动听、最美的音乐，她把对生命的无限热爱，看作是宇宙间最大的爱。姑姑对生命的赞颂和热爱，如同印度大诗人、诺贝尔奖得主泰戈尔所引的一位中世纪印度女诗人写的一首礼赞生命的诗：

> 我礼赞宛如一粒正在萌芽的种子的生命，
> 它一只手臂伸向太空，另一只沉入大地；
> 那外部形式与内在活力同一的生命；
> 那不断出现又不断遁去的生命。
> 我礼赞来临的生命，以及逝去的生命；
> 我礼赞显现的生命与藏匿着的生命；
> 我礼赞悬着的生命，静立如山峰，
> 以及汹涌的大海中的生命；
> 那柔嫩如莲花、冷酷似雷霆的生命。
> 我礼赞心灵的生命，一面黑暗，一面光明。
> 我礼赞居家的生命，也礼赞在异乡的生命，
> 那充满欢乐的生命以及痛苦地消沉的生命，
> 那深刻沉寂又爆发为惊涛骇浪的生命。①

泰戈尔说，生命对于这位女诗人来说，"这恰如空气之于飞鸟，鸟儿在它翅翼的每一次拍击中都感觉得到空气的存在。女人比男人更亲切地在她的孩子身上领悟到生命的神秘。诗人身上的这种女性

---

① ［印度］泰戈尔著，倪培耕编选：《泰戈尔集》，上海远东出版社，1998年版，第160页。

气质，感到了遍及全世界的生命的深沉的激动。她晓得它是无限的——这倒不是通过任何推理过程，而是通过她的情感的启示"①。对生命的爱，是超越时空的。莫言在《蛙》中以一位乡村女医生万心（姑姑）的视角和体验，使读者深切感受到女性对新生婴儿的生命的爱，是何等的深沉，何等的神秘、无限和永恒。对生命的爱与万心（姑姑）的生命完全融为一体。

莫言笔下的万心（姑姑）是一个立体的、有着七情六欲的鲜活的人物形象，是一个像爱·摩·福斯特所说的那种给人以新奇而又令人信服、具有强烈艺术感染力量的"圆形人物"。她具有亮丽、开朗、泼辣、刚毅果断的鲜明突出个性，是一个将乡土性、民族性、人类性、党性与个性完美统一于一身的艺术典型，是中国社会主义初级阶段的时代环境中孕育出来的一个"典型环境中的典型人物"②。

万心（姑姑）在小说中一出场，作者对她肖像的描写，就很有乡土气的地方特点和民族特点，说明万心是齐鲁大地上的高密东北乡飞出的一只金凤凰，也只有在高密东北乡这个历史形成的"高氟区"特定的环境中才能飞出万心这样一只色彩斑斓的金凤凰。请看作者对万心（姑姑）肖像的描写：

> 姑姑的容貌也是出类拔萃的。不说头，不说脸，不说鼻子不说眼，就说牙。我们那地方是高氟区，老老少少，都龇着一嘴黑牙。姑姑小时在胶东解放区生活过很长时间，喝过山里的

---

① ［印度］泰戈尔著，倪培耕编选：《泰戈尔集》，上海远东出版社，1998年版，第160页。
② 《马克思恩格斯选集》第4卷，人民出版社，1995年版，第683页。

清泉,并跟着八路军学会了刷牙,也许就是这原因,她的牙齿没受毒害。我姑姑拥有一口令我们,尤其是令姑娘们羡慕的白牙。①

在万心(姑姑)这个人物身上,闪耀着女性美的光辉。作者以崭新的视角,描绘出女性身上所独有的母性、母爱这一人性的多面性、多层次性和复杂性。莫言在不同场合反复说过,他是"女性崇拜者,女人在某些历史关头,越是在艰难困苦的时候总是表现得比男人更加勇敢,因为女人多了一层母性,母性可以让弱的女人变得像豹子一样。女性可以在面临危急关头的时候保护她的儿女,会焕发出超人的力量,也能够忍受最大的苦难,能够在苦难岁月中产生活下去的最大勇气。我觉得正是因为女人比男人多了一层母性,所以女性总是成为这个世界上最后的拯救者"②。《蛙》中写了万心(姑姑)、王仁美、小狮子、王胆、陈眉等众多个性鲜明的女性,她们的爱与恨、生与死无不与母性、母爱联系在一起。而人类伟大的母性、母爱最集中地体现在万心的爱生、负罪与赎罪的心路历程之中。

在计划生育工作的过程中,万心顶住各种传统的与现实的、政治的、伦理的与亲人朋友的阻力,坚定不移地践行党和国家关于计划生育的国策,即使在被骂、被打、被批判、被围攻的最困难的处境中,她仍然信誓旦旦地说:"姑姑生是党的人、死是党的鬼。党指向哪里,我就冲向哪里。"③她还说:"我不怕做恶人,总是要有人

---

① 莫言:《蛙》,上海文艺出版社,2009年版,第16页。
② 《莫言携新作〈蛙〉做客正义网》∥高密莫言研究会著《莫言研究》(6),第25页。
③ 莫言:《蛙》,上海文艺出版社,2009年版,第87页。

做恶人。我知道你们咒我死后下地狱！即便是真有地狱我也不怕！我不下地狱，谁下地狱！"① 从她的言行中，充分表现出了一个身上流贯着革命传统血液的农村女医生的高度党性。但她作为一个无限热爱生命、关爱妇婴生命的女医生，内心中又始终存在着一个接生与杀生（人工流产）、执行国策与乡情、亲情的矛盾。她懂得"计划生育"国策的正义性与合理性，但在生产力低下、经济相对落后、文化水平不高且又是在残存着一些封建的、愚昧迷信习俗的农村推行"计划生育"，仅从宣传教育上促使群众自觉执行国策是难以实现的。因此她又不得不违背自己的意愿而去推行一些强制，甚至野蛮的"土政策"——"喝毒药不夺瓶！想上吊给根绳！"② 万心在与女记者对话中，说得很明白，她就是用自己这双普普通通的手将数千名婴儿接到了人间；她又是用这双普普通通的手，将数千名婴儿送进了地狱！她说："我这辈子，亲手给人家流掉孩子，已经有两千多个了！"③ 万心对于经自己的双手将两千多个婴儿送进地狱的事，虽是践行国策，但内心一直认为这是"伤天害理"的事，有一种巨大的不可抗拒的"负罪"感。小说在这方面做了精彩的描写。正是在这种"负罪"的潜意识驱使下，使万心产生了严重的"青蛙恐惧症"。每当她听到蛙声时，就仿佛有成千上万的初生婴儿在向她发出控诉，在向她讨债。在小说以话剧的形式演出万心人生旅途最后一幕时，万心（姑姑）对蝌蚪说：

我是医生！我告诉你，这不是病，是报应的时候到了。那

---

① 莫言：《蛙》，上海文艺出版社，2009年版，第130页。
② 莫言：《蛙》，上海文艺出版社，2009年版，第121页。
③ 莫言：《蛙》，上海文艺出版社，2009年版，第212页。

些讨债鬼们,到了他们跟我算总账的时候了。每当夜深人静时,那只猫头鹰在树上哇哇叫的时候,他们就来了。他们浑身是血,哇哇嚎哭着,跟那些缺腿少爪的青蛙混在一起。他们的哭声与青蛙的叫声也混成一片,分不清彼此。他们追得我满院子逃跑。……

姑姑最后说:

一个有罪的人不能也没有权利去死,她必须活着,经受折磨、煎熬,像煎鱼一样翻来覆去地煎,像熬药一样咕嘟咕嘟地熬,用这样的方式来赎自己的罪,罪赎完了,才能一身轻松地去死。①

万心(姑姑)的性格是丰满的。作者(蝌蚪)在给日本友人杉谷义人先生的信中,就说万心(姑姑)已在国际友人的脑海里形成了"一个骑着自行车在结了冰的大河上疾驰的女医生形象,一个背着药箱撑着雨伞、挽着裤脚、与成群结队的青蛙搏斗着前进的女医生形象,一个手托婴儿、满袖血污、朗声大笑的女医生形象,一个叼香烟、愁容满面、衣衫不整的女医生形象……这些形象时而合为一体,时而又各自分开,仿佛是一个人的一组雕像"②。万心(姑姑)的医术高超精湛,有着丰富的行医经验,她的手柔软而温暖,只要一接触产妇的皮肤就可给产妇以安全幸福的感觉;她以白求恩大夫为榜样,完全彻底为病员服务,在病员急需输血救命时,她又

---

① 莫言:《蛙》,上海文艺出版社,2009年版,第338—339页。
② 莫言:《蛙》,上海文艺出版社,2009年版,第3页。

能毫不犹豫地奉献出自己600毫升的鲜血；她工作上雷厉风行、严肃认真、一丝不苟；她对敌、对友、对亲人，在救死扶伤、面对病员和产妇时，一视同仁，毫无阶级的偏见，充分体现出她的人文关怀和人道主义精神。在爱情婚姻生活上，青年时期与王小倜的爱情关系带有浪漫主义色彩，与杨林的关系，又显出她的严肃正派的一面；最后与泥塑工艺美术家郝大手结合，则从一个现实的力的王国进入了一个艺术的美的王国的人生最佳境界。

万心（姑姑）在中国文学史上是一个全新的女性形象，在世界文学史上也未曾见到这样的妇女艺术典型。万心从《蛙》中站了起来，以她的音容笑貌、悲欢离合和她所特有的思想行为方式，走到了读者中间，从高密东北乡走向了全国，走向了世界，这是中国文学走向大发展、大繁荣的一座新的里程碑，这也是中国作家莫言对文学事业作出的新的卓越贡献。

三、博采众长，锐意创新，结构独特，具有原创性

在当代中国文坛上，莫言是一位有思想的作家，也是一位善于学习、锐意创新的作家。莫言在写什么的问题上，他能以思想家的敏锐去选择那些最易触及民族、社会和个人心中痛处的题材，提出一些令读者坐卧不安、痛定思痛的重大问题，而在怎样写的问题上，他又特别重视艺术形式、艺术技巧的革新。在长篇小说创作中他对作品结构的营造与创新尤为重视。他每写一部作品，总要努力去吸取国内外优秀作家的成功的艺术经验，同时他又力避与他人和与自己已写出的作品雷同。《蛙》在艺术上最大的创新之处也恰恰是在作品的艺术结构上。

《蛙》的艺术结构是独具匠心、别具一格，极具原创性和创新性

的。在创作过程中,作者认真学习和研究了书信体、叙事体和话剧三种不同文体的特点与长处,在博采众长的基础上,独步文坛,决意实行长篇小说结构的创新。书信体、小说、话剧三种文体互换、多层次有机结合,构成了《蛙》这部长篇小说独特的艺术结构。莫言原创的这种多种文体交互构成的小说结构形式,在笔者对中外小说的有限阅读范围内,还是第一次见到。整部小说共分五大部分,每部分都由作者(蝌蚪)给杉谷义人的书信作引子。这一书信体的运用,在长篇中既阐明了作者的创作理念和创作任务,同时又起着联结和推进作品各部分之间的纽带和承上启下的作用。采用第一人称,以我与你通信、对话的方式,引出了她、他的故事。这样作品一开头,就把我、你、她(他)联结在一起。这种处理方式不仅拉近了与读者的距离,而且将整部作品纳入一个有机的层次分明而又相互联结的艺术整体之中。

小说的第一到第四部分,由第一人称的书信体引出长篇叙事体裁。讲的是姑姑的故事,我的故事,王胆的故事,陈鼻一家的故事,郝大手的故事,等等。时间结构采取了进行时的方式,以姑姑的功绩、负罪与救赎为中心线索,展现出众生群像和社会变迁,将历史与现实、生与死、罪与罚、文学与生命交织在一起,构成了一个相对独立的小说叙事文本。空间结构上,则将个人与社会、乡土与世界、国际与国内有机地统一起来,全方位地立体地把姑姑生活的时代与社会环境展现在读者面前。《蛙》的第六部分,以话剧形式,高度概括地为小说做了别开生面的结局处理,将时空结构融合在一起,采取了未完成时的方式,展示出人物思想性格的升华和故事发展的现实与未来,提出了"人的生产"面对的新形势、新问题,如"试管婴儿"、无性生育以及市场经济大潮中出现的新问题。这种艺术形式,是与中国正处于社会大变革大转型时期的社会生活相适应的。

在《蛙》最后的话剧第九幕中，姑姑与蝌蚪有一段对话，值得读者认真地加以思考。

> 姑姑：睡不着的时候，我就想，想自己的一生。从接生第一个孩子想起，一直想到接生最后一个孩子，一幕一幕，像演电影一样。按说我这辈子也没做什么恶事……那些事儿……算不算恶事？
>
> 蝌蚪：姑姑，那些事算不算"恶事"，现在还很难定论，即便是定论为"恶事"，也不能由您来承担责任。姑姑，您不要自责，不要内疚，您是功臣，不是罪人。
>
> 姑姑：我真的不是罪人？
>
> 蝌蚪：让东北乡人民投票选举一个好人，得票最高的一定是您。
>
> 姑姑：我这两只手是干净的？
>
> 蝌蚪：不但是干净的，而且是神圣的。①

如何认识和评价"姑姑"的一生？如何认识和评价姑姑所从事的"计划生育"工作？她执行的那些"土政策"，算不算"恶事"？姑姑是人民的"功臣"，还是人民的"罪人"？往事如烟，历史总归是历史，这是任何人也不能改变的。爱与恨、善与恶、生与死、功与罪，这些问题一直在姑姑的头脑中搏击，翻来覆去地煎熬着姑姑的心。怎样才能使姑姑平下心来，好好地活下去，无愧地走完自己的一生？在作品中，姑姑自己是无法回答自己头脑中的问题的，姑姑自己是无法判断历史向她提出的"善与恶""罪与罚"的问题的。

---

① 莫言：《蛙》，上海文艺出版社，2009年版，第338—339页。

在作品的结局处理中,莫言采取了向魔幻现实主义大师加·加西亚·马尔克斯学习的路径。马尔克斯说:"解决的办法是让讲故事的人自己出场(我生平第一次出场了),使他能在小说的时间结构上笔意纵横,奔放自如。"① 这样我们就看到讲故事的作家(蝌蚪)出场,去回答和解决姑姑所困惑的历史与现实问题,进而使作品有了一个令人深思的艺术结局。

过去的历史应当反思,现实中存在的问题应该面对。社会上已出现的"试管婴儿""代孕公司",如何认识?人类的命运将走向何方?人类真的能够自己掌握自己的命运吗?莫言通过万心(姑姑)这个人物的塑造,在小说结局中提出的诸多问题,确实值得广大读者深思。作家、艺术家对"人的生产"问题,对个人、家庭与社会,对人类的过去、现在和未来等人生哲理问题,都还需要继续体验、感悟和再创造。

四、生命文学是作家生命的聚光镜

《蛙》中有一句话说得很好。小说借小毕之口,说:"每件成功的作品,都是艺术家的孩子。"② 这句话准确地说明了生命的文学与作家的生命的关系。《蛙》是一部专写人的生命的作品。一部生命的文学,毫无疑问是作家生命的延伸,是作家的生命体验、生命感悟的聚光镜。

《蛙》在创作上有一个突出的特点,是作家直接成为作品中的主

---

① [哥伦比亚]加·加西亚·马尔克斯:《番石榴飘香》//崔道怡、朱伟等编《"冰山"理论:对话与潜对话》下册,工人出版社,1987年版,第703页。
② 莫言:《蛙》,上海文艺出版社,2009年版,第199页。

人公之一。他不仅以一个蹲在荷叶上的小蝌蚪冷眼看大千世界,看人间万象,而且将自己的生命体验、生命感悟,自己亲历的爱与恨、生与死,融入作品的内容之中,并与第一主人公万心(姑姑)的负罪与救赎的主线有机地联结在一起。

莫言在答记者问时曾说:"几十年来,我们一直关注社会,关注他人,批判现实,我们一直在拿着放大镜找别人身上的罪恶,但很少把审视的目光投向自己,所以我提出了一个观念,要把自己当成罪人来写,他们有罪,我也有罪。当某种社会灾难或浩劫出现的时候,不能把所有的责任都推到别人身上,必须检讨一下自己是不是做了什么值得批评的事情。《蛙》就是一部把自己当罪人写的实践,从这些方面来讲,我认为《蛙》在我十一部长篇小说里面是非常重要的。"①

作者(蝌蚪)在给杉谷义人先生的信中,进一步阐明自己将以最真诚的态度,去触及心中最痛的地方,去写人生最不堪回首的记忆,去写人生最尴尬的事,写人生最狼狈的境地。他要以小说话剧的形式,去"忏悔自己犯下的罪"。他认为,作家一定"要把自己放在解剖台上,放在聚光镜下"②。与此同时,他还认为,一个作家不仅应为自己赎罪而写作,"还应该为那些被我伤害过的人写作,并且也为那些伤害过我的人写作"③。作家(蝌蚪)的第一个妻子王仁美和她腹中的儿子的死,深深地震撼了、刺痛了作家的心,由此作家不由自主地走上了一条"负罪"与"救赎"的不归路。在小说第五部分开头,作家在给杉谷义人的信中坦言:"我原本以为,写作可以

---

① 参见《成功的作品需要读者认可更需要历史的检验》,《文艺报》2011年8月29日。
② 莫言:《蛙》,上海文艺出版社,2009年版,第179页。
③ 莫言:《蛙》,上海文艺出版社,2009年版,第179页。

成为一种赎罪方式,但剧本完成后,心中的罪感非但没有减弱,反而变得更加沉重。王仁美和她腹中的孩子——当然也是我的孩子——之死,尽管我可以用种种理由为自己开脱,尽管我可以把责任推给姑姑、推给部队、推给袁腮,甚至推给王仁美自己——几十年来我也一直是这样做的——但现在,我却比任何时候都明白地意识到,我是唯一的罪魁祸首。是我为了那所谓的'前途',把王仁美娘儿俩送进了地狱。"①

"负罪"与"救赎"意识的萌发与形成,这是作者热爱生命、尊重生命的本我潜意识的自然流露。在中国走向现代化的历史进程中,这一主题具有历史的和现实的永恒价值。在《蛙》中,具体是从四个层面深化这一主题的。

第一个层面是国际性战争(第二次世界大战)早已存在的"负罪"与"救赎"问题。这以杉谷和杉谷义人为代表。侵华日军司令杉谷在中国土地上犯下的罪行,他的儿子杉谷义人内心中仍然认为自己应去承担"救赎"的义务。杉谷义人在给蝌蚪的信中,就表示他要代表他过世的父亲向中国人谢罪。

第二个层面是以万心(姑姑)为代表的中国践行"计划生育"的妇婴医生,因实行"土政策"强制施行人工流产而产生的"负罪"与"救赎"意识。

第三个层面,以陈眉为代表的"地下代孕"而产生的"负罪"与"救赎"感。这个形象提出了科技发展("试管婴儿")与市场经济大潮中产生的新的"负罪"与"救赎"意识。

第四个层面是作家(蝌蚪)的"负罪"与"救赎"感,他认为是自己把妻子王仁美和她腹中的儿子送进了地狱。

---

① 莫言:《蛙》,上海文艺出版社,2009年版,第281页。

作品描写的这四个不同性质、不同层次人群的"负罪"与"救赎",有一个共同点,那就是对人的生命的尊重,对人的生命的终极关怀。作品所揭示的丰厚意蕴,不仅对文学的发展有所启示,而且对当下社会现实也有重要的意义。

《蛙》所显示出的强大的文学生命力和艺术感染力,来自作家的旺盛的生命力。作家莫言的旺盛的生命力与创作力,在于作家的根深深地扎在自己的家乡——齐鲁大地高密东北乡这块文化的沃土上。

美国著名作家、诺贝尔文学奖得主威廉·福克纳在自己的创作生涯中发现自己"家乡的那块邮票般小小的地方倒也值得一写,只怕我一辈子也写不完它,我只要化实为虚,就可以放手充分发挥我那点小小的才华。这块地虽然打开的是别人的财源,我自己至少可以创造一个自己的天地吧。……我总感到,我所创造的那个天地在整个宇宙中等于是一块拱顶石,拱顶石虽小,万一抽掉,整个宇宙就要垮下。"① 莫言以福克纳为榜样,也在自己的家乡——高密东北乡,开掘出一口很深很深的井,这口井的水源,取之不尽、用之不竭,直接通向波涛汹涌的太平洋,通向繁星闪烁的宇宙天河。"高密东北乡"是莫言的文学王国,如他自己所说:"高密东北乡是地球上最美丽、最丑陋;最超脱,最世俗;最圣洁,最龌龊;最英雄好汉,最王八蛋,最能喝酒,最能爱的地方。"② "高密东北乡,生我养我的地方,尽管你让我饱经苦难,我还是为你泣血歌唱。"③

---

① [美] 威廉·福克纳:《创作源泉与作家的生命》//崔道怡、朱伟等编《"冰山"理论:对话与潜对话》上册,工人出版社,1987年版,第109页。
② 管谟贤:《莫言和他的"高密东北乡系列"小说》//高密市莫言研究会著《莫言研究》(6),第70页。
③ 管谟贤:《莫言和他的"高密东北乡系列"小说》//高密市莫言研究会著《莫言研究》(6),第70页。

莫言从"高密东北乡"这个属于自己的文学王国,走向中国,走向世界,卓尔不群地自立于世界文学之林。根深才能叶茂。莫言正是从生活的海洋中,获得了不竭的创作源泉和动力。我们深信,莫言在今后的岁月中,一定会在高密东北乡这块丰厚的文化沃土上,继续耕耘、开掘、发现,创作出更为绚丽多彩、为世人惊叹和赞美的艺术珍品,以顽强的毅力攀登上世界文学的珠穆朗玛峰!

[附] 莫言给李衍柱的信

李老师：

节日好！

《蛙》初稿时曾用名《蝌蚪丸》，里边有情节，姑姑看到报纸上宣传的"蝌蚪避孕法"，做成一种蝌蚪丸，让妇女们吃了避孕，有荒诞色彩。

后来初稿放弃，这个名字也就不用了。后来，编辑们曾希望用《姑姑与蛙》，犹豫再三，还是决定用《蛙》。

写此书时，我真的没去想借鉴什么，反而想力避荒诞魔幻，用现实主义的手法老老实实地写。只是在话剧部分里，用了一点荒诞手法。

莫言

2011 年 10 月 03 日

附录

李衍柱学术年谱

1961 年 7 月—1964 年 7 月

中国人民大学语言文学系文艺理论研究生班学习。研究生学习的最后一年，1964 年在中国文学研究所蔡仪研究员指导下撰写研究生毕业论文：《学习马克思恩格斯论文学中的典型问题》，被收入《文学典型论》，人民出版社，2013 年版。

1977 年

《人工制造理想人物的幻灭——学习鲁迅文艺思想札记》，《文史哲》1977 年第 4 期。

1978 年

《试谈黑格尔所说的"这一个"——学习马克思恩格斯论文典型问题札记》，《外国文学研究》1978 年创刊号。

1979 年

《漫谈〈山菊花〉的艺术特色》，《山东文艺》1979 年第 11 期。

1980 年

《典型个性"这一个"》,被收入《马列文论百题》,陕西人民出版社,1982 年版。

《观察个性 研究个性 刻画个性——文学典型问题断想》,《山东师院学报》1980 年第 1 期。

《马克思主义文艺批评的范例——读马克思恩格斯关于剧本〈济金根〉给拉萨尔的信》,《文艺论稿》1980 年第 2 辑,吉林人民出版社。

1981 年

《文学理论基础知识》(与朱恩彬、夏之放合著),山东人民出版社,1981 年版。

1982 年

《在民族化的道路上寻找自己——谈曲波的长篇小说的民族风格》,被收入《文苑纵横谈》(2),山东人民出版社,1982 年版。

《试论人的本质——学习马克思〈关于费尔巴哈的提纲〉》,被收入《文苑纵横谈》(3),山东人民出版社,1982 年版。

1983 年

《阿 Q 形象的不朽与典型问题的争论》(与杨荫隆合著),被收入《鲁迅研究论文集》,吉林人民出版社,1983 年版。

《马克思论文学典型——纪念马克思逝世一百周年》,《山东师大学报》1983 年第 2 期。

《文学概论》(与朱恩彬、夏之放合著),山东教育出版社,1983 年版。

1984 年

《坚持典型化的创作原则》,《人民日报》1984 年 1 月 30 日。

《马克思主义典型学说概述》,山东文艺出版社,1984 年版,获山东省高等学校人文社会科学优秀成果专著二等奖。

1985 年

《比较研究方法与中国比较文学的兴起》,《山东师大学报》1985 年第 5 期。

1986 年

《新人的塑造与典型的特征——恩格斯文艺思想学习笔记》,被收入《马克思主义文艺理论研究》第 6 卷,文化艺术出版社,1986 年版。

《文艺学方法论刍议》,被收入《马克思主义文艺理论研究》第 7 卷,文化艺术出版社,1986 年版。

《西方文艺理论名著教程》(编辑委员),北京大学出版社,1986 年版,被收入"高等学校文科教材"和"面向 21 世纪课程教材",获国家教育委员会第二届全国高校优秀教材二等奖。

《第十个文艺女神的再生——关于文艺批评的主体性的思考》,《文艺理论研究》1986 年第 4 期,被收入《当代文艺学 探索与思考》,高等教育出版社,1987 年版。

1987 年

《简论马克思美学思想的哲学基础——读〈1844 年经济学哲学手稿〉 兼与郑诵同志商榷》,被收入《马列文论研究》第 8 集,中国人民大学出版社，1987年版。

《文学理论简明辞典》（主编），山东教育出版社，1987年版，获山东省高等学校人文社会科学优秀成果著作二等奖、华东地区优秀教育图书二等奖。

《文艺源泉论析》，《南开学报》1987年第5期。

1989年

《马克思主义典型学说史纲》，山东文艺出版，1989年版，获山东省社会科学优秀成果一等奖、山东省优秀图书一等奖、山东省高等学校人文社会科学优秀成果专著一等奖、华东地区优秀文艺图书一等奖。

《赵公元帅与文艺女神联姻——试论商品经济与文学艺术的发展》，《文艺争鸣》1989年第5期。

1990年

《坚持百家争鸣，发展文艺科学》，《文艺理论研究》1990年第4期。

《卢卡契的典型观与布莱希特的诘难》，《文史哲》1990年第1期。

《马克思主义文艺理论在中国》（主编），山东文艺出版社，1990年版，山东省"七五"规划重点项目，获山东省社会科学优秀成果二等奖、山东省优秀文艺评论著作一等奖。

1991年

《叙述的新视角——简评刘海栖的儿童文学长篇小说创作》，《文学评论家》1991年第3期。

《美的规律与典型化原则》,《文学评论》1991年第5期。

《关于建构当代形态中国化的马克思主义文艺学的几点思考》,《山东师范大学学报》1991年第6期。

《毛泽东文艺思想概论》（与李戎合著），山东文艺出版社，1991年版，入选国家新闻出版署"八五"规划重点选题，获1992年山东省优秀图书二等奖、山东省刘勰文艺评论奖。

1992年

《文学理论教程》（第一副主编），高等教育出版社，1992年版，被收入"高等学校文科教材"和"面向21世纪课程教材"，获国家教育委员会第二届全国高校优秀教材一等奖、国家级优秀教学成果二等奖。

《诺贝尔文学奖得主全集》（改编绘画本，第4、5卷主编），山东美术出版社，1992年版，国家新闻出版署"八五"规划重点选题，获山东省社会科学优秀成果三等奖。

《文学理想论》，齐鲁书社，1992年版，获山东省社会科学优秀成果二等奖。

1993年

《解放思想与文艺学建设》,《文艺理论研究》1993年第1期。

《〈文学理论教程〉教学参考书》（第一副主编），高等教育出版社，1993年版。

《从必然王国向自由王国的飞跃》,《山东师大学报》1993年第6期。

1994 年

《西方文学理论大辞典》（编委会），吉林文史出版社，1994年版。

《西方文论史》（第一副主编），高等教育出版社，1994 年版，被收入"全国高校文科教材"和"面向 21 世纪课程教材"，获北京市 1996 年社会科学优秀成果二等奖。

《自立于世界美学之林——评蒋孔阳先生的〈美学新论〉》，《学术月刊》1994 年第 5 期。

《美学家蒋孔阳先生的治学之道》，《文史哲》1994 年第 5 期。

1995 年

《马克思主义文艺思想的发展与传播》（主编），广西师范大学出版社，1995 年版，国家社科基金重大项目，获 1996 年山东省社会科学优秀成果二等奖。

《对话、交流与文艺科学的发展》，《走向世界》1995 年第 5 期。

1996 年

《世纪之交的马克思主义文艺学》，《文史哲》1996 年第 1 期。

《文艺学范畴论》（主编），山东文艺出版社，1996 年版，山东省"八五"规划重点项目，获山东省首届刘勰文艺评论奖，1998 年获中国高等学校第二届人文社会科学研究成果三等奖。

《对话是"百家争鸣"的理想形态》，《文艺理论研究》1996 年第 6 期。

1997 年

《生命艺术化　艺术生命化——宗白华的生命美学新体系》，《文学评论》1997年第3期，获山东省社会科学优秀成果一等奖、山东省高等学校人文社会科学优秀成果一等奖。

《文学理论：面向新世纪》（主编），山东人民出版社，1997年版。

《路与灯——论宗白华先生对中国现代美学建设的贡献》，被收入《中国古代文论的的现代转换》，陕西师范大学出版社，1997年版。

《"路是走出来的，不是想出来的"——宗白华对中国新文化运动和中国美学建设道路的探索》被收入《美学双峰——纪念朱光潜、宗白华诞辰100周年国际学术研讨会论文集》，安徽教育出版社，1997年版。

《多元的新加坡文化》，《走向世界》1997年第5期。

1998年

《理论发展态势及其建构》被收入《满怀信心迈向新世纪——纪念〈文学评论〉创刊40周年》，《文学评论》1998年第1期。

《在哈佛的日子》，《走向世界》1998年第2期。

1999年

《宇宙与人生》（选编），上海文艺出版社，1999年版。

《建设和发展有中国特色的马克思主义文艺学》，被收入《马克思主义美学研究》第3辑，广西师范大学出版社，1999年版。

《中国文艺学的现状与未来走向》，《枣庄师专学报》1999年第1期。

《社会转型与文艺学建设》，《山东理工大学学报》1999年第2期。

《重读黑格尔——谈黑格尔〈美学〉与中国文艺学建设》,《文学评论》1999 年第 3 期,获新时期优秀论文奖、山东省刘勰文艺评论奖。

2000 年

《逻辑思辨,实证分析,从一维到多维——西方思维方式与文艺学研究方法综论》,《淄博学院学报》2000 年第 2 期。

《时代的回声——走向新世纪的中国文艺学》,花城出版社,2000 年版,教育部"文艺学大视野丛书"项目,获第三届中国高等学校人文社会科学研究成果三等奖。

《文心、诗心与人心的沟通——论文学的人学底蕴》,《文学理论学刊》第 1 辑,北京师范大学出版社,2000 年版。

《"天下同归而殊途"——谈中国现代文艺学建设的三种不同模式》,被收入《新中国文学理论 50 年》,安徽大学出版社,2000 年版。

2001 年

《当代色彩艺术的理性建构——读李广元的〈色彩艺术学〉》,《齐鲁艺苑》2001 年第 1 期。

《真实与写真实问题》,(与周扬、徐中玉等合著),《文教资料》2001 年第 2 期。

《巴赫金对话理论的现代意义》,《文史哲》2001 年第 2 期。

《海纳百川 博采众长——谈蒋孔阳先生的学术品格》,《黄河科技大学学报》2001 年第 4 期,被收入《美学与艺术评论》第 6 集,复旦大学出版社,2002 年版。

《精校经典文本与聊斋学的发展》,《蒲松龄研究》2001 年第 2 期,获山东省高等学校社会科学优秀成果一等奖。

2002 年

《文学理论：面对信息时代的幽灵——兼与 J. 希利斯·米勒商榷》，《文学评论》2002 年第 1 期，获山东省刘勰文艺评论奖。

《马克思主义文艺学思想发展史教程》（执笔绪论，第三编第 1、2 章），国家社会科学规划重大项目，中国人民大学出版社，2002 年 7 版。

《"认识你自己"：一个文艺学研究的根本命题》，《山东理工大学学报》2002 年第 4 期。

《全球化视域中的中国文化景观》，《光明日报》2002 年 7 月 25 日。

《经典文本与文艺学范畴研究》，暨南大学出版社，2002 年版。

《打通古今　融会中西——走近胡经之先生》，《南方文坛》2002 年第 5 期。

《人格的魅力　学者的风范——认识钱中文先生》，被收入《多元对话时代的文艺学建设新理性精神与钱中文文艺理论研究》，军事谊文出版社，2002 年版。

2003 年

为新版《中国大百科全书》撰写"典型""典型环境"和"王元化""蒋孔阳""冯牧""秦兆阳"条目。

《"四维空间论"与文学现代性研究》，《黄河科技大学学报》2003 年第 1 期。

《路与灯——文艺学建设问题研究》，北京大学出版社，2003 年版，获山东省社会科学优秀成果一等奖、第四届中国高等学校人文社会科学研究成果三等奖。

《数与美绘制的时代镜像》,《东方论坛》2003年第2期,被收入《人文前沿——网络文学与数字文化》,中南大学出版社,2005年版。

《马克思主义典型学说史纲》,高等教育出版社,2003年版,被教育部国家学位委员会推荐为"研究生教学用书"。

《关于世纪人生的对话——访李衍柱》,被收入《世纪印象——百名学者论中国文化》,华龄出版社,2003年版。

《论唯物史观与文学活动发生学研究》,被收入《文艺美学研究》第3辑,山东大学出版社,2003年版。

2004年

《比较美学的理论与实践——谈蒋孔阳先生对美学研究领域的开拓与贡献》,《湖南师范大学社会科学学报》2004年第1期,被收入《美学与艺术评论》第7辑,山西人民出版社,2004年版。

《艺术的黄昏与黎明》,《东方论坛》2004年第4期。

《相反相成 推陈出新:传统与现代互动的基本规律》,《创作评谭》2004年第12期。

2005年

《网络文学:通向自由理想境界的艺术形式》,《求是学刊》2005年第1期。

《说不尽争不休的柏拉图——柏拉图诗学与美学思想研究述评》,《江西社会科学》2005年第2期。

《范式革命与文艺学转型》,《社会科学辑刊》2005年第2期和《新华文摘》(摘编)2005年第14期。

《主导多元 综合创新——中国文化发展的基本态势》,《广西师范大学学报》2005年第4期,《淮北煤炭师范学院学报》2005年第5期,《人文潮》2005年春季卷（创刊号）。

《相：柏拉图诗学与美学思想方法论的元点——〈柏拉图全集〉阅读札记》,《山东师范大学学报》2005年第6期。

2006年

《多元共生　和而不同——新世纪文学理论的走向》,《文艺争鸣》2006年第1期和《东方丛刊》2006年第1期。

《柏拉图：世界本体论美学的肇始者》,被收入《中国美学研究》第1辑,上海三联书店,2006年版。

《西方美学经典文本导读》,北京大学出版社,2006年版,获山东省高等学校社会科学优秀成果一等奖。

《生态美何以成为一种美学》,《江汉大学学报》2006年第1期,被收入《人与自然：当代生态文明视野中的美学与文学》,河南人民出版社,2006年版。

《世界轴心时代的诗学双峰——与亚里士多德的〈诗学〉并峙的荀子〈乐论〉》,《山东师范大学学报》2006年第6期。

《历史的警钟长鸣——读〈历史，并不如云烟〉》,被收入《鸽哨与警钟》,香港文艺家协会出版社,2006年版。

2007年

《柏拉图的诗论新探》,《文艺美学研究》第4辑,河南人民出版社,2007年版。

《全球化视域中的民族文学与世界文学——从歌德的总体性文学观谈起》,《江西社会科学》2007年第2期,被收入《新世纪文论读本·全球化与复数的"世界文学"》,中国社会科学出版社,2007

年版。

《胡适：中国禅学的拓荒者与建设者》，《文艺理论研究》2007年第 5 期。

《论典型的规律与美的规律——蔡仪先生的美学思想再认识》，《烟台大学学报》2007 年第 4 期，被收入《美学的继承与鼎新——纪念蔡仪诞辰百年》，中国社会科学出版社，2009 年版。

《媒介革命与文学生产链的建构》，《山东师范大学学报》2007年第 4 期。

《从定义出发，还是从文学实际出发？——文学理论教材建设的反思》，《文艺争鸣》2007 年第 9 期。

《马克思主义文艺学思想发展史》（上、下册，执笔绪论和第三编 1、2、3、10 章），国家社科规划重大项目，中国人民大学出版社，2007 年版。

《美学经典在细读中闪光》，《戏剧丛刊》2007 年第 6 期。

2008 年

《"思孟学派"与中国美学》，被收入《国学研究》第 21 卷，北京大学出版社，2008 年版；被收入《儒家思孟学派论集》，齐鲁书社，2008 年版。

《体察时代脉动　共建绿色家园》，《江西社会科学》2008 年第 4 期。

《论马克思主义文艺理论的元典——重读马克思〈政治经济学批判〉"序言"与"导言"》，《济南大学学报》2008 年第 4 期，被收入《马克思主义文艺理论研究》第 1 辑，中国社会科学出版社，2011 年版。

《"为学不作媚时语，独寻真知启后人"——王元化先生与新时期文艺理论研究》（与陈博合著），《文艺理论研究》2008年第5期，被收入《清园先生王元化》，华东师范大学出版社，2009年版。

《以人为本：文学发展和繁荣的灵魂》，《文艺争鸣》2008年第9期，被收入《理论创新时代：中国当代文论与审美文化的转型》，知识产权出版社，2009年版。

2009年

《文学理论》（编写第一章），国家"十一五"社科规划重大项目，人民出版社、高等教育出版社，2009年版。

《解放思想、改革创新：文学发展的不竭动力和源泉》，《文艺报》2009年2月19日。

《诗与美：生命的圣火》，山东友谊出版社，2009年版，获山东省社会科学突出贡献奖。

2010年

《马克思　恩格斯　列宁　斯大林论文艺》（编委），作家出版社，2010年版。

《审美视野的〈大秦帝国〉》，《阅江学刊》2010年第4期，被收入《"多元视野下的中国文学思想"国际学术研讨会论文集》。

《历史现实主义的理论与实践——孙皓晖〈大秦帝国〉艺术特征论析》，《山东师范大学学报》2010年第4期。

《华夏文明原生态的生动再现——论〈大秦帝国〉》，《东方论坛》2010年第4期。

《〈大秦帝国〉的"亮点"和"盲点"》，《小说评论》2010年第6期。

2011 年

《重塑秦皇嬴政的艺术形象——孙皓晖〈大秦帝国〉启示录（三）》，被收入《文艺美学研究》第 5 辑，山东大学出版社，2011 年版。

《偶然中的必然：大秦帝国的悲剧品格》，《东方论坛》2011 年第 3 期。

《〈大秦帝国〉论稿——走向新世纪文艺复兴的绿色信号》（中国作家协会重点作品扶持项目个案研究成果），河南文艺出版社，2011 年版，获山东省泰山文艺奖。

《中华民族新世纪文艺复兴的绿色信号——我读孙皓晖的〈大秦帝国〉》，《济南大学学报》2011 年第 6 期。

《〈蛙〉：生命的文学奇葩》，《山东师范大学学报》2011 年第 6 期。

《生态美：世界美学家族中的新成员》，《鄱阳湖学刊》2011 年第 6 期。

2013 年

《林涛海韵丛话》五卷本文集（包括《文学典型论》《文学理想与文学活动》《重读与新释：中西美学诗学经典文本解读》《时代变革与范式转换》《鉴赏批评：运动着的美学》），人民出版社，2013 年版。

《弘扬中华原生文明的悲壮史诗——评孙皓晖的〈大秦帝国〉》，《探索与争鸣》2013 年第 1 期。

《百年中华崛起与文艺学范式转换》，《百家评论》2013 年第 1 期。

《理想的光芒与不懈的追求——李衍柱先生访谈》（与杨子彦合

著),《东岳论丛》2013年第10期。

2014年

《综合创新：美学的中国道路——谈蒋孔阳先生对中国美学建设的贡献》,《文艺理论研究》2014年第1期。

《文学理想：一束普照人类心田的希望之光》,被收入《山东作家作品年选·评论卷》,作家出版社,2014年版；《中国中外文艺理论研究(2013)》,中国社会科学出版社,2014年版。

2015年

《真善美与社会主义核心价值观》,《山东师范大学学报》2015年第1期。

《原型理论何以在中国文化沃土中生根》,《中华读书报》2015年4月1日。

《中国特色艺术学思想体系的建构与思考——读时宏宇的〈宗白华与中国当代艺术学的建设〉》,《济南大学学报》2015年第4期。

《在建设中国特色文艺学的大道上——谈童庆炳的人格魅力和学术贡献》,《中国矿业大学学报》2015年第5期,被收入《木铎千里　童心永在　童庆炳先生追思录》,北京师范大学出版社,2016年版。

2016年

《文学理论：思辨与对话》,复旦大学出版社,2016年版。

《感国运之变化　发时代之先声》(与张杰合著),《中国社会科学报》2016年5月27日。

《青春在诗的王国中绽放——徐晓诗歌评析》,《东方论坛》

2016年第5期。

2017年

《引领文艺从"高原"迈向"高峰"》,《中国社会科学报》2017年9月21日。

《王阳明:开启中国文艺复兴大门的思想家》,《山东师范大学学报》2017年第6期。

中国现代文艺学大家文库

《中国文论的民族特色——徐中玉文艺学文选》
《论"文学是人学"——钱谷融文艺论文选》
《清园谈艺录——王元化文艺学文选》
《现代性与当代文学理论——钱中文文艺学文选》
《中国诗学的春天——李衍柱文艺学文选》
《文学的真谛——王元骧文艺学文选》
《在历史与当代交集点上——陈伯海文艺学文选》
《文艺学宏观阐释——陆贵山文艺学文选》
《与西方文论的平等对话和争鸣——孙绍振文艺学文选》
《走向文化诗学——童庆炳文艺学文选》